KT-199-947

KNAUR✸

Über die Autorin:
Sina Beerwald, 1977 in Stuttgart geboren, studierte Wissenschaftliches Bibliothekswesen und hat sich bislang mit elf erfolgreichen Romanen einen Namen gemacht.

SINA BEERWALD

Hauptsache, der Baum brennt

ROMAN

KNAUR

Für Lauris

Besuchen Sie uns im Internet:
www.knaur.de

Deutsche Erstausgabe Oktober 2018
© 2018 Knaur Verlag
Ein Imprint der Verlagsgruppe
Droemer Knaur GmbH & Co. KG, München
Alle Rechte vorbehalten. Das Werk darf – auch teilweise –
nur mit Genehmigung des Verlags wiedergegeben werden.
Das Werk wurde vermittelt durch die
AVA international GmbH Autoren- und Verlagsagentur, München
Redaktion: Catherine Beck
Covergestaltung: FAVORITBUERO, München
Coverabbildung: boschettophotography/gettyimages; shutterstock.com
Illustration Kugeln im Innenteil: Pasko-Maksim / Shutterstock.com
Satz: Adobe InDesign im Verlag
Druck und Bindung: CPI books GmbH, Leck
ISBN 978-3-426-52317-9

2 4 5 3

Kapitel 1

*E*ntweder ich habe bei unserem Mädelsabend gestern doch zu viel getrunken, oder mir hat jemand was ins Sektglas gemischt. Wie auch immer, jedenfalls hat gerade eben in aller Herrgottsfrühe der Weihnachtsmann bei mir geklingelt. Der echte Weihnachtsmann – zumindest behauptet er das.

Schlaftrunken lehne ich mich an den Türrahmen, der sonst auch weniger schwankt, und ziehe den Gürtel meines Bademantels enger. An Heiligabend hätte ich mir so eine Aktion ja noch gefallen lassen – mit einem großen Sack voller Geschenke im Schlepptau. Aber heute ist der zweite Dezember.

»Volltreffer!«, ruft der Rauschebart, und seine ernste Miene wird zu einem Sechser-im-Lotto-Strahlen. »Sie sind die Richtige!«

»Ähm, und wofür, bitte?« Ich ziehe die Stirn in Falten, was meine Kopfschmerzen augenblicklich verstärkt. Er zögert seine Antwort so genussvoll hinaus, dass ich glaube, bei einem Gewinnspiel den Hauptpreis gewonnen zu haben.

Allerdings habe ich nirgendwo mitgemacht. Ziehen die Staubsaugervertreter neuerdings im langen roten Mantel durch die Gegend?

Vorsorglich lege ich meine Hand auf die Türklinke. Wenn der es wagt, mir was verkaufen zu wollen … Aber vielleicht habe ich ja auch mal Glück. Das könnte ich als Mutter von zwei pubertierenden Kindern und gerade frisch getrennt von meinem Mann, der vor vier Wochen Knall auf Fall bei seiner Arbeitskollegin –

natürlich deutlich jünger als ich mit meinen zweiundvierzig Jahren und ohne Schwangerschaftsandenken – eingezogen ist, gerade ganz gut gebrauchen.

Er breitet die Arme aus, so als hätte er mich nach einer langen Reise endlich gefunden.

»Sie sind das neue Christkind!« Seine Begeisterung kennt keine Grenzen, während meine hochgeschraubte Erwartungshaltung einem »Sie haben eine Heizdecke gewonnen«-Gefühl weicht.

Er klopft auf das Türschild, weil ich in seinen Augen noch nicht ganz überzeugt scheine. Ich nenne es eher Fassungslosigkeit darüber, wie jemand sonntagmorgens um sechs so dreist sein kann.

»Sarah Christkind! Sie sind es! Das neue Christkind. Und was für schöne Engelslocken Sie haben. Sie könnten nur etwas blonder und ordentlicher gekämmt sein, aber das macht nichts, das bekommen wir hin.«

Ich ziehe die Augenbrauen hoch. Um diese Uhrzeit ist mein Nervenkostüm noch sehr, sehr dünn – insbesondere, wenn ein durchgeknallter Weihnachtsmann vor mir herumturnt, während ich noch völlig neben mir stehe.

»Ihnen geht's ja wohl zu gut! Was soll der blöde Scherz? Ich bin nicht das Christkind, ich heiße nur so. Das ist wie bei Ihnen, Sie sind ja auch nicht der Weihnachtsmann. So, und jetzt lassen Sie mich und meinen Kater gefälligst in Ruhe!«

Ich hätte wissen müssen, dass sein Fuß schneller in der Tür ist, als meine sektgetränkten Synapsen schalten können.

»Das ist kein Scherz. Und natürlich bin ich der echte Weihnachtsmann.«

»Natürlich«, seufze ich. Wenn überhaupt, dann ist der Weihnachtsmann alt und dick, aber der Typ vor mir ist noch keine fünfzig und stammt offenbar aus dem Portfolio einer Modelagentur, wie Jeff Bridges in seinen besten Jahren mit Rauschebart und unverschämt blauen Augen. Doch ganz gleich, wie gut er aussieht, mir können zurzeit sämtliche Männer gestohlen bleiben. Besonders solche merkwürdigen Typen um diese Uhrzeit.

»Was auch immer Ihr Problem ist, wir können gern darüber reden. Das ist mein Job, aber nicht sonntagmorgens.« Ich angle eine Visitenkarte unserer psychologischen Gemeinschaftspraxis vom Garderobenschränkchen, die sich im selben Haus befindet. »Rufen Sie morgen in meiner Praxis an und lassen Sie sich einen Termin geben.«

Der Rauschebart vom Laufsteg schüttelt den Kopf. »Ich habe kein Wir-müssen-darüber-reden-Problem. Das ist ein Wir-brauchen-Schaufel-und-Müllsack-Problem.«

»Ein ... bitte was?«

Aus seinen arktisblauen Augen weicht aller Glanz. »Ich ... ich habe das Christkind umgebracht ...« Die Worte fallen ihm schwer, und mir wird ganz anders. Was faselt der da? Oder anders gefragt: Was hat man dem armen Kerl eigentlich ins Bier gekippt? Seine breiten Schultern heben und senken sich wie unter einer schweren Last.

»Allerdings nicht mit Absicht, das müssen Sie mir glauben! Die Schlittenkollision war ein Unfall. Durch den Zusammenstoß ist das Christkind ohnmächtig geworden und vom Himmel gefallen. Ich wollte das wirklich nicht! Jeder denkt, ich hätte etwas gegen das Christkind, aber das stimmt nicht, Ehrenwort! Ich stehe jetzt nämlich ganz allein da – kurz vor dem Weihnachtsfest. Aber nun habe ich ja ein neues Christkind gefunden!«

Der Ernst, mit dem er seine Geschichte vorträgt, bringt mich fast zum Lachen. Immer wieder phänomenal, was eine kranke Seele mit einem Menschen machen kann.

Anstelle einer Antwort kritzle ich ein paar Zahlen auf einen Zettel. Die Nummer des sozialpsychiatrischen Diensts, genau für solche Notfälle gedacht.

Der Typ sollte mit der Behandlung nicht mehr bis morgen warten. »Rufen Sie da an. Die sind jederzeit erreichbar und haben von solchen … Unfällen schon öfter gehört. Dort sind Sie an der richtigen Adresse.«

»Nein, das bin ich bei Ihnen. Sie sind meine Rettung – ach, was sage ich, die Rettung des Weihnachtsfests! Sie müssen mir helfen!«

Wenn das hier noch länger so weitergeht, muss ich in eigener Sache dort anrufen – weil ich so langsam nur noch rotsehe, was sicher nicht an seinem Mantel liegt.

»Ich, Sarah Christkind, muss gar nichts, außer dringend zurück ins Bett! Und Sie lassen mich gefälligst in Ruhe!«, schmettere ich dem Spinner entgegen. Erst die Worte, danach die Tür.

Wieder allein, atme ich tief durch, fahre mir durch die schulterlangen Locken und frage mich, ob das gerade wirklich passiert ist oder ich vielleicht in einem merkwürdigen Traum stecke. Mein Kneiftest beweist mir, dass ich mich mitten in der Realität befinde – wenn auch noch nicht ganz wach, weil ich gerade mal drei Stunden Schlaf hatte.

Wenn ich das meinen Freundinnen erzähle – die lachen sich kaputt. Warum passieren eigentlich immer nur mir solche komischen Sachen? Durch meinen Berufsalltag könnte ich ganze Bände mit kuriosen Geschichten füllen, aber so was habe ich dann auch noch nicht erlebt.

Nun schaltet sich doch mein Gewissen ein, und ich frage mich, ob ich ihn in diesem Zustand abweisen durfte, wenn das nicht nur ein blöder Scherz war – allerdings frage ich mich das nur vom Flur bis ins Schlafzimmer.

Oder besser gesagt: nur so lange, bis es erneut klingelt. Sturm klingelt.

Wie um alles in der Welt mache ich diesem sturen Rauschebart begreiflich, dass ich nur zufällig Locken habe und mit Nachnamen Christkind heiße – und dass er nicht der echte Weihnachtsmann ist, sondern einen echten Dachschaden hat, um es mal ohne Umschweife zu sagen.

Zu diesem Zeitpunkt ahne ich noch nicht, dass das für die nächsten knapp 24 Tage mein kleinstes Problem sein würde.

*   *   *

Als ich gegen Mittag beschließe, aus dem Bett zu kriechen und meinen Kater und damit auch mich an die frische Luft zu setzen, kann ich über die frühmorgendliche Begegnung bereits lachen. In meinem zehnjährigen Berufsleben sind mir schon einige skurrile Typen und sämtliche psychoneurotischen Störungen untergekommen – aber noch keiner hat sich für den Weihnachtsmann gehalten und dabei auch noch geglaubt, das Christkind umgebracht zu haben.

Die Wintersonne blendet mich, als ich aus dem Schatten unseres schönen Altbaumehrfamilienhauses auf die ruhige Seitenstraße am Kaiserplatz trete, wo die Glocken der gegenüberliegenden St.-Ursula-Kirche den Mittag einläuten. Ein Spaziergang auf meinem Lieblingsweg durch den Englischen Garten an der Isar entlang wird mir bestimmt guttun. Also Sonnenbrille aufsetzen und hoffen, dass die Kopfschmerzen besser werden.

Bis die Kinder heute Abend nach Hause kommen, muss ich wieder fit sein. Meine Pubertiere sind heute zum ersten Mal seit der Trennung übers Wochenende bei ihrem Vater und damit auch bei seiner neuen Flamme. Ich bin gespannt, was sie erzählen. Hoffentlich hassen sie dieses Weibsstück.

Für solche Gedanken sollte ich mich eigentlich schämen, aber ich tue es nicht. Dafür liebe ich meinen Mann noch zu sehr, und selbst wenn in unserer Ehe das einzig Aufregende nicht mehr die Nächte, sondern die Diskussionen mit unserer 13-jährigen Tochter und dem 15-jährigen Sohn waren, hatte sie kein Recht, mir meinen Mann auszuspannen. Natürlich sagt mir mein Verstand, dass dazu immer zwei gehören, aber mein Herz ignoriert das.

Den Weihnachtsmann kann ich nicht ignorieren. Noch weniger seinen prächtigen Schlitten samt der Rentiere auf der verschneiten Grünfläche vor der Kirche, wo sich auch der Spielplatz befindet.

Doch der ist wie leer gefegt, weil sämtliche Kinder und Erwachsene entweder die Tiere streicheln, in der Kutsche sitzen oder den Weihnachtsmann belagern, der mit großen Gesten gerade von seinem Leben erzählt.

Wow, eine ganz schön interessante Form der dissoziativen Störung, denke ich fasziniert. Könnte aber auch eine aus dem bipolaren Formenkreis sein. Er wäre nicht der Erste, der Haus und Hof im Glauben an eine andere Identität versetzt – und dabei alles verliert, vor allem sich selbst.

Dem Mann muss dringend geholfen werden – oder doch besser mir?, kann ich mich gerade noch fragen, nachdem er mich entdeckt hat, seine Geschichte abrupt unterbricht, die Arme in die Luft wirft und durch den Kreis seiner irritierten Zuhörerschaft auf mich zustürmt.

»Na, endlich ausgeschlafen?« Er will mich zum Schlitten hinüberziehen. »Kommen Sie, die Fahrt geht los!«

»Sie lassen *mich* jetzt sofort los!«, schreie ich wutenbrannt und zugegebenermaßen leicht panisch. Angesichts der irritierten Blicke seiner zahlreichen Anhänger komme ich mir allerdings ziemlich bescheuert vor. Bestimmt habe ich jetzt ein paar Kinderseelen verstört, und die Erwachsenen halten mich wohl für verrückt. Darunter auch meine Nachbarn. Na super.

Ich wende mich ab und beschleunige meinen Schritt in Richtung der großen Querstraße, ohne mich noch einmal umzudrehen.

Wie es aussehen muss, dass mir ein Rauschebart im roten Mantel auf der Herzogstraße hinterherrennt und dabei immer wieder »Christkind, warte doch« ruft, kann ich mir auch so ausmalen.

Wir kommen der Fußgängerampel an der Kreuzung Wilhelmstraße näher, und ich hoffe, dass sie gleich auf Grün springt. Er keucht, als wäre er einen Kilometer gesprintet.

Gute Chancen, ihn abzuhängen. Kondition gleich null, obwohl er keinen Bauch hat.

Grün!

»Wo wollen Sie denn hin?«, höre ich ihn noch relativ dicht hinter mir rufen.

Ja, wo will ich denn eigentlich hin? Möglichkeiten gibt es genug. Direkt zur Polizei, um ihn wegen Belästigung anzuzeigen, ihn in die nächste psychiatrische Notaufnahme bringen – oder, wenn das so weitergeht, mich selbst einliefern lassen.

Ein gemütlicher Winterspaziergang ist jedenfalls in so weite Ferne gerückt wie der Mond, auf den ich ihn am liebsten schießen würde.

Ein lang gezogenes Hupen. Gedankenriss. Reflexartig greife ich nach dem Weihnachtsmannmantelgürtel.

Gerettet.

»Mein Engel!«, ruft der Weihnachtsmann, dessen Gesichtsfarbe vom Bart nicht mehr zu unterscheiden ist. »Fast wäre ich überfahren worden.« Er zieht mich in seine Arme, und mir steigt der Geruch von Holzfeuer und Tannennadeln in die Nase. Der Duft von Abenteuer und Romantik – ziemlich erotisch. Aber dagegen bin ich immun – glaube ich zumindest.

»Bei allen Wichteln, nun habe ich Ihnen mein Leben zu verdanken!

Ich seufze. Auch das noch. Man sollte dem Schicksal nicht dazwischenpfuschen. Es hätte so einfach sein können. »Machen Sie bei der nächsten Ampel gefälligst die Augen auf.«

»Ampel?«

Okay, zum Augenarzt kann ich ihn also auch noch bringen.

»Ganz schön viele Schlitten unterwegs«, stellt er fest und sieht sich dabei in alle Richtungen um, als könne ihn jeden Moment das nächste Auto erwischen. »Und was war jetzt mit dieser Ampel?«

»Sie war rot.«

»Was bedeutet das? Und woher wissen diese bereiften Schlitten, wann sie fahren dürfen und anhalten müssen, auch wenn keine, wie heißen die Dinger … Ampeln da sind?«

Seine Unwissenheit spielt er so überzeugend, dass ich tatsächlich unsicher werde.

»Straßenverkehrsordnung?«, gebe ich zurück und schaue ihn mit hochgezogenen Augenbrauen an.

»Straßenverkehrsordnung«, echot er und bricht sich dabei fast die Zunge. »So was haben wir am Himmel nicht. Über Deutschland gibt es ja auch nur zwei Kutschen. Gab es. Bei allen heiligen Rentieren, wie konnte der Unfall nur passieren? Ich wollte das Christkind nicht umbringen!« Zum Ende hin war er immer lauter geworden.

Eine Passantin, die mit einem Lächeln an uns vorübergegangen war, dreht sich erschrocken um.

»Seien Sie doch leise«, zische ich und ziehe den Weihnachtsmann weiter. Also doch besser auf dem direkten Weg seinen roten Mantel gegen eine weiße Jacke tauschen.

Er schlägt sich die Hand auf den Mund. »Natürlich, Sie haben recht. Wenn sich bis zum Nordpol herumspricht, dass ich das Christkind umgebracht habe, wird man mich ins ewige Eis verbannen, und es wird dieses Jahr kein Fest mit strahlenden Kinderaugen geben. Christkind, du musst mir helfen!«

»Das habe ich vor.«

»Und wie? Sie verstehen nicht, dass nur Sie das Weihnachtsfest retten können. Sie wollen einfach nicht begreifen, dass Sie das neue Christkind sind. Sie zweifeln an mir und an der ganzen Geschichte.«

Zweifeln ist noch harmlos ausgedrückt, denke ich und sage stattdessen: »Wir gehen jetzt in ein Haus, wo man Ihnen helfen wird. Ich kann das wirklich nicht leisten und fühle mich ehrlich gesagt etwas überfordert mit der ganzen Sache.«

»Verständlich. Man wird ja nicht jeden Tag Christkind, nur wenige Menschen hatten bislang diese Ehre, und es ist ein Job mit hoher Verantwortung – aber Sie schaffen das, ganz sicher. Die Einarbeitungszeit ist zugegebenermaßen etwas knapp, aber ich denke, es reicht, wenn ich Ihnen einen Crashkurs in Schlittensteuerung gebe.«

»Crashkurs?«, frage ich und runzle die Stirn.

»Oh, die Wortwahl war jetzt wohl etwas ungeschickt. Aber glauben Sie mir, nach ein paar Schlittenflugstunden sind Sie darin sicher.«

»Ich bin mir sicher, dass sich in dem Haus, in das ich Sie jetzt bringen werde, die Sache mit dem Christkind klären wird.«

Seine Miene hellt sich auf. »Ach, jetzt begreife ich! Sie meinen, da lebt eine Frau, die auch Christkind heißt und den Job machen würde? Eine Verwandte von Ihnen?«

»Eine Kollegin …«, gebe ich mich vage. »Ihr Problem wird sich lösen, da bin ich ganz zuversichtlich.«

Wir erreichen die U-Bahn Haltestelle Münchner Freiheit, und mein Problem im roten Mantel bleibt abrupt am Eingang zur Rolltreppe stehen. »Ich soll in die Hölle hinunterfahren? Niemals!«

Hinter uns drängeln Leute, und mir bleibt keine Zeit für psychologisches Feingefühl. Ich packe ihn am Ärmel, ziehe ihn von der Rolltreppe weg und lotse ihn zur normalen Treppe.

»Ist das besser? Da unten ist nicht die Hölle, sondern eine gewöhnliche U-Bahn-Station, damit wir schnell an unser Ziel kommen, vertrauen Sie mir.« Ich reiche ihm meine Hand.

Nach kurzem Zögern ergreift er sie, und wir gehen wie ein Pärchen die Treppen hinunter.

»Schau mal, Mama, der Weihnachtsmann und das Christkind!«, ruft ein Mädchen, das die Rolltreppe hinauffährt.

Seine Anspannung weicht schlagartig, begeistert winkt er ihr zu, und die Lachfältchen um seine Augen fächern sich auf wie Sonnenstrahlen. Dieser Rauschebart hat einen unwiderstehlichen Charme, der auch auf mich wirkt, das muss man ihm lassen.

»Wir werden dir dieses Jahr ganz viele Geschenke bringen!«, ruft er dem Mädchen nach, dessen Augen strahlen.

Na, vielen Dank auch.

»Das war doch der beste Beweis!«, versucht mich der Weihnachtsmann zu überzeugen. Bei seinen folgenden Argumenten schalte ich auf Durchzug und richte den Blick auf die Anzeige, die die einfahrende U3 ankündigt. Beim Odeonsplatz müssen wir in die U5 zum Max-Weber-Platz umsteigen, insgesamt rund zehn Minuten Fahrzeit, aber dann haben wir es zum Klinikum meiner Wahl geschafft. Hoffentlich.

Denn mein Problem kreischt lauter als die Bremsen der Bahn, und nachdem sich die Türen geöffnet haben und die Menschen herausströmen, ist er keinen Schritt mehr zu bewegen. Ich fühle, wie er am ganzen Körper zittert.

»Was ist das für ein Höllengefährt? Da steige ich nicht ein!«

»Das ist eine stinknormale U-Bahn!«, verdeutliche ich ihm mit wachsender Ungeduld und somit jenseits aller psychologischer Lehrbücher. Gut, die leicht futuristisch anmutende Gestaltung mit blauen Lichtsäulen und knallgelber Wandfarbe ist ungewöhnlich, aber kein Grund zum Fürchten – jedenfalls nicht im Sinne von Angst. Über Geschmack lässt sich ja bekanntlich streiten.

»Es stinkt hier, allerdings!«, kontert der Weihnachtsmann und macht sich mit einem Ruck von mir los. »Außerdem sind da drin viel zu viele Menschen, und es ist zu eng!«

Der hat wohl noch keine Rushhour erlebt, denke ich, da drin kann man ja Walzer tanzen.

Na bravo. Nun habe ich es also mit einem Typen mit dissoziativer Störung, Agoraphobie und Anthropophobie zu tun, der nun zusammengekauert auf der Wartebank am Gleis sitzt und sich die Ohren zuhält, als sich die Türen mit einem durchdringenden Warnton schließen.

Nachdem die Bahn losgefahren ist, höre ich aus seinem wimmernden Rauschebartnuscheln ein »Christkind, Hilfe« heraus.

Na dann, frohes Fest.

Ich lege ihm meine Hand auf die Schulter. Nun tut er mir wirklich leid. »Ich bin doch dabei, Ihnen zu helfen – nur müssen Sie auch mitmachen.«

Der Weihnachtsmann hebt den Kopf und lässt die Arme entkräftet in den Schoß sinken. In seinen hellblauen Augen glänzen Tränen. »Ich tue alles, was Sie sagen. Nur bringen Sie mich aus dieser Hölle raus. Ich drehe sonst durch. Das macht mir alles Angst. Hier ist es so furchtbar laut, stickig und dreckig.«

Dreckig? Ich habe selten einen so sauberen Bahnhof gesehen, doch seiner Körpersprache nach zu urteilen, scheint er echten Ekel zu empfinden. Mysophobie, setze ich auf meiner gedanklichen Liste dazu.

Stickig ist es hier unten wirklich, das bestätigt mir auch mein Kreislauf mit einem leichten Schwindelgefühl. Aber das kommt wohl auch vom Schlafmangel, außerdem habe ich noch nichts gegessen, und somit fährt der Sekt in meinen Adern ungehindert Achterbahn.

»Wir holen uns jetzt oben am Kiosk was zu essen und zu trinken – und dann gehen wir zu Fuß weiter.« Sind ja nur rund drei Kilometer und eine knappe Stunde zu Fuß. Aber wie war das noch gleich? Ich wollte doch einen Sonntagsspaziergang machen.

Der Rauschebart nickt und folgt mir, wenn auch sichtlich wackelig auf den Beinen, treubrav wie ein Hund, diesmal sogar auf die Rolltreppe – wo er auf einmal nicht mehr neben mir steht.

Die erste Stufe. Eine Gleichgewichtsfrage.

Er beantwortet sie mit rudernden Armen, einer schreckstarren Miene und einem Ausfallschritt nach hinten. Mein Herz saust mindestens genauso schnell zu Boden wie er, und ich beeile mich, die Rolltreppe entgegen der Fahrtrichtung zu ihm zu gelangen, um ihm aufzuhelfen.

Er scheint okay zu sein und jammert nur über sein Steißbein – und über fahrende Stufen.

»Wo ich lebe, gibt es kein solches Hexenwerk!«

»Natürlich, Entschuldigung«, sage ich im Versuch, mich auf seine Denkweise einzulassen, um seine Kooperation nicht zu gefährden. »Wir nehmen dann auch nach oben die normale Treppe.«

Der Rauschebart dankt es mir, mein Kreislauf nicht. Interessanterweise hat sich keiner der ans Tageslicht strömenden Passanten um den Unfall geschert, wer nach oben wollte, hat sich an uns vorbeigedrängelt. Das höchste der Gefühle war ein geringschätziger Schon-am-helllichten-Tag-besoffen-Blick. Wenn es nur das wäre.

So langsam zweifle ich daran, dass ich ihn überhaupt unfallfrei bis in die Klinik bringe. Während wir die Treppe hinaufsteigen – ich gehe, er keucht –, spiele ich mit dem Gedanken, die 112 zu rufen, damit sie ihn abholen, verwerfe die Überlegung aber im gleichen Moment wieder.

Niemals würde er in einen Krankenwagen einsteigen, stattdessen schon allein bei dessen Anblick die Flucht ergreifen.

Letzteres würde ich jetzt auch am liebsten tun. Meine Kräfte schwinden, und nur mein Helfersyndrom sorgt noch für Energie. Noch.

Oben angekommen, rinnt dem vermeintlichen Nordpolbewohner der Schweiß von der Stirn.

»Wollen Sie sich nicht vielleicht Ihren Bart abnehmen? Sie bekommen ja kaum Luft. Nicht dass Sie mir noch in Ohnmacht fallen.«

»Bitte was, den Bart?« Er sieht mich an, als hätte ich ihm vorgeschlagen, sich ein Bein auszureißen. »Der ist echt, fühlen Sie doch selbst!«

Ich kann nicht umhin, ihm in den schneeweißen Bart zu greifen. Es stimmt. Wie kann jemand in seinem Alter schon so weiß geworden sein? Denn nicht anders ist es mit seinen zum Zopf gebundenen Haaren. Das macht ihn jedoch nicht weniger attraktiv, ganz im Gegenteil, und mit seinem Rauschbart liegt er dazu noch voll im Trend.

»Dann ziehen Sie wenigstens Ihren langen Mantel aus. Sie schwitzen sich darin ja zu Tode.«

Obwohl sein skeptischer Blick Bände spricht, löst er ohne Widerspruch seinen schwarzen Gürtel. »Ich habe Ihnen versprochen, dass ich alles tue, was Sie sagen. Aber soll ich wirk…«

»Ein Exhibitionist!«, kreischt eine ältere Frau direkt hinter mir. »Polizei!«

»Um Gottes willen!« Ich stürze zum Weihnachtsmann hin und halte ihm dem Mantel zu. Wobei ich zugeben muss, dass mir gefiel, was ich in diesen zwei Sekunden gesehen habe. Peinlich berührt drehe ich mich zu der Alarmgeberin um, die bereits in ihr Handy tippt.

»Keine Polizei, bitte …«, versuche ich sie zu beschwichtigen, obwohl das jetzt meine Chance wäre. »Das … Ähm, das war nur ein Versehen, ein Missverständnis … Kommt nicht wieder vor, nix für ungut, bitte …«, stammle ich.

»Dann drehen Sie Ihre Pornos gefälligst woanders!«, schimpft sie und geht weiter ihres Wegs.

Puh! Ich überlege, ob ich mir statt eines Kaffees besser einen Schnaps holen sollte, und zwar einen doppelten.

»Warum tragen Sie denn um Himmels willen nix drunter?«, zische ich ihm zu, während er eilig wieder seinen Gürtel umlegt und fest verschließt. Auch dem Weihnachtsmann ist die Sache peinlich.

»Was soll ich denn drunter tragen?«, fragt er mit einer so glaubhaften Unschuld, dass ich fasziniert beschließe, mich intensiver mit dissoziativen Störungen auseinanderzusetzen oder in welchen Formenkreis auch immer man ihn nach einem ausgiebigen Test einsortieren würde. Sein Beispiel wäre direkt etwas für einen Fachkongress.

»Unterwäsche, zum Beispiel?«

»Sie meinen diese Zelte, die meine Mutter immer meinem Vater genäht hat und auch mir aufnötigen wollte? Ohne mich. Ich meine, am Nordpol und wenn ich auf Reisen bin, trage ich noch eine Hose drunter, aber Sie haben doch selbst gesagt, dass es allein schon mit dem langen Mantel zu heiß ist. Das ist doch kein Winter, hier herrschen ja Temperaturen wie bei uns in der Plätzchenbackstube.«

Wie aufs Stichwort knurrt mir der Magen. Und was der Weihnachtsmann drunter trägt, das soll gleich nicht mehr meine Sorge sein, sondern die der Klinik.

»Einen Kaffee und eine Butterbrezel, bitte«, bestelle ich am Kiosk. »Und Sie?«, wende ich mich an den Rauschebart, der mit gerunzelter Stirn das Sortiment studiert.

»Ein Schneehasenbrötchen, bitte.«

»Ein was?«, stutzt der Kioskbetreiber und lehnt sich weiter vor, als hätte er nicht richtig verstanden.

»Ein Schneehasenbrötchen«, wiederholt der Weihnachtsmann geduldig. »Wenn Sie das nicht haben, nehme ich ein einfaches Rentiersandwich, auch wenn ich dabei immer meinen Moralischen kriege.«

»Sie Witzbold sind ja schon um die Uhrzeit jenseits der Donnerkuppel. Vier zwanzig«, brummelt er in meine Richtung.

Ich reiche ihm meinen Schein rüber. Vielleicht hätte ich doch besser einen Schnaps bestellen sollen. Zuletzt habe ich vor vier Wochen einen getrunken, nachdem die Tür hinter meinem Mann und seinem Koffer ins Schloss gefallen war. Jetzt befinde ich mich wieder in einer Ausnahmesituation – dieses Mal nur leider mit einem Mann zu viel. Einem Weihnachtsmann.

Ich bestelle noch eine Brezel und ein Wasser für ihn und nehme das Wechselgeld entgegen.

»Was haben Sie mit dem Verkäufer denn da gerade ausgetauscht?«, fragt er mich, als wir ein paar Schritte gegangen sind.

»Geld?«

»Was ist Geld?«

»Das ist … Lassen wir das.« Damit wäre auch geklärt, dass er keins in der Tasche hat. Passt ja auch ins Bild – nur nicht in meinen Plan. Das Taxi können wir also auch vergessen, weil ich für meinen Spaziergang nur die zehn Euro und meine Monatskarte eingesteckt habe.

Wollte ich nicht schon immer mal an der Seite eines Weihnachtsmanns durch den Englischen Garten spazieren? Immerhin gibt es dort nicht so viele Gefahrenquellen – nur viele Frauen in kurzen Winterröcken.

Wir nehmen den Weg am halb zugefrorenen Kleinhesseloher See entlang, auf dem die Enten in den Wasserlöchern in der Sonne ihre gemächlichen Runden drehen. Ente müsste man sein. Obwohl, zu Weihnachten auch nicht unbedingt.

Hoffentlich kann man diesen Winter hier wieder Schlittschuh laufen, das gehört für mich seit Kindertagen zu München wie das Oktoberfest. Während ich den Blick wieder auf den Weg richte, fällt mir auf, dass der Weihnachtsmann halb rückwärtsgeht.

»Hören Sie auf, der Frau so nachzustarren!«, raune ich.

Ertappt entschuldigt er sich und wendet sich augenblicklich nach vorn. Fast. Während er mit mir spricht, schielt er über die Schulter.

»In meinem Dorf leben nur Wichtel, meine Mutter und meine Großmutter … Sie verstehen?«

Alles klar, denke ich mit einem innerlichen Seufzer, doch dann kommt mir eine zündende Idee, wie ich ihn von meiner Person als Christkind ablenken könnte.

In seinem Film leben seine Mutter und die Großmutter zwar am Nordpol und nicht in München, doch rein psychologisch betrachtet bedeutet die Erwähnung der beiden in diesem Zusammenhang, dass er in gutem Kontakt mit ihnen zu stehen scheint.

»Die beiden Damen wären doch geradezu prädestiniert, Ihnen als Christkind auszuhelfen. Sie kennen die Abläufe, können den Schlitten beladen, mit den Rentieren umgehen und so wei…«

»Es freut mich, dass Sie mich so langsam etwas ernst nehmen. Das Problem ist nur, meine Großmutter kann sich kaum mehr bewegen, sitzt nur noch im Sessel und näht Kleidung für die Wichtel.«

»Und was ist mit Ihrer Mutter?«

»Die hat Flugangst.«

Natürlich, was auch sonst.

»Sie zweifeln schon wieder an mir, das sehe ich. Warum glauben Sie mir nicht? Meine Mutter ist nur einmal in ihrem Leben geflogen. Keine zehn Rentiere würden sie noch mal in einen Schlitten bringen. Und was noch viel schlimmer ist, ich kann doch meiner Mutter nicht sagen, dass ich das Christkind umgebracht habe. Sie wird mich verbannen!«

»Das glaube ich nicht«, versuche ich auf ihn einzuwirken. »An Ihrer Stelle würde ich mich ihr anvertrauen.«

»Ausgeschlossen!«, ruft er.

Nach einer geraumen Zeit des Schweigens raunt er mir zu: »Haben Sie gesehen, die hübsche Brünette hat sich gerade nach mir umgedreht!«

Er will stehen bleiben, aber ich ziehe ihn weiter.

»Es spaziert nicht jeden Tag ein Weihnachtsmann durch den Englischen Garten.«

»Stimmt.« Er lässt den Blick ausnahmsweise mal von den Frauen auf den Chinesischen Turm schweifen, den wir gerade in Sichtweite haben. Dort findet der wohl romantischste Weihnachtsmarkt Münchens statt, der mir zurzeit so was von gestohlen bleiben kann, es sei denn, ich könnte beim Eisstockschießen das Foto meines abtrünnigen Manns auf einen Eisstock kleben.

Bislang habe ich diesen Weihnachtsmarkt fernab des Trubels geliebt, mit dem historischen Karussel, Omas Geschichtenstall und Opas Schreinerei, wo die Kinder etwas aus Holz fertigen konnten.

»Im Englischen Garten war ich tatsächlich noch nie. Aber ich glaube, die Frau hatte wirklich Interesse an mir.«

»Hmhm«, mache ich und denke mir meinen Teil. »Wie lange ist eigentlich Ihre letzte Beziehung her, wenn ich fragen darf?« Vielleicht ist eine Trennung ja der Auslöser seiner psychischen Störung.

»Oh, das ist schon lange her … Eine hübsche Spanierin hatte sich mal in mich verliebt, nachdem sie mich beim Geschenkeausliefern ertappt hat. Da war ich noch jung und unerfahren, im doppelten Sinne. Sie konnte kaum glauben, dass es den Mann ihrer Träume wirklich gibt. Na ja, aber schon nach drei Monaten hat sie das Leben im hohen Norden nicht mehr ausgehalten. Und ansonsten ist es in meinem Alltag schwierig, eine Frau kennenzulernen. Da muss schon der Zufall zu Hilfe kommen, so wie mein Vater meine Mutter kennengelernt hat, als er in ihrem Kamin stecken geblieben ist. Ich weiß ja nicht mal, wie man eine Frau richtig anspricht.«

Dieser bildschöne Mann ist in seinem Wahn wirklich zu bemitleiden. »Jedenfalls nicht, indem man ihr nachstarrt. Werte wie Respekt und Höflichkeit zählen immer noch.«

Dazu gehört auch, dass man nicht sonntagmorgens bei einer wildfremden Frau läutet und sie zum Christkind erklärt, will ich noch sagen, aber da klingelt mein Handy, ich sehe den Namen meiner Tochter Lilly auf dem Display und bleibe stehen.

Wahrscheinlich haben meine Kinder genug von der neuen Frau an der Seite ihres Vaters und wollen jetzt sofort nach Hause. Dann hätte ich zwar noch ein Problem mehr, weil ich den Weihnachtsmann noch nicht los bin, es wäre mir allerdings ein inneres Fest, wenn das Wochenende ein Reinfall gewesen wäre.

Doch schon im nächsten Moment möchte ich Teller schmeißen, als meine Tochter mir überschwänglich mitteilt, dass Kathy – sie nennt sie also schon beim Kosenamen – so cool und hammernett sei. Deshalb wollten sie nur schnell ihre Schulsachen holen, um noch eine Nacht zu bleiben und morgen von dort aus in die Schule zu starten – zudem sei das ja auch viel näher als von uns aus. Das stimmt, selbst zu Fuß wären sie in zwanzig Minuten beim Rupprecht-Gymnasium, eine Zeit, die sie sonst mit der U-Bahn fahren. Angesichts unseres Nachnamens vielleicht nicht die beste Schulwahl, aber die Scherze unter den Mitschülern hatten sich bald gelegt, und nun kommt allein der Vorteil zum Tragen, dass diese Schule einen sprachlichen und einen mathematisch-technischen Flügel anbietet.

»Das kommt gar nicht infrage, Lilly«, erwidere ich harscher als gewollt.

Stille in der Leitung.

Währenddessen beobachte ich, wie eine schwarzhaarige Frau im hautengen Joggingdress vor dem Weihnachtsmann stehen bleibt, und höre von ihm Satzfetzen, die mit »verehrte gnädige Frau«, »holde Maid« und »wunderhübsches Fräulein« beginnen, was sie mit einem Lächeln quittiert. Und als er ihr auf ihre Nachfrage, warum er in meiner Anwesenheit mit ihr flirte, in vollem Ernst erklärt, dass ich ja nur das Christkind sei, lacht sie richtig.

»Ach bitte, Mama. Kathy hat so coole Musik, die wollen wir heute Abend noch hören, und sie hat Netflix.«

Und bestimmt keine Regeln, ergänze ich innerlich. Sie könnte ja fast die Schwester meiner Kinder sein.

»Wie gesagt, Lilly, kommt gar nicht infrage.«

Wieder Stille.

Dafür höre ich, wie die neue Flamme des Weihnachtsmanns ihm tatsächlich ein Treffen vorschlägt und ihm ihre Nummer geben will. Da er jedoch nichts zu schreiben dabeihat und offenkundig auch kein Handy, fragt sie ihn nach seiner Telefonnummer.

Der Weihnachtsmann hebt bedauernd die Schultern. »Dort, wo ich wohne, gibt es leider kein Telefon; und ich weiß nicht, ob ich morgen überhaupt noch da bin, ich bin derzeit sehr in Eile. Aber Sie können mir gern einen Brief schreiben. An den Weihnachtsmann, das kommt auf jeden Fall an. Und ich werde Ihnen ganz bestimmt zurückschreiben, nach Weihnachten habe ich wieder viel Zeit.«

»Du bist so gemein, Mama!«

»Ich bin nicht gemein, ich halte mich an das, was abgemacht war. Und das bedeutet, ihr beide seid heute um 19 Uhr zu Hause. Punkt.«

Aufgelegt.

Das fängt ja gut an. Nicht nur, dass sich meine Kinder mit der Trennung ihrer Eltern so schnell arrangiert haben, sie scheinen sich ja mit der neuen Situation schon sehr wohlzufühlen.

Das tut weh. Aber wahrscheinlich haben sie im Gegensatz zu mir schon länger mit einer Trennung gerechnet, da sie uns nur noch als gut aufeinander eingespielte Einzelkämpfer wahrge nommen hatten, längst nicht mehr als Paar. So gesehen haben sie nichts verloren, ja, sogar noch eine coole Freundin dazugewonnen.

Dafür bin ich jetzt die Böse. Ganz großes Kino. Ich werde allerdings einen Teufel tun und um des lieben Friedens willen noch mal anrufen und klein beigeben.

»Aber was haben Sie denn?«, ruft der Weihnachtsmann in meine Gedanken hinein. Es galt jedoch nicht mir, sondern seiner neuen Eroberung, die in einem Tempo davonjoggt, dass jedes Hinterherlaufen erfolglos wäre.

»Hab ich was Falsches gesagt?«

Angesichts seiner Unschuldsmiene kann ich mir ein Lachen gerade noch verkneifen. »Sie war bestimmt nicht die Richtige. Die werden Sie schon noch finden.«

»Das hoffe ich. Viel wichtiger ist ja auch, dass ich ein Christkind finde. Ich bin gespannt, wer das ist, wo wir jetzt hingehen – wobei keines so perfekt sein wird wie Sie.«

Innerlich mache ich drei Kreuze, als wir nach über einer Stunde endlich die Isar überqueren, in der Klinik ankommen und schließlich vor einem behandelnden Arzt stehen.

Der wiederum schaut mehr in seinen Computer als auf seinen Patienten, der ihm geduldig alle Fragen zur Person beantwortet und vertrauensvoll sein Anliegen vorgetragen hat.

»Jaaaa«, gibt der Arzt gedehnt von sich, während er weitertippt. »Dann werden wir Sie mal stationär aufnehmen.«

»Was bedeutet das?«, fragt der potenzielle Patient und knetet die Hände im Schoß. »Ist das so eine Art Schwarzes Brett, wo mein Gesuch aufgenommen wird?«

»Das bedeutet, Sie werden ein paar Wochen bei uns bleiben, bis es Ihnen wieder besser geht. Ich werde Ihnen gleich ein Zimmer herrichten lassen, wenn Sie mit der Aufnahme einverstanden sind.«

Der Weihnachtsmann steht so ruckartig auf, dass sein Stuhl umfällt. »Ich bin nicht krank, mir fehlt nur ein Christkind – und in knapp 24 Tagen ist Weihnachten. Ich kann doch nicht über Wochen hierbleiben. Nicht mal einen Tag! Was wird denn sonst aus meinen Rentieren und der Kutsche?« Jetzt funkelt er mich an. Wütend und voller Verzweiflung. »Sie haben mir etwas anderes versprochen. Sie denken, ich hätte nicht alle Plätzchen in der Tüte, aber ich werde Ihnen schon beweisen, dass ich der echte Weihnachtsmann bin – und Sie das Christkind sind, das ich gesucht habe!«

Nach diesen Worten stürmt er aus dem Zimmer und ich ihm nach einem Schulterzucken des Arztes und dem freundlichen Rat, ihn schnellstmöglich wieder in die Klink zu bringen, hinterher.

Das soll er mal meinem Kreislauf sagen, der keine Lust auf diesen Wettlauf hat. Erst im Englischen Garten auf Höhe des Monopteros hole ich den Weihnachtsmann knapp ein.

»Verdammt, was haben Sie vor?«, schreie ich ihm zu. Doch er dreht sich nicht mal um, er scheint seine letzten Kräfte zu mobilisieren und rennt mit erstaunlichem Durchhaltevermögen weiter in die Richtung, aus der wir gekommen sind.

Zu mir nach Hause.

Kapitel 2

Wo ist er denn jetzt? Schon bei der Reitschule im Englischen Garten habe ich ihn aus den Augen verloren, bin jedoch davon überzeugt gewesen, dass der schräge Nordpolbewohner den Weg zu mir zurück finden wird. Aber auf Münchens Straßen ist doch Verlass. Hurra, er hat sich verlaufen.

Ich drehe mich vor meinem Zuhause einmal um die eigene Achse. Ein paar Fußgänger schlendern sonntagsentspannt entlang der hübschen Jugendstilgebäude rund um die Ursulakirche.

Auf dem Spielplatz sind gerade zwei Mütter dabei, ihre beiden um die Schaukel in Streit geratenen Jungs voneinander zu trennen, was den Lärmpegel nur noch verschlimmert. Nein, nicht die Kinder heulen lauter, die durchaus in einem Alter sind, in dem sie das unter sich klären könnten – vielmehr schreien sich jetzt die Mütter an. Und da sie keine Einigung darüber finden, welcher Sprössling nun das Vorrecht haben soll, rauschen sie am Ende ihres Schimpfwörterrepertoires in unterschiedliche Richtungen davon – ihre Jungs im Schlepptau, die zum Besten geben, was sie gerade an neuen Ausdrücken gelernt haben.

Ich laufe einmal um die Kirche herum. Von den Rentieren und einem Schlitten keine Spur mehr. Wenn nicht die Nachbarn das Gefährt auch gesehen hätten, würde ich jetzt an meiner Zurechnungsfähigkeit zweifeln.

Manche Probleme lösen sich tatsächlich im wahrsten Sinne des Wortes in Luft auf, wie schön. Der Weihnachtsmann ist mit seinem Schlitten davongeflogen und … Moment, habe ich so einen Blödsinn gerade wirklich gedacht? Davongeflogen?

Okay, jedenfalls ist er verschwunden, und das ist, gleich wie, die Hauptsache.

Bevor die Kinder nach Hause kommen, sollte ich dringend noch etwas Schlaf nachholen. Morgen muss ich wieder fit sein, denke ich mit Blick auf das Schild an meiner Haustür, das auf die psychologische Gemeinschaftspraxis im ersten Stock hinweist.

Ich schaue die efeubewachsene Fassade hinauf bis zu den Sprossenfenstern im dritten Stock, wo bis vor vier Wochen die Welt noch in Ordnung gewesen ist – zumindest hat es da noch keine junge Arbeitskollegin mit prallen Brüsten gegeben, der ich am liebsten ein Furzkissen unter ihren festen Hintern schieben würde, sollte ich ihr jemals begegnen.

Das wäre jedenfalls noch eine der Taten, die mich nicht unmittelbar mit dem Strafgesetzbuch in Konflikt bringen würden, doch wenn ich an diese Frau denke, dann kommt mir unwillkürlich ein mittelalterlicher Pranger in den Sinn, oder besser noch eine Vierteilung? Teeren und Federn?

Das würde ich am liebsten mit Oliver machen. Nie habe ich geglaubt, dass er zu der Sorte Mann gehört, die schwanzgesteuert handelt. Das hat er auch nicht, sagt mir mein Verstand. Er hat sich auf eine andere, sehr attraktive, Frau eingelassen, weil es zwischen uns in vielerlei Hinsicht nicht mehr gestimmt hat. Rechtzeitig miteinander zu reden hätte vielleicht geholfen, aber ich habe ja auch nicht das Gespräch gesucht, weil ich mich vor Problemen gefürchtet habe. Das ist wie mit Ärzten, die genau wissen, dass sie krank sind, sich aber nicht behandeln lassen.

Am Scheitern unserer Beziehung tragen wir beide Schuld. Mein Verstand weiß das, aber meine wunde Seele kommt besser damit klar, wenn die Neue eine böse Hexe, mein Ex schwanzgesteuert ist und ich das Opfer bin. Schwarz-Weiß macht das Leben einfacher, wenn das bunte Chaos herrscht.

Gedankenverloren schließe ich die Haustür auf und gehe die Stufen hinauf. Ziemlich sicher hat die Neue sogar mehr zu bieten als ihren Körper. Wahrscheinlich ist sie humorvoll, unternehmungslustig und liebevoll?

Eigenschaften, die Oliver sehr schätzt, die mir jedoch in den vergangen Jahren leider verloren gegangen sind. Zumindest Oliver gegenüber. Dafür habe ich viele seiner Macken nur noch mit Galgenhumor ertragen, und das Einzige, was bei ihm abends noch aktiv war, ist sein Daumen auf der Fernbedienung gewesen.

Noch während der Beziehung habe ich mir immer die früheren Zeiten zurückgewünscht, aber mir fehlte zwischen Beruf und Kindern einfach die Kraft – und irgendwann auch die Motivation.

Zu viel hatte ich versucht, um das Familienleben in Gang zu halten, bis ich vor gut einem Jahr – im Angesicht des Weihnachtsstresses - sämtliche Bemühungen eingestellt habe.

Ganz bestimmt ist die Neue nicht so gestresst, sie hat ja auch nicht zwei Pubertiere im Haus. Und ihr gegenüber wissen sich Lilly und Lukas garantiert zu benehmen.

Ungekannte Eifersucht nagt an mir, wenn ich daran denke, wie meine Kinder Spaß bei Unternehmungen mit ihrem Vater und der Neuen haben.

Keuchend erreiche ich den dritten Stock – meine Kondition schafft es nur noch bis in den zweiten – und nehme mir vor, nicht nur mehr Sport zu treiben, sondern mich mehr meinen Kindern zu widmen. Damit werde ich anfangen, sobald sie heute Abend nach Hause kommen. Mit dem Sport kann ich auch morgen noch beginnen.

»Hallo, Christkind. Was sollte das vorhin? Sie wollten mich doch reinlegen.«

Die Stimme kommt von der Treppe hinter mir, die in den nächsten Stock führt. Die Hand auf der Türklinke, bleibe ich erst starr vor Schreck stehen, dann wirble ich herum.

Da sitzt mein Problem, selbstüberzeugt mit verschränkten Armen, und funkelt mich an.

Vielleicht wäre doch jetzt der passende Zeitpunkt, mit meinem Sportprogramm anzufangen. Ich verspüre das dringende Bedürfnis, die Beine in die Hand zu nehmen und meine Sprintfähigkeiten auszutesten.

Doch damit scheint er bereits gerechnet zu haben, denn er stellt sich mir schneller in den Weg, als ich zu Ende denken kann.

Schmunzelnd greift er beidseits ans hölzerne Geländer und schüttelt den Kopf. »Sie haben vergessen, dass ich tagtäglich mit Rentieren zu tun habe. Das sind Fluchttiere, und ich kann auch Ihren Blick lesen.«

»Dann schauen Sie mir jetzt mal ganz tief in die Augen und hören Sie mir gut zu.« Meine Stimme klingt fest, und darüber bin ich froh. »Ich bin zwar Psychotherapeutin, aber da Sie mich stalken, hat meine Hilfsbereitschaft hier und jetzt ein Ende. Wer hat Sie überhaupt reingelassen? Gehen Sie dahin, wo Sie hergekommen sind, und zwar schnell, sonst rufe ich die Polizei. Und wagen Sie sich nicht noch einmal in meine Nähe.«

Bislang habe ich ihn zurück zum Nordpol gewünscht, nun erscheint mir der Arsch der Welt der bessere Ort zu sein.

Das Jeff-Bridges-Double zuckt mit den Schultern, ohne die Hände vom Geländer zu nehmen.

»Es tut mir leid, aber Stalking ist mein Job. Ich muss doch wissen, ob die Kinder brav gewesen sind und wann der günstigste Zeitpunkt ist, um ungesehen ins Haus zu gelangen. Und selbst wenn ich verschwinden wollte, könnte ich nicht. Mein Schlitten ist weg. Wo haben Sie ihn denn geparkt?«

»Ich? Bin ich dafür zuständig?«

»Das weiß ich nicht. Normalerweise bin ich ja nur im Schutz der Dunkelheit unterwegs. Aber wenn Sie nicht wissen, wo mein Schlitten ist, dann hat ihn mir jemand gestohlen.«

»Sie haben mir gerade selbst erklärt, dass Rentiere Fluchttiere sind. Sie werden sich erschreckt haben und davongelaufen sein.«

»Das ist unmöglich. Ich habe das Leittier am Baum angebunden und die Handbremse vom Schlitten angezogen. Also ist mir mein Gefährt geklaut worden. Auch das noch! Jetzt habe ich ein Christkind gefunden, aber keinen Lieferschlitten mehr. Helfen Sie mir!«

Mein Geduldsfaden ist so gespannt wie der Bogen einer Zwille, in der aber nicht bloß eine Papierkugel, sondern ein Stein liegt.

»Ich bin nicht das neue Christkind!«, rufe ich. »Sie hören jetzt auf damit! Verschwinden Sie aus dem Haus! Sofort! Und lassen Sie sich behandeln.«

Nebenan geht die Tür auf, und die Nachbarin im Kittelschurz stemmt die Faust in die Hüfte. »Frau Christkind! So a Lärm am heiligen Sonntag! Missans sich mit Ihren Patienten im Treppenhaus unterhalten, haben S' keine Praxis mehr?«

»Doch, aber die hat sonntags geschlossen«, gifte ich zurück. An den Weihnachtsmann zu glauben ist die eine Sache, mit der ich mir reichlich schwertue. Auferstehung ist das andere Thema, mit dem ich nicht viel am Hut habe. Und doch steht Else Kling scheinbar leibhaftig vor mir. Halb lange weiße Haare, ein Lippenstift, der mit dem roten Mantel meines Problems perfekt harmoniert, und ein Gesichtsausdruck, der an einen Pudel auf Drogen erinnert.

Jetzt erst bemerkt die Nachbarin, wer die Ursache für meine Lautstärke ist.

»Ach, mit dem Weihnachtsmann streiten Sie? Er wollte zu Ihnen, ich hab ihn reingelassen. Warum sind's denn so grantig zu dem netten Herrn?«

»Das geht Sie ja wohl nichts an.«

»Sie san wohl überfordert seit der Trennung von Ihrem Mann? Die Kinder sind heute bei ihm, gell? Da gefällt's denen bestimmt. Und ach so, jetzt verstehe ich, das ist Ihr neuer Freund. Das ging aber schnell. Und schon haben S' Streit mit ihm?«

»Wir haben nur eine kleine Diskussion«, mischt sich jetzt der Weihnachtsmann ein, »weil sie mit ihrer neuen Rolle als Christkind noch Identifikationsprobleme hat, aber das ist ja ganz normal am Anfang. Nur ist jetzt auch noch mein Schlitten weg. Weihnachten ist in Gefahr, und zu Hause kann ich mich auch nicht mehr blicken lassen.«

Ich atme tief durch. Das Leben ist ein Irrenhaus, so viel ist mir längst klar – aber ich bin nicht die Zentrale.

»Also doch ein Patient«, sagt Else Kling und mustert argwöhnisch den rot bemantelten Herrn, den sie eben noch so sympathisch fand. »Und den lassen Sie im Treppenhaus stehen? Der Mann braucht doch psychologische Hilfe.«

Wenn hier jemand Hilfe braucht, dann bin ich das, denke ich und schließe unter den Argusaugen von Else Kling die Wohnungstür auf.

»Folgen Sie mir«, sage ich mit dem Gefühl, soeben freiwillig in einen Rentierschlitten eingestiegen zu sein – mit verbundenen Augen. Wobei freiwillig der falsche Ausdruck ist.

»Nein, Sie waren nicht gemeint«, wehre ich die Nachbarin ab, die bereits einen Fuß über die Schwelle gesetzt hatte. »So eine Therapiesitzung ist ein vertrauliches Gespräch, das verstehen Sie doch sicher.«

*　*　*

»Sie wollen mich also therapieren? Da bin ich ja mal gespannt.«
Jeff Bridges im Weihnachtsmantel lehnt sich mit einer Schulter
an die Tür, überkreuzt die Beine und hakt seine Daumen in den
Ledergürtel ein. So unsicher er gerade noch auf der Straße war, so
selbstsicher wirkt er jetzt.

Er mustert mich von oben bis unten. »Sie sehen eher so aus, als
bräuchten Sie einen Arzt.«

»Ich bin nicht das Problem!« Energisch schäle ich mich aus
meiner dicken Jacke und kämpfe mit meinem blaugrauen Woll-
schal. Und mit mir selbst, weil ich dem Kerl gegenüber zwischen
Angst, Faszination und einem Lachanfall schwanke.

»Aber Sie haben eins«, setzt er nach.

»Allerdings«, seufze ich.

»Na, sehen Sie, da sind wir uns doch einig.«

Noch vor zehn Minuten habe ich geglaubt, mein Problem los-
geworden zu sein, und nun kommt es im Flur auf mich zu.

»Schuhe ausziehen!«, rufe ich reflexartig. Das ist mir in Fleisch
und Blut übergegangen, seit meine Kinder welche tragen. Nein,
eigentlich schon, seit ich vor siebzehn Jahren mit Oliver zusam-
mengezogen bin.

»Mantel anlassen!«, rufe ich.

»Wie jetzt? Schuhe aus, Mantel anlassen?« Er schaute an sich
hinunter, und da scheint bei ihm der Groschen zu fallen. »Oh,
Entschuldigung. Ich habe gar nicht mehr daran gedacht, dass ich
mein sommerliches Reiseoutfit trage.«

»Ihr sommerliches …« Ich unterbreche mich selbst. Es hat
doch keinen Zweck. »Hören Sie, ich möchte nicht, dass Sie länger in meiner Wohnung bleiben. Ich war gerade nur gezwungen,
Sie hereinzubitten.«

»Wissen Sie eigentlich, was Sie wollen?«, fragt er mit Blick auf
seine bestrumpften Füße.

Ich atme tief durch. »Ich möchte ein Problem weniger haben.«

»Schon gut, schon gut. Ich habe mich zwar schon auf Kaffee und Korvapuusti gefreut, aber ich nehme es Ihnen nicht krumm, wenn wir uns nicht länger hier aufhalten. Wir haben ja auch keine Zeit zu verlieren.«

»Pusti… was?«

»Kennt man das hier nicht? Das sind Zimtbrötchen mit Hagelzucker, neben Milchreis unsere Leib-und-Magen-Speise am Polarkreis. Wörtlich aus dem Finnischen übersetzt, bedeutet Korvapuusti eigentlich Ohrfeige.«

Kein Wunder, sind die Finnen so ein friedliebendes Volk, denke ich. Wenn das Gegenüber droht, ich verpasse dir gleich eine Korvapuusti, dann bekommt man doch keine Agressionen, sondern einen Lachkrampf.

»Und warum haben wir keine Zeit zu verlieren?«

»Weil Sie jetzt Ihr Engelskleidchen anziehen, und dann gehen wir meinen Schlitten suchen. Wobei, ziemlichen Durst habe ich schon. Ob Sie wohl ein Glas Preiselbeersaft für mich hätten, bevor wir uns auf den Weg machen?«

»Wir gehen nirgendwohin!«

Betroffen und ratlos bleibt er vor mir stehen. Da ich nicht vollkommen herzlos erscheinen will, gehe ich in die Küche, um ihm ein Wasser zu holen. In der Flasche. To go.

»Aber gerade eben haben Sie doch noch gesagt, dass Sie sich nicht länger mit mir hier aufhalten wollen.« Er folgt mir in die große Küche, wo er vor den roten Holzfronten kaum mehr auffällt. »Wobei, wir sollten doch noch ein wenig an Ihrem Christkindlook arbeiten, bevor wir auf die Straße gehen.« Er legt den Kopf schräg und zupft mit kritischem Rudolph-Mooshammer-Blick ein paar meiner widerspenstigen Locken zurecht.

»Finger weg!«, rufe ich, und er zuckt erschrocken zurück. Wahrscheinlich ist er es gewohnt, dass andere Frauen sich ihm an den Hals werfen. Ich bin eher geneigt, ihm selbigen umzudrehen.

»Ich besitze nicht mal ein weißes Kleidchen, aber Sie brauchen dringend ein weißes Jäckchen!«

Erstaunt schaut er an sich runter. »Weiß? Nein, das steht mir nicht. Das lässt mich doch viel zu blass wirken. Aber für Sie werden wir dann eben jetzt ein Kleidchen besorgen.«

Das Einzige, was ich jetzt brauche, ist ein Stuhl – und zwar dringend. Erschöpft lasse ich mich am Küchentisch nieder und schirme die Augen mit der Hand ab.

Seit zehn Jahren behandle ich Patienten, die sich mit Sofakissen unterhalten, sich von Sonnenstrahlen verfolgt fühlen oder ihre Klamotten nicht mehr wechseln, weil ein Liliputaner in ihrem Kleiderschrank sitzt. Aber dieser Typ schafft es innerhalb weniger Stunden, mich in den Wahnsinn zu treiben.

»Nun verlieren Sie nicht gleich den Mut. Ein hübsches Kleid für Sie zu finden ist doch nun wirklich das kleinste Problem, das wir im Moment haben. Mehr Sorgen macht mir, dass Sie so blass um die Nase aussehen. Aber kein Wunder, Sie haben heute ja auch noch kaum was gegessen, oder?«

Ich schüttle den Kopf. Natürlich habe ich außer der Brezel noch nichts im Magen, aber ich komme einfach aus meiner Fassungslosigkeit nicht mehr heraus, und darum kann ich nicht aufhören, den Kopf zu schütteln.

»Schon gut, ich weiß, was Ihnen helfen wird. Haben Sie Blaubeeren im Haus? Dann mache ich Ihnen einen Mustikkapiirakka.«

»Mustika… was? Egal. Keine Blaubeeren, keine Preiselbeeren. Wir sind hier in München und nicht am Polarkreis.«

»Schade, der Blaubeerkuchen hätte Sie wieder auf die Beine gebracht. Dazu ein großes Glas Milch, wunderbar. Aber ich habe noch eine Idee.«

»Ich brauche nur ein Glas Wasser und meine Ruhe«, stöhne ich.

»Unsinn, Sie brauchen etwas Nahrhaftes. In den kommenden Tagen werden Sie viel Kraft benötigen. Was glauben Sie denn, wie anstrengend es wird, die Schlittenreise vorzubereiten und die Geschenke zu verteilen?«

Der Weihnachtsmann zieht meine Küchenschränke einen nach dem anderen auf, und ich sehe ihm dabei aus dem Augenwinkel zu.

In mir hat sich eine solche Resignation breitgemacht, dass ich ihn schicksalsergeben gewähren lasse. Mir schwant, dass ich in nächster Zeit tatsächlich viel Energie benötigen werde. Dabei glaube ich seit der Trennung, das Päckchen auf meinem Rücken kaum tragen zu können, aber da hat sich das Schicksal wohl ins Fäustchen gelacht und mir zum Ausgleich einen Weihnachtsmann auf den Bauch gebunden.

Selbiger, also der Weihnachtsmann, stößt plötzlich einen verzückten Ruf aus.

»Da haben wir ihn ja! Ich koche Ihnen den leckersten Milchreis, den Sie jemals in Ihrem Leben gegessen haben. Wo macht man denn hier Feuer?«

Feuer. Ist das jetzt wieder einer seiner merkwürdigen Scherze? Er fragt das, während er sich einmal um seine eigene Achse dreht – genau vor dem Herd. Weiß er wirklich nicht, wie man den bedient, geschweige denn, was das überhaupt für ein Gerät ist? Plötzlich fällt es mir wie Schuppen aus den Haaren.

Leidet er etwa in seinen verhältnismäßig jungen Jahren schon an Demenz? Auf diesen Gedanken bin ich noch gar nicht gekommen, aber es wäre möglich. Darum kennt er sich im Alltag nicht mehr aus, findet nicht mehr nach Hause und hat sich in diese neue Identität geflüchtet, um Sicherheit zu gewinnen.

Andererseits spielt er die Rolle als Weihnachtsmann mit einer solchen Perfektion, wie das einem Demenzerkrankten nicht möglich wäre.

Was fehlt ihm also? Wenn es mich nur nicht so reizen würde, das rauszufinden, und zudem mein Gewissen dagegen appellieren würde, ihn in diesem Zustand seinem Schicksal zu überlassen.

Vielleicht ist seine Idee mit dem Milchreis doch gar nicht so schlecht. Das gibt mir Zeit, ihn noch ein wenig zu beobachten und dann zu entscheiden, was das Beste wäre. Nicht nur für ihn.

Nachdem ich ihm geduldig erklärt habe, was ein Herd ist und wie ein Ceranfeld funktioniert, starrt er fasziniert auf die rote Kochplatte und schaltet das Gerät immer wieder ein und aus.

Ihm zu vermitteln, dass ich keinen Kessel besitze und sich die übliche Milchreismenge jenseits des Nordpols auf einen handelsüblichen Kochtopf beschränkt, ist noch schwieriger und treibt mich an den Rand der geistigen Erschöpfung.

Ich ziehe mich an den Küchentisch zurück und verstecke mich halb hinter der Zeitung, auch in der Hoffnung, dort unter den Kontaktanzeigen vielleicht eine Überschrift im Sinne von »Christkind sucht Weihnachtsmann« zu finden.

Natürlich nichts. Ich registriere noch, dass er in seinem Tun nun erstaunlich sicher wirkt, er auch das Aufkochen der Milch unfallfrei bewältigt, und dann fallen mir die Augen zu – vor Müdigkeit und weil ich sie vor meinem Problem verschließen will.

Als ich wieder aufwache, schmerzt mein Nacken, und draußen dämmert es bereits. Und dann dämmert mir, dass mir mein schlechter Traum leibhaftig in der Küche gegenübersitzt.

»Na, sind Sie endlich wieder wach?« Der Weihnachtsmann legt die Zeitung weg. »Den Schlaf haben Sie aber gebraucht. Der Milchreis ist längst fertig, aber ich habe ihn warm gehalten.«

Als er die Schale vor mir abstellt, strömt mir ein wundervoller Duft in die Nase. Seit Kindertagen liebe ich Milchreis, aber so gut hat noch keiner gerochen. Zimt, Butter, Vanille – doch da ist noch etwas, etwas Unbeschreibliches – wie ein Zauber schwebt es in der Luft.

Ich tauche meinen Löffel in den Milchreis ein, puste und koste vorsichtig. Schon diese kleine Menge genügt, um meine Geschmacksknospen förmlich explodieren zu lassen.

Noch ein Löffel. Unglaublich. Wie kann ein einfacher Milchreis so gut schmecken? Das ist ja eine Offenbarung, und wenn man vom Essen einen Orgasmus bekommen kann, dann habe ich gerade einen. Das Rezept muss ich haben, dann kann mir jeder Mann gestohlen bleiben.

»Na, hab ich zu viel versprochen?«, fragt Jeff Bridges, und selbst sein Bart kann sein breites Grinsen nicht verbergen.

»Der Milchreis schmeckt … zauberhaft.«

»Oh, danke für das Kompliment. Das freut mich.«

»Das Rezept brauche ich unbedingt.«

»Tut mir leid, aber das ist ein Familiengeheimnis. Seit Jahrhunderten von meiner Mutter streng gehütet.«

Ich lasse mir den letzten Satz noch einmal durch den Kopf gehen und dabei den Löffel über dem Teller schweben. Seit Jahrhunderten? Es klingt nicht so, als ob er das im übertragenen Sinne gemeint hat.

Das ist die Gelegenheit, ihm mit ein paar Fragen weiter auf den Zahn zu fühlen. Am besten mit den einfachsten Dingen anfangen, um herauszufinden, wie orientiert er ist.

»Wie alt sind Sie eigentlich?«

»Wie alt?« Er reibt sich den Bart und schaut zur Decke, als wäre die Zahl dort abzulesen. Dann schüttelt er den Kopf. »Ich weiß es nicht ganz genau.«

Na wunderbar. Als Kirsche, nicht auf dem Milchreis, aber auf dem Cocktail der psychischen Erkrankungen, also auch noch eine retrograde Amnesie. Das wird ja immer besser.

Sein teilweiser Gedächtnisverlust könnte zu einem Unfallgeschehen passen, das Auslöser für diese bizarre Form seiner psychischen Erkrankung gewesen ist – auch wenn der arme Mann bestimmt nicht das Christkind vom Himmel geholt hat.

Habe ich eben tatsächlich *armer Mann* gedacht? Meinem Helfersyndrom ist auch nicht mehr zu helfen.

Verunsichert schaut er mich an. »Warum wollen Sie das wissen? Finden Sie, ich sehe alt aus?«

Wohl kaum, wenn er seinen Lebensunterhalt auch als Fotomodell verdienen könnte, wenn er wieder von diesem Weihnachtsmanntrip runter ist.

Wobei die weißen Haare natürlich noch besser in einem erotischen Clooney-Grau wirken würden, aber so eng darf man das nicht sehen, seit es fünfzig Schattierungen von Grau gibt.

So wenig ich mich von seinem guten Aussehen beeindrucken lassen will, so sehr kann er mich doch mit einem unschuldigen Blick seiner arktisblauen Augen durcheinanderbringen.

Also zurück zur sachlichen Ebene, um mehr über ihn herauszufinden.

»Haben Sie Ihren Ausweis bei sich?«

»Meinen ... was?«

Ich unterdrücke einen Seufzer und feile gedanklich an meinem Vortrag für den Fachkongress. Wobei ich derzeit schon bei der Überschrift scheitere. »Das Dokument, das Ihre Identität nachweist. Name, Adresse, Augenfarbe, Größe und so. Mit Foto und Stempel, man sagt auch Perso dazu«, helfe ich nach.

»Wozu brauche ich denn so was? Ich bin der Weihnachtsmann, wohne am Korvatunturi, habe blaue Augen und bin eins fünfundachtzig groß. Also, wenn ich das mal nicht mehr weiß, dann brauche ich auch kein solches Persodingsda mehr. Und auf das Alter kommt es doch sowieso nicht an, oder?«

Ich seufze. In meinem Kopf sind mittlerweile so viele Schubladen mit ICD-Klassifikationen offen, dass ich sie nicht mehr zählen kann.

»Na schön, wenn Sie es genau wissen wollen, müsste ich meine Mutter fragen. Ich glaube, ich bin hundertsiebenundvierzig.«

Kleiner Scherzkeks, denke ich, da ist er wohl um hundert Jahre aus der Spur geraten. »Sie meinen also siebenundvierzig?«

»Nein, da bin ich gerade mal in die Lehre gegangen.«

»Ah ja.«

»Sie zweifeln an mir … wie alle Menschen.«

Das ist einer der Momente, wo ich als Therapeutin mit mir hadere, ob ich den Patienten in seiner Wahnwelt belassen soll, um ihn nicht noch mehr zu irritieren und damit zu destabilisieren, oder ob ein kleiner, sanfter Korrekturhinweis angebracht ist.

Meine Vorsicht ist allerdings gerade unauffindbar in der Porzellankiste vergraben, der Holzhammer liegt leider näher.

»Niemand wird so alt! Das ist doch nun wirklich verrückt.« Kaum ausgesprochen, beiße ich mir auf die Unterlippe. Das hätte ich nicht sagen dürfen – nicht auszudenken, was ich damit bei ihm ausgelöst habe.

Wird er nun vollkommen durchdrehen, schreiend durch die Wohnung toben und Möbel zu Kaminholz verarbeiten? Dann soll er wenigstens mit den Sachen meines Manns anfangen. Ex-Manns.

Doch Jeff Bridges vom Nordpol macht nur eine gelassene Geste. »Hundertsiebenundvierzig ist doch wirklich noch kein Alter. Mein Vater hat mit 200 aufgehört zu zählen. Wo ich wohne, ticken die Uhren anders. Und das ist auch gut so bei den Nachwuchssorgen, die wir in unserem Metier haben. Ich meine, selbst wenn ich schon eine Frau gefunden und Kinder hätte, wer von den jungen Leuten will denn heutzutage noch so einen Knochenjob machen und auf dem Korvatunturi leben, wo es nicht dieses, wie heißt das, WLAN gibt?«

Das scheint wirklich eine ausgereifte Wahnwelt zu sein, in der er lebt. Ein hochinteressanter Fall, dem ich mit weiteren Fragen auf den Grund gehen muss. Doch gerade als ich wissen will, wo dieser KorvadingswiekonnteersichnursolangeNamenmerken liegt, klingelt mein Handy.

Oliver. Seit vier Wochen gibt mir der Anblick seines Namens auf dem Display einen Stich ins Herz, aber wegen der Kinder müssen wir ja miteinander reden.

Dabei wäre mir so sehr nach einer Auszeit, um Abstand zu gewinnen und damit ich meine Gefühle sortieren kann. Jedes Gespräch mit ihm ist ein Kampf, weil in mir so viele unausgesprochene Worte der Wut, Enttäuschung und Eifersucht rumoren, die ich am liebsten herausschreien würde.

Aber ich reiße mich immer zusammen, der Kinder wegen. Und weil ich mir meine Würde bewahren will.

Seit vier Wochen versuche ich das, und ich atme tief durch, ehe ich das Gespräch annehme. Mich schmerzt so sehr, dass meine Kinder so begeistert vom Wochenende bei der Neuen sind.

Und währenddessen habe ich das zweifelhafte Vergnügen mit einem Typen, der sich für den Weihnachtsmann hält – und mich zum Christkind erklären will.

Wenn Oliver mich jetzt überreden will, dass die Kinder eine weitere Nacht …

»Hallo, Oliver, was gibt's?«, versuchte ich mich betont locker zu geben.

»Hi, Sarah.« Früher hieß ich Engelchen, Schatz oder Maus. Welchen der Kosenamen hat die Neue jetzt wohl bekommen? Oder ist der junge Hüpfer sein Häschen geworden? Ich kann mir solche Gedanken einfach nicht verkneifen. »Bist du zu Hause?«

Was soll denn die Frage? Will er etwa wissen, ob ich verzweifelt auf dem Sofa hocke – dann ist er an der Wahrheit ziemlich nah dran, auch wenn der Grund ein anderer ist als der, den er vermutet.

»Bin ich, ja. Warum?«

»Könntest du die Kinder bitte abholen?«

Innerlich schreie ich Hurra, aber so einfach lasse ich mich nicht zu seinem Spielball machen. Außerdem will ich eine Begegnung mit ihm vermeiden – und schon gar nicht will ich auf seine neue Freundin treffen.

»Ich habe Besuch«, entgegne ich knapp und lege eine gewisse Vieldeutigkeit in meine Stimme.

»Oh.«

Sehr schön, der Treffer hat gesessen. »Die Kids können doch mit der Bahn zurückfahren, so wie sie gekommen sind.«

»Wir sind am Marienplatz. Auf dem Christkindlmarkt.«

»Auf dem Christkindlmarkt?« Wie hat es die Neue geschafft, meine Kinder von Netflix dorthin zu bringen? Kein Wunder, dass sie jetzt nach Hause wollen.

»Ja, und da dachte ich, dass es dir vielleicht lieber ist, die Kinder abzuholen. Sind ja doch ein paar Alkoholisierte unterwegs …«

Ihm kommt es natürlich nicht in den Sinn, die Kinder nach Hause zu bringen. Oder seine Neue hat darauf keine Lust, und er wiederum kann sich keine Minute von ihr trennen?

Andererseits will ich ihn auch nicht in der Nähe meiner Wohnung haben, am Ende kommt er noch auf die Idee, weitere Sachen zu packen.

Zudem würde sich mein schöner Eifersuchtsplan in Olivers Gelächter auflösen, sobald er den Weihnachtsmann sieht.

»Na schön, ich bin in einer halben Stunde da. Ich möchte aber bitte nicht deiner Neuen begegnen.«

»Keine Sorge«, entgegnet er, »dann bis gleich.«

»Christkindlmarkt?«, fragt der Weihnachtsmann mit einem seidigen Glanz in den Augen, kaum dass ich mein Handy weggesteckt habe.

»Ich muss dort nur meine Kinder abholen«, bemerke ich weniger begeistert. Meine weihnachtliche Stimmung ist so ausgeprägt wie bei dreißig Grad auf Barbados.

»Es gibt einen Christkindlmarkt?« Er betont jede Silbe, so als könne er sein Glück nicht fassen. »Warum haben Sie mir nicht gleich davon erzählt, wenn Sie sich doch so gegen den Job sträuben und es andere Frauen gibt, die sich sogar darum bewerben? Worauf warten wir noch?«

»Ich will …« Ja, was will ich denn eigentlich? Mich selbst in die Psychiatrie einweisen, mich in Luft auflösen oder die Chance ergreifen und sein Spiel mitspielen.

Immerhin hat er mir die Reißleine gerade selbst zugeworfen. Wer weiß denn schon, ob er dort nicht tatsächlich ein Christkind findet – immerhin laufen dort genug von der Sorte rum, vielleicht auch eines mit kompatiblem Dachschaden, sozusagen –, und wenn er seine zwanghafte Mission erst mal erfüllt hat, wird es leichter sein, ihn von diesem Trip runterzuholen.

»Ich will …«, setze ich ein zweites Mal an, »Ihnen den Christkindlmarkt nicht vorenthalten, ich dachte, dort seien Sie schon erfolglos gewesen, bevor Sie zu mir gekommen sind.«

»Ich war noch nie auf einem solchen Markt. Ich wusste gar nicht, dass so etwas auf Erden existiert.«

Kapitel 3

*V*ielleicht hätte ich seine Worte ernster nehmen sollen. Vielleicht hätte ich mich nicht so leichtsinnig auf diesen Plan einlassen sollen, denn dann hätte ich wohl geschätzte einhundertsiebzehn Probleme weniger.

So groß ist nämlich in etwa die Menschentraube, die sich um mich, den Weihnachtsmann und den Weihnachtsmann versammelt hat.

Nein, ich sehe nicht doppelt, aber vielleicht hätte ich früher erkennen müssen, dass es immer doppelt kommt, wenn man es einfach nimmt.

Zunächst verläuft alles nach Plan, auch wenn ich keinen habe. Mein Problem legt nach gutem Zureden seine Angst vor der U-Bahn ab, und so kommen wir und auch die Fahrgäste in unserem Waggon *O Tannenbaum* singend am Marienplatz an.

Dieses Mal norde ich meinen Patienten vor der Rolltreppe ein, damit er auf sein Gleichgewicht achtet, und so bewegen wir uns unfallfrei nach oben.

Na also, was so ein bisschen Soziotherapie doch bewirken kann, denke ich stolz. Oder spielt er ein fieses Spiel mit mir?

Am Treffpunkt neben der U-Bahn-Station am Rand des Christkindlmarkts tritt er aufgeregt wie ein kleines Kind von einem Bein auf das andere, während ich nach Oliver und den Kindern Ausschau halte.

Keiner zu sehen. Na wundervoll, aber ich bin ja auch noch fünf Minuten zu früh dran.

»Und wo sind die Christkinder?«, fragt mein ungeduldiger Patient, aus dem ich nicht schlau werde. Er lässt den Blick über die eingemummelten Leute entlang der geschmückten Holzbuden schweifen, aus denen es genauso leuchtet wie aus seinen Augen.

Als ob er zum ersten Mal einen Weihnachtsmarkt sehen würde. Wenn ich es nicht besser wüsste, würde ich das angesichts seiner Faszination jetzt wirklich glauben.

»Wonach riecht es denn hier? Das duftet so gut …«

»Wollen Sie mich auf den Arm nehmen?«, stelle ich missbilligend fest.

»Ähm, das war eigentlich nicht meine Absicht, aber ich kann Sie gern über den Markt tragen, wenn Sie das möchten. Wo müssen wir denn hin?«

Suchend schaut er über den größten Weihnachtsmarkt hinweg, den München zu bieten hat. Die kalte Luft ist vom Bratwurstgeruch und Glühweinduft geschwängert, und vermischt mit Weihnachtsklängen ist das die Dosis, die ich angesichts des riesigen Tannenbaums und der überdimensionalen Holzpyramide normalerweise brauche, um mich auf Weihnachten einzustimmen. Normalerweise.

»So war das nicht gemeint. Ich bin mir auch nicht sicher, ob Sie hier ein Christkind …«, beginne ich vorsichtig.

»Ach, jetzt verstehe ich. Die Christkindvermittlung ist da gegenüber in dem alten schmucken Gebäude, und den Markt gibt es, damit man sich vor der Reise noch stärken kann?«

Spannend, wie er sich seine Realität zurechtbiegt, damit sie zu seinem Film passt.

Doch eigentlich lassen sich nur Ortsfremde von der historischen Fassade täuschen, denn tatsächlich wurde das Rathaus im neugotischen Stil erst recht kurz vor Beginn des Ersten Weltkriegs fertiggestellt.

Doch diese Unkenntnis ist bestimmt kein Hinweis darauf, dass an seiner Nordpolgeschichte etwas dran ist, sondern vielmehr ein Beweis für seine hochgradige Verwirrtheit.

Zudem muss ich ihm nun schonend beibringen, dass sich im Rathaus lediglich eine Touristeninformation befindet. Oder sollte ich ihn das selbst herausfinden lassen?

Kann ich es mit meinem Gewissen vereinbaren, ihn auf seiner vermeintlichen Suche allein zu lassen? Darf man unliebsame Geschenke weiterreichen?

Warum eigentlich nicht. Sofern er sich auffällig verhält, würde sich die Polizei um ihn kümmern, und ohnehin würde er wahrscheinlich schneller wieder vor meiner Tür stehen, als mir lieb ist.

Aber dann immerhin vor meiner Praxistür, und ich würde für diesen ganzen Irrsinn bezahlt werden, denke ich. Jetzt muss ich vor allem erst mal an mich denken und zusehen, dass ich meine eigenen Kinder finde und nicht irgendwelche Christkinder.

Gerade als ich gedanklich so weit bin, kommt uns ein Rauschebart mit einem ziemlichen Rausch entgegen, der seinen vermeintlichen Kollegen mit einem glühweingetränkten Ho-ho-ho auf die Schulter haut.

Das ist der Moment, in dem mein nicht vorhandener Plan zusammen mit der Laune meines Weihnachtsmanns kippt.

»Sie haben ja wohl nicht mehr alle Rentiere am Schlitten! Was soll das? Und wer sind Sie überhaupt?«

Verunsichert bleibt der Angesprochene stehen, leicht schwankend, auch in der Frage, wie er das Agressivitätspotenzial seines Gegenübers einschätzen soll. Und dann entscheidet er sich für eine einfache Antwort: »Na, der Weihnachtsmann. Jetzt mach mal keinen Stress, Kumpel.«

»Kumpel? Wie reden Sie denn mit mir?«

»Ey, nun mach halblang, Kollege. Ich hab doch gar nichts gemacht.«

»Kollege?« Die Stimme meines Patienten im roten Mantel überschlägt sich. »Ich bin der echte und einzig wahre Weihnachtsmann. Seit gut einhundert Jahren bringe *ich* den Kindern die Geschenke, und ähm, wegen Personalmangels suche ich zur Unterstützung meines Unternehmens derzeit ein neues Christkind, darum bin ich hier. Und Sie? Wollen Sie mir als Billigunternehmen etwa Konkurrenz machen? Wobei … Ich kenne Sie zwar nicht, aber wenn Sie eine Schlittenfluglizenz haben, könnten Sie bei mir anfangen.«

»Eine Schill… eine Schli… eine … Na klar hab ich die. Wann soll's losgehen?«

Der Weihnachtsmann, der sich für den echten hält, hebt die Augenbrauen. »Vergessen Sie's. Von Transportlogistik haben Sie offenkundig keinen blassen Schimmer. Sie sind doch ein Hochstapler!«

»Geschenke kann ich stapeln, ja. Vor allem bei mir unterm Tannenbaum. Jedem das Seine, aber mir das Meiste.« Er lacht so laut über seinen eigenen Scherz, dass es sogar die Weihnachtsmusik übertönt und immer mehr Besucher auf die skurrile Auseinandersetzung aufmerksam werden. Manche glauben wohl, hier würde ein kleines Theaterstück aufgeführt werden.

»Sie haben ja nicht mehr alle Wichtel in der Hütte. Wir können das Bewerbungsgespräch an dieser Stelle beenden.«

»Wichtel in der Hütte!«, prustet der Weihnachtsmann Nummer zwei. »Der Spruch ist gut, den muss ich mir merken.«

»Ihnen wird das Lachen schon noch vergehen. Sie als Kopie in Ihrem billigen Fummel!«

Stirnrunzelnd mustert ihn sein Gegenüber. »Kopie? Du bist aber ein bisschen komisch drauf. Nun krieg dich mal wieder ein. Ist doch das Fest der Liebe. Nich wahr, Engelchen?«

Damit meint er mich. Engelchen. Will er meine Hemmschwelle auch testen? Noch weniger kann ich allerdings das Wort Liebe hören – es verursacht in mir ein Gefühl wie bei einer Reifenpanne mitten im Tunnel.

Wobei, im Moment sehe ich nur noch rot. Das wiederum liegt nicht an meinem Ärger, sondern an den beiden Weihnachtsmännern, die sich wie wild gewordene Stiere umkreisen – umringt von einer Menge Schaulustiger.

»Ich hab nur Engelchen zu deiner Puppe gesagt, mehr nicht. Aber wenn du wirklich Stress willst, dann greif an.«

»Das ist mein Christkind, hast du verstanden? Du lässt die Finger von ihr. Sie ist nicht dein Engelchen, klar?«

Ich gehe auf mein Exemplar zu, um ihm die Sachlage zu erklären, doch er stößt meine Hand von seinem Arm.

»Lassen Sie mich, ich hab erst noch mit dem Typen da ein Schneehuhn zu rupfen.«

»Na los, was willst du von mir?«, fragt seine Kopie, die sich zwar kampfeslustig zeigt, sich ihrer Kräfte aber nicht sicher zu sein scheint. »Ich will nichts von deiner Puppe. Außerdem ist dein Mantel doch wie meiner auch vom Verleih, und dein Bart ist genauso unecht.« Er greift in die weiße Wolle und zieht mit Schwung daran, sodass der Weihnachtsmann einen unfreiwilligen Diener macht.

»Oha.« Mehr bringt das angetrunkene Exemplar nicht hervor und weicht zurück.

»Lass die Finger von mir«, knurrt Jeff Bridges. »Und die Christkinder hier gehören alle mir, verstanden? Komm mir nie wieder unter die Augen, sonst lasse ich dich von meinen Rentieren im ewigen Eis aussetzen.«

Sein Gegenüber ist sich offenkundig unschlüssig, wie er die Drohung einordnen soll, wahrscheinlich versteht er sie so, dass einige Hintermänner ihm den Garaus machen werden, wenn er nicht zügig das Revier verlässt – also tritt er den geordneten Rückzug an.

»Geht klar, Chef. Stressfreie Weihnachtstage wünsche ich.«

* * *

»Na also, geht doch«, sagt mein Weihnachtsmann zufrieden, als von seinem vermeintlichen Feind nichts mehr zu sehen ist und die Menschentraube sich aufgelöst hat, »so was habe ich ja noch nie erlebt, dass mir einer Konkurrenz machen will.«

Anstelle einer Antwort schaue ich mich nach meinen Kindern um.

Unterdessen müssten sie längst am Treffpunkt angekommen sein. Weder den Marienplatz hinunter Richtung Altes Rathaus und Uhrenturm noch die Kaufingerstraße hinauf kann ich zwei Teenies in knallroter und dunkelgrüner Jacke erspähen.

Auf meinem Handy keine Nachricht. Zuerst rufe ich Lukas an, danach Lilly und schließlich gezwungenermaßen ihren Vater.

Keiner geht ans Telefon. Übermäßige Sorgen mache ich mir deshalb keine, ich hätte mich eher gewundert, wenn einer von ihnen in dem Beschallungsmix aus »Feliz Navidad«, »Es ist ein Ros entsprungen« und »Kling, Glöckchen, klingelingeling« den eigenen Klingelton gehört hätte.

In WhatsApp suche ich nach unserer Familiengruppe Christkind und muss weit nach unten scrollen, weil sie zuletzt am 1. November benutzt worden ist. Meine letzte Nachricht: »Abendessen ist fertig. Oliver, wo steckst du?«

Unwillkürlich steigen die Bilder in mir hoch. Meine Kinder waren immerhin schon nach fünf Minuten aus ihren Zimmern gekommen, doch Olivers Platz blieb leer. Bei seinem Job als Journalist beim Münchner Merkur nicht ungewöhnlich, dass es in der Redaktion mal länger dauerte, sein Handy hatte er aber eigentlich immer griffbereit. Eine Stunde später seine Antwort: »Wartet nicht auf mich.«

Erst gegen Mitternacht erfuhr ich von ihm, wo genau er gesteckt hatte – zwischen den Beinen seiner Neuen.

Das sagte er zwar nicht so, vielmehr erzählte er zunächst etwas von einem verlegten Handy und Überstunden, aber nun ja. Mann kann es ja mal versuchen. Ich fragte ihn dann direkt, wie lange die Sache schon läuft.

Noch fühlte ich mich überlegen, ich dachte, das wäre an diesem Abend eine einmalige Sache gewesen, ein Ausrutscher, den ich ihm vielleicht verziehen hätte, aber seine Antwort zog mir den Boden unter den Füßen weg.

Seit einem halben Jahr liefe das schon, es sei etwas Ernstes mit ihr; und er wolle sich von mir trennen, nachdem wir nur noch nebeneinanderher leben würden, er habe nur nicht den richtigen Zeitpunkt gefunden, mir das zu sagen.

Natürlich. Der richtige Zeitpunkt ist in einem halben Jahr auch wirklich schwer zu finden. Wegen ihm hätte das doch so weiterlaufen können. Bei der Neuen das lodernde Feuer, bei mir der gemütliche Ofen.

Dabei hatte er wohl unterschätzt, wie hitzig ich reagieren konnte. Aber ich muss zugeben, dass ich mich in diesem Moment selbst nicht wiedererkannt habe. Eine Aussprache war nicht möglich, und das einzig Besonnene an meiner Reaktion war gewesen, dass ich nicht geschrien hatte.

»Du bist ein erbärmlicher Feigling!«, hatte ich ihm vorgeworfen und seine Klamotten gleich hinterher.

Dafür schreit jetzt eine Frau neben mir: »Du Schwein!«, und holt mich damit zurück in die Gegenwart, in der ich erst mal ankommen muss.

Zuerst denke ich, meine Kinder wären unterdessen am Treffpunkt erschienen, vermutlich mit der Neuen im Schlepptau, und der Titel hätte meinem Ex-Mann gegolten. Dann wären wir sogar einer Meinung gewesen.

Doch als ich mich umsehe, steht da nur ein völlig verdattertes Problem neben mir, das ich in den vergangenen Minuten erfolgreich verdrängt habe.

Jeff Bridges im roten Mantel starrt offenkundig einer Frau hinterher, die wild gestikulierend Richtung Uhrenturm läuft – wo sich am Rand des Markts die Polizei mit ihren Fahrzeugen postiert hat.

»Was haben Sie denn gemacht, um Himmels willen?«, will ich wissen, und mir schwant bereits nichts Gutes.

»Nichts habe ich gemacht!«, verteidigt er sich. Im Schein des Budenzauberlichts wirkt es so, als hätten sich seine arktisblauen Augen mit Tränen gefüllt. »Während Sie hier Wurzeln geschlagen haben und in Gedanken völlig abwesend waren, bin ich immer wieder von Leuten gefragt worden, wo ich denn die Geschenke habe, und das hat mich ganz nervös gemacht.«

»Moment mal, ich hatte Sie nicht gebeten, auf mich zu warten. Sie können ohne mich nach einem Christkind suchen.«

Traurig schüttelt er den Kopf. »Ganz abgesehen davon, dass ich es in Ihnen schon gefunden habe, bin ich bei meiner Suche ohne Sie verloren. Ich bereise die Zivilisation nur wenige Tage im Jahr, nachts, und das Einzige, was ich in- und auswendig kenne, sind die Schornsteine. Ständig passiert mir etwas, weil mir die Welt der Menschen fremd ist.«

Eine Welle des Mitgefühls überrollt mich. Ich kann nichts dagegen tun. Ich will nichts lieber, als ihn von der Pelle haben, aber das ist wie mit meinen überflüssigen Kilos, die ich trotz bester Vorsätze und entgegen jeglichem Verstand mit Magenbrot und gebrannten Mandeln füttern muss, sobald mir nur der Geruch in die Nase steigt. Ich muss es tun, obwohl ich weiß, dass es nicht gut für mich ist.

Genauso ist mir klar, dass ich dringend eine professionelle Distanz zu meinem Patienten aufbauen muss. Aber bei ihm will mir das nicht gelingen. Hallo, Helfersyndrom, denke ich, wir sollten dringend ein Gespräch miteinander führen, aber erst muss ich wissen, was mein Problem für ein Problem hat.

»Und was ist gerade passiert?«

Ratlos hebt der Weihnachtsmann die Schultern. »Diese hübsche Frau hat mich mit einem Augenzwinkern gefragt, wo ich denn meinen Sack versteckt hätte. Und da hab ich ihn ihr gezeigt.« Er macht eine Handbewegung zu seinem Mantelschlitz hin.

»Ich werde noch wahnsinnig mit Ihnen! Das ist nun schon das zweite Mal!«

»Aber was habe ich denn falsch gemacht? Es muss doch jedem klar sein, dass ich am 2. Dezember noch keinen Geschenkesack dabeihabe, und mit ihrem Augenzwinkern war das Ansinnen der Frau doch eindeutig.«

»Wir können von Glück reden, dass die Personenbeschreibung nicht eindeutig ausfallen wird, und darum sollten wir jetzt schnell zusehen, dass wir uns unter die Leute mischen – und als Nächstes werden wir Ihnen eine Unterhose kaufen, plus Hose. Besser ist das.«

Ohne länger nachzudenken, ziehe ich ihn mit mir in einen Gang, wo kaum ein Durchkommen ist. Vor den Buden stehen die Besucher und bestaunen die kleinen und großen handgefertigten Kunstwerke.

Den Weihnachtsmann im Schlepptau, bahne ich mir einen Weg und setze währenddessen eine Sprachnachricht in die Familiengruppe ab. Dabei lese ich die letzte Nachricht von Oliver und schreibe dann: »Ich habe tatsächlich keine Lust mehr gehabt, länger zu warten. Meldet euch, wenn ihr am Treffpunkt angekommen seid.«

Mein Plan ist, den Christkindlmarkt über die Weinstraße und die Sporerstraße zu verlassen und in der Frauenkirche etwas geschützt vor der Kälte auf Nachricht zu warten und dann ... Ja, wie das mit meinen Plänen eben so ist.

Dort würde die Polizei jedenfalls bestimmt nicht nach uns suchen, und, Moment, warum denke ich jetzt schon im Plural? Weil ich mich für ihn verantwortlich fühle. Ich könnte ihn natürlich auch der Polizei ausliefern, die ihn in die Geschlossene bringen würde, aber die würden ihn gleich in die Schublade Sexualstraftäter einsortieren, und da würde er so leicht nicht mehr rauskommen.

Ich glaube ihm seine Naivität, er ist offenkundig psychisch krank, das schon, aber er ist kein Exhibitionist. Was sich nach dieser Aktion und dem vorangegangenen Vorfall der Polizei natürlich nur schwer vermitteln lässt.

»Was meinen Sie mit nicht eindeutiger Personenbeschreibung, und warum haben Sie es auf einmal so eilig?«, höre ich den Weihnachtsmann hinter mir sagen.

»Ihretwegen«, entgegne ich knapp. »Und Sie können von Glück reden, dass hier noch ein paar Männer im gleichen Aufzug wie Sie herumlaufen«, sage ich über die Schulter.

»Noch mehr als der eine vorhin? Ich habe aber keine Lust auf Billigkonkurrenz. Ich bin der einzig wahre Weihnachtsmann! Aber sagen Sie, ist das wohl auch ein Markt, auf dem Wichtel ihre handwerklichen Fähigkeiten zur Schau stellen? Auch die Kochwichtel scheinen interessante, wenn auch einfache Gerichte anzubieten. Mir erschließt sich allerdings nicht ganz, warum überall Herzen in Plastikfolie aufgehängt werden.«

»Damit man sich den Kopf daran stößt«, gebe ich genervt zurück.

»Das ergibt natürlich einen Sinn, warum bin ich da nicht selbst ...«

Ein Ruck geht durch meinen Arm, und ich muss stehen bleiben, weil der Weihnachtsmann stehen geblieben ist. Stocksteif. Er starrt auf den Schwenkgrill einer Würstchenbude, als habe er ein Gespenst gesehen.

»Bei allen heiligen Rentieren«, stöhnt er. »Mir wird schlecht.«

»Was ist denn los?«, frage ich, vergeblich auf der Suche nach dem Auslöser, der ihn so bleich werden lässt.

Es dauert einen Augenblick, bis er seine Sprache wiederfindet. »Warum hat die Frau so einen Aufstand gemacht, als ich ihr meinen Sack gezeigt habe, wenn hier Penisse in sämtlichen Größen auf dem Grill liegen? Bei allen guten Wichteln, lassen Sie uns schnell weitergehen. Lassen Sie uns bloß schnell eine Hose für mich kaufen.«

Jetzt muss ich fast lachen. Wahnvorstellungen machen aber auch vor gar nichts halt. Ganz gleich, wie diese Geschichte ausgehen wird, ich bin mir jetzt schon sicher, dass ich nie wieder ohne diese Bilder im Kopf an einen Würstchenstand herantreten kann. Auch eine Methode, um zum Vegetarier zu werden.

Ich halte mein Handy in der Jackentasche fest umklammert, damit ich den Vibrationsalarm spüren kann, und hoffe auf ein Wunder. Dass ein Christkind vom Himmel fällt, mit dem mein Problem gen Himmel entschweben würde, so etwas in der Art, zum Beispiel.

Frommer Wunsch. Leider lacht sich mein Schicksal angesichts meiner Verzweiflung regelmäßig ins Fäustchen und wirft mir noch ein paar Extrasteine in den Weg, frei nach dem Motto: Und wenn du glaubst, es geht nicht mehr, dann kommt von irgendwo noch eine Schippe her.

Was meinen Mann, meinen Ex-Mann, anbelangt, bin ich mir gar nicht sicher, ob ich auf ein Wunder hoffen soll.

Von den schönen Dingen des Lebens hat er sich schon immer leicht ablenken lassen. Wahrscheinlich steht er jetzt mit den Kindern noch an einer Würstchenbude und hat beim Blick in den Glühweinbecher die Zeit aus den Augen verloren.

Zu viel würde er nicht trinken, schon gar nicht in Gegenwart der Kinder, aber wahrscheinlich hat ihn seine Neue so geschickt im Griff, dass er alles um sich herum vergisst. Wenn er mit seiner Flamme an einem Glühweinstand hängen geblieben ist und womöglich nicht nur die Zeit, sondern auch die Kinder aus dem Blick verloren hat, dann werde ich meinem Mann was erzählen.

Meinem Ex-Mann. Oliver. Dem Vater meiner Kinder. Ihm. Dem Schwein. Über die Anrede bin ich mit mir selbst noch nicht einig geworden.

»Wollten Sie sich etwa hier mit Ihrem Mann treffen?«, fragt das Problem, das ich gerade am wenigsten gebrauchen kann. »Nein«, knurre ich und bleibe ein paar Buden weiter erneut stehen. »Keine Ahnung, wo ich ihn finde. Das ist typisch Oliver. Nie kann dieser Arsch sich an irgendwas halten.«

»Sie sind wahrlich nicht gut auf ihn zu sprechen.«

Mit einer entnervten Geste will ich den Arm heben, da bemerke ich, dass er mich nicht losgelassen hat, obwohl wir stehen geblieben sind. Seine Hand fühlt sich warm an, kräftig, und für einen Augenblick spüre ich Geborgenheit, aus der ich mich jedoch schnell wieder lösen will. Nicht dass er sich darauf etwas einbildet.

»Ach was?«, gebe ich mich künstlich erstaunt. »Soll ich etwa ein Loblied auf ihn anstimmen, weil er mich verlassen hat? Oder wohl gleich eine Hymne?«

»Ich würde ein paar Strophen mitsingen. Vergessen Sie nicht, dass ich auch von meiner großen Liebe verlassen wurde.« Das Arktisblau in seinen Augen wird dunkler mit dem Schmerz, der ihn sichtlich überrollt. Wo auch immer der Funken Wahrheit in seiner Geschichte liegt, was auch immer ihm widerfahren sein mochte, er scheint es noch einmal zu durchleben.

Gerade als ich ihn vorsichtig darauf ansprechen will, blinzelt er mehrfach und richtet seinen Blick zur Ablenkung auf die Bude gegenüber, wo beleuchtete Sterne ausgestellt werden, die mittlerweile in jedem zweiten Wohnzimmerfenster hängen.

»Dieses ewige Plastikzeug«, moniert er. »Hat der Wichtel da drüben noch nichts von nachhaltigen Geschenken gehört?«

»Den Leuten gefällt's.«

Unduldsam verzieht er das Gesicht. »Das weiß ich, aber Holz ist doch so ein wunderbarer Rohstoff und verleiht dem Raum so eine schöne Atmosphäre.«

»Die Trends ändern sich.«

»Jaja, ich weiß, man muss mit der Zeit gehen. Ich musste schon mehrere Schreinerwichtel entlassen und stattdessen Hard- und Sofwareentwicklungswichtel einstellen. Ist in dem Bereich besonders schwer, qualifiziertes Personal zu finden, und ich breche mir allein an der Berufsbezeichnung die Zunge.«

Aha, denke ich. Wenn man seine Wahnwelt richtig umdeutet, dann ist er also Personalmanager in einer Technikfirma. Davon gibt es nicht gerade wenige in München, aber immerhin ein erster Anhaltspunkt, um mehr über seine wahre Herkunft zu erfahren und ihm zurück in sein Leben zu verhelfen.

Aber will ich das wirklich? Ist diese Aufgabe nicht eine Nummer zu groß für mich? Gute Frage, nächste Frage.

»Und die Frau, die Sie damals kennengelernt haben, wissen Sie, wo sie in München wohnt?«

»Sie lebte in Berlin, ob heute noch, weiß ich nicht.«

Aha, dort hat er sich also auch mal eine Zeit lang aufgehalten. »Erinnern Sie sich noch an Ihre Adresse?«

»Ich sagte doch, ich bin von ihr beim Geschenkeausliefern ertappt worden. Nachts. Und sie ist direkt mit mir mitgekommen. Wie soll ich mich da bei allen Polarlichtern an ihre Adresse erinnern?«

»Es hätte ja sein können.« Spannend, was er alles erfindet, um seine Erinnerungslücken zu kaschieren. Welche Frau würde denn schon, wie in seiner Geschichte, Knall auf Fall mit ihm fortgehen, quasi ans Ende der Welt?

Andererseits, wenn ich ihn mir so ansehe, könnte ich mir schon vorstellen, dass es Frauen gibt, die überall mit ihm hingehen würden – Hauptsache, dort steht sein Bett.

»Weshalb interessiert Sie das überhaupt? Diese Frau war meine große Liebe, aber die Sache ist Geschichte, und ich will nicht mehr daran rühren. Denn dann verschwindet der Schmerz mit der Zeit irgendwann.«

»Glauben Sie?«, frage ich zweifelnd. Da bringt man ein Psychologiestudium hinter sich, behandelt seit zehn Jahren Patienten mit schlauen Worten, aber gegen meinen eigenen Liebeskummer fühle ich mich machtlos. Ich kann mir nicht vorstellen, dass dieser Schmerz jemals nachlassen, geschweige denn verschwinden wird, obwohl ich es natürlich besser weiß – glauben kann ich es trotzdem nicht.

»Ich bin fest davon überzeugt«, sagt der Weihnachtsmann, »dass ich eines Tages eine neue Liebe finden werde.«

Daran kann ich nicht mal denken. Meine Freundinnen hatten mir gestern beim Mädelsabend außer Sekt auch keinen anderen Trost anzubieten als den blöden Spruch, dass die Zeit alle Wunden heilt und ich ganz bestimmt bald einen neuen Mann finden werde.

Na super, so schnell sollte das auch nicht gehen. Und wenn schon, dann war von einem Mann die Rede – nicht von einem Weihnachtsmann.

Und von wegen, die Zeit heilt alle Wunden. Es wird mit jedem Tag schlimmer. Der Nächste, der mir mit diesem unseligen Spruch daherkommt, erntet eine Backpfeife.

»Die Zeit heilt alle Wunden, das wird bald besser, glauben Sie's mir.«

Zack. Gedacht, gesagt, getan.

»Wow, die hat aber gesessen.« Verwundert reibt sich der Rauschebart die Wange.

»Nicht schlimm, das wird bald besser« knurre ich und bin zugleich über mich selbst erschüttert. Zum ersten Mal in meinem Leben ist mir die Hand ausgerutscht.

»Mama, guck mal, das Christkind hat dem Weihnachtsmann eine Ohrfeige gegeben!« Der Finger eines etwa vierjährigen Jungen zeigt auf mich, dessen Mund offen steht.

Der Weihnachtsmann klappte seinen gerade wieder zu.

»Entschuldigung«, murmle ich, »so was ist mir noch nie passiert.«

»So wird das aber nichts mit den Geschenken dieses Jahr«, höre ich eine spöttische Stimme hinter mir, die mir sehr bekannt vorkommt.

»Oliver!« Bei ihm sind die Kinder und – seine Neue. Ganz großes Kino. Wie war das noch mal mit dem ersten Eindruck, auf den man keine zweite Chance hatte? Andererseits, ist es mir wirklich wichtig, was diese Tussi über mich denkt? Ja, verdammt. Vor allem jedoch hätten meine Kinder die Situation nicht mitbekommen müssen.

Das alles wäre nicht passiert, wenn Oliver rechtzeitig am verabredeten Treffpunkt erschienen wäre. Und hatte er nicht auch versprochen, dass ich seiner Neuen nicht begegnen würde? Aber wenn er schon die Sache mit »bis dass der Tod uns scheidet« nicht ernst nimmt …

Das 90-60-90-Model mustert mich unverholen von oben bis unten und bringt keinen Gruß über seine vollen roten Lippen.

Ganz meinerseits, denke ich. Dafür nehme ich meine beiden Kinder in den Arm. »Schön, dass ihr wieder da seid.«

»Hi, Mama«, sagen meine beiden Pubertiere. Wobei Lukas mit seinen fünfzehn Jahren fast so groß ist wie ich. Seine Locken, die er von mir geerbt hat – bei der dunklen Haarfarbe hat sich sein Vater durchgesetzt –, bändigt er auch im Winter unter einem Käppi seines Münchner Eishockeyklubs.

Seit ich vor ein paar Jahren schwer krank gewesen bin und er mich gerettet hatte, indem er den Notruf wählte, fühlt er sich bis heute als mein Beschützer. Er diskutiert gern, aber nur, wenn er will.

Gerade scheint er der Meinung zu sein, dass mit »Hi, Mama« bereits eine stundenlange Unterhaltung geführt wurde.

Lilly hingegen ist neugieriger und meist schwer zu bremsen. Anders als Lukas springt sie morgens schon putzmunter aus dem Bett, und ich frage mich oft, wo bei ihr der Aus-Schalter ist.

»Hast du dem Weihnachtsmann gerade echt 'ne Ohrfeige gegeben?«, hakt Lilly bass erstaunt nach und streicht sich eine vorwitzige blonde Strähne ihrer glatten Haare wieder unter die rote Mütze. Rosa war noch nie ihre Farbe. Sie ist ein burschikoses Mädchen, mit ihren dreizehn Jahren bekommt sie erst jetzt so langsam weibliche Züge, und mit den Freunden ihres Bruders versteht sie sich bestens, weil sie nie zickig ist. Von ihrer Mutter hätte sie wohl nie erwartet, was sie gerade gesehen hat.

Noch während ich die Flipperkugeln in meinem Kopf in geordnete Bahnen zu bringen versuche, meldet sich mein Weihnachtsmann zu Wort.

»Ach Quatsch, eure Mutter wollte mir da drüben die schönen leuchtenden Plastiksterne zeigen, und dabei hat sie mich aus Versehen im Gesicht getroffen.«

Jetzt steht mir der Mund offen. Nicht nur, dass er sich nicht gleich mit dem ersten Satz danebenbenommen hat, er hat sogar Partei für mich ergriffen. Es geschehen wohl doch noch Zeichen und Wunder.

Oliver scheint sich noch nicht sicher zu sein, wie er die Situation einordnen soll. Immerhin ist es ihm offenkundig peinlich, dass er nun doch mit seiner Neuen auf mich gestoßen ist. Ob sein geplatztes Versprechen oder mein Verhalten die Ursache ist, bleibt zwischen uns schweben.

Nach vier Wochen stehen wir uns zum ersten Mal wieder gegenüber, und mir fallen plötzlich Dinge an seinem Aussehen auf, die ich vorher gar nicht mehr registriert habe. Seine runden Augen, die etwas von einem Teddybären haben, sein dazu passender Bürstenhaarschnitt und seine Figur, die mit den Jahren etwas fülliger geworden ist.

So hat er mir immer gefallen. Ich hatte nie das Bedürfnis, einen Jeff Bridges an meiner Seite zu haben, obwohl der natürlich schon seinen Reiz hat. Doch unsere Beziehung lief immer unter dem Motto: Appetit darf man sich holen, gegessen wird zu Hause.

Mit diesem Mann habe ich fast die Hälfte meines Lebens verbracht, er kennt all meine Fehler und ich seine. Mit unserem Boot der Liebe hatten wir gelernt, alle Untiefen zu umschiffen, im Sturm nicht zu kentern, und jetzt stehe ich auf einmal allein an Deck, das Ruder nicht mehr in der Hand und starre auf eine Felslandschaft, die ich, wie nach einem Vulkanausbruch, nicht mehr wiedererkenne.

»Ist ja schön, dass du jetzt doch schon mit den Kindern auftauchst«, starte ich den Angriff nach vorn. »Wir wollten uns vor gut einer halben Stunde treffen.«

»Bitte? Ich hab am Telefon gesagt, in eineinhalb Stunden. Wir wollten ja noch ein bisschen über den Weihnachtsmarkt bummeln. So wie du.« Er sagt es mit einem Seitenblick auf meinen Begleiter im roten Mantel.

Ich hole tief Luft, weil er im Gegensatz zu mir nicht einen Ton von einer Uhrzeit gesagt hat, behalte dann aber jegliche Klarstellung für mich.

Eine Diskussion mit einem sturen Esel, einem sprunghaften Hengst und einem Unschuldslamm in einer Person raubt mir nur

Energie, die ich ohnehin nicht besitze. Weil mich die Traurigkeit mit voller Wucht einholt und die Verzeiflung darüber, dass ich ihn verloren habe. Weil er eben kein Untier ist, auch wenn ich ihn gern in diese Ecke stellen würde, weil mir dann alles leichter fallen würde. Denn dann würde ich keine Liebe mehr für ihn empfinden.

»Hi, Oliver, ich hab schon viel von Ihnen gehört.« Na bravo. Das Kurzzeitgedächtnis meines Weihnachtsmanns scheint zu funktionieren, immerhin hat er sich sogar den Namen meines Ex-Manns gemerkt. Den Kommentar dazu hätte er sich allerdings sparen können.

»Ach, tatsächlich? Und wer sind Sie?« Die Frage ist zwar an den Rauschebart gerichtet, doch mein Ex schaut mich dabei an, und ich weiß genau, was ihn interessiert.

»Er ist … Also …«, stottere ich. Als Flipperkugeln habe ich einen durchgeknallten Typ, einen Stalker, einen Irren, einen Fall für die Psychiatrie, mein Problem und meinen Freund zur Verfügung. Ja, warum eigentlich nicht Letzteres? Mal testen, ob Oliver eifersüchtig wird. Vor allem könnte ich damit mein eigenes Ego vor dieser Tussi polieren. Mit Jeff Bridges als Glanzmittel würde mir das allemal gelingen.

»Ich bin der Weihnachtsmann«, sagt ebendieser mit stolzgeschwellter Brust und in einem Ton, als hätte er es mit einem Begriffsstutzigen zu tun.

Ich hake mich bei meinem Problem unter, nun sicher, welchen Plan ich verfolgen werde. Wobei das mit den Plänen bei mir ja in letzter Zeit so eine Sache ist. Aber egal. Man muss seinen Problemen mit einem Lächeln begegnen. Und ich will meinem Ex eins auswischen, und wenn ich mich dazu bis Plan Z durcharbeiten muss.

Und so schenke ich beiden Problemen mein strahlendstes Lächeln. »Das sieht man doch, wer er ist, oder?«, frage ich und lasse den Satz mit innerlicher Genugtuung und in aller Doppeldeutigkeit stehen.

Meine Kinder scheinen in dem Mann mit dem roten Mantel nichts anderes zu sehen als den Weihnachtsmann, und für sie ist die Sache nun erledigt. Nur Lilly hat offenkundig noch etwas auf dem Herzen.

»Können wir noch eine Runde mit der Christkindltram durch die Stadt fahren, bevor wir nach Hause gehen?«

Ich verziehe das Gesicht. Es ist zwar eine schöne Tradition, jedes Jahr wenigstens einmal mit der alten Straßenbahn, die innen und außen mit Girlanden und Weihnachtskugeln geschmückt ist, vom Sendlinger Tor über Maxmonument und Nationaltheater eine Rundtour durch das weihnachtliche München zu fahren.

Aber doch nicht heute, da steht mir überhaupt nicht der Sinn danach, schon wieder mit allen Fahrgästen Weihnachtslieder zu singen, selbst wenn der Kontrolleur in diesem Fall dabei Glühwein und Kakao ausschenkt.

»Warum schaust du so verkniffen?«, fragt Lukas, der sich erstaunlicherweise noch nicht gegen diesen Brauch aufgelehnt hat. Es ist ja auch die beste Möglichkeit, sich in der Familie auf die bevorstehende Weihnachtszeit einzustimmen.

Welche Familie? Welche Weihnachtsstimmung?

»Es ist schon spät«, weiche ich aus. »Morgen ist wieder Schule.« Ein Hoch auf dieses Totschlagargument.

»Ach bitte«, ruft Lilly. »Wir sind doch schon ganz in der Nähe der Haltestelle. »Wir haben Papa schon gefragt, aber Kathy will nicht, weil ihr beim Bahnfahren so schnell schlecht wird.«

»Das stimmt. Außerdem habe ich jetzt schon Kopfschmerzen«, bekräftigt das Püppchen und fasst sich theatralisch an die Stirn.

Meine Güte, wo hat er die denn aufgegabelt? Die kann mir außer mit ihrer Figur ja nun wirklich nicht das Wasser reichen.

Ich kann mich nicht entscheiden, ob ich mich darüber freuen oder ärgern soll.

Garantiert hat sie keine Kopfschmerzen, sondern nur einfach keine Lust auf dieses Familienprogramm. Das gibt mir den Anstoß, meine Unlust schnell beiseitezulegen.

»Ich hab auch nur gesagt, dass es schon spät ist, aber natürlich fahren wir noch. So viel Zeit muss sein.«

»Und ich …?«, setzt Oliver an, und ich komme ins Schwanken. Die Kinder scheinen über diese Frage erstaunt zu sein und wie selbstverständlich darauf eingestellt, nun mit mir allein weiterzuziehen. Also gebe ich meinem Ex-Mann von ganzem Herzen einen Korb, gefüllt mit all den schlechten Gefühlen, die ich in den vergangen Wochen gehabt habe.

»Wir gehen ohne dich. Du musst doch Kathy nach Hause bringen, wenn sie solche Kopfschmerzen hat.« Zum ersten Mal spreche ich ihren Namen aus, und ich muss zugeben, meine Stimme klingt, als hätte ich gerade einen Liter Abführmittel getrunken.

»Ich hab solche Kopfschmerzen, du musst mich nach Hause bringen, Oliver«, bekräftigte das Blondie mit wehklagender Stimme.

Tja, denke ich, das kommt eben davon, wenn man sich so ein Zuckerpüppchen aussucht. Die wissen nicht, was Schmerztabletten sind, die kennen nur Geheul.

Kann sein, dass mein Blick auf sie etwas verstellt ist, weil ich diese verhasste Person nicht differenziert wahrnehmen kann und sie zudem äußerlich so wunderbar ins Klischee passt, sodass ich nur schwarz-weiß denken kann, oder besser gesagt lippenstiftrot.

»Also, auf geht's!«, rufe ich und wende mich mit meinen Kindern von Oliver ab. Mit gutem Gewissen, das muss ich zugeben. Auch wenn das von meiner Seite kein besonders schöner Zug ist, aber ich habe zum ersten Mal seit Wochen wieder das Gefühl, Herrin der Lage zu sein, wie wundervoll.

Darüber habe ich allerdings völlig mein Problem vergessen, bei dem ich mich eingehakt hatte. Freiwillig.

»Christkindltram?«, fragt der Weihnachtsmann mit feuchtem Glanz in den Augen.

Ich seufze. Um ihn von diesem Trip runterzukriegen, muss er sich an sein Leben vor dem Unfall erinnern. Ich setze meine Hoffnung darauf, dass bei der Rundfahrt durch die Innenstadt Bruchstücke seiner Erinnerung wiederkehren. Einen Versuch ist es wert, auch wenn Feldstudien noch nie mein Ding gewesen sind. Ich bin mehr so der Typ für ein Leben unter Laborbedingungen. Wenn etwas schiefläuft, dann wenigstens kontrolliert.

»Erst gehen wir Ihnen noch eine Hose kaufen. Sicher ist sicher.«

* * *

In der Nähe der Starthaltestelle der Christkindltram am Sendlinger Tor will ich für ihn in meinem Lieblings-Secondhandladen eine schwarze Hose erstehen. Heute ist verkaufsoffener Sonntag. Kleiner Laden, kein Aufsehen wie im Kaufhaus, kein Stress. So weit zu meinen Plänen. Mal wieder.

Es beginnt schon am Petersplatz, wo er angesichts der St.-Peter-Kirche den Kopf in den Nacken legt und einen begeisterten Aufschrei loslässt.

Nun gut, wir stehen vor der ältesten Kirche Münchens, liebevoll als *Alter Peter* bezeichnet, deren erste Erwähnung auf die Anfänge des 13. Jahrhunderts zurückgeht, aber einen Aufschrei ist dieser Umstand dann doch nicht wert.

»Da steckt die Kanonenkugel!« Er deutet die Fassade hinauf, und ja, dort ragt eine Kanonenkugel oberhalb des Rundbogenfensters halb aus dem Mauerwerk heraus.

Der Mann hat ein scharfes Auge, denke ich, selbst vielen Münchnern ist sie noch nie aufgefallen.

Die wissen nur seit Karl Valentin, dass der Alte Peter deshalb acht Uhren am Kirchturm hat, zwei an jeder Seite, damit acht Leute gleichzeitig die Uhr ablesen können.

Natürlich geht die Geschichte anders und hängt damit zusammen, dass zu der historischen Uhr mit Stundenzeiger, die aus jeder Himmelsrichtung sichtbar sein sollte, je ein Ziffernblatt mit Minutenanzeige hinzukam.

Doch meine Kinder wissen um das Geheimnis der Kanonenkugel, und Lilly will die Geschichte sogleich zum Besten geben. »Das war in irgendeinem Krieg und also …«

»Das war während des ersten Koalitionskrieges, 1795«, helfe ich aus, »als die Österreicher gegen die Franzosen kämpften und München zwischen die Fronten geriet. Die Schlacht fand auf dem Gasteig statt.«

»Mensch, Mama, red mir nicht immer dazwischen. Also, jedenfalls war da dieser Krieg, und die Bombe flog bis zur Kirche!«

»Was für ein Quatsch!«, sagt der Weihnachtsmann kopfschüttelnd.

Habe ich jetzt Lust, mit einem Typen über Geschichte zu diskutieren – was ich immerhin auch mal studiert habe –, der bereits mein gesamtes Psychologiewissen ad absurdum führen will?

Nein. Dafür mein Sohn umso mehr.

»Doch, die Kanonenkugel schlug während eines Gottesdienstes durch das Fenster in die Kirche ein«, mischt er sich ein. »Aber der Pfarrer ist total cool geblieben, der hat echt seine Predigt zu Ende gehalten und die Kugel als Mahnmal einmauern lassen.«

»Diese Hälfte der Geschichte stimmt«, bestätigt der Rauschebart. »Aber ihr kennt nicht den Grund, warum der Pfarrer so ruhig geblieben ist, oder? Und als Mahnmal wofür genau? Da müsste man ja viele Kugeln einmauern.«

Ratlos schauen wir drei uns an. Diese Fragen hatte ich mir natürlich auch schon gestellt und tatsächlich noch nirgends beantwortet gefunden, mir jedoch mit dem Gottvertrauen des Geistlichen erklärt, der keine Kriege mehr wollte.

»Dann will ich euch mal erzählen, warum diese Kugel da steckt. Anno 1795 herrschte nämlich der Weihnachtsmann-Weltkrieg, als die Grenzgebiete noch nicht klar verteilt waren und jeder seinen Zuständigkeitsbereich erweitern wollte.«

»Ja nee, is klar«, feixt Lukas, doch Jeff Bridges lässt sich als Geschichtenerzähler nicht beirren.

»Ist logisch. Denn damals hatten die Kinder noch nicht so viele Ansprüche, und die Ehrfurcht vor dem Weihnachtsmann war groß – weite Herrschaftsbereiche waren also das Ziel des Weltkriegs unter den Weihnachtsmännern. Allem voraus ging der Dezemberkrieg, in dem sich der Nikolaus, Knecht Ruprecht, Santa Claus, Jack Frost und Old Man Winter, Olentzero aus dem Baskenland, die alte Witwe Befana aus Italien, die Weihnachtszwerge aus Island, die Julenisser aus Dänemark und andere Wichteltruppen sowie natürlich meine Vorfahren bekämpft haben.«

»Und was ist mit dem Christkind?«, fragt Lilly.

Ich hätte den Namen ja nicht erwähnt, lobe mir innerlich jedoch die Spitzfindigkeit meiner Tochter.

»Das Christkind als Nachfolger des Jesuskinds hat sich aus allem rausgehalten, weil es sich aus der christlichen Tradition heraus als alleiniger Gabenbringer versteht. Nun ja, die Dezemberkämpfe gingen erfolglos zu Ende, es gab keine Einigung darüber, an welchem Tag Weihnachten gefeiert werden sollte.«

»Das stimmt, das ist ja bis heute so«, sagt Lukas und schiebt nachdenklich sein Käppi hin und her. »Aber was hat das mit der Kanonenkugel zu tun?«

»Dazu komme ich jetzt. Denn nach dem Dezemberkrieg ging es erst richtig los. Santa Claus, der sich mit Father Christmas bereits die Vorherrschaft in den englischsprachigen Ländern gesichert hatte, bildete mit Sinterklaas aus den Niederlanden sowie Père Noël aus Frankreich und den Reyes Magos aus Spanien eine westliche Allianz gegen den mächtigen Ded Moroz aus Russland und Noel Baba aus Griechenland. Am Ende mischten sich auch noch Viejo Pascuero aus Chile, Santa Haraboji aus Südkorea und Santakukoru aus Japan ein – am Himmel lieferte man sich erbarmungslose Schlittenschlachten, das könnt ihr euch gar nicht vorstellen. Und die Leidtragenden waren wie immer die Kinder. In den Jahren des Kriegs musste Weihnachten oft ausfallen. Dann endlich, als es schon fast keine Rentiere mehr auf der Welt gab, wurde endlich Frieden geschlossen, ein Mantelvertrag unterzeichnet und damit die Grenzen gesichert.«

Ich bin fast versucht, diesem lächerlichen Stuss Glauben zu schenken, weil alles so logisch klingt. Und woher kennt er überhaupt die ganzen Namen?

Ich weiß wohl, dass der Weihnachtsmann – ob es ihn nun gibt oder nicht – in den verschiedenen Ländern unterschiedlich heißt, aber ich könnte mir diese Bezeichnungen nicht so einfach aus dem Ärmel schütteln.

Er muss sich auf seine Rolle ziemlich gründlich vorbereitet haben, aber wie war das so schnell nach dem Unfall möglich? Und den Rentierschlitten habe ich ja mit eigenen Augen gesehen.

»Nun also zu der Kugel. Es herrschte Frieden, nur in Deutschland ging der Streit zwischen Weihnachtsmann und Christkind los. Und so kam es eines Tages dazu, dass das Christkind bei einer Schlacht am Himmel über München eine Bombe auf meinen Großvater abwarf. Er wurde schwer getroffen, musste kapitulieren und zog sich in den Norden zurück, während das Christkind im südlichen Teil Deutschlands die Herrschaft erobert hatte.«

»Und die Bombe ist hier in der Kirche gelandet?«, fragt Lilly, deren große Augen keinen Zweifel daran lassen, welche Version sie nun für glaubwürdiger hält.

»Richtig. Sie ist sogar mitten in den Altarraum gefallen. Und es stimmt, dass der Pfarrer die Predigt dennoch zu Ende gehalten hat. Grund dafür war jedoch das Christkind, dessen Stimme nur er hören konnte. Der Geistliche war sehr erleichtert darüber, dass in München fortan nicht der säkulare, also der weltliche, Weihnachtsmann die Gaben brachte, sondern das religiöse Christkind. Und so ließ er die Kanonenkugel in die Kirche einmauern – nämlich zur Abschreckung für den Weihnachtsmann, der dieses Mahnmal vom Himmel aus immer sehen konnte. Außerdem trug der Pfarrer in den folgenden Jahren dazu bei, dass sich der Glaube an das Christkind im Süden Deutschlands weiter verbreitete.«

»Coole Geschichte!«, ruft Lukas begeistert, und ich muss zugeben, dass sie ziemlich einleuchtend klingt. Mehr aber auch nicht.

»Das freut mich, wenn ich das alles verständlich erklärt habe. Ist bei den ganzen Beteiligten ja nicht so einfach. Diese Geschichte ist übrigens auch der Grund dafür, warum das Turmkreuz vom Alten Peter in die falsche Richtung zeigt.«

Nun bin ich aber mal gespannt. Mit der falschen Richtung meint er, dass Kreuze auf Kirchen normalerweise eine Ausrichtung nach Nord-Süd haben, die breite Seite also nach Osten und Westen gerichtet ist. Mich hat dieses Kuriosum während des Studiums auch interessiert, allerdings bin ich auf keine geschichtliche Erklärung gestoßen, die wirklich einleuchtet.

Die einen sagen, der Teufel habe dem Kreuz einen Fußtritt verpasst, sodass es sich um neunzig Grad drehte, die anderen machen Aiolos, den Gott der Winde, dafür verantwortlich, dass es eines Tages schief stand.

Und deshalb, so habe ich in den Kirchenakten gelesen, drehte man das Kreuz, damit es dem Westwind keine Angriffsfläche mehr bietet. Nun ja, dann müssten aber die Kreuze sämtlicher Kirchen diese ungewöhnliche Ausrichtung haben.

»Und was genau ist Ihre Erklärung dafür?«, frage ich ihn.

»Na, das Christkind hat das Kreuz gedreht, um den Weihnachtsmann zu ärgern. Er sollte die Orientierung verlieren und in die Irre fliegen, falls er sich noch einmal in den Süden Deutschlands wagt.«

Die Geschichte klingt in sich logisch, denke ich, und dennoch muss ich schmunzeln. Andererseits, habe ich eine bessere Erklärung?

»Glaubt ihr mir nicht?«, fragt er, weil nun auch meine Kinder lachen. »Wisst ihr denn, warum der Blitz so oft in den Kirchturm einschlägt?«

»Na ja, natürlich sind Kirchtürme bei Gewitter eine Zielscheibe«, sagt Lukas gelangweilt.

Dennoch ist an diesem Phänomen etwas dran, das muss ich zugeben. »Am Alten Peter werden tatsächlich ungewöhnlich viele Blitzeinschläge verzeichnet. Er scheint sie wie magisch anzuziehen.«

»Nicht magisch«, korrigiert mich der Rauschebart. »Mein Vorfahre ist bis heute so sauer auf das Christkind, dass er auf seiner Wolke sitzt, und wenn Petrus nicht aufpasst, dann schickt er Blitze, die in den Kirchturm einschlagen.«

Nun müssen wir wirklich alle lachen. Nur mein Problem nicht. Ihm ist das alles sehr ernst.

»Glauben Sie mir, das ist die Wahrheit. Spätere Koalitionsvereinbarungen sicherten den Frieden zwischen Weihnachtsmann und Christkind, doch wenn nun bekannt wird, dass ich das Christkind …« Er schaut in den Himmel, und ich räuspere mich vernehmlich, denn ich weiß, worauf er hinauswill.

Die Kinder müssen seine Wahnvorstellung nicht hören, dass ich das neue Christkind werden soll, und so gebe ich ihm durch das kurze Heben meiner Augenbrauen eine Warnung, die er zum Glück versteht – wenn auch wohl in seinem Sinne, denn er will ja nicht, dass seine vermeintliche Tat bekannt wird.

»Da oben sind ja Leute auf dem Turm«, bemerkt er, weil er den Kopf in den Nacken gelegt hat. »Wie kommt man denn dort hoch?«

»Das kostet einen Euro, und man muss ziemlich viele Treppen raufsteigen bis zur Aussichtsplattform«, erklärt Lilly in lustlosem Ton.

»Genau 306 Stufen«, stöhnt Lukas. »Mussten wir mit der Klasse rauf, werd' ich nie vergessen.«

»Vielleicht kann ich von dort oben sehen, wo meine Kutsche abgeblieben ist.«

»Welche Kutsche?«, hakt Lilly nach, schneller, als ich reagieren kann. »Wissen Sie nicht mehr, wo Sie Ihr Auto geparkt haben?«

»Ihr Gefährt findet sich auf jeden Fall wieder«, beruhige ich ihn schnell. »Das bringt jetzt nichts, bei der Dunkelheit da hochzusteigen.«

»Aber wenn es jemand gestohlen hat, würde ich es vielleicht am Himmel sehen können«, insistiert mein Problem.

»Muss ich das jetzt verstehen?«, fragt Lukas. »Redet er etwa von einem fliegenden Weihnachtsschlitten?«

»Kleiner Scherz!«, rufe ich und hätte Jeff Bridges am liebsten vors Schienbein gehauen. Aber das hilft auch nichts gegen seine Wahnvorstellungen.

»Okay, ich hätte jetzt nämlich auch keinen Bock, da hochzulatschen«, bekräftigt Lukas.

Ganz meinerseits, denke ich. Zwar hat man vom Turm des Alten Peter den besten Ausblick über München, aber wenn ich mir schon die Lungen aus der Brust keuche, dann will ich wenigstens bei Tag mit dem Postkartenpanorama bis zu den Alpen belohnt werden.

Bei Dunkelheit kann man ja nicht mal bis zum Englischen Garten oder im Süden über das Sendlinger Tor bis zur Theresienwiese schauen, wo ich Oliver auf dem Oktoberfest kennengelernt habe.

Vielleicht hätte ich damals ernster nehmen sollen, dass er nicht wegen zu hohem Alkoholpegel von der Bank gefallen ist, sondern weil er dem üppigen Dekolleté einer Blondine nachgeschaut hat, wie er mir gegenüber später einmal freimütig bekannte.

Mit heutigem Wissen hätte ich mein Helfersyndrom mit einem Maßkrug erschlagen sollen und Amor gleich mit, aber ich fand die Vorstellung so romantisch, dass mir meine große Liebe tatsächlich vor die Füße gefallen ist.

»Das waren garantiert die letzten Besucher für heute«, erkläre ich Jeff Bridges, der mir im Halbprofil wiederum jede Erklärung liefert, weshalb er als Model arbeiten sollte. Ich erinnere ihn an unser Vorhaben. »Wir wollten Ihnen ja noch eine Hose kaufen.«

* * *

Mit diesem Stichwort setzt er sich in Bewegung. Allerdings bleibt er immer ein paar Schritte hinter uns, weil er aus dem Staunen gar nicht mehr herauskommt.

Über den Löwenturm, die älteste Stadtbefestigung Münchens, aber auch über die vielen Autos und die beleuchteten Schaufenster. Als wir an einem Geldautomaten vorbeikommen, bleibt er fasziniert stehen und tippt auf den Zahlen herum, wie er es gerade bei seinem Vorgänger beobachtet hat, auf dass sich auch bei ihm die eiserne Lippe des fest verschlossenen Mundes öffnen würde und Scheine herauskämen.

Ich habe Mühe, ihn von dem Automaten wegzubekommen, weil er unbedingt mit dem armen Wichtel sprechen will, der in diesen Kasten eingesperrt seine Arbeit verrichten muss.

»Mama, ich hab noch nie so einen lustigen Weihnachtsmann erlebt«, kichert Lilly hinter vorgehaltener Hand, als wir endlich weitergehen.

»Der Typ ist echt abgefahren«, pflichtet Lukas ihr bei. »Der wäre der Burner auf YouTube.«

»Woher kennst du ihn?«, will Lilly wissen. »Kann er mal zu uns an die Schule kommen?«

»Er stand heute Morgen vor meiner Tür und hat mich aus dem Schlaf geklingelt«, antworte ich wahrheitsgemäß – aber in homöopathisch verträglicher Dosis. »Und er nimmt, wie soll ich sagen, seine Rolle ziemlich ernst.«

Ernst wird es jetzt auch am Rindermarkt beim Sternenplatzl, wo es unter den alten Laubbäumen, die zu einem Glitzerwald geschmückt sind, kaum ein Durchkommen gibt. Unser Weihnachtsmann wird mit Sprüchen bedacht, die dem Niveau von fünf Tassen Glühwein entsprechen.

Auch hier drehen sich die Flügel einer großen Weihnachtspyramide zu überlauter Blasmusik einer Kapelle, die gerade aufspielt. Nicht weit davon entfernt wärmen sich die Glühweintrinker an zwei offenen Feuerstellen, die, ihren Gesten nach zu urteilen, ihr eigenes Wort nicht mehr verstehen – was allerdings durchaus auch am Alkoholpegel liegen kann.

Mein Patient lässt sich von der Lautstärke und den vielen Menschen glücklicherweise nicht aus dem Konzept bringen, eine neue Hose scheint ihm wichtig zu sein.

In der Nähe des Rindermarkt-Brunnens stößt er jedoch auf einen zweiten seiner Art, der in einem billigen Kostüm steckt, sein Fahrrad mit Girlanden geschmückt hat und aus zwei großen Körben heraus Schokoweihnachtsmänner und irgendwelche Flyer verteilt. Ich verspanne mich in der Erwartung, dass sich mein Problem als solches zu erkennen geben würde.

Doch er bleibt ziemlich gelassen und verkneift sich jeden Kommentar. Lernfähig scheint er zumindest zu sein, eine Soziotherapie könnte vielleicht doch etwas nützen.

Man sollte sich einfach nie zu früh freuen.

Auf Höhe des reich verzierten und bemalten Ruffinihauses bleibt der Rauschebart wie angewurzelt stehen. In dem über einhundert Jahre alten schmucken Gebäude befinden sich einige interessante kleine Läden, darunter mein liebster Secondhandshop.

Die Inhaberin sieht zwar aus wie eine Hexe, aber für ihre Kunden hat sie eine fantastische Auswahl an angesagten Klamotten parat, sie berät stilsicher, und einen Kaffee nebst einem Stück selbst gebackenem Kuchen und den neuesten Neuigkeiten aus München gibt's immer noch obendrauf.

»Ich fasse es ja nicht!«, ruft der Rauschebart, noch bevor wir dem Eingang nahe gekommen sind. Damit meint er auch nicht das Schaufenster, denn sein Blick geht in die andere Richtung.

Er zeigt auf einen Travestiekünstler mit bauschigen, rosafarbenen Engelsflügelchen. »Ein Christkind!«, ruft er. »Entspricht zwar nicht ganz meinen Vorstellungen, aber was soll's. Hauptsache, ein Christkind!«

Mir ist schon klar, wohin das vermeintliche Christkind unterwegs ist. Zur Pink Christmas, ein Weihnachtsmarkt für Schwule und Lesben, der nur unweit vom Sendlinger Tor auf dem Stephansplatz gleich neben dem Alten Südfriedhof stattfindet.

Und noch ehe ich meinen Weihnachtsmann davon abhalten kann, läuft er auf das Ziel seiner Begierde zu – und ich hinterher.

Ich weiß nicht, was mein Patient zu ihm gesagt hat, dafür komme ich zu spät, aber ich sehe, wie sich das etwa zwei Meter große Christkind verzückt auf den stelzenartigen Pumps, in denen ich mir alle Knochen brechen würde, einmal um die eigene Achse dreht und seine rosafarbenen Federberge am Rücken samt dem Hintern im hautengen Dress zur Schau stellt.

»Mit dir in den Himmel fliegen? Das ist ja mal 'ne nette Anmache«, sagt das Christkind mit rauchiger Stimme. »Komm doch heute Abend ins ›Rendezvous‹ im Glockenbachviertel, da trete ich in einer Show mit der schönsten Nordmann-Tunte München ens auf, und danach habe ich ganz viel Zeit für dich, mein süßer Weihnachtsmann. Bist ja echt ein außergewöhnliches Prachtexemplar.«

»Ich bin das Original!«, bekräftigt er. »Und ich werde da sein. Versprochen!«

Nachdem wir uns ein paar Schritte entfernt haben, raune ich ihm zu: »Ich glaube, das sollten Sie lieber nicht tun.«

»Aber warum denn nicht? Es sieht zwar nicht so aus, wie ich mir das vorgestellt habe, aber ich muss wohl flexibel sein. Wer sagt denn, dass das Christkind so hübsch sein muss wie Sie und weiße Flügel … Moment mal, jetzt verstehe ich. Sie sind eifersüchtig! Sie möchten doch das neue Christkind werden, aber Sie sind mental einfach noch nicht so weit.«

»Wer weiß«, gebe ich mich vage. Ich sehe es gerade nur als meine Pflicht an, meinen Patienten vor einem Abenteuer zu bewahren, bei dem er seine Jungfräulichkeit an einer Stelle verliert, die ihm offenkundig gar nicht in den Sinn kommt.

Stattdessen gibt er sich verständnisvoll. »Ich verstehe, dass Sie große Ängste vor Ihrer Aufgabe als Christkind haben. Das kann ich gut nachvollziehen.«

Der redet ja wie ich mit meinen Patienten, denke ich, doch der Rauschebart setzt noch einen drauf: »Ich gebe Ihnen alle Zeit der Welt, damit Sie mir aus ganzem Herzen folgen können. Ähm, nun ja. Vielleicht nicht alle Zeit. Eher nur so einundzwanzig Tage.«

Drei Wochen, denke ich entsetzt. So lange will ich ihn nicht an den Fersen haben. Diesen Patienten muss ich schneller wieder in die Spur bringen, notfalls dann doch mit dem weißen Jäckchen.

Nun aber erst mal zur schwarzen Hose.

* * *

Meine Kinder bleiben draußen, Shopping ist nicht so ihr Ding. Selbst meine Tochter hat daran wenig Interesse. Liegt wahrscheinlich an ihrem frühen Kindheitstrauma. Lilly muss knapp drei Jahre alt gewesen sein, als die vermeintliche Hexe sie im Secondhandladen fragte, ob sie im Hinterzimmer mal in den Ofen schauen wolle.

So viel zu einem lauwarmen Pflaumenkuchen und meinem Plan, ein schickes Kleid zu kaufen, in dem ich mal wieder mit Oliver hätte ausgehen können. Stattdessen bin ich mit einem heulenden und nicht zu beruhigenden Kind im Buggy mit der Tram quer durch München nach Hause gefahren. Ein Traum.

Lilly und Lukas ziehen es jedenfalls vor, in den Handyshop gegenüber zu gehen, während ich meinen Lieblingsladen betrete.

»Oh, Frau Christkind, scheen, dass Sie amoal wieder bei mir reinschaun. Grüß Gott!«, sagt sie an das Problem gewandt, das mir folgt.

»Ich bin nicht Gott, ich bin der Weihnachtsmann«, bemerkt selbiger. Also Letzerer.

»Da ham S' aber a lustige Begleitung, Frau Christkind. Mechtan S' erst mal einen Kaffee und a Stück Kuchen, bevor S' sich umschaun? Lauwarmen Pflaumenkuchen, aus selbst eingelegten Pflaumen, mit Zimtstreuseln. Ihr Lieblingskuchen, als ob S' den gerochen hätten.«

»Das klingt gut«, sagt mein vermeintlicher Nordpolbewohner, noch ehe ich das Angebot ablehnen kann, denn nach Kaffeekränzchen steht mir in seiner Begleitung nicht der Sinn, im Gegensatz zu ihm. »Haben Sie vielleicht auch Mustikkapiirakka und ein Glas Milch für uns? Das wäre jetzt genau das Richtige für das Christkind.«

»Milch und Musti… was?«, fragt die Verkäuferin in Hexenoptik.

»Eine Spezialität aus meiner Gegend. Das scheint man hier wirklich nicht zu kennen.«

»Nein«, entgegnet sie bedauernd, »aber geben Sie mir gerne das Rezept, dann backe ich ihn mal. Wo kommen Sie denn her?«

»Na, vom Polarkreis natürlich!«, entgegnet mein Patient, und ich unterbreche das Gespräch, ehe die Inhaberin das Problem erkennen kann.

»Heute keinen Kuchen, leider. Ich habe die Kinder dabei, und wir haben noch etwas vor. Wir bräuchten nur eine schwarze Hose für … für ihn.« Mir fällt auf die Schnelle nicht ein, wie ich mein Problem der Verkäuferin gegenüber betiteln soll.

Sie kennt mein Privatleben seit Jahren so gut wie meine Friseurin, aber alles muss ich ihr dann doch nicht erklären. Deshalb habe ich mir eine plausible Geschichte zurechtgelegt.

»Er hat sich leider die Currywurst über die Hose gekippt, die ist nicht mehr zu gebrauchen, also, die Hose – wobei, die Currywurst auch nicht mehr –, und wir haben keine Zeit, nach Hause zu gehen.«

»Ach, dann müssen Sie Oliver sein, wir haben uns schon so lange nicht mehr gesehen. Mit dem Bart habe ich Sie gar nicht erkannt. Wirklich eine sehr gelungene Verkleidung!«

»Ich bin nicht Oliver, ich bin der Weihnachtsmann«, wiederholt selbiger mit wachsender Ungeduld, und ich würde der Verkäuferin am liebsten sagen, dass sie bei meinem Patienten gerade im Begriff ist, einen Kurzschluss zu provozieren.

Die Hexe lacht wie nach zwei Flaschen Whiskey. »Natürlich sind Sie der Weihnachtsmann, daran gibt's doch gar keinen Zweifel. Wie gut, dass der wunderschöne Mantel nichts abbekommen hat.«

Ich atme erleichtert durch, weil sie sich gerade buchstäblich mit dem Schraubenzieher von der Steckdose entfernt hat.

»Dann will ich mal sehen, was ich für Sie tun kann.« Prüfend wandert ihr Blick über seinen modelhaften Körper, und es ist mir ein Rätsel, wie sie so die Konfektionsgröße ermitteln kann. Kann sie auch nicht.

»Würden Sie bitte mal Ihren Mantel öffnen, damit ich die Größe besser sehen kann.«

Der Rauschebart wirft mir mit rot gefärbten Wangen einen Hilfe suchenden Blick zu.

»Wir brauchen auch eine Unterhose«, komme ich ihm zur Hilfe, und zu meiner Erleichterung fragt sie nicht weiter nach.

»Wie gut, dass ich welche dahabe, noch originalverpackt und sogar in Rot!«

Skeptisch begutachtet Jeff Bridges die durchsichtige flache Schachtel, die sie ihm in die Hand drückt. Die charakteristische Schrift auf dem weißen Gummiband lässt mich sogleich an meinen Geldbeutel denken. Doch meinen Patienten scheinen ganz andere Sorgen zu plagen.

»Na, so klein ist meiner auch nicht, dass man das in Großbuchstaben draufschreiben müsste.«

Ich suche mir einen neutralen Punkt an der Decke, um einen Lachanfall zu verhindern, und die Verkäuferin beschäftigt sich mit der Auswahl einer Hose, als gäbe es nichts Wichtigeres auf der Welt.

Endlich scheint sie ein passendes Teil gefunden zu haben und schickt ihn damit zum Umziehen.

»Passt«, sagt mein Problem und kommt hinter dem Vorhang vor. »Bisschen warm zwar für meinen Geschmack, aber besser ist das, mit der Hose. Ich möchte nicht, dass mein Penis gegrillt wird.«

»Ihr … Wie bitte?«

»Mein Penis soll nicht gegrillt werden«, wiederholt er noch einmal mit Nachdruck, und so habe ich keine Chance mehr, ihr einzureden, sie habe sich verhört.

So schnell habe ich wohl noch nie bezahlt und einen Laden fluchtartig verlassen. Ich will nicht wissen, was die Frau jetzt über mich denkt, ich weiß nur, dass ich mich in dem Laden nicht mehr blicken lassen kann.

»Das ging aber schnell«, begrüßt mich Lilly erstaunt zwischen den Smartphones.

»Wir haben uns kaum umgeschaut«, meckert Lukas und nimmt demonstrativ das neueste iPhone in die Hand.

»Das sind also diese Dinger, mit denen man überall telefonieren kann, aber warum sind die denn hier mit einem Kabel am Hörer festgebunden wie früher? Das ist ja wohl nicht Sinn und Zweck der Sache.« Er tippt auf dem Display herum und hält sich das Handy ans Ohr. »Hallo? Haaaallooo? Ich höre Sie nicht. Hallo?« Genervt versucht er das Gerät zurück in die Halterung zu befördern, während sich meine Kinder vor Lachen nicht mehr einkriegen.

»Haben Sie eine Haftpflichtversicherung?«, frage ich ihn.

»Haft? Wofür soll ich denn in den Knast? Etwa, weil diese Dinger nicht funktionieren? Kein Wunder wünscht sich jedes zweite Kind von uns so ein Gerät, und meine Wichtel kommen mit der Produktion kaum nach. Jedes Jahr müssen wir viele Kinder enttäuschen. Da kann ich mich ja direkt mal beschweren.« Er schaut sich im Raum nach einem passenden Ansprechpartner um.

»Ich glaube, wir gehen jetzt besser zur Christkindltram. Sonst wird es zu spät«, sage ich und ziehe mein Problem mit mir mit. Ich weiß nicht, wer sich lauter beschwert, meine Kinder oder er, jedenfalls sind sie sich einig, während ich mich zu dem blauen Holzhäuschen an der Haltestelle flüchte und die Fahrkarten kaufe.

Verzauberte Stille tritt erst ein, als die geschmückte Christkindltram einfährt, anstelle einer Liniennummer ein Glöckchen auf dem Display und die 2412 als Kennung auf dem historischen blau-gelben Wagen, auf dem zusätzlich noch Sterne kleben.

Als ich den gelb leuchtenden Knopf drücke und die Tür sich mit einem sanften Zischen hydraulisch öffnet, bleibt mein Patient ängstlich stehen. Ich befürchte schon das Schlimmste, doch meine Kinder ziehen in einfach mit hinein.

Hinein in eine andere Welt. Die Haltestangen sind mit rot glänzendem Band umwickelt, aus den Lautsprechern dudelt »Alle Jahre wieder« als Instrumentalstück, und von den Deckenstangen baumelt so viel Weihnachtsdeko, dass ich mich fühle, als stünde ich mitten in einem Tannenbaum.

Nur mit dem Unterschied, dass es um mich herum nach Lebkuchen und Glühwein duftet. Beides verkauft der Mann mit der Nikolausmütze hinter dem eingebauten Tresen.

Angesichts dieser Überdosis überkommt mich der Reflex, die Beine in die Hand zu nehmen und davonzulaufen, doch der Hang zur Nostalgie hält mich fest. Und da ist auch mein mütterlicher Wunsch, meinen Kindern so viel Weihnachtsgefühl wie möglich zu vermitteln, selbst wenn mir gar nicht danach ist, weil dieses Jahr eben nichts ist wie »alle Jahre wieder«.

Meine Kids ergattern sich wie immer die Sitze vorne beim Fahrer und warten aufgeregt auf die Abfahrt. Ich lächle traurig. Manche Dinge ändern sich eben nie, selbst wenn das Leben kopfsteht.

Mein Problem schaut sich irritiert um. »Wo kommt denn die Musik her? Hören Sie das? Alle Jahre wieder, kommt das Christuskind, auf die Erde nieder, wo die Menschen sind«, intoniert er mit tönendem Bass und großer Wehmut.

Halleluja, hat der Mann eine Stimme. Das klingt sogar nach einer Gesangsausbildung. Ein weiterer Anhaltspunkt.

Er bringt die Strophe zu Ende, und bis dahin hat auch der letzte Fahrgast freudig bemerkt, dass ein Weihnachtsmann die Fahrt begleitet.

»Aber ich sehe weit und breit kein Christkind!«, bemerkt er enttäuscht.

»Entspannen Sie sich, setzen Sie sich zu den Kindern und schauen Sie nach draußen, ob Sie eines sehen«, sage ich, als sich die Tram mit Gebimmel in Bewegung setzt. »Ich hole uns noch was zu essen und zu trinken.«

»Und warum fahren wir jetzt in so einem kleinen Kreis? Soll das etwa die Rundfahrt sein?«, beschwert sich der Rauschebart. »Ich glaub, ich muss mal das Steuer übernehmen.«

»Unterstehen Sie sich«, mahne ich. »Das ist ein Kreisverkehr auf Schienen, wir müssen die Tram hinter uns durchlassen, weil wir ganz gemütlich fahren.«

Mein Problem scheint einsichtig zu sein, und so besorge ich Punsch für die Kinder, Glühwein für meine Nerven und Lebkuchen für alle.

»So was isst man hier?«, fragt der Rauschebart entsetzt und weist das angebotene Stück zurück. »Das bekommen bei uns die Rentiere zu fressen.«

Lilly verschluckt sich vor Lachen an dem Stück, das sie gerade abgebissen hat, und macht dem Krümelmonster alle Ehre. Ich versuche den Schaden zu begrenzen, während mir Lukas seinen Lebkuchen in die Hand drückt. »Da hab ich jetzt keinen Bock mehr drauf.«

Das ist einer der Momente, in dem ich mir als Mutter wünsche, dass mir Nerven wie Drahtseile wachsen und dazu noch fünf Arme.

Um wenigstens eine Hand frei zu haben, drücke ich meinem Problem meinen Becher in die Hand, bis ich mich sortiert habe und sitze.

»Was ist das? Heißer Preiselbeersaft?«

»Glühwein.«

»Ist das lecker!«, tönt der Rauschebart, nachdem er ungefragt probiert hat, so als hätte er soeben die Entdeckung des Jahrhunderts gemacht. »Glühwein! Davon müssen Sie unbedingt alle probieren.« Das hat trotz Musik auch der Hinterste in der Tram gehört, und ich sinke tiefer in meinen Sitz.

»Vielen Dank für die Werbung, Herr Weihnachtsmann«, grinst der Schaffner in seiner Eigenschaft als Verkäufer. »Hier ist noch ein Becher für Sie. Geht den Rest der Fahrt auf mich.«

Genau das wollte ich in weiser Voraussicht vermeiden.

»Wie lecker! Davon muss ich unbedingt was zu mir nach Hause mitnehmen. Hoffentlich finde ich meine Kutsche wieder …«, fügt er betrübt hinzu und nimmt ein paar große Schlucke, wobei er sich fast die Zunge verbrennt.

»Wir halten danach Ausschau«, sage ich leise und beruhigend, doch mein Problem nimmt das zum Anlass, seinen Kummer durch die Tram zu posaunen.

»Mir ist mein Schlitten mitsamt den Rentieren entwendet worden. Wer ihn entdeckt, erhält von mir einen Freiflug!«

Gelächter schallt meinem armen Patienten entgegen, und er wendet sich Hilfe suchend an mich.

»Warum lachen die denn alle? Das ist doch nicht witzig!«

»Nehmen Sie es den Leuten nicht krumm«, sage ich schnell. »Freiflug kann auch ein Tritt in den Hintern bedeuten«, rede ich mich heraus.

»Oh«, entgegnet er peinlich berührt. Seine Sprachkompetenz scheint bei dem Unfall also auch gelitten zu haben, zumindest hat er keine Kenntnis mehr von Doppeldeutigkeiten.

Beim Isartor hat er bereits den ersten Glühwein ausgetrunken und beim Maxmonument den zweiten. Da ich nicht abschätzen kann, wie viel er verträgt, beschließe ich ihn abzulenken.

»Kennen Sie das Nationaltheater?«, frage ich, als wir an dem imposanten klassizistischen Gebäude mit Dreiecksgiebel vorbeifahren, das mit seinen Säulen an einen griechischen Tempel erinnert. »Waren Sie schon mal da drin?« Schon von den ersten Minuten der Fahrt an hatte ich die Hoffnung, dass sich bei ihm eine Erinnerung regt, irgendetwas, an das ich anknüpfen kann.

Und es könnte ja durchaus sein, dass er dort schon mal eine Aufführung besucht hat oder, wer weiß, vielleicht sogar als Opernsänger angestellt ist.

»Glauben Sie, ich habe nachts beim Geschenkeausliefern Zeit für Sightseeing? Ich will Ihnen ja keine Angst machen, aber das ist ein echt stressiger Job. Muss man dieses Nationaltheater kennen?«

»Müssen Sie nicht. Es hätte ja sein können. Immerhin beherbergt das Nationaltheater die weltweit drittgrößte Opernbühne, über zweitausend Zuschauer können die Aufführungen der Bayerischen Staatsoper, des Staatsorchesters und des Staatsballetts verfolgen. Und man kann schon mal über die Grenzen hinaus von dem Gebäude gehört haben. Seine Geschichte geht auf das Jahr – lassen Sie mich kurz nachdenken, ich hab so viele Zahlen im Kopf –, auf das Jahr 1651 zurück, der heutige Bau auf Anfang 19. Jahrhundert, nachdem das Nationaltheater durch einen Brand zwei Jahre zuvor fast vollständig zerstört wurde. Die Bühnendekoration hatte Feuer gefangen, und das Löschwasser war eingefroren. Auch nach dem Zweiten Weltkrieg musste es wieder aufgebaut werden, über 60 Millionen Mark mussten dafür aufgebracht werden, erst Anfang der 1960er-Jahre konnte es wiedereröffnet werden.«

»Sie wissen ziemlich viel«, sagt der Weihnachtsmann und wirkt ein bisschen erschlagen.

»Um mir mein Studium zu finanzieren, habe ich ein paar Jahre als Gästeführerin gearbeitet, das geht manchmal mit mir durch, Entschuldigung. Ich habe Psychologie und Geschichte studiert. Und Sie?« Die Frage war mehr ein Reflex, aber ich bekomme tatsächlich eine Antwort.

»Auch Geschichte.«

Hurra, noch ein Lichtblick, juble ich innerlich, um seine Herkunft und Identität zu ermitteln. Mit einem Geschichtsstudium gibt es ja nicht viele Möglichkeiten, was man werden konnte, zum Beispiel Taxifahrer. Das könnte ein Anhaltspunkt sein und die Erklärung dafür, warum er immer von einem Schlitten und Kurierfahrten mit viel Stress spricht.

»Haben Sie neben Geschichte noch etwas studiert?«

»Ja, Wirtschaftswissenschaften, Geografie und Logistik.«

Das läuft ja wie am Schnürchen, denke ich hocherfreut. Seine Erinnerung scheint tatsächlich wiederzukehren. Nur eine Sache macht mich stutzig.

»Das sind ganz schön viele Studiengänge, haben Sie überall einen Abschluss gemacht?«

»Natürlich!«, entgegnet er beinahe empört. »Alle sogar mit summa cum laude. Und das ist ja noch nicht alles, was ich studiert habe. Dazu kommt noch Meterologie, und besonders kompliziert und umfangreich war das Wichtelwesen. Und obendrauf noch Rentierkunde. Ernährung, Haltung und Pflege. Da kommt ganz schön was zusammen, da haben Sie schon recht.«

Und zack, wie durch den Tritt von einem Rentier ist meine Hoffnung zerschlagen, mehr Licht ins Dunkel seiner Persönlichkeit zu bringen.

Mit Blick auf die gelben Türme der Theatinerkirche brüte ich darüber, womit ich seine Erinnerung zurückholen könnte.

Die Rundfahrt durch München dauert rund 25 Minuten. Sonst erscheint mir das immer viel zu kurz, heute kommt es mir wie eine Ewigkeit vor.

Ich hätte so gern meine Unbeschwertheit wieder, den unerschütterlichen Glauben an das Glück, ein Lächeln, mit dem ich durch den Tag gehen könnte.

Wie liebe ich diese drei Sekunden am Morgen, wenn ich aufwache und glaube, die Welt wäre in Ordnung. Jeden Morgen, für drei Sekunden. Bis mein Bewusstsein mit der Keule zuschlägt. Regelmäßig und zuverlässig.

Bei meinem Patienten schlägt unterdessen der Glühwein zu, und zwischen Lenbachplatz und Stachus gebe ich es auf, ihn auf Gebäude und Sehenswürdigkeiten aufmerksam zu machen, weil seine Erinnerung gerade ohnehin im Alkohol baden geht.

Doch was ihm nicht entgeht, sind die gelben, blauen, grünen und roten Lichter, die die große Eislaufbahn auf dem Stachus in ein märchenhaftes Licht tauchen.

»Hier kann man Schlittschuh laufen? Das hab ich als Kind zuletzt gemacht, wie wundervoll!«

Dranbleiben, denke ich. »Wo waren Sie denn als Kind zum Eislaufen?«

»Na, wir haben doch einen See direkt vor der Haustür.«

Gedanklich gehe ich sämtliche Gewässer in München durch. Kleinhesseloher See, Feldmochinger See, Zamila See, Olympiasee, ach, da gibt es noch so viele Möglichkeiten.

»Welchen denn? Wo haben Sie als Kind gewohnt?«

»Sie können vielleicht Fragen stellen. Auf dem Korvatunturi.«

»Sollen wir mal Schlittschuh laufen gehen?«, fragt Lukas, der offenkundig gerade etwas ganz anderes im Sinn hat als die Herkunft meines Problems. »Ich gehe zweimal die Woche zum Eishockeytraining.« Stolz schwingt in seiner Stimme mit.

»Das wäre fantastisch. Dann zeige ich dir mal, wie man einen Puck schießt!«

»Das will ich sehen!«, ruft Lukas, aber ich bin mir da nicht so sicher, ob ich das will. Zwischen den beiden scheint es jedoch beschlossene Sache zu sein, denn sie geben sich verschwörerisch die Hand.

Lukas will das Lächeln gar nicht mehr aus dem Gesicht gehen, seit Wochen habe ich meinen Jungen nicht mehr so strahlen gesehen.

Bisher war sein Vater immer zum Eishockey mitgegangen, kein einziges Spiel hatten sie verpasst. An den vergangenen Wochenenden waren für Oliver andere Dinge wichtiger gewesen.

Als wir den Stachus hinter uns gelassen haben, wird meinem glühweingetränkten Problem offenkundig langweilig, denn er wendet sich an den Tramführer.

»Warum geht das denn so langsam hier? Ich bin ziemlich enttäuscht von Ihrem Angebot, das muss ich schon sagen. Nichts als irreführende Werbung. Christkindlmarkt, Christkindltram – aber weit und breit kein Christkind, das ist doch Verarschung! Ich will jetzt diese Rundfahrt beenden.«

»Pssst«, mache ich, um Schadensbegrenzung zu betreiben. Damit hätte ich mal früher anfangen sollen, am besten, indem ich erst gar nicht in die Tram eingestiegen wäre.

Mein Problem hat nämlich kurzerhand die Steuerung der Tram übernommen, indem er den Führerstand gekapert – und den Fahrschalter auf volle Fahrt gestellt hat.

»Ho, ho, ho, so geht das!«, ruft er. »Petersburger Schlittenfahrt!«

»Der Tramführer ist ohnmächtig geworden!«, ruft der Glühweinschaffner, und ich kann dieses Gefühl nachvollziehen, denn ich stehe auch kurz davor.

»Aber keine Sorge, werte Fahrgäste, der Weihnachtsmann hat die Steuerung übernommen.«

Keine Sorge? Ihm ist wohl nicht klar, weshalb der Tramführer die Augen vor der Realität verschlossen hat. Sagte ich, dass die Fahrt fünfundzwanzig Minuten dauert? Wir rasen wie ein Flugzeug auf der Startbahn auf das Sendlinger Tor zu.

»Bremsen!«, schreie ich, und der Weihnachtsmann tut wie ihm geheißen.

An der Haltestelle Sendlinger Tor kommen wir zum Stehen. Fünf Millimeter vor der Katastrophe – nämlich der Tram vor uns.

Mein Herz rast in der Geschwindigkeit, in der wir gerade mit der Tram unterwegs gewesen sind, und ich stehe ziemlich neben der Spur. Zum Glück gilt das nicht für die Tram.

»Sie sind der Held des Tages!«, ruft der Schaffner, und der Rauschebart wird von den Fahrgästen mit Applaus bedacht, die nun dennoch alle eilig aussteigen wollen.

»Mein Kollege kommt wieder zu sich«, sagt der Schaffner zu mir.

Und wir müssen verschwinden, denke ich. Ich nutze den Moment, als er sich über den Tramführer beugt, um mit meinem Patienten und den Kindern die Straßenbahn fluchtartig zu verlassen.

Noch mehr Probleme kann ich definitiv nicht gebrauchen, und das sage ich ihm auch in aller Deutlichkeit, als wir hinter dem Sendlinger Tor an der nächsten Hausecke stehen.

»Das war das letzte Mal, das ich Ihnen den Hintern gerettet habe«, zische ich meinem Problem zu. »Hier trennen sich unsere Wege.« Und laut füge ich hinzu: »Dann auf Wiedersehen.«

»Wow, das war ein Ritt, alter Schwede! So cool war die Fahrt noch nie«, ruft Lukas, noch ganz im Geschwindigkeitsrausch.

»Müssen Sie jetzt schon nach Hause?«, fragt Lilly enttäuscht.

Der Weihnachtsmann hebt hilflos die Schultern. »Mein Rentierschlitten ist weg, ich kann nicht nach Hause. Im Moment habe ich sowieso keins mehr.«

Lilly und Lukas schauen mich ratlos an, und ich nehme sie beiseite. »Jetzt hört mir mal gut zu, ihr beiden. Das ist ein Patient mit einer schlimmen Desorientierung. Er hält sich für den Weihnachtsmann und glaubt, dass er vom Nordpol kommt. Was ihm genau fehlt, hab ich noch nicht rausgefunden, aber ...«

»Das wird 'ne psychogene Keramikruptur sein«, bemerkt Lukas leichthin, und ich schaue ihn an wie ein Rentier, das in der Sahara gelandet ist.

Dass er sich für meinen Beruf interessiert und einige Fachwörter draufhat, ist mir ja nicht neu, aber mit dem Begriff kann selbst ich nichts anfangen.

»Na, der hat 'nen Sprung in der Schüssel, aber das ist doch klar und vor allen Dingen harmlos und lustig.«

»Mein Humorzentrum befindet sich gerade ganz woanders«, bemerke ich mit hochgezogenen Augenbrauen. »Und zwar definitiv meilenweit vom Nordpol entfernt.«

»Aber Mama«, appelliert Lilly an mein Gewissen, »wenn der Mann nicht weiß, wo sein Zuhause ist, dann können wir ihn doch nicht einfach auf der Straße lassen.«

Kapitel 4

*V*erflucht sei mein Helfersyndrom. Und das Problem, das nun in meinem Wohnzimmer sitzt und sich mit meinen Kindern unterhält, während ich ihre Klamotten vom Wochenende in die Waschmaschine stecke.

Was gäbe ich darum, wenn ich mal wieder aus dem Schleuderprogramm herauskommen würde. Was mich aber eben aufhorchen ließ, war der Grund, weshalb ich meine Kids auf dem Weihnachtsmarkt abholen sollte.

Lilly erzählte mir auf dem Nachhauseweg, dass es zwischen Kathy und Oliver Streit gegeben hatte. Seine Neue wollte, dass er sich bei mir durchsetzt und mich noch einmal anruft, damit die Kinder doch noch eine Nacht bleiben können. Und weil er sich geweigert hatte, gab es dicke Luft, und sie sind zum Auslüften auf den Weihnachtsmarkt gegangen.

Tja, nicht dass ich glauben würde, ihr ginge es um die Kids. Da hat sich Madame wohl doch nicht den erträumten Stier ins Haus geholt, der die Hörner gegen seine zukünftige Exfrau senkt. Und irgendwie versöhnt mich das ein kleines bisschen mit der Situation.

Ich höre Lilly im Wohnzimmer kichern, und der Rauschebart lacht dröhnend mit.

»Ja, wer hätte das gedacht, dass ein Rentier mit Sivuontelotulehdus mal so berühmt werden würde.«

»Mit was?«, hakt Lilly nach.

»Das ist finnisch und bedeutet ›mit chronischem Schnupfen‹. Rudolph ist mein treues Leittier, und ich kann mir einfach nicht vorstellen, dass er von selbst abgehauen ist. Irgendjemand muss meinen Schlitten entführt haben!«

»Wir finden ihn bestimmt wieder«, sagt Lukas. »Morgen nach der Schule helfen wir Ihnen beim Suchen.«

Das werden meine Kinder natürlich nicht tun, denke ich, mit meinem Patienten durch München ziehen, um einen Rentierschlitten zu finden. Wobei es ja immer noch zu klären gilt, wo dieses Ding herkommt, das nun wahrlich keine Erscheinung gewesen ist.

Ich mache die Waschmaschine an und google auf dem Weg in die Küche, ob es irgendwo einen Rentierverleih gibt. Und tatsächlich. *Rentier on Tour*. Deutschlandweit zu mieten.

Rent a Ren für Filmaufnahmen, aber auch für private Events. Was es nicht alles gibt – neben Weihnachtsmännern, die in aller Herrgottsfrüh vor der Tür stehen und einen zum Christkind erklären.

Ich wähle die angegebene Nummer, lande allerdings nur auf der Mailbox. Na gut, es ist Sonntagabend, aber nun ist klar, wen ich morgen früh als Erstes anrufen werde. Schließlich muss die Firma informiert werden, dass ihre Rentiere gesucht werden.

»Wie heißen denn Ihre anderen Rentiere?«, höre ich Lilly fragen.

»Das wisst ihr nicht? Ihr kennt nur Rudolph? Dabei kam er als Letzter zur Herde. Ihn habe ich von einem Gnadenhof vor dem Tod gerettet, weil ihn wegen seiner chronischen Sinusitis keiner haben wollte. Und die anderen habe ich Santa Claus aus Amerika abgekauft, weil sie für die langen Strecken zu alt geworden sind. Sie heißen Dasher und Dancer, Prancer und Vixen, Comet und Cupid, Dunder und Blixem. Aber es sind tolle Tiere, und sie haben Rudolph sofort als Leittier akzeptiert. Ach, wie ich sie vermisse! Hoffentlich geht es ihnen gut.«

»Bestimmt«, beruhigt Lilly ihn. »Aber die Namen kann man sich ja kaum merken, die sind ganz schön komisch.«

»Ich hab sie mir nicht ausgedacht. Kennt ihr das Gedicht *The Night before Christmas?* Das hat Santa Claus 1823 auf seiner Schlittenfahrt geschrieben, und dann ist es ihm durch einen Windstoß aus der Hand gerutscht. Es landete auf der Erde, das Gedicht wurde berühmt, und damit waren die Namen in der Welt. Nur Santa Claus konnte sich als Verfasser nicht mehr drauf verewigen, und so hat sich zunächst ein gewisser Clement Clarke Moore als Autor gebrüstet, später dieser Henry Livingston jr. – ist natürlich alles Quatsch.«

»Und woher sollen wir wissen, dass alles stimmt, was Sie uns erzählen?«

Danke, mein Sohn, denke ich stumm, dass du dir nicht alles erzählen lässt. Ich stelle mich in den Türrahmen, weil ich noch ein schnelles Abendessen mit meinen Kids abklären muss.

Was für ein Bild. Da sitzt er auf meinem geliebten Ohrensessel aus Omas Tagen neben unserem Kamin, genau so, wie man sich einen Weihnachtsmann vorstellt. Nur mit dem Unterschied, dass er nicht alt und behäbig wirkt, sondern verboten gut aussieht.

Und sein außergewöhnliches Charisma zieht selbst meine Pubertiere in den Bann. Gespannt sitzen sie einträchtig wie schon lange nicht mehr auf dem Ledersofa vor der Bücherwand und warten auf seine Antwort.

»Ich kann es euch nicht beweisen, zumindest im Moment nicht. Ihr könnt nur glauben, was ich sage.«

Lilly wiegt den Kopf. Sie scheint sich nicht sicher zu sein, wie sie den Mann einordnen soll, und da ergeht es ihr nicht anders als mir und ihrem Bruder. Obwohl ich von einem Patienten gesprochen habe und Lukas ihm die psychogene Keramikruptur attestiert hat, so umgibt ihn doch eine Aura, die ihn von Weihnachtsmännern unterscheidet, denen ich bislang von Opa über Patenonkel bis Student begegnet bin.

»Bevor es gleich ins Bett geht, habt ihr noch Hunger?«, frage ich meine Kids. »Ich habe noch Milchreis übrig.«

»Gibt's nichts anderes?«, murrt Lukas.

»Entweder Milchreis oder belegte Brote. Ich stelle mich jetzt nicht mehr an den Herd, es ist spät.«

»Spaghetti mit Zucchini-Tomatensoße?«, schlägt Lilly vor, nicht weil sie taub oder pubertär ist, vielmehr kocht sich ihrer Meinung nach alles wie von selbst, und ich kann nicht mal mit ihr schimpfen, weil ich an diesem Glauben leider schuld bin.

Wenn ich von der Arbeit nach Hause komme, möchte ich für meine Kinder da sein, und seit sie älter geworden sind, kann ich ihnen mit tollem Essen am ehesten eine Freude machen – wenn man mal vom Geld absieht.

»Was ist denn das für ein Gericht?«, fragt der Rauschebart interessiert.

»Kennen Sie keine Zucchini?« Lilly runzelt überrascht die Stirn. »Ist ein leckeres Gemüse, schmeckt eigentlich nach gar nicht viel, aber in die Soße passt es super.«

»Ich weiß nicht, was dieses Spaghetti ist.«

»Nicht Ihr Ernst«, platzt Lukas heraus.

»Das glaub ich jetzt nicht«, sagt Lilly, doch das Lachen bleibt ihr im Hals stecken, als sie in das traurige Gesicht des vermeintlichen Weihnachtsmanns schaut.

»Ich kenne das wirklich nicht. Bei uns gibt es zum Beispiel Rentierfleisch mit Kraut, Schneehasenbrötchen, Mustikkapiirakka und Kalakukko, Haferbrei und natürlich Milchreis. Den in der Küche habe übrigens ich gemacht.«

»Das sind ja merkwürdige Gerichte!« Jetzt muss Lilly doch lachen. »Aber okay, den Milchreis probiere ich«, fügt sie hinzu, und Lukas willigt mit einem Nicken ein.

Verwundert mustert er den Mann, der da im roten Mantel vor ihm sitzt. »Ist Ihnen eigentlich nicht furchtbar warm?«

»Doch, natürlich. Aber das ist nun mal meine Kleidung. Und normalerweise halte ich mich in dieser Montur ja nicht so lange in Wohnungen auf.«

Lukas wendet sich an mich. »Kann er nicht was von Papa haben, oder hat er alle seine Sachen mitgenommen?«

Die Frage versetzt mir einen Stich. Nicht nur, weil es mich an den überstürzten Auszug erinnert, bei dem Oliver natürlich nur einen Koffer mitgenommen hat, viel mehr schmerzt mich die Selbstverständlichkeit, mit der mein Sohn darüber spricht.

Im Gegensatz zu Lilly war er immer mehr ein Mamakind, aber macht ihm die Trennung wirklich so wenig aus, wie er vorgibt, oder überspielt er das nur?

»Ich hab noch ein Hemd«, gebe ich ein wenig widerstrebend zu und stelle auf dem Weg ins Schlafzimmer vorher noch den Milchreis mit einem zusätzlichen Schuss Milch auf die Herdplatte, und schon beim Umrühren steigt mir wieder ein himmlischer Duft in die Nase.

Mit einem Ohr bleibe ich bei der Unterhaltung im Wohnzimmer, denn Lilly hat eine spannende Frage gestellt:

»Und Sie wissen nicht, wo Ihr Zuhause ist?«

»Doch, natürlich weiß ich das. Ich habe nur gesagt, dass ich im Moment keins habe. Wie soll ich denn ohne meinen Schlitten zum Korvatunturi kommen?«

»Erdkunde ist zwar nicht so mein Ding«, sagt Lukas, »aber übers Internet kriege ich bestimmt raus, wie Sie da auch ohne Ihren Schlitten hinkommen. Wie heißt der Ort noch mal?«

»Korvatunturi. Das ist ein Berg in Lappland, ganz im Norden Finnlands.«

»Hm«, macht Lukas, »das ist dann vielleicht doch ein bisschen weit und nicht so einfach hinzukommen.«

»Ohnehin ist mit dem Schlitten fliegen am bequemsten, auch wenn der Berg nur knapp fünfhundert Meter hoch ist. Aber die finnische Grenzwacht würde ganz schön kariert aus der Uniform schauen, wenn ich da zu Fuß auftauchen würde.«

»Warum gibt es denn eine Grenzwacht an dem Ich-kann-mir-den-Namen-nicht-merken-Berg?«, höre ich Lilly fragen. Wirklich ziemlich abenteuerlich, was er sich da zusammenreimt, denke ich, während ich vor dem geöffneten Kleiderschrank meines Manns stehe. Ex-Manns. Verdammt, warum kann ich mich nicht an diese Bezeichnung gewöhnen? Dieser Rauschebart scheint sich jedenfalls alles gut überlegt zu haben.

»Man nennt ihn auch Ohrenberg, weil er mit seinen drei Gipfeln wie eine liegende Ohrmuschel aussieht. Die Grenze zu Russland verläuft durch den mittleren Gipfel, und der Berg darf nur mit Erlaubnis der Grenzwacht bestiegen werden.«

Anlesen kann man sich viel, denke ich.

Und welches Hemd nehme ich jetzt? Eigentlich möchte ich die Sachen gar nicht anrühren, aber dann entscheide ich mich für ein einfaches weißes Hemd, das Oliver schon länger nicht mehr getragen hat, und gehe damit zurück ins Wohnzimmer.

Dort hat Lukas das Tablet in der Hand und sagt: »Also hier steht, dass der Weihnachtsmann in Finnland in der Stadt Rovaniemi lebt, da gibt es sogar einen Santa Park.«

»Wie cool, da will ich mal hin!«, beschließt Lilly.

»Rovaniemi liegt über zweihundert Kilometer von meinem Zuhause entfernt. Ich kenne den Santa Park, den hat man zur Ablenkung der Leute gebaut, die unbedingt wissen wollen, wo ich wohne. Damit sie zufrieden sind und nicht weiter suchen. Ich meine, stellt euch mal vor, bei mir würden jeden Tag scharenweise die Leute vor der Tür stehen. Ich käme ja zu gar nichts mehr. Darum die Grenzwacht. Zu meinem Schutz. Nicht etwa wegen der russischen Grenze, wie alle glauben. Du schaust so skeptisch, Lukas. Vertraust du diesem Text etwa mehr als mir? Was ist das überhaupt für ein Gerät, in dem so ein Blödsinn steht?«

»Sie wissen nicht, was das ist? Das ist ein Tablet. Hat doch jedes Kind heutzutage.«

Er scheint echt alles vergessen zu haben, was das alltägliche Leben betrifft. Darum klammert er sich so an seine Geschichte. Das scheint wirklich noch ein langer Weg zu werden, denke ich seufzend.

»Natürlich weiß ich, wie die Dinger aussehen, jede Menge werden davon bei uns produziert. Aber damit habe ich ja nichts zu tun. Für die Fertigung sind meine Wichtel zuständig, mir obliegt die Bestellung und Auslieferung – und da sind die Teile schon verpackt.«

»Ich zeige Ihnen gern, wie das funktioniert. Und meinen YouTube-Kanal müssen Sie auch unbedingt sehen«, ereifert sich Lukas, und der Gesichtsausdruck des Weihnachtsmanns verrät mir, dass er ihm gerade von Tannenbäumen am Südpol erzählt.

»Ein andermal«, sage ich und reiche Jeff Bridges das weiße Hemd.

»Oh, haben Sie nicht eines in Rot? Weiß kann ich nicht tragen, da sehe ich ja aus wie meine eigene Leiche.«

Ich fühle mich wie ein Pfeifenkessel, den man auf den Herd gestellt hat. Da will man ihm helfen, und dann hat dieser eitle Typ auch noch Ansprüche. »Rote Hemden hat mein … hat Oliver nicht im Kleiderschrank, weil er sonst aussehen würde wie der Weihnachtsmann.«

»Sehen Sie, genau darum geht es«, sagt mein Problem, und in mir brodelt es. Ich brauche jetzt meine Ruhe, und zwar dringend.

»Gut, dann kann ich Ihnen mit einem Hemd nicht weiterhelfen. Ich mache Ihnen jetzt die Couch zum Übernachten fertig, denn ich bin sehr erschöpft und muss morgen um sechs Uhr aufstehen und früh in der Praxis sein. Kommen Sie um 12 Uhr vorbei, ich verschiebe meine Mittagspause für Sie, damit wir miteinander reden können, wie es weitergeht. So meine beiden Lieben«, richte ich mich an meine Kids, »und ihr verschwindet jetzt ins Bad, bitte.«

»Aber Mama, was ist denn jetzt mit dem Milchreis?«, fragt Lilly.

»Es riecht auf einmal so komisch«, stellt Lukas fest.

In der Tat, das ist kein himmlischer Duft mehr, denke ich und renne in die Küche.

*   *   *

Eingeschlafen bin ich im Glauben, dass nichts penetranter riecht als angebrannter Milchreis und dass mich nichts mehr nervt als mein schnarchender Patient im Wohnzimmer nebenan.

Dabei habe ich nicht bedacht, dass ein schlafendes Problem ein harmloses Problem ist, denn am Morgen zieht mir der Geruch von verschmortem Plastik in die Nase.

Ich bin sofort hellwach und springe aus dem Bett. Dort stellen mein Kreislauf und ich allerdings fest, dass ich so fit bin wie ein Patient im Wachkoma.

Ich torkle in den Flur und suche die im wahrsten Sinne des Wortes naheliegende Ursache im Wohnzimmer. Doch da liegt das Problem nicht. Weder das eine noch das andere.

Küche, schießt es mir durch den Kopf, und ich laufe dorthin. Genauer gesagt erst mal gegen den Türrahmen und dann in die Küche. Mit schmerzverzerrtem Gesicht reibe ich mir die Schulter und schaue mich um.

Auch nichts. Also muss es aus dem Bad kommen, womöglich der Boiler.

Aber der ist unversehrt – was ich von meiner rußgeschwärzten Badewanne nicht behaupten kann.

Darin liegen säuberlich aufgeschichtete Holzscheite und mein Plastikeimer aus dem Badschrank. Jedoch in einem Zustand, in dem er kaum mehr als solcher zu erkennen ist.

»Ich fasse es nicht«, stoße ich hervor und lasse mich auf den Toilettendeckel sinken. Mein Patient hat tatsächlich in der Badewanne mit dem Kaminholz Feuer gemacht und offenkundig versucht, im Plastikeimer Wasser für seine Morgentoilette zu erwärmen.

Wenigstens hat das Wasser wohl wieder das Feuer gelöscht. Nicht auszudenken, was hätte passieren können.

Warum habe ich verdammt noch mal keinen Rauchmelder in diesem Raum? Ach ja, weil die wegen möglicher Fehlalarme durch den Duschnebel dort nicht Vorschrift sind, und wer rechnet außerdem mit wahnsinnigen Weihnachtsmännern im eigenen Bad?

Wo ist dieser Typ? Dem werde ich jetzt was erzählen, und zwar so, dass er mich definitiv nicht mehr für ein Engelchen hält.

Weg. Auf den ersten Blick keine Spur von ihm in der Wohnung.

»Kommen Sie raus!«, brülle ich.

Erschrocken, aber wie immer schon erstaunlich wach, streckt Lilly den Kopf aus dem Kinderzimmer. »Seit wann siezt du uns? Und mein Wecker hat doch gerade erst geklingelt.«

»Ich meine den Weihnachtsmann«, knurre ich.

»Wie riecht es hier überhaupt?«, fragt Lilly.

»Duschen fällt heute Morgen aus«, entgegne ich knapp und überlege fieberhaft, wo sich mein Patient versteckt haben könnte.

»Cool!«, ruft Lilly erfreut. »Dann habe ich länger Zeit zum Frühstücken.«

Auf die Idee kann wirklich auch nur sie kommen. Sie ist wie ihr Vater mit dem Augenaufschlagen hellwach, während Lukas und ich erst abends richtig wach werden.

Aber der Anblick einer abgefackelten Badewanne ist zu jeder Uhrzeit ein Problem, vor allem, wenn das Problem, das dieses Problem verursacht hat, nicht aufzufinden ist.

Ich reiße die Zimmertür meines Sohns auf und ihn damit aus dem Schlaf. »Ist er hier?«

»Wer denn?«, fragt er und sieht mich erschrocken an.

»Der Weihnachtsmann natürlich!«

»Boah ey«, stöhnt Lukas und lässt sich zurück ins Kissen fallen. »Du hast echt ein Problem. Ich will schlafen.«

»Es ist Zeit zum Aufstehen.« Die fehlende Duschmöglichkeit muss ich jetzt nicht erwähnen, weil er das immer abends macht – das mit dem Aufstehen werde ich in der nächsten halben Stunde hingegen noch hundert Mal sagen müssen.

Und wenn es bei mir dann fünf vor zwölf ist und ich mich am Rande eines Nervenzusammenbruchs befinde, ist es bei ihm fünf nach sieben, und er mutiert vom Faultier zum Jaguar, dem niemand im Weg stehen darf, damit er um zehn nach sieben das Haus verlassen kann.

»Seine Schuhe sind weg«, stellt Lilly fest.

»Na super«, seufze ich ärgerlich und begebe mich zurück zur morgendlichen Routine in die Küche, weil mir erst mal nichts anderes übrig bleibt, wenn der Tag nicht völlig aus den Fugen geraten soll.

Ich schmiere Schulbrote, obwohl die nur wieder als Schimmelpilznährboden dienen werden, weil sie irgendwo in den Tiefen der Rucksäcke verloren gehen.

Und trotz dieses Wissens treibt mich meine mütterliche Sorge dazu an, jeden Tag aufs Neue diese Carepakete herzurichten. Wenn ich mich mit Veränderungen nicht so schwertun würde, könnte ich dieses Ritual ja mal abschaffen.

Mein Problem hat also das Weite gesucht. Obwohl ich eigentlich heulen möchte, weil ich auf dem Schaden sitzen bleibe, mache ich doch drei Kreuze in den Kalender, dass ich ihn los bin.

* * *

Beim besten Willen kann ich mir nicht vorstellen, dass dieser vermeintliche Nordpolbewohner heute um zwölf Uhr bei mir auf der Praxismatte steht – wobei ich eigentlich wissen sollte, dass es Dinge auf der Welt gibt, die man nicht für möglich hält.

Seit acht Uhr beschäftige ich mich in der Gemeinschaftspraxis mit meinen beiden Kollegen mit den wunderlichen Phänomenen, die gestörte hirnphysiologische Prozesse hervorrufen können.

Für all diese Beeinträchtigungen, unter denen meine Patienten leiden, gibt es Klassifikationen: Depression, Ängste, Zwänge, posttraumatische Belastungsstörung, Somatisierungsstörungen, Persönlichkeitsstörungen vom Narzissmus über Borderline bis hin zu Burnout, Suchterkrankungen und Psychosen aus dem schizophrenen Formenkreis.

Den Weihnachtsmann müsste ich in mindestens vier dieser Schubladen gleichzeitig stecken, wobei ich ihn in meiner Wut tatsächlich vierteilen könnte, insofern wäre wenigstens das kein Problem mehr.

Natürlich gibt es selten nur *die* eine Diagnose, und doch weiß ich meist recht schnell, in welche ein oder zwei Schubladen ich meinen Patienten einsortieren muss, damit ich den richtigen Weg für die Behandlung einschlagen kann, ohne ihn in ein diagnostisches Korsett zu zwängen.

Schwierig wird es nur dann, wenn die Patienten aufgrund einer Störung in ihrer rechten Hirnhälfte nicht mehr in der Lage sind, ihre eigene Krankheit zu erkennen, und damit ihre Behandlungsbedürftgkeit nicht einsehen – oder mich für das neue Christkind halten.

Andererseits ist es natürlich spannend, hinter den Syndromen, die eine gestörte rechte und linke Hemisphäre hervorbringen können, ein System zu erkennen – das organisierte Chaos, wie ich es nenne – und es zu durchschauen. Aber bei diesem Rauschebart blicke ich einfach nicht durch.

Die neue Welt, die er sich erschaffen hat, weil die Realität seines Lebens offenbar in Scherben liegt, ist das innere, zutiefst menschliche Bedürfnis nach Struktur, und er hat diese neue Ordnung für sich ziemlich perfekt erdacht. Inklusive Rentierschlitten.

Sicherlich, diese neue Welt eines Patienten ist oft bizarr und fremd, manchmal beängstigend oder sogar gefährlich – aber genau bei zerstörten Badewannen hört mein Verständnis auf.

Zudem muss meine Aufmerksamkeit jetzt einem anderen Problem gehören: meinem 11-Uhr-Patienten, der sich drei Monate lang in stationärer Behandlung befand und erst dann wieder nach Hause traute.

Denn in seinem Kleiderschrank lebte ein Liliputaner, der ihn bedrohte und verfolgte – also lief er nackt durch die Stadt, was wiederum zur Aufnahme in die Klinik führte.

Ein klarer Fall einer paranoiden Psychose, die mit Neuroleptika unterdessen ganz gut eingestellt ist. Nun geht es um die Bearbeitung seiner verbliebenen Ängste, die Begleitung im Alltag und die behutsame Erforschung der Ursachen, die zu seiner Erkrankung geführt haben. Letzteres stellt sich jedoch seit einigen Monaten als sehr schwierig heraus.

Zwar ist der Liliputaner ausgezogen, doch mein Patient hat immer noch Schwierigkeiten, den Kleiderschrank zu öffnen, was sinnbildlich für seine Seele steht. Er bestätigt zwar, dass er Vertrauen zu mir habe, weil ich seiner Mutter so ähnlich sehe, doch es gelingt ihm nur in winzigen Schritten, sich zu öffnen.

Und die hatten uns bislang nur bis zu der Tatsache in seiner Kindheit geführt, dass er nach dem Tod seiner Mutter, die bei einem Autounfall ums Leben gekommen war, weiter beim Vater aufgewachsen war, der als erfolgreicher Modedesigner sein Geld verdiente.

Vielleicht ist heute der Tag, an dem er sich mir weiter öffnen wird, denn so langsam bin ich mit meinem psychologischen Latein am Ende, das ich ansonsten ganz gut beherrsche.

Vielleicht hätte ich die Kreuze in meinem Kalender besser mit dem Edding machen sollen, denke ich, als ich die Tür zum Wartezimmer aufmache. Schlussstriche zieht man ja auch nicht mit dem Bleistift.

Da sitzen meine beiden Probleme einträchtig beieinander, beide leicht nach vorn gebeugt mit den Ellenbogen auf den Knien. Die Köpfe dicht beisammen, unterhalten sie sich miteinander. Wobei Rudolph Reitmayr neben dem Weihnachtsmann wie eine halbe Portion wirkt. Beide schauen so konzentriert auf ihre Fußspitzen, dass sie mein Eintreten nicht bemerken.

»Ich hab das ja noch niemandem erzählt«, sagt mein Liliputaner-Patient in diesem Augenblick, »und wir haben uns gerade vor zehn Minuten kennengelernt, zu Ihnen habe ich allerdings so ein Urvertrauen. Lachen Sie mich jetzt bitte nicht aus, aber ich habe gerade das Gefühl, dass der echte Weihnachtsmann neben mir sitzt.«

»Ich lache Sie nicht aus.«

Gerade als ich mich durch ein Räuspern bemerkbar machen will, um den einen Patienten zur Sitzung zu bitten und den anderen vor die Tür zu setzen, fängt der verstockte Rudolph Reitmayr an zu reden.

»Wissen Sie, mein Vater hat mich immer in den Kleiderschrank gesperrt, wenn ich ihm zu viel wurde, da musste ich nicht mal was angestellt haben. Ich war gerade fünf Jahre alt, es war Mitte Dezember, als meine Mutter aus irgendeinem Grund einen Moment lang nicht auf die Fahrbahn geachtet hat und in den Gegenverkehr geriet. Sie wurde von einem Lkw erfasst, der nicht mehr rechtzeitig bremsen konnte. Sie verstarb noch an der Unfallstelle. Morgens hat sie mich noch in den Kindergarten gebracht, und abends war sie nicht mehr da. Mein Vater hat mich manchmal das ganze Wochenende lang eingesperrt, nur nachts durfte ich in mein Bett. Manchmal hat er mich aber auch im

Schrank vergessen, wenn er abends weggegangen ist und dann sturzbetrunken nach Hause kam.«

»Das muss unfassbar schlimm für Sie gewesen sein. Warum haben Sie sich keine Hilfe gesucht?«

»Weil ich Angst hatte, meinen Vater auch noch zu verlieren – so paradox das klingt. Ich hätte mich später einem Lehrer anvertrauen, zur Polizei oder zum Jugendamt gehen können, aber ich habe mich nicht getraut, Hilfe zu suchen. Mein Vater hatte mir immer eingebläut, niemandem etwas davon zu erzählen, dass ich im Schrank sitzen müsse, denn erstens hätte ich es verdient und zweitens würde das seinen Erfolg als Modedesigner ruinieren, wenn das an die Öffentlichkeit gelangen würde. Daher auch mein Vorname, nach dem berühmten Münchner Modezaren. Mooshammer.«

»Und wie lange mussten Sie das ertragen?«

»Mit zwölf bin ich abgehauen, hab zwei Jahre lang in der Punkszene gelebt, mich in dem Alter schon in Abrisshäusern vor der Polizei versteckt, hab Alkohol und Drogen konsumiert und bin schließlich doch bei einer Pflegefamilie gelandet, nachdem man mich aufgegriffen hat. Wobei, wirklich besser ist es dort auch nicht geworden.«

»Warum kamen Sie nicht wieder zu Ihrem Vater? Haben Sie dann doch jemandem die Wahrheit erzählt?«

War das zu fassen? Da hielt dieser Rauschebart gerade meine Therapiestunde ab! Wobei ich zugeben muss, dass er seine Sache nicht schlecht macht. Mich wundert nur, dass die beiden mich noch nicht bemerkt haben, doch sie scheinen ihre Umwelt komplett ausgeblendet zu haben.

»Zur Wahrheit kam es nicht. Mein Vater wollte mich nicht mehr aufnehmen. Er sagte aus, dass ich ihn bedroht hätte. Ich, sein eigenes Kind. Dabei wollte er mich nur nicht mehr. In seinen Augen war ich ein Versager, der ihm nur Probleme machte.«

»Und wie kam es dazu, dass der Liliputaner bei Ihnen in den Kleiderschrank eingezogen ist?«, fragt mein Patient im roten Mantel so direkt, wie ich es mir niemals erlaubt hätte. Doch genauso direkt bekommt er eine Antwort darauf.

»Das war, nachdem mich meine Freundin verlassen hat. Besser gesagt, meine Verlobte. Wir wollten im nächsten Jahr heiraten, aber ich hab meinen Job als Immobilienmakler verloren, weil mein Chef mit meinen Abschlüssen nicht mehr zufrieden war. Es war eine schwierige Zeit in der Branche, es gab viele Entlassungen, aber in den Augen meiner zukünftigen Frau war ich ein Versager. Noch dazu ein eifersüchtiger Versager, denn natürlich bekam ich Angst, sie zu verlieren. Und vergangenen Sommer kam sie eines Abends tatsächlich einfach nicht mehr nach Hause, weil sie mich für einen anderen verlassen hatte. Da bin ich durchgedreht.«

»Das kann ich nach den Erfahrungen in Ihrer Kindheit sehr gut nachvollziehen.«

»Tja, man kann wohl sagen, dass ich nicht gerade die beste Kindheit hatte, und mein letztes wirklich schönes Weihnachtsfest hatte ich, als meine Mutter noch lebte. Ich bekam zwar immer viele Geschenke, aber das ist ja nicht alles.«

»Ich weiß dieses Jahr leider nicht mal, ob Weihnachten überhaupt richtig stattfinden kann«, sagt der Rauschebart nun so traurig, dass er mir fast schon wieder ein bisschen leidtut.

»Haben Sie auch jemanden aus Ihrer Familie verloren?«

»Das nicht, aber dennoch eine sehr wichtige Person. Ich will Ihnen auch etwas anvertrauen. Ich hatte eine Schlittenkollision mit dem Christkind, und dabei ist es vom Himmel gestürzt. Aber es war keine Absicht, das müssen Sie mir glauben. Das Christkind hat entlang der Nord-Süd-Grenze nicht auf seine Flughöhe geachtet, und ich konnte den Unfall nicht mehr verhindern. Jetzt muss ich damit leben, dass ich es umgebracht habe.«

»So wie der Lkw-Fahrer meine Mutter …«

»Ich hab so wahnsinnig große Schuldgefühle, und gleichzeitig muss ich irgendwie das Weihnachtsfest retten. Aber wenn mir das gelingt, dann verspreche ich Ihnen, dass Sie dieses Jahr Ihr schönstes Weihnachten erleben werden. Darauf gebe ich Ihnen mein Wort.«

»Irgendwie glaube ich Ihnen das sogar. Wissen Sie, es tut sehr gut, mit Ihnen zu reden. Endlich konnte ich mich jemandem anvertrauen. Dreißig Jahre nach dem Tod meiner Mutter. Da Frau Christkind meiner Mutter recht ähnlich sieht, dachte ich zunächst, ihr könnte ich mich öffnen, aber es ist mir nicht gelungen. Bei wem sind Sie denn in Therapie?«

»Therapie?«, fragt mein Problem, und damit ist für mich alles gesagt, was über eine ausgeprägte Persönlichkeitsstörung und fehlende Krankheitseinsicht zu sagen ist.

»Ach so, jetzt verstehe ich. Sie wollen sich hier als Kinderpsychologe bewerben. Tolle Idee, das kommt bestimmt gut an. Aber dürfte ich dann trotzdem vielleicht Ihr Patient werden?«

»Ich habe um zwölf Uhr einen Termin bei Frau Christkind, weil sie sich bei mir beworben hat, sozusagen.«

Mir platzt gleich der Kragen, und ich verschaffe mir mit einem lauten Räuspern Luft.

»Oh, Frau Christkind!«, ruft mein inzwischen Halb-zwölf-Patient. »Wir haben Sie gar nicht bemerkt. Sie wollen mit diesem Herrn zusammen eine Praxis aufmachen?«

»Davon bin ich ungefähr so weit entfernt wie vom Nordpol. Er ist kein Psychologe.«

»Ach so, dann haben Sie sich also doch als neues Christkind beworben? Das finde ich ja ganz wunderbar! Dann wird es wirklich ein schönes Fest.«

* * *

Als es zwölf Uhr ist, atme ich tief durch. Genau genommen habe ich die vergangene halbe Stunde nichts anderes getan, als vergeblich meine innere Mitte zu suchen, damit ich dem Weihnachtsmannpatienten gefasst gegenübertreten kann. Ich sage ja, vergeblich.

Kaum dass ich die Tür zu meinem Behandlungsraum hinter ihm geschlossen habe, platzt mir der Kragen, wie es in keinem Lehrbuch steht – dabei bin ich auf meinem Levitenzettel noch nicht mal bei der Badewanne angelangt. »Was erlauben Sie sich, meinen Patienten zu therapieren? Spinnen Sie?« Diese Frage könnte ich mir eigentlich leicht selbst beantworten.

»Ich habe mich doch nur mit ihm unterhalten, und ich finde, ich habe meine Sache ganz gut gemacht«, sagt der Rauschebart mit dem Modelgesicht und schaut sich unbeeindruckt um.

Ganz gut, ja, denke ich – und das ist es ja, was mich wurmt. So gut nämlich, dass der Patient nicht mehr weiter von mir therapiert werden möchte, sondern nur noch vom Kollegen Weihnachtsmann.

»Sie hatten um elf Uhr noch gar nichts im Wartezimmer zu suchen!«

»Gesucht habe ich auch nichts. Ich habe gewartet, und das ist doch ein Wartezimmer. Und in diesen Raum hier müsste mal ein bisschen mehr Behaglichkeit rein. Der Ohrensessel aus Ihrer Wohnung zum Beispiel anstelle dieses seelenlosen gepolsterten Schwingstuhls, die Möbel nicht in diesem sterilen Weiß, und haben Sie nicht ein paar hübsche Bücher mit Lederrücken und Goldprägung für das Regal neben dem Fenster? Dort könnten auch noch Kerzen …«

»Fangen Sie bloß nicht an, hier umzuräumen!«

»Stimmt, das lohnt sich wirklich nicht mehr vor Ihrer Abreise. Die Zornesfalte steht Ihnen übrigens nicht, macht Ihr hübsches Gesicht wesentlich älter. Aber kommen wir zum eigentlichen Thema. Sie hatten mich heute hierhergebeten, damit wir uns über Ihre neue Aufgabe als Christkind unterhalten.«

Irgendwie verspüre ich gerade das dringende Bedürfnis, mich auf die rote Couch zu legen. Tief durchatmen, denke ich, tief durchatmen.

»Ihr Problem ist ein anderes«, entgegne ich ruhig.

»Genau, nämlich dass Sie sich nicht mit Ihrer Rolle identifizieren wollen, aber zugleich torpedieren Sie alle meine Versuche, ein anderes Christkind zu finden. Die Bewerberin im rosafarbenen Engelskleidchen entsprach zwar nicht meiner Idealvorstellung, aber Sie haben mich ja aus Eifersucht nicht zu der Verabredung …«

»Weil die Englein dann im Chor gesungen hätten, wenn Sie an einer Stelle plötzlich nicht mehr Jungfrau gewesen wären, wo Sie vermutlich noch Jungfrau sind und auch Jungfrau bleiben möchten.«

»Bis zum Chor konnte ich Ihnen noch folgen«, entgegnet er verdattert.

»Eben, und darum war es besser, dass ich Sie vor einem großen Schaden bewahrt habe. Apropos …« Das war der Moment, um noch einmal tief durchzuatmen. »Was sagen Sie denn eigentlich zu meiner Badewanne?«

»Dass sie nicht dafür taugt, um darin Feuer zu machen.«

Wo ist nur meine innere Mitte hin, denke ich verzweifelt. Wahrscheinlich dort, wo ich die Bombe spüre, an der schätzungsweise noch zwei Millimeter Zündschnur hängen.

»Sind Sie sich eigentlich im Klaren darüber, was mich dieser Spaß kosten wird?«

»Das war kein Spaß«, entgegnet er in vollem Ernst. »Ich wollte mir warmes Wasser für meine Morgentoilette …«

»Das ist mir klar!«, schreie ich.

Noch ein Millimeter. »Aber doch nicht so. Sie hätten mir die ganze Wohnung abfackeln können.«

»Das tut mir ja auch sehr leid. Geben Sie mir bitte Ihren Schlüssel. Ich bringe Ihr Bad wieder in Ordnung, versprochen.«

»Sie glauben tatsächlich, ich würde Ihnen meinen Schlüssel …« Schnappatmung.

»Wie soll ich sonst die Badewanne erneuern?«

»Dazu brauchen Sie Geld, und davon haben Sie ja ganz offensichtlich keines. Glauben Sie, ich bin jetzt auch noch so dumm und händige Ihnen Bargeld aus, oder vielleicht gleich noch meine Kreditkarte?«

»Was glauben Sie, was ich heute Morgen gemacht habe, als ich schon so früh aus der Wohnung gegangen bin? Sofort nachdem das passiert war, habe ich mich auf der Straße nach einem Laden für Handwerkerwichtelbedarf durchgefragt. Das war gar nicht einfach, einer hat mich dann schließlich zu einem Markt des Bauens geschickt, der gar kein Markt, sondern ein riesiges Haus war. Aber egal. Die Leute dort waren sehr freundlich zu mir, vielleicht hatten sie auch ein bisschen Mitleid, aber am Ende haben sie mir das ganze Material geschenkt, und ich bekomme es um 13 Uhr frei Haus geliefert.«

Mir bleibt die Spucke weg.

»Ich beweise Ihnen, dass ich kein schlechter Mensch bin. Ich bin ein Weihnachtsmann, der nichts weiter versucht, als ein Christkind zu finden. Nur komme ich in Ihrer Welt allein einfach nicht zurecht. Aber ich finde, in diesem Markt des Bauens habe ich mich ganz gut geschlagen. Also, geben Sie mir Ihren Schlüssel, oder soll ich das Material durch den Kamin werfen?«

»Lassen Sie es sich ja nicht einfallen, die Fassade raufzuklettern.«

»Was denken Sie von mir? Ich bin doch kein Amateur. Wenn, dann fliege ich mit meinen Rentieren rauf, aber die sind ja weg. Also brauche ich Ihren Schlüssel.«

Da fällt mir ein, dass ich vor lauter Badewanne die Rentiere völlig vergessen habe, und greife zu meinem Handy.

»Ich verständige jetzt die Firma, wo Sie die Rentiere geliehen haben.«

»Geliehen?«, fragt der Rauschebart mit großen arktisblauen Augen.

»Rent a Rentier, guten Tag, was kann ich für Sie tun?«, meldet sich die Dame am anderen Ende der Leitung.

»Christkind, schönen guten Tag, ich wollte mich erkundigen, ob …«

»Also, heute ist nicht der 1. April, und wenn Sie Rentiere mieten möchten, müssen Sie sich schon mit Ihrem richtigen Namen melden.«

»Ich heiße Sarah Christkind, Psychologin aus München, können Sie gern googeln, und ich will keine Rentiere mieten, sondern Ihnen mitteilen, dass Sie nicht mehr alle haben.«

»Wie bitte?«

»Ah Mist, nicht alle Rentiere natürlich. Entschuldigung, ist heute nicht so mein Tag. Ein vermeintlicher Weihnachtsmann hat mir heute Morgen schon meine Badewanne abgefackelt. Jedenfalls haben Sie die Tiere an einen Mann in München vermietet, und die sind ihm nun abhandengekommen.«

»Netter Scherz, aber wir haben derzeit keine Rentiere in den Münchner Raum vergeben.«

Das lief jetzt nicht so, wie ich das geplant hatte. »Gibt es noch andere Firmen wie Ihre?«

»Wir sind die einzige in Deutschland. Außerdem schicken wir unsere Tiere immer mit einem Tierpfleger auf Reisen, der vor Ort bleibt, also müssten wir von ihm längst Bescheid haben.«

»Würden Sie mir bitte sagen, wohin Sie derzeit Tiere verliehen haben?«

»Datenschutz. Sie können mir höchstens einen Nachnamen nennen, unter dem ich nachsehen kann. Und sagen Sie jetzt nicht unter W wie Weihnachtsmann und herzlich willkommen bei Antenne Bayern oder so.«

»Wie heißen Sie mit richtigem Namen?«, wende ich mich

hoffnungsvoll flüsternd an mein Problem. »Es geht um Ihre Rentiere, es ist wichtig, dass Sie sich erinnern.«

Der Rauschebart schüttelt den Kopf und stemmt die Hände in die Hüften. »Ich glaube eher, Sie haben ein Problem mit Ihrem Gedächtnis. Ich bin der Weihnachtsmann. Schlicht und ergreifend. Drei Silben. Weih-nachts-mann. Soll ich noch buchstabieren? Ich weiß nicht, was daran so schwierig sein soll.«

»Also was nun?«, fragt die Stimme im Handy ungeduldig. »Bin ich im Radio oder in irgendeiner Fernsehshow gelandet?«

Wohl eher im Irrenhaus, denke ich und lege auf.

Die Stunden bis zu meinem Feierabend habe ich Visionen von Feuerwehrlöschzügen und Notarztwagen vor dem Haus, doch das Einzige, was zu hören ist, ist ein durchdringendes Klopfen und Hämmern aus meiner Wohnung, wie man es von jedem Handwerker erwartet, der eine Badewanne rausreißt.

* * *

Mein Problem empfängt mich mit einem strahlenden Lächeln – und in einem strahlend sauberen roten Mantel.

Ich bin ja nicht die Handwerkerin vor dem Herrn, aber bei der Tätigkeit, die hinter ihm liegt, müsste doch der ganze Mann von oben bis unten vom Staub so weiß wie sein Bart sein. Was hat der denn den ganzen Tag gemacht?

Wobei ich gar nicht weiß, ob ich das wissen will.

Wir gehen durch den Flur zum Bad, und mir schießen tausend Möglichkeiten zugleich durch den Kopf, wie es da drin aussehen könnte. Anders jedenfalls.

Stolz öffnet er mir die Tür, und ich luge vorsichtig in den Raum.

Nichts. Da drin hat sich nichts verändert. Es riecht nur nach Tannenholz, als stünde ich im Wald.

Fassungslos schaue ich ihn an. Diese blauen Augen bringen

mich noch zusätzlich aus dem Konzept. »Die Badewanne sieht noch genauso zerstört aus wie heute Morgen.«

»Natürlich«, gibt er überrascht zurück.

Natürlich. Man sollte einfach nicht in glühende Kohlen blasen und sich dann wundern, warum das Feuer lodert. »Sie haben mir versprochen, den Schaden zu beheben!«, schreie ich ihn an.

Aufgrund seiner Krankheit müsste ich wohl Milde walten lassen, aber der barmherzige Samariter in mir hat angesichts der Sachlage die Segel gestrichen und mir die Leviten empfohlen. »Wollen Sie mich verarschen? Haben Sie mit dem Hammer den ganzen Nachmittag irgendwo draufgeschlagen, damit ich glaube, Sie würden arbeiten?«

»Was denken Sie eigentlich von mir?«, fragt er sanft und legt seine Hand auf meine Schulter. Seine Berührung fließt mit einer Wärme durch meinen Körper, wie ich das selbst bei Oliver noch nicht erlebt habe. Binnen weniger Sekunden hat er mich besänftigt, und ich spüre irritiert diesem angenehmen Prickeln nach.

Wenn ich es nicht besser wüsste, dann müsste das gerade ein Zauber gewesen sein, der mich durchflossen hat. Man sagt das immer so leichthin, aber ich habe es tatsächlich gefühlt und könnte fast glauben, es war Magie.

Behutsam schiebt er mich einen Schritt vorwärts. »Schauen Sie doch mal um die Ecke.«

Wow, denke ich geplättet und kann es noch gar nicht glauben. Das ist ja der Wahnsinn – endlich mal im positiven Sinne. Da steht ein Badezuber aus Holz in der Größe eines Whirlpools mit einem bequemen Treppeneinstieg und innen zwei Bänken zum Sitzen.

»Selbst gebaut«, höre ich ihn hinter mir sagen. »Aus echtem Fichtenholz, und hier …« Er hält mir eine Rückenbürste und eine Flasche Badezusatz entgegen. »Das hab ich auch noch für Sie. Ich hoffe, der Duft gefällt Ihnen. Riecht ein bisschen wie bei uns in der Backstube, wenn es Bratäpfel gibt.«

Ich lächle. »Und das haben Sie alles …«

»Selbst gebaut, ja. Hat mir mein Vater beigebracht.«

Der war also entweder Schreiner oder handwerklich sehr begabt, denke ich.

»Das haben Sie sehr schön gemacht«, komme ich nicht umhin, ihn zu loben.

»Gefällt's Ihnen? Dann bin ich sehr erleichtert. Der Verkäuferwichtel hat mir nur davon abgeraten, eine Feuerstelle unter den Bottich zu bauen, wie ich das von uns am Korvatunturi kenne. Er meinte, offenes Feuer sei in der Wohnung nicht geeignet.«

»Allerdings«, seufze ich in unguter Erinnerung. Aber was er da zustande gebracht hat, beeindruckt mich wirklich sehr.

»So klar war mir das nicht, Sie haben ja schließlich auch einen Kamin und damit offenes Feuer in der Wohnung. Ich hab noch ein bisschen mit diesem Wichtel diskutiert, schließlich muss das warme Wasser ja irgendwo herkommen, aber dann hat er mir eine Mischbatterie erklärt und meinte, Sie würden garantiert eine besitzen, stimmt das?«

Die Ausprägung seiner Krankheit ist wirklich ein absolutes Rätsel. Einerseits ist er nicht mehr zu einfachsten Alltagshandlungen fähig, andererseits fabriziert er solche Holzbauten, für die man eigentlich einen Fachmann braucht. »Sie haben wirklich vergessen, wie man eine Dusche bedient?«

»Warum vergessen? Ich kenne so etwas gar nicht.«

Dieser Mann braucht Hilfe, und wenn er mich mit seinem Weihnachtsmanntrip in den Wahnsinn treibt, dann ist das mein Problem und nicht seines.

Seine hirnphysiologische Störung ist so faszinierend, dass es mich schon reizt, ihn zu behandeln, und wenn ich ganz ehrlich bin, spielt nicht nur der fachliche Aspekt eine Rolle, denn mir geht seine Berührung immer noch angenehm nach, und ich will herausfinden, was er jenseits seiner Erkrankung für ein Mensch ist.

Aber zurück zum finnischen Badezuber, der nun als wunderliches Highlight mein Badezimmer schmückt.

»Ich wollte vorhin eigentlich wissen, ob Sie das Material wirklich geschenkt bekommen haben im Baumarkt, das kann ich mir nicht vorstellen.«

»Na ja, nicht ganz«, druckst er herum, und ich verfluche mich innerlich dafür, dass ich nachgefragt habe. Bestimmt ist gleich meine Freude dahin.

»Der Wichtelchef will mir morgen noch eine Palette an Ihre Adresse liefern lassen.«

»Wie jetzt?« Beim Stichwort Palette schwant mir nichts Gutes. Hat er etwa dazu eine Sauna bestellt oder so was?

»Ich bekomme solche Schokoweihnachtsmänner mit einem Baumarktwerbeanhänger und soll die in der Stadt verteilen.«

»Eine ganze Palette voll?« Ich sehe mich damit schon im Wohnzimmer sitzen und meinem letzten Diäterfolg nachweinen.

»Bei freier Zeiteinteilung!«, fügt er fast schon entschuldigend hinzu.

Na ja, als Wiedereingliederung ins Arbeitsleben eigentlich keine schlechte Maßnahme. »Nun gut, es gibt bestimmt schlechtere Deko im Wohnzimmer als eine Palette mit Schokoweihnachtsmännern. Das ist zumindest eine, über die meine Kinder nicht meckern werden.«

Hab ich mich damit eigentlich gerade indirekt auf ihn als Gast eingelassen? Kaum zu Ende gedacht, fragt er mich genau das.

»Also natürlich nur so lange«, schränkt er gleich selbst ein, »bis Sie sich dazu entschieden haben, mir als Christkind zu folgen.«

Bis er wieder gesund ist, denke ich und nicke, ohne zu wissen, wozu ich gerade Ja gesagt habe. Doch, eigentlich weiß ich es ziemlich genau. Aber das ist wie bei einer Hochzeit. Da glaubt man auch nicht an ein Scheitern.

»Wundervoll, ich freue mich sehr! Dann sollten Sie mir aber noch erklären, wie man warmes Wasser gewinnt, um den Badezuber zu füllen.«

Ich nehme den Duschkopf, halte ihn über den Badezuber und demonstriere ihm, was man tun muss. Er legt seine Hand auf meine, um die Bewegung nach rechts und links nachzuahmen.

Da ist es wieder, dieses unbeschreibliche Gefühl. Natürlich, bei manchen Frauen würde es bereits kribbeln, wenn so ein Bild von einem Mann neben ihnen steht, aber dagegen bin ich immun – denke ich zumindest.

Schnell ziehe ich den Arm weg.

Staunend probiert er die Technik aus, als würde er das wirklich zum ersten Mal sehen. »Da kommt ja richtig heißes Wasser!«, ruft er begeistert. »Und da sitzt bestimmt kein Wichtel in der Wand, der Feuer macht?«

Ich schüttle den Kopf und denke an meinen Patienten mit dem Liliputaner. Ob mein Weihnachtsmann in einer geschlossenen Psychiatrie nicht doch besser aufgehoben wäre? Womöglich, aber solange es geht, möchte ich ihm diese Erfahrung eigentlich gern ersparen.

»Soll ich Ihnen das Badewasser einlassen«, fragt mich Jeff Bridges.

Wer kann da schon Nein sagen, und dennoch muss ich ablehnen, denn Zeit für Entspannung ist jetzt noch nicht, obwohl ich sie dringend nötig hätte.

»Ich muss noch Essen machen, die Kinder kommen gleich nach Hause.«

»Das kann ich doch übernehmen. Soll ich Bratäpfel für alle machen? Wie der Herd funktioniert, habe ich doch schon gelernt«, schlägt er mit einem gewissen Stolz vor.

Dazu kann ich nun wirklich nicht Nein sagen.

Gedankenverloren schaue ich dem Badewasser beim Einlaufen zu und träume schon von leckeren gefüllten Bratäpfeln, als mich rumpelnde Geräusche in der Küche alarmieren.

Vielleicht hätte ich mein Problem nicht so leichtfertig allein lassen sollen, vielleicht hätte ich ihm besser nicht nur den Herd, sondern auch den Backofen genau erklären sollen, denke ich, als ich im Bademantel zur Küche renne.

Ich komme gerade noch rechtzeitig, bevor er die Holzscheite im Backofen anzünden will.

*   *   *

Meine Kids sind heute wohl auch in der Stimmung, Feuer zu legen. Kaum dass ich entspannt aus dem Badezuber gestiegen bin und meine Pubertiere die Wohnung betreten haben, geht es los.

»Boah ey, Frau Hogrebe hat mich heute so hart genervt«, mault meine entzückende Tochter. »Ich hab echt keinen Bock mehr.«

»Schuhe ausziehen! Deine Deutschlehrerin? Was ist denn passiert?«

»Nichts, Mann, sie hat mich einfach voll hart genervt.«

»Gibt's was zu essen?«, fragt Lukas, während er sich zu seinen Schuhen bückt. »Nach was riecht's denn hier?«

»Es gibt gleich Bratäpfel.«

»Aha«, sagen meine beiden Pubertiere wie aus einem Mund.

Begeisterung klingt anders, wobei man nie sicher ist, ob diese Bemerkung beim Thema Essen nicht doch der Ausdruck höchster Gefühle ist.

Meine Tochter verpasst ihrem Schuh einen Tritt, damit er Richtung Garderobe fliegt.

»Lilly, du musst jetzt bitte nicht mit dieser Stimmung hier reinkommen, wenn gar nichts passiert ist.«

»Die Hogrebe hat mich voll blöd angemacht!«

»Gerade hast du noch gesagt, es sei nichts gewesen.«

»Mann, Mama, du hörst mir nie zu! Die hat mich voll genervt, weil ich meine ganzen Hausaufgaben noch mal neu schreiben muss.«

»Dann weißt du ja, was du heute noch zu tun hast«, gebe ich mich unbeeindruckt. »Und bei dir Lukas, noch Hausaufgaben?«

»Nö.«

Habe ich auf diese Frage je eine andere Antwort bekommen? Mein Sohn hat nie Hausaufgaben – weil er das erfolgreich verdrängt. Im Gegensatz zu Lilly, die viel lernen muss, bis sie etwas im Kopf hat, saugt Lukas den Stoff schon im Unterricht auf, indem er nebenbei zuhört.

Er ist so gut in der Schule, dass ich meist nicht weiter nachbohre und die regelmäßigen Briefe des Klassenlehrers, wie oft Lukas seine Hausaufgaben im vergangenen Monat mal wieder nicht gemacht habe, dem Kaminfeuer zur Kenntnisnahme vorlege. Pädagogisch nicht besonders wertvoll, aber extrem nervenschonend.

Lilly wirft ihren Schulrucksack den Schuhen hinterher. »Ich hab das schon gemacht, Mama.« Theatralisch verdreht sie die Augen. »Musste ich alles schon in der Deutschstunde neu schreiben. Das war voll unfair!«

»Rucksack ins Zimmer! Ist doch nett, dass du es gleich in der Schule machen durftest.«

»Aber ich hab das schon vorher total ordentlich geschrieben.«

»Wohl nicht sauber genug, sonst hätte sie es nicht beanstandet.«

»Das stimmt gar nicht. Da waren nur ein paar Wörter von mir durchgestrichen, weil ich sie zuerst falsch geschrieben habe, aber dann war alles richtig. Die Hogrebe will mich echt nur unfair behandeln!«

»Essen ist fertig!«, ruft es aus der Küche.

»Du hast den Typen nach der Aktion heute Morgen wieder in die Wohnung gelassen?«, wundert sich Lukas.

»Er hat sich sehr bemüht, den Schaden wiedergutzumachen. Schaut mal ins Bad.«

»Krass!«, ruft Lilly.

»Voll das abgefahrene Teil«, bemerkt Lukas. »Aber warum steht das halbe Bad unter Wasser?«

»Bitte was?«, kreische ich und stehe nach drei schnellen Schritten im Bad – mittendrin in der nassen Bescherung.

»Weil es ein Problem gibt«, seufze ich. Im doppelten Sinne. Vielleicht hätte ich nicht gleich das Bad verlassen sollen, nachdem ich den Ablauf geöffnet habe. »Da fehlt wohl der Anschluss ans Abwasserrohr.« So etwas gibt es in der Welt meines Patienten leider nicht, stelle ich fest, als er mir bestürzt erklärt, dass bei ihm am Nordpol das Wasser mit dem Eimer ausgeschöpft und weiter für die Wichtel zum Baden verwendet wird.

Natürlich, was auch sonst. Nun gut, dann werde ich ihm jetzt neben Sinn und Zweck eines Abflussrohrs eben auch den Gebrauch eines Nasssaugers erklären.

»Ein Höllengerät!«, schreit er, als ich den Einschaltknopf betätige, und er rennt durch den Flur, als sei der Teufel persönlich hinter ihm her.

Ich finde ihn zusammengekauert unter dem Esstisch, und er ist durch nichts dazu zu bewegen, wieder hervorzukommen, solange dieses furchterregende Ding nicht wieder verschwunden ist.

»Okay, Kids«, seufze ich, »deckt ihr bitte den Tisch, ich kümmere mich solange um das Bad.«

Erstaunlicherweise kommen meine Pubertiere, ohne zu murren, meiner Aufforderung nach. Wobei sie entweder der Bratapfelduft antreibt oder die drohende Alternative, im Bad helfen zu müssen.

Nachdem ich die Überschwemmung beseitigt habe, bin ich vor Anstrengung selbst noch einmal gebadet und könnte eine

Dusche brauchen, aber mit dem Thema bin ich jetzt erst mal durch.

»Wo seid ihr denn?«, rufe ich, als ich im Esszimmer zwar den gedeckten Tisch, aber verwaiste Stühle vorfinde. Bitte nicht die nächste Katastrophe.

»Alle hier unten!«, ruft Lukas.

Und tatsächlich, da sitzen sie. Unter dem Tisch. Der Weihnachtsmann in der Mitte, staunend mit dem Tablet in der Hand, und meine Kids erklären ihm von rechts und links die Welt des Internets.

Ich hole mein Handy und mache lächelnd ein Foto von der Szene. Mein Gast benimmt sich wie ein junger Hund, der das Leben in ein Chaos stürzt, aber wirklich lange kann man ihm nicht richtig böse sein. In diesem Augenblick klingelt der Küchenwecker.

»Die Bratäpfel sind fertig. Kommt jetzt mal alle unter dem Tisch vor.«

Himmlisch. Für den Geschmack gibt es gar keinen anderen Ausdruck. So ruhig und friedlich war es noch nie am Tisch. Beide Kids essen sogar noch eine zweite Portion, und auch ich kann nicht genug bekommen von dem wunderbaren Apfel-Nuss-Geschmack, der in meinem Mund mit der Vanillesoße zu einer Offenbarung verschmilzt. Andererseits denke ich bereits an die Palette mit Schokoweihnachtsmännern und muss mich zügeln.

Pappsatt lehnen wir uns zurück, in den Augen meiner Kinder liegt ein seliger Glanz.

»Du wolltest mir noch etwas zeigen«, sagt der Weihnachtsmann zu Lilly und deutet auf das Tablet, das auf dem Wohnzimmertisch liegt.

»Nein, nicht da drauf. Auf meinem Handy.«

»Ach, zeig mal. So ein wunderliches Ding, wie es deine Mutter gerade in der Hand hatte? Das kenne ich auch nicht.«

»Du hast kein Handy?« Jetzt versteht Lukas die Welt nicht mehr.

»Meine Wichtel produzieren das ständig, aber ich weiß nicht mal, wie das funktioniert. Wofür auch? Bei uns gibt es weder Telefon noch dieses Internet. Dafür bekomme ich jedes Jahr säckeweise Briefe.«

»Und Sie lesen jeden?«, hakt Lukas bass erstaunt nach.

»Nein, natürlich nicht. Dafür habe ich meine Wichtel in der Poststelle. Ich entscheide dann, ob die Wünsche erfüllt werden oder nicht. Aber meistens habe ich ohnehin ein viel zu weiches Herz.«

Vielleicht ist er ein Firmenleiter, der Chef in einem Spielwarenunternehmen, überlege ich. Das wäre doch denkbar. Und mit einem Burnout fing alles an, weil er nicht hart genug für den Job war. Ich glaube, so langsam komme ich dem Ganzen auf die Spur.

»Und dieses dicke Buch, in dem alle guten und schlechten Taten eines Kinds stehen, das gibt's wirklich?«, will Lilly wissen.

Mir liegt der Einwurf auf der Zunge, dass mein Patient das wohl kaum wissen kann, aber irgendwie scheint meine Tochter ihn in seiner Rolle gerade sehr ernst zu nehmen, und darum will sie eine Antwort auf die Frage, die sie seit Kindertagen umtreibt, obwohl sie längst nicht mehr an den Weihnachtsmann glaubt.

»Ach, das Gerücht kursiert immer noch? Das hält sich aber hartnäckig.« Sein tiefes Lachen erfüllt die Wohnung. »Das wurde zu den Weihnachtsmannkriegszeiten in die Welt gesetzt, um Lieferengpässe zu kaschieren. Wenn die Geschenke ausblieben, sollten die Kinder glauben, sie seien nicht artig genug gewesen. Und welches Kind ist das schon. So war das ein gelungener Coup, aber ich hätte nicht gedacht, dass heutzutage immer noch daran geglaubt wird. Überlegt mal, wie riesig müsste man sich dieses Buch denn vorstellen – nein, das ist doch nur eine Geschichte.«

Genauso wie die Sache mit dem Weihnachtsmann, aber ich verkneife mir diese Bemerkung, wenn sie schon nicht von meinen Kindern kommt.

Lukas hat bereits im Alter von drei Jahren zum Weihnachtsmann »Hallo, Onkel Eddi« gesagt und damit einen Volltreffer gelandet.

»Und wie ist das mit den Wichteln?«, will Lukas nun dennoch wissen. Es muss die Aura meines Patienten sein, die meine Kinder dazu bringt, diese Fragen aufzuwerfen, auf die sie nie eine befriedigende Antwort erhalten haben. »Die stellen wirklich alle Geschenke her?«

»So ist es. Jedenfalls für die Kinder, die noch an mich glauben. Im Inneren des Korvatunturi liegen die Fertigungsstätten meiner Wichtel. Den Technikbereich mussten wir in den vergangenen Jahren stetig erweitern, angefangen hat es mal mit ein paar Feinmechanikerwichteln, aber ich glaube, bald kommen wir auf der anderen Seite vom Berg raus. Auf anderen Ebenen arbeiten die Schreinerwichtel, sie fertigen zum Beispiel Puppenstuben und Skateboards, die Druckerwichtel, die Schrauberwichtel, die Nähwichtel, und besonders hoch her geht es natürlich bei den Endkontrollwichteln, den Lager- und Verpackungswichteln. Und ohne meine Bürowichtel, die über alles den Überblick behalten, wäre ich ohnehin aufgeschmissen. Die Kommunikation läuft per Rohrpost. Aber was man mit so einem Handy alles machen kann, würde mich schon mal interessieren …«

Und ich würde zu gern wissen, von welcher Firma er tatsächlich spricht. Meine Tochter hingegen hat vor allem das Stichwort Handy gehört, und dann ist sowieso alles andere nicht mehr wichtig.

»Na klar zeige ich Ihnen das«, sagt sie.

Wenn sie bei ihren alltäglichen Aufgaben so flink wäre wie mit den Fingern auf dem Display, wäre mein Nervenkostüm auch nicht so zerfetzt.

117

»Also, das ist mein Instagram-Account, da hab ich Fotos von der letzten Party drauf, voll coole Musik lief da, und ach ja, das hier ist mein musical.ly-Account.«

An ihrem 13. Geburtstag durfte sich Lilly endlich die App runterladen und sich dort registrieren. Sie ruft ein Video auf, in dem sie in ihrem Zimmer zu sehen ist, wie sie zu dem Song *So Much More Than This* von Grace VanderWaal tanzt und Playback singt.

Da das unter den Mädels in ihrem Alter total angesagt ist, sich gegenseitig die mithilfe dieser App produzierten Videos zuzuschicken, wollte sie da schon viel früher mitmachen, aber dieses Mal hatte ich die besseren Argumente gehabt, da selbst die Entwickler eine Nutzung erst ab 13 Jahren empfehlen.

»Über 140 Millionen Muser weltweit, krass oder?«, fragt sie mit leuchtenden Augen.

»User heißt das, Lilly«, korrigiere ich reflexartig.

»Boah, Mama, du hast keinen blassen Schimmer.« In diesem Satz liegt alles, was man über Lillys Pubertät wissen muss. »In der App heißt das Muser, kommt von musically. Aber du hast echt von nix 'ne Ahnung, Mama.«

Hier wäre der Punkt, an dem wir nun beide unsere Zündschnur anstecken und testen könnten, wer als Erstes in die Luft geht.

Doch zum Glück hakt Lukas an dieser Stelle ein und schiebt sein Tablet rüber. »Und das ist mein YouTube-Account«, erklärt er, »ich dreh Videos über Minecraft und Roblox und hab 675 Follower ... Schon cool, oder?«

»Ich habe ehrlich gesagt keine Ahnung, wovon du sprichst«, bemerkt der Rauschebart und wirft mir einen Hilfe suchenden Blick zu, aber bei diesem Thema kann auch ich ihm nicht viel weiterhelfen.

»Also, in dem Video hier, da geht es zum Beispiel um Minecraft, das ist ein total angesagtes Spiel, in dem man sich aus Baublöcken seine eigene Welt erschafft und dort mit Mitspielern in Verbindung treten kann. Wir sollten mal ein Video zusammen machen, das wird garantiert der Burner im Netz.«

»Wir sollten jetzt erst mal den Tisch abräumen«, bremse ich, »für das Video ist auch noch morgen oder so Zeit.« Bis dahin muss ich meinen Kindern erklären, dass mein Patient sich zwar im Moment in seiner Rolle wohlfühlt, aber ganz bestimmt kein Andenken im Internet wiederfinden will, wenn er wieder gesund ist.

»Bleibt der Mann denn jetzt eine Weile bei uns?«, fragt Lukas, als wir außerhalb der Hörweite unseres Gasts das Geschirr in der Küche abstellen.

»Ja«, antworte ich schlicht.

»Ist er dein neuer Freund?«, fragt Lilly ebenso direkt.

»Nein, wie kommst du denn auf so was?«, protestiere ich entschieden und räume die Teller in die Spülmaschine.

»Na ja, er sieht doch ganz gut aus«, befindet Lukas.

»Und Papa hat ja auch eine neue Freundin«, fügt Lilly an.

Beide zucken mit den Schultern, als gäbe es nichts Natürlicheres auf der Welt, und sehen mir weiter bei der Küchenarbeit zu.

»Macht euch das echt nichts aus, dass Papa und ich uns getrennt haben?«

»Na ja.« Lukas fährt sich mit einer coolen Bewegung durch seine lockigen Haare. »Wir können Papa ja jede Woche sehen, wenn wir wollen.« Von Lukas als Mamakind wundert mich die Antwort jetzt nicht so sehr, aber auch Lilly gibt sich unbeeindruckt.

»Also ehrlich gesagt war das so auch nicht mehr toll, wie wir zusammengelebt haben. Genauer gesagt: nebeneinanderher. Papa hat sein Ding gemacht und du deins. Wann sind wir denn schon mal alle gemeinsam ins Kino gegangen oder so, wir haben ja nicht mal zusammen Abend gegessen.«

Ich will einwerfen, dass das ja nun auch am Job ihres Vaters lag. Aber ich verkneife mir den Versuch einer Rechtfertigung, denn meine Tochter hat recht. Ich habe einfach meinen Stiefel durchgezogen und Abendbrot gemacht, wenn die Kinder nach Hause kamen.

Sicherlich hätte ich oftmals schlichtweg noch eine Stunde damit warten können, damit wenigstens wieder am Tisch ein Familienleben stattfindet.

»Das stimmt, Lilly, da hab ich einen Fehler gemacht.«

»Schon gut, Mama«, entgegnet sie. »Dazu gehören immer zwei.«

Und wieder wundere ich mich, wie erwachsen meine Tochter schon denkt, und dabei habe ich sie doch neulich erst noch gewickelt. Vielleicht sollte ich mir an meinen Kindern ein Beispiel und die Trennung auch nicht so schwer nehmen.

Wobei, so richtig glaube ich ihnen nicht. Ich vermute eher, dass sie mir aus Rücksicht ihren Schmerz nicht zeigen, weil sie wissen, dass ich an der Trennung nichts ändern kann, selbst wenn ich es wollte. Umso mehr will ich darauf achten, sie mit der derzeitigen häuslichen Situation nicht zu überfahren.

»Und seid ihr einverstanden, dass wir einen Gast haben, selbst wenn er ein Patient ist? Kommt ihr damit klar?«

Beide nicken. »Na logo«, sagt Lukas. »Mit dem werden wir doch bestimmt eine Menge Spaß haben.«

Er meint das nicht ironisch, aber in meinen Ohren klingt es so, weil mir meine Erfahrung bereits ein Lied mit mehreren Strophen singt.

»Was ist eigentlich, wenn an seiner Geschichte doch was dran ist?«, fragt Lilly und reicht mir die Gläser zum Einräumen.

»Wie meinst du das?«, gebe ich zurück.

»Wenn er doch echt ist?«, fragt Lukas, und ich lese in seinem Blick, dass es mehr eine Feststellung ist.

»Ach Quatsch.« Lächelnd schließe ich die Spülmaschine. »Was glaubt ihr denn für Sachen?«

Kapitel 5

*K*opfschmerzen – mein erster Gedanke, als ich an diesem 10. Dezember wach werde. Na, der Montag fängt ja gut an. Dabei habe ich gestern gar nichts getrunken.

Ich war zwar mit meinen Mädels im Kino, aber dann habe ich mich vorzeitig verabschiedet, weil ich mich nicht wohlgefühlt habe.

Und weil mir nicht wohl dabei war, mein Problem mit sich allein zu lassen. Seit einer Woche wohnt mein Patient nun bei uns, und er integriert sich zunehmend im Alltag – auf seine Weise. Alles, was schiefgehen kann, geht schief.

Er kann nun sogar den Geschirrspüler bedienen. Allerdings hätte ich ihm bei der ersten Erklärung wohl die Sache mit den Tabs besser verdeutlichen sollen. Und dass Geschirrspülmittel in der Maschine nur geeignet ist, wenn man eine Schaumparty in der Küche plant.

Ins Arbeitsleben hat er sich unterdessen sehr gut eingefunden, und sein Chef vom Baumarkt ist ganz begeistert von ihm. Letzterer wird wohl von vielen Kunden auf die gelungene Werbeaktion angesprochen, denn sie hätten noch keinen Weihnachtsmann erlebt, der so engagiert und authentisch bei der Sache gewesen sei.

Darum steht nun schon die zweite Palette mit Schokoweihnachtsmännern bei uns im Wohnzimmer, was allerdings nicht unbedingt nur mit dem Arbeitseifer meines Patienten zu tun hat. Es könnte auch daran liegen, dass mir die Schokolade sehr gut schmeckt.

Wobei ihn der Job zu fordern scheint, denn in den vergangenen zwei Tagen wirkte er recht abgeschlagen, wenn er nach vier Stunden Arbeit zurückkam. Vielleicht sollte man es mit der Wiedereingliederunng doch etwas langsamer angehen lassen.

Höllische Kopfschmerzen, korrigiere ich mich selbst, als ich aufstehe und in die Küche wanke. Erst mal einen Kaffee aufsetzen, bevor ich mich dazu gewappnet fühle, ein Kolibrimädchen und einen Faultierjungen zu wecken. Beides in meinem derzeitigen Zustand keine erträgliche Aussicht.

Ich fülle Wasser in die Kaffeekanne, wobei ein Eimer für mich wohl das bessere Maß wäre, gebe Pulver in den Filter und schalte die Maschine ein. Morgens ist dieses Prozedere für mich eine absolute Herausforderung, auch ohne Kopfschmerzen.

Wie ergeht es da wohl erst meinem Weihnachtsmannpatienten, der alles neu erlernen muss? Ich sollte vielleicht doch etwas nachsichtiger mit ihm sein, allerdings haben meine Nerven leider ein sehr angespanntes Verhältnis zu ihm.

Jedoch bin ich angesichts seiner Fortschritte davon überzeugt, auf dem richtigen therapeutischen Weg zu sein und ihm einen Aufenthalt in der Psychiatrie ersparen zu können.

Schläft er eigentlich noch? In der Wohnung ist es so ungewöhnlich still heute Morgen. Normalerweise ist er um die Uhrzeit schon auf den Beinen, und man hört ihn entweder im Bad, oder er ist in der Küche zugange.

Gestern Abend hatte ich ihn noch gebeten, die Spülmaschine einzuräumen, das hat er ganz offenkundig erledigt. Selbst die Arbeitsplatte ist auf Hochglanz poliert.

Nur warum gibt die Kaffeemaschine auch kein Geräusch von sich? Erst mal dieses Problem lösen und dann das andere suchen.

Ich beherrsche fünf Varianten der Kaffeezubereitung. Filter ohne Kaffee, Kaffee ohne Filter oder als geschmackliche Hardcorevariante den alten Filter vergessen zu tauschen und noch mal verwenden. Variante Nummer vier ist die Kanne nicht unterzustellen, und eine Kaffeemaschine kann fünftens logischerweise nicht funktionieren, wenn man das Wasser nicht einfüllt und die volle Kanne drunterstellt. Klare Sache, denke ich seufzend, aber mit Logik habe ich es um diese Uhrzeit nicht so.

Also, das Wasser rein und die Maschine noch mal anstellen, bevor ich ins Wohnzimmer gehe.

Da ist mein Patient nicht. Die Couch hat er bereits tagfertig aufgeräumt. Im Bad finde ich ihn auch nicht, dafür macht sich auf dem Weg zurück in die Küche meine Nervosität bemerkbar.

Wenn ich jetzt etwas gar nicht gebrauchen kann, dann ist das ein Problem meines Problems. Vermutlich entwickle ich gerade eine handfeste Migräne, besser gleich mal eine Tablette nehmen, die mich vielleicht vor den schlimmsten Auswirkungen bewahrt, wenn es nicht schon zu spät ist.

Für den Kaffee bin ich definitiv zu spät dran. Er breitet sich in einer wachsenden bräunlichen Pfütze um die Kanne aus, die neben und nicht unter der Maschine steht.

»Verfluchte Scheiße!«, rufe ich und lasse mich auf den Küchenstuhl sinken. Das Tuch zum Aufwischen halte ich mir vor die Augen. Von wegen Tropfstoppautomatik, davon hat meine Maschine offenbar noch nichts gehört.

»Ich mache das sauber, bleiben Sie sitzen.« Ein Moment, in dem ich mal erleichtert bin, die tiefe Stimme meines Patienten zu hören, der soeben zur Tür reingekommen ist. Einen Hausschlüssel hat er mittlerweile, das ließ sich gar nicht vermeiden. Nur wo kommt er auf einmal her?

»Ich war beim Bäcker«, liefert er mir die Erklärung. »Merkwürdiger Laden allerdings. Denn Brötchen gab es nicht.«

Stirnrunzelnd schaue ich auf, wobei ich beides besser hätte sein lassen sollen, denn meine Kopfschmerzen verstärken sich unangenehm. »Aber Sie haben doch eine gefüllte Tüte dabei.«

Dass er ein paar Euro bei sich hatte, wundert mich wiederum nicht. Während seiner Arbeit bekommt er besonders von Großeltern etwas zugesteckt, wenn er sich mit den Enkeln fotografieren lässt. Aber seit wann gibt es frühmorgens beim Bäcker keine Brötchen, und was hat er dann stattdessen mitgebracht?

»Das sind Semmeln, hat mir die Wichtelfrau erklärt, keine Brötchen, aber ich finde, sie sehen so aus, also hab ich sie trotzdem gekauft. Möchten Sie eines?«

»Am liebsten möchte ich zurück ins Bett«, seufze ich. »Aber das ist nicht möglich, in einer Stunde wartet der erste Patient zwei Stockwerke weiter unten auf mich.« Und es tut mir auch leid, ihm das Frühstück abzusagen, nachdem er sich diese Mühe gemacht hat und ihm der Einkauf sogar gelungen ist. Noch dazu hat er das allein mir zuliebe gemacht, denn seine morgendlichen Essensvorlieben sind ganz andere.

Kein Frühstück ohne Karjalanpiirakka – so lautet sein Slogan, mit dem er mir vom ersten Tag an in den Ohren liegt, sodass ich immerhin dieses finnische Wort mittlerweile beherrsche. »Wahrlich, Sie sehen nicht gut aus«, stellt er mit kritischem Blick fest.

Genau das möchte man montagmorgens hören, aber er hat ja recht. »So fühle ich mich auch. Essen kann ich jedenfalls nichts.«

»Ich kümmere mich um alles andere, damit die Kinder rechtzeitig aus dem Haus sind. Für die beiden gibt's Karjalanpiirakka mit in die Schule. Habe ich heute Morgen ohnehin schon zubereitet, ich packe sie in diese bunten Transportbehälter.«

Leider glaube ich nicht, dass meine Kinder das essen werden, wenn ich mir schon nicht vorstellen kann, wie Milchreis in einer zarten Roggenteighülle gebacken und eingetaucht in gebutterte Milch schmecken soll.

Wobei bislang alle seine Gerichte zauberhafte Köstlichkeiten waren. Schon etwas besser kann ich mir das für heute geplante

Abendessen vorstellen, von dem er schwärmt, wobei ich den Namen schon wieder vergessen habe.

Aber ich habe ihm gestern versprochen, dass wir heute gemeinsam die Zutaten für den Fisch im Brotteig besorgen werden.

Einkaufen ist schließlich ein wichtiger Teil seiner Soziotherapie, damit er sich wieder allein versorgen kann. Das Kochen klappt ja schon hervorragend, erstaunlicherweise hat er auch nicht seine Lieblingsrezepte vergessen und diese finnischen Begriffe. Ob er vielleicht mal als Koch in Finnland gearbeitet hat?

»Alles in Ordnung mit Ihnen?«, fragt er. »Sie wirken so abwesend.«

»Ich habe nur nachgedacht, aber die Kopfschmerzen werden immer schlimmer.«

»Wecken Sie doch nur noch schnell die Kinder und dann legen Sie sich wieder hin. Machen Sie die Augen zu, vielleicht können Sie noch eine kleine Runde schlafen. Ich schaue dann nach Ihnen.«

Eine halbe Stunde Ruhe könnte mir wirklich helfen, denke ich. Und was soll schon schiefgehen, überlege ich, während ich Lilly wecke, die sofort auf den Beinen ist und sich besorgt nach meinem Befinden erkundigt.

»Lass mich in Ruhe«, bekomme ich stattdessen von Lukas zu hören – nach dem zehnten Weckversuch, der dem Rütteln bei einem Erdbeben gleichkommt.

»Lukas, mir geht's nicht gut, bitte steh ohne Theater auf.«

Und schon ist er wieder eingeschlafen. Weitere Versuche sind zwecklos. Ich knie neben seinem Bett und kann nicht mehr.

»Will er wieder nicht aufstehen?«, höre ich den Weihnachtsmann von der Tür her. »Lassen Sie mich mal machen und halten Sie sich am besten die Ohren zu.«

Reflexartig tue ich es.

Er holt tief Luft, formt die Hände zu einem Trichter am Mund und ruft: »Ho-Ho-Ho! Aufstehen!«

Lukas steht senkrecht im Bett, mir klingeln die Ohren, und ich glaube, das ganze Haus ist jetzt wach.

»Alter Schwede, wie laut war das denn?«, fragt Lukas entgeistert.

»Alter Finne, wennschon«, stellt der Weihnachtsmann seelenruhig klar. »Und was glaubst du, wie ich sonst jeden Morgen eine ganze Wichtelkompanie wach kriegen würde? So, und jetzt ab ins Bad. Frühstück ist gleich fertig. Es gibt frische Brötchen – oder was auch immer ich da gekauft habe – mit meiner Zimt-Blaubeermarmelade.«

Dieses Gedicht hat er gestern eingekocht, und der verführerische Duft zog bis ins Treppenhaus, sodass drei Nachbarn geklingelt haben und das Rezept wollten. Das hat er wieder nicht rausgerückt, dafür aber Gläser von der Marmelade.

Lukas schlurft an mir vorbei ins Bad, immerhin in einer Geschwindigkeit wie ein Faultier auf Speed, und ich krieche mit einer Schmerztablette zurück ins Bett – mit einem Ohr horche ich jedoch auf die Vorgänge in der Wohnung, auch wenn ich sie nur wie durch einen Nebel wahrnehme.

Meine Kinder scheinen sich jedenfalls wie Lämmchen zu verhalten: kein Streit, kein Gemecker, und dann höre ich, wie sich die beiden fröhlich verabschieden und die Tür ins Schloss fällt. Fünf Minuten vor der üblichen Zeit.

Kurz darauf streckt der Weihnachtsmann den Kopf zur Schlafzimmertür rein.

»Wie geht's Ihnen?«

»Nicht gut«, stöhne ich, und es klingt, wie ich mich fühle.

Er kommt langsam näher und setzt sich zu mir auf die Bettkante. Es ist ein befremdliches Gefühl, dass sich plötzlich ein anderer Mann in diesem intimen Raum aufhält, der Oliver und mir gehört hat.

»Muss ich mir Sorgen um Sie machen?«, fragt er, und an seiner Stimmlage ist klar, dass er sich bereits welche macht.

Wenn ich könnte, würde ich jetzt lächeln. Ein Patient, der sich um mich kümmert. Verkehrte Welt.

»Ist nur Migräne, ich kenne das. Bis heute Nachmittag ist es erfahrungsgemäß vorbei.«

»Soll ich Ihnen eine Schüssel bringen?«

»Besser ist das.«

Auf leisen Sohlen geht er aus dem Zimmer, und ich frage mich, woher er diese Empathie hat. Oliver wäre niemals von selbst auf diese Idee gekommen, obwohl er meinen typischen Migräneverlauf kennt. Ihn musste ich immer bitten.

»Ich kenne das von mir selbst«, liefert er mir die Erklärung, als er die Schüssel abstellt und sich wieder zu mir setzt. »Ich weiß, einen Weihnachtsmann mit Migräne kann sich keiner vorstellen, aber es ist leider so. Dann bleibt bei mir alles liegen. Sie können so im Übrigen auch nicht arbeiten gehen.«

Es ist mir in der Tat ein Rätsel, wie das funktionieren soll. »Ich muss gleich meine Sprechstundenhilfe anrufen, damit sie meine Termine absagt. Blöder Mist. Besonders für die Patienten, die mit ihrer labilen Psyche solche plötzlichen Unregelmäßigkeiten nicht gut wegstecken. Die bereiten sich mental schon Tage vorher auf die Therapiestunde vor.« Erschöpft schließe ich die Augen, selbst das Sprechen ist schon zu viel.

»Ich könnte doch die Gespräche übernehmen.«

»Sind Sie verrückt?« Reflexartig hebe ich den Kopf und sinke stöhnend wieder zurück ins Kissen.

»Schscht«, macht er und legt mir eine Hand auf die Stirn. »Bitte nicht aufregen, es war ja nur ein Angebot.« Unter seiner Berührung werde ich etwas ruhiger, und sogar der Schraubstock, in den meine Schläfen eingeklemmt sind, lässt in seinem Druck ein klein wenig nach. Es ist tatsächlich seine Aura, die auf mich wirkt.

»Haben Sie schon mal was vom Psychotherapeutengesetz gehört?«, frage ich matt. »Das ist strafbar.«

»Keine Ahnung, wovon Sie reden, aber ich wollte mich einfach ins Wartezimmer setzen, mit den Leuten reden und ihnen zuhören. *Das* kann ja wohl nicht verboten sein.«

Womit er recht hat. Aber was für eine bizarre Vorstellung, dass mein Patient meine Patienten therapiert. Wobei er das vergangene Woche zugegebenermaßen nicht schlecht gemacht hat.

Ich merke, wie ich müde werde. »Dem ersten Patienten kann man sowieso nicht mehr rechtzeitig absagen, der wird schon unterwegs sein. Es ist der mit dem Liliputaner.«

»Wunderbar, er wird sich gern mit mir unterhalten. Ich verspreche Ihnen, ich baue keinen Mist. Ich setze mich ins Wartezimmer und höre einfach nur jedem zu, der mit mir reden will. Ganz ungezwungen, wie auf einer Parkbank. «

»In Ordnung«, sage ich schwach.

»Dann räume ich jetzt noch schnell die Küche auf und mache diese Maschine an. Der, wie heißt das, Geschirrspüler ist voll.«

»Sie wissen noch, wie das funktioniert?«, frage ich erschöpft und voll böser Erinnerungen.

»Ich muss so ein Tab nehmen«, sagt er schnell. »Passiert mir nicht noch mal.«

»In Ordnung«, flüstere ich, schon halb eingeschlafen. »Und wenn die Migräne später weg ist, gehen wir für diesen Fisch im Brotteig einkaufen. Versprochen.«

»Wundervoll, ich freue mich drauf. Gute Besserung …« Er streichelt mir noch einmal über die Hand, sodass Wärme durch mich fließt, und dann schleicht er sich auf Zehenspitzen aus dem Raum.

Die Wirkung der Tablette hat mich bereits gnädig wegdämmern lassen, als ich von einem scheppernden Geräusch hochschrecke.

Meiner Vorstellung nach muss ein Teller oder eine Tasse zu Bruch gegangen sein, aber dieses Klappern und Scheppern hört gar nicht auf. Das klingt ja so, als ob jemand einen Polterabend in meiner Küche feiert.

Alarmiert springe ich auf, und mir wird augenblicklich schwindlig und schlecht. Als ich die Schlafzimmertür aufmache, höre ich, was dieser vermeintliche Polterabend tatsächlich für ein Lärm ist, und hangle mich in die Küche, während ich mir vorstelle, dass da ein Einbrecher meine Küchenschränke durchwühlt und dabei alles rauswirft.

Doch da ist niemand, alles unversehrt. Mir fällt nur auf, dass der Geschirrspüler nicht eingeschaltet ist.

Hatte mein Problem nicht gesagt, es wolle die Maschine anschalten, weil die voll ist? Da fällt mir ein, dass sich darin sauberes Geschirr befindet, und zugleich wird mir panikartig klar, woher der Lärm kommt. Ich renne ins Bad zur Waschmaschine.

Entsetzt starre ich auf die Porzellanbruchstücke, die darin zwischen Kochtopf und Besteck umhergeworfen werden. Schnell schalte ich die Maschine aus.

Vielleicht hätte ich ihm genauer zuhören sollen, als er sagte, dass die Maschine voll ist. Vielleicht auch rechzeitig den Unterschied zwischen den beiden Geräten erklären. Ganz sicher aber habe ich jetzt einen gespülten Kochtopf, glänzendes Besteck und saubere Scherben.

Ich lasse mich auf den Badläufer sinken, setze gedanklich ein neues Geschirrset auf die Einkaufsliste und umarme die Toilette.

*   *   *

»Mensch, Sarah, warum hast du denn heute nicht auf meine WhatsApp reagiert? Ich hab mir Sorgen um dich gemacht, nachdem du gestern unseren Mädelsabend vorzeitig abgebrochen hast.«

Vor meiner Tür steht Bea mit der Energie einer Duracell und redet entsprechend schnell. Mental bin ich noch nicht ganz in der

Lage, ihr zu folgen. Meine Kopfschmerzen sind zwar fast weg, aber ich befinde mich noch leicht im Nebel, weil ich erst vor einer halben Stunde aufgestanden bin, als mein Problem um 17 Uhr freudestrahlend von seinem Dienst im Wartezimmer zurückgekommen ist und mich geweckt hat.

»Entschuldige, Bea, ich hatte heute andere Probleme, als auf mein Handy zu schauen.«

»Schon gut, du siehst zwar etwas fertig aus, aber du stehst ja immerhin vor mir.«

Vielen Dank auch, denke ich. Bea hat leicht reden, sie sieht auch in Jogginghose noch aus wie ein Model. Am liebsten trägt sie ihre blonden Haare zu einem lässigen Zopf gebunden, dazu Jeans und Bluse, selbst im Winter, und ausgefallene Schuhe. Um ihre braunen Augen fächern sich stetige Lachfältchen, weshalb sie immer glücklich aussieht.

»Darf ich reinkommen? Ich hab dir extra frische Hühnersuppe gemacht, ich dachte, die könntest du in jedem Fall vertragen.«

»Ich …« Soll ich jetzt meiner besten Freundin erklären, dass da ein Patient in meiner Küche sitzt, der sich für den Weihnachtsmann hält und gerade den Einkaufszettel schreibt? Das würde nur Fragen provozieren, auf die ich gerade keine Antworten geben will. Also beschließe ich, die Sache möglichst neutral zu halten.

»Ich habe Besuch, und wir wollten gleich einkaufen gehen.«

»Oh, du gehst shoppen, cool. Da könnte ich doch mit. Besorgst du Weihnachtsgeschenke? Die hab ich auch noch nicht alle zusammen. Und ich brauche unbedingt noch neue Winterstiefel.«

Ein weiteres Paar neben den fünfundzwanzig anderen im Schuhschrank, denke ich schmunzelnd. Winterstiefel, wohlgemerkt. Von den ungezählten Sommerschuhen reden wir gar nicht.

Bea ist die Businessfrau mit Herz unter uns fünf Mädels in der Clique. Wenn es einer von uns nicht gut geht, steht sie immer als

Erste da, obwohl sie mit der Leitung ihres Brauhauses genug am Hals hat.

Wir haben uns alle im Geburtsvorbereitungskurs kennengelernt, als ich mit Lukas schwanger war, und der Kontakt zwischen uns Mädels blieb erhalten, obwohl wir unterschiedlicher nicht sein könnten.

Anfänglich sprachen wir bei unseren Abenden über Stillprobleme und Windeldermatitis, mittlerweile geht es um Männer, Sex und andere Köstlichkeiten.

Wobei ich die Erste von uns bin, deren Ehe nun in die Brüche gegangen ist.

»Also, was ist, Sarah? Seit wann bittest du mich nicht mehr rein? Oder wollen wir gleich los? Dann lass mich wenigstens die Hühnersuppe in deiner Küche abstellen.«

Soll ich ihr jetzt irgendwas von einer ansteckenden Erkrankung erzählen, damit sie mein eigentliches Problem nicht zu Gesicht bekommt, oder gleich die Story vom Weihnachtsmann, der auf meiner Couch schläft? Beides nicht sonderlich glaubhaft.

»Ich … Also wir wollten nur um die Ecke, ein paar Lebensmittel besorgen.«

»Das machst du mit deinem Besuch zusammen? Hat der nichts Besseres vor, wenn der schon mal in München ist? Oder ist deine Mutter da?«

Die wohnt mittlerweile zum Glück in Hamburg, weit weg, und es genügt, wenn ich Heiligabend mit ihr verbringen muss, nachdem sie sich mal wieder selbst eingeladen hat – schließlich will sie ja ihre Enkel sehen.

Dabei ist sie nur neugierig, ob ich auch in allen Ecken Staub gewischt habe, und sie lauert stets auf einen Moment, um mir die grauenvoll entgleiste Erziehung meiner Kinder vorzuwerfen.

»Die hätte mir zu meinem Glück gerade noch gefehlt«, seufze ich. Mehr sage ich nicht.

Bea bemerkt es und ist längst neugierig geworden. »Willst du mir nicht sagen, wer bei dir ist?«

Natürlich kann ich ihr mein Problem erklären, nur wo soll ich anfangen?

»Aus mir muss man kein Geheimnis machen«, höre ich in diesem Moment meinen Patienten sagen. »Darf ich mich vorstellen? Ich bin der Weihnachtsmann, und das ist mein Christkind.«

»Mensch, Sarah, das ging ja schnell! Davon hast du gestern gar nichts erzählt, du Nudel! Herzlichen Glückwunsch. Jetzt ist mir auch klar, warum du den ganzen Tag nicht ans Telefon gegangen bist.« Vielsagend zwinkert sie mir zu. »Wir müssen uns unbedingt bald mal treffen«, setzt sie verschwörerisch hinzu.

»Es ist nicht so, wie du denkst, Bea«, korrigiere ich sie, damit sie in ihrem Überschwang keine falsche Neuigkeit in die Welt setzt. Dafür kenne ich sie zu gut. Gegen ihre Geschwindigkeit ist der Münchner Merkur noch ein weißes Blatt in der Druckerei.

Der Weihnachtsmann legt begütigend die Hand auf meine Schulter. »Sie hat noch ein paar Schwierigkeiten, sich in ihr neues Leben fallen zu lassen, aber ich bin zuversichtlich, dass wir das schaffen.«

»Dazu wünsche ich euch viel Glück!«, ruft Bea erfreut. »Das wird bestimmt was. Ich drücke jedenfalls alle Daumen. Ich finde, ihr beiden seht gut zusammen aus. Ja, dann will ich mal nicht weiter stören. Also bis bald!« Im Gehen dreht sich Bea noch einmal um. »Cooles Outfit übrigens!«

»Danke!« Mein Problem strahlt übers ganze Gesicht und fühlt sich wohl zum ersten Mal verstanden.

Mich fragt mal wieder niemand. Nun ja, andererseits gibt es schlimmere Gerüchte als das, mit Jeff Bridges verbandelt zu sein.

* * *

Bis zum Supermarkt sind es nur ein paar Minuten zu Fuß, aber wir hätten den Fuß vielleicht nicht gerade dann vor die Tür setzen sollen, wenn es zu schneien beginnt.

Die Flocken werden immer dichter und setzen sich auf meinen Wimpern ab, sodass ich ständig blinzeln muss.

Ich ziehe meinen Schal bis zur Nasenspitze hoch und vergrabe die Hände tiefer in den Taschen. Der Weg von der Kaiserstraße bis vor zur Leopoldstraße, wo sich gleich ums Eck der Supermarkt befindet, erscheint mir dieses Mal ewig lang zu sein.

Als wir am Ziel ankommen, ist aus meinem Weihnachtsmann ein Schneemann geworden.

»Wenn ich meinen Schlitten wiedergefunden habe, werde ich mit dieser alten Hexe mal ein Wörtchen reden«, schimpft er und klopft sich den Schnee aus der Kleidung.

»Mit wem bitte?«

»Mit Tante Holle natürlich!«

Ich lächle. »Tja, auf die schimpfen viele Leute – aber sie heißt Frau Holle.«

»Für Sie vielleicht – für mich ist es meine Tante. Leider. Die hat echt Spaß dran, die Menschen zu ärgern. Und je älter sie wird, desto seniler wird sie. Wenn sie im Oktober aus ihrem Sommerschlaf aufwacht, vergisst sie erst mal, die Betten zu machen, und im April macht sie das dann drei Mal am Tag. Bis ich vor ihrer Tür stehe und ihr sage, dass es jetzt genug ist, weil ich auf dem Korvatunturi nach den anstrengenden Weihnachtstagen irgendwann keinen Bock mehr zum Schneeschippen habe. Immerhin ist sie meistens so freundlich, es nicht schneien zu lassen, wenn ich an Heiligabend unterwegs bin.«

Eine charmante Erklärung, warum wir zu dieser Zeit den Schnee oft vermissen. »Aber auch nicht immer«, sage ich und stecke eine Münze in den Schlitz vom Einkaufswagen.

»Na ja, meine Tante muss ja die Betten machen, und in ihren klaren Momenten nimmt sie dann das Südfenster, um mich nicht bei der Arbeit zu behindern und dafür das Christkind ein bisschen zu ärgern – die beiden Damen sind sich nämlich nicht gerade grün.«

Nachdenklich versuche ich aus dem, was er erzählt, Rückschlüsse auf sein wahres Familienleben zu ziehen.

»Glauben Sie nicht, dass man Sie zu Hause vermisst?«

Sein Blick wird traurig. »Doch, natürlich, denn die Geschäfte müssen ja weitergehen. Sicherlich werde ich vermisst.«

Also arbeitet er mit ziemlicher Sicherheit in einem großen Familienunternehmen, dessen Chef er ist, denke ich, während wir den Laden betreten, in dem es heute leider ziemlich voll ist.

Nur warum habe ich in der Zeitung oder im Internet noch nichts von einem Vermisstenfall gelesen, bei dem die Beschreibung zu seiner Person passt? Natürlich habe ich diese Fälle in der vergangenen Woche besonders aufmerksam studiert, aber keiner traf auch nur annähernd auf ihn zu.

Es wurde auch über kein Unfallgeschehen mit Fahrerflucht berichtet, bei dem eine Frau schwer verletzt wurde. Vielleicht ist das aber auch ein Trauma aus seiner Vergangenheit, das aufgrund einer durch Stress hervorgerufenen Belastungsreaktion wieder in den Vordergrund getreten ist und seine Krankheit ausgelöst hat.

Nicht anders ist es ja meinem Patienten mit dem Liliputaner im Kleiderschrank ergangen. Dennoch müsste sich doch irgendjemand öffentlich melden, der ihn vermisst.

Wenn es mir nicht bald gelingt, seine Erinnerung zurückzuholen, werde ich wohl nicht mehr umhinkommen, nicht nur einen Kollegen aus der Neurologie hinzuzuziehen, sondern mich auch an die Polizei zu wenden, damit sie mit der Frage nach seiner Herkunft an die Öffentlichkeit geht.

»Möchten Sie denn nicht gern wieder nach Hause?«

»Doch, natürlich, was für eine Frage! Und zwar mit Ihnen zusammen. Aber wer sollte kommen und mich holen? Es gibt nur einen Schlitten, nämlich meinen. Und den vom Christkind, der jetzt irgendwo in Trümmern liegt.«

»Den wird man sicherlich bald entdecken, genauso wie Ihr Gefährt.« Allerdings: Wenn dem so ist und diese Absturzstelle gefunden wird, dann wären wir an einem Punkt angelangt, an dem seine Inszenierung definitiv übertrieben wäre – oder ich die Sache glauben müsste.

»Soll ich dieses Rollgefährt für Sie schieben?«, fragt er mich.

»Sie meinen den Einkaufswagen?«

»So heißt das also. Aha. Dann geben Sie mir den mal. Wo soll ich ihn hinbringen?«

»Den brauchen wir, um unsere Waren hineinzulegen, bis wir an der Kasse sind.«

»Aha. So was kennt man bei uns nicht. Was wir nicht selbst erzeugen, bekommen wir geliefert.«

Ich atme tief durch.

»Wow, das ist ja ein großer Laden, fantastisch, was es hier für eine Auswahl gibt!« Begeistert steuert er die Auslagen der Obst- und Gemüseabteilung an.

Ich kann gar nicht so schnell schauen, wie Erdbeeren, Himbeeren, Kiwis, Trauben, Bananen und eine Kiste Mandarinen im Wagen landen. Na ja, das System hat er immerhin begriffen, nun müssen wir nur noch an der Regulation arbeiten.

»Mama, schau mal, der Weihnachtsmann«, flüstert ein kleines Mädchen ehrfürchtig, das soeben noch möglichst schnell weiter zu den Spielwarenregalen wollte.

Mein Lächeln, das auf das Kind gerichtet war, entgleitet mir etwas, weil mein Problem weiter den Einkaufswagen vollschaufelt.

»Und was ist das hier für ein wundersames Ding?«, fragt er und hält eine Ananas hoch. »Kann man das auch essen?«

Verwundert zieht die Mutter des Mädchens die Augenbrauen hoch und wirft mir einen fragenden Blick zu.

»Wir proben gerade einen Auftritt«, erkläre ich schnell. »Entschuldigung, aber ich muss mich jetzt um die Regie kümmern«, schiebe ich hinterher. »Legen Sie das alles bitte zurück. Wir kaufen nur das, was auf dem Zettel steht.«

Jeff Bridges zieht einen Schmollmund wie das kleine Kind, das nicht die erwartete Aufmerksamkeit vom Weihnachtsmann bekommt, und ich muss ein Lachen unterdrücken, weil er damit ziemlich süß aussieht.

»Aber warum denn? Ich möchte das alles mal probieren.«

»Weil es Geld kostet. Haben Sie welches?«

Er greift in seinen Mantel und zieht ein paar Eurostücke heraus. »Reicht das?«, fragt er und schaut mich mit seinen arktisblauen Augen hoffnungsvoll an.

Geduldig erkläre ich ihm den Wert jeder Münze. Sein Gehirn hat es wirklich schwer erwischt.

Aber immerhin kann ich ihm begreiflich machen, dass sein Geld nicht ausreicht und ich mir auch nicht nach Belieben die Dinge leisten kann. Dennoch legt er ziemlich unwillig die Sachen zurück, und ich bekomme ein wenig Mitleid.

»Okay, suchen Sie sich eine Sache aus, die Sie unbedingt probieren möchten.«

Er greift nach einer Banane und beißt direkt hinein. »Bisschen zäh …«, bemerkt er und verzieht das Gesicht.

»Doch nicht so«, zische ich und schaue mich um, ob uns jemand beobachtet hat. »Und schon gar nicht, bevor wir bezahlt haben.«

»Man kauft die Dinge, *bevor* man sie probiert?«, fragt er erstaunt, und ich muss zugeben, dass er mit dieser Logik ja eigentlich nicht verkehrt liegt.

»Ja, und man schält die Banane, bevor man sie isst.« Wobei das auch nur eine kulturelle Frage ist. Andernorts wird sie mitgegessen und gilt sogar als ziemlich gesund.

Es ist allerdings wirklich erstaunlich, wie souverän er in der

Küche agiert, solange es um Rezepte geht, die er vielleicht schon in seiner Kindheit beigebracht bekam. Sein Langzeitgedächtnis scheint also in Ordnung zu sein.

»Diese gelben krummen Dinger schmecken mir nicht«, stellt er fest und legt die angebissene Banane zurück in die Auslage. »War doch gut, dass ich probiert habe.«

Für einen Moment bin ich versucht, das Corpus Delicti einfach liegen zu lassen oder unauffällig im bereitstehenden Mülleimer für Blattgrün verschwinden zu lassen, aber dann siegt doch mein schlechtes Gewissen und meine Vorbildfunktion meinem Patienten gegenüber.

»Das dürfen Sie nicht einfach zurücklegen, ich muss das jetzt bezahlen.«

»Alles, was ich angefasst habe, müssen Sie bezahlen?«, fragt er entsetzt nach.

»Nein, nur das, was Sie angebissen haben.«

Missmutig, weil er die farbenfrohen Köstlichkeiten zurücklassen muss, schiebt er den Einkaufswagen weiter an den Kühlregalen vorbei.

Ich suche nach einer Packung durchwachsenem Speck, der für sein Fischgericht benötigt wird.

»Nicht anfassen!«, ruft er scharf.

Mir fährt der Schreck durch die Glieder, und ich zucke zurück. »Was ist denn los?«, frage ich, nachdem sich mein Herzschlag ein wenig beruhigt hat.

»Also, ganz dumm bin ich ja auch nicht. Wenn diese Sachen hinter Glas sind, darf man sie nicht anfassen, nur anschauen. Das bringt man schon kleinen Kindern bei.«

Ich seufze. »Verlassen Sie sich auf mich, ich weiß, was ich tue. Hier drin sind die Waren, die gekühlt zum Verkauf stehen.«

»Hm«, macht er und kratzt sich den Rauschebart. »Warum stellt man die Sachen nicht einfach nach draußen?«

»Weil eine genaue Temperatur eingehalten werden muss, das ist Vorschrift.«

»Die Menschen machen sich das Leben ziemlich kompliziert, oder?«

Damit hat er ausnahmsweise mal vollkommen recht.

Auf dem weiteren Weg sammle ich die benötigte Packung Roggenmehl ein, und dann erreichen wir die Fischtheke.

Der Weihnachtsmann bestaunt die Auslage und wendet sich an den Verkäufer. »So viele Fische haben Sie heute Morgen schon gefangen, alle Achtung!«

»Netter Scherz!«, lacht der Mann im weißen Kittel, der zwar sympathisch wirkt, aber mit seinen leicht eingefallenen Wangen und dem spitzen Mund einem Fisch nicht ganz unähnlich sieht.

»Warum sollte ich scherzen?«, fragt mein Rauschebart.

»Die Fische stammen aus dem Großhandel, die fängt er nicht selbst«, raune ich ihm zu. »Daran sind viele Menschen beteiligt.«

»Ach so, das hätte mich ja sonst auch gewundert«, sagt er und fragt dann den Verkäufer: »Und wo liegt dieser Großhandelssee?«

Der Fisch in Menschengröße lacht schallend, sodass sich weitere Kunden nach uns umdrehen. »Sie sind doch ein echter Scherzkeks. Also, womit kann ich dienen?«

Nun wird mein Problem doch etwas ungehalten. »Mit der Auskunft, woher die Fische stammen, Sie Wichtel.«

»Haben Sie mich eben Wichtel genannt?«

Oha, wenn das so weitergeht, dann fliegen hier gleich wie bei Verleihnix die Fische.

»Als Weihnachtsmann meint er das nicht so, verstehen Sie«, versuche ich den guten Mann zu besänftigen, und meinem Patienten flüstere ich zu: »Sagen Sie dem Verkäufer einfach, was Sie brauchen, bitte.« Das letzte Wort setze ich mit Nachdruck hinzu.

Immerhin scheint er meine aufkommende Panik zu spüren und fügt sich: »Ich hätte gern siebzehn Maränen.«

»Siebzehn?«, hake ich entsetzt nach. »Wir sind nur vier Personen, Sie müssen nicht für eine ganze Kompanie kochen.«

»Es müssen siebzehn Fische sein, das ist Tradition für ein Kalakukko. Denn so viele Finnen leben auf einem Quadratkilometer. Und keine Angst, Maränen schmecken lecker, die sind sehr aromatisch und grätenarm.«

Der Verkäufer hält sich an einem ganz anderen Problem auf: »Die Maränen heißen bei uns Felchen.«

»Ganz egal«, seufze ich, »dann geben Sie uns davon sieben Stück.« Mich überkommt das zunehmende Bedürfnis, den Laden bald wieder zu verlassen.

»Siebzehn«, insistiert mein Problem.

»Ich habe gar keine Felchen da«, sagt der schulterzuckende Weißkittelfisch.

Mein seidener Geduldsfaden gerät unter Spannung. »Was haben Sie dann zu verkaufen?«

»Lachs, Dorade, Barsch, Dorsch, Pangasius ...«, beginnt er seine Aufzählung, und der Weihnachtsmann setzt eine nachdenkliche Miene auf. »Eine Muikkukukko kann ich dann nicht machen, da gehören Maränen rein.«

Ich runzle die Stirn und muss mich im Zaum halten, nicht die Augen zu verdrehen. »Ich dachte, Sie wollten so ein Kaladingsda machen.«

»Nicht Kaladingsda, ein Kalakukko. Das bedeutet versteckter Fisch. Wenn ich Maränen reinmache, ist es eine Muikkukukko, es bleibt aber ein Kalakukko.«

Während ich nur noch kukko verstehe, ist der Verkäufer unterdessen hellhörig geworden. »Kommen Sie denn aus Finnland?«

»Das kann man wohl sagen«, entgegnet der Weihnachtsmann halb erfreut, halb entrüstet, wie man so etwas überhaupt fragen kann.

»Ich bin dort aufgewachsen!«, begeistert sich der Fischverkäufer, der auf einmal wie ausgewechselt wirkt. »Kennen Sie die Stadt Kuopio?«

»Klar, liegt ja auch in meinem Zuständigkeitsbereich. Eine Schlittenflugstunde von Helsinki entfernt.«

»Schlittenflugstunde ist gut!«, lacht er. »Au Mann, da muss ich fünfundzwanzig Jahre in Deutschland leben, bis endlich mal jemand meine Heimatstadt kennt. Ich war schon so lange nicht mehr dort.« Er wischt sich mit dem Ärmel über die Wange. Der Mann hat tatsächlich Tränen in den Augen.

»Wirklich sehr schöne Gegend da«, bestätigt mein Weihnachtsmann. »Birkenwälder, so weit das Auge reicht, und im Kallavesi-See gibt's die besten Fische für ein Kalakukko.«

»Der See lag direkt vor meiner Haustür. Das war wie im Paradies. Heute führt die Leopoldstraße an meinem Haus vorbei.«

»Warum sind Sie denn aus Kuopio weggegangen?«

»Ich habe dort meine große Liebe kennengelernt, eine Münchnerin, sie hat nebenan im Ferienhaus Urlaub gemacht. Und mir fiel der Umzug leicht, weil ich mit meiner Schwester Streit ums Erbe hatte, obwohl ich eigentlich hätte zufrieden sein können mit dem geerbten Haus am See. Heute bin ich geschieden, lebe alleine und habe schon seit zwanzig Jahren keinen Kontakt mehr zu meiner Schwester gehabt. Wissen Sie, ob es das Café Tallikahvila noch gibt?«

»Aber ja! Dort wird das beste Kalakukko serviert, das ich je gegessen habe.«

Der Verkäufer seufzt und stützt sich am Tresen ab, als suche er Halt. »Dann betreibt meine Schwester das Café unserer Eltern noch immer. Dort habe ich mit zehn Jahren mein erstes Kalakukko gebacken, aber meine Schwester konnte das immer besser.«

»Dort lebt heute auch ein zehnjähriger Junge, und er singt für die Gäste immer das Lied vom fliegenden Fischbrot.«

Woher weiß mein Patient das alles? Oder denkt er sich das gerade aus? Das mit dem Lied klingt jedenfalls ziemlich absurd.

»Das gibt's doch nicht wirklich«, mische ich mich lachend ein, da ich ahne, dass die fünf Minuten meines Patienten begonnen haben und ich ihn doch etwas in der Spur halten will.

»O doch!«, bestätigt der Verkäufer. »Es ist unser Volkslied, und für ein Kind ist es eine Ehre, das den Gästen vortragen zu dürfen.« Er summt eine Melodie vor sich hin, schließt die Augen und beginnt leise zu singen: »Wenn du mal wieder viel Sorgen hast, dann brauchst du keinen Schnaps oder Wein. Kalakukko ist alles, was du brauchst. Es macht dich wieder stark.«

Der Weihnachtsmann hat in das Lied mit eingestimmt und wird ganz sentimental dabei. Also liegen in Finnland wirklich seine Wurzeln, aber muss ich am Ende mit ihm dorthin fahren, um mehr über seine Herkunft zu erfahren?

Der Verkäufer lächelt selig und wischt sich eine weitere Träne aus dem Augenwinkel. »Als Junge hab ich immer dieses Lied für die Gäste gesungen, und meine Schwester hat diese Tradition offenbar an ihren Sohn weitergegeben.« Sein Blick richtet sich in die Ferne. »Ich habe also einen Neffen, der seinen Onkel gar nicht kennt.«

»Fahren Sie doch mal wieder hin«, ermuntert ihn mein Patient.

»Wissen Sie was, das werde ich tun, und Sie haben mir gerade den Mut dazu gegeben. Vielleicht wird das dieses Jahr endlich mal wieder ein schönes Weihnachten, an dem ich nicht allein bin.«

»Das wünsche ich Ihnen!«, sagt der Weihnachtsmann aus tiefstem Herzen.

»Danke. Nichts ist wichtiger als die Familie«, entgegnet der Verkäufer.

»Und ein Christkind«, murmelt mein Patient.

»Was haben Sie gesagt?«, fragt er nach.

»Er wollte wissen, ob Sie nicht irgendeinen anderen Fisch für das Brot haben«, hake ich schnell ein und versetze meinem Problem einen leichten Rippenstoß. Er gibt einen überraschten Laut von sich, scheint dann aber verstanden zu haben.

»Doch, natürlich«, sagt der Verkäufer, nun auch wieder auf seine Arbeit besonnen, »aber wenn Sie Barsch in den Brotteig wickeln, ist es eine Ahvenkukko – das ist schon ein Unterschied. Das müssen Sie jetzt entscheiden, ob Ihnen das recht ist.«

»Mir ist es ganz egal, welcher Fisch in dieser Kukko steckt«, seufze ich. »Dann bitte siebzehn Barsche.«

Der Verkäufer bekommt große Augen und greift mit Handschuhen nach einem Zwei-Kilogramm-Monster. Ich muss mal schauen, ob ich davon noch welche im Lager habe.«

»Einen Augenblick, bitte!«, rufe ich gleichzeitig mit ihm, und er kehrt zurück.

»Gibt's die Barsche nicht auch in kleiner?«, frage ich fast flehend.

»Nein, dann müssen Sie Wittlinge nehmen. Die eignen sich allerdings auch sehr gut.«

»Aber die haben Sie wohl nicht da«, frage ich erschöpft. Mir ist auf einmal so warm, dass ich dringend an die frische Luft muss.

»Doch, also davon dann siebzehn Stück?«

»Ja bitte«, keuche ich, obwohl ich am liebsten »Nein danke« gesagt hätte.

Mein Patient nimmt die schwere Tüte mit dem Fisch behutsam wie einen kostbaren Schatz entgegen. Und ein Schatz ist er in der Tat. Der Fisch, nicht der Weihnachtsmann.

Ich studiere den Einkaufszettel. »Butter fehlt noch«, stelle ich fest. »Die haben wir vorhin beim Kühlregal vergessen.«

»Ich weiß, wo das ist!«, ruft mein Patient und spurtet los.

Ich bin ganz dankbar dafür, den Weg zurück nicht gehen zu müssen, und halte mich und meinen Kreislauf am Wagen fest.

»Ein Päckchen bitte nur!«, rufe ich meinem Patienten vorsichtshalber nach.

Nach einigen Minuten beschleicht mich ein ungutes Gefühl, weil mein Problem nicht zurückkehrt.

Was könnte er denn jetzt angestellt haben? Immerhin habe ich nichts gehört, was runtergefallen und zu Bruch gegangen ist. Ob ich das nun beruhigend finden soll, weiß ich auch nicht.

Ich warte noch ein wenig, aber dann habe ich keine Ruhe mehr und gehe ihm nach. Auf dem Weg zu den Kühlregalen male ich mich mir verschiedene Szenarien aus, was los sein könnte. Eine Möglichkeit wäre, dass er gerade sämtliche Milchreissorten studiert – und hoffentlich nicht durchprobiert.

An den Kühlregalen ist aber weit und breit kein Weihnachtsmann zu sehen. Hat er einen anderen Weg zurück genommen, und wir haben uns verpasst? Schnell laufe ich zur Fischtheke zurück, aber dort steht nur ein einsamer Einkaufswagen, kein Mann im roten Mantel, auch der Fischverkäufer hat ihn nicht gesehen.

Wo kann er denn nur hin sein? Ich laufe sämtliche Gänge ab, hin und her, ich rufe sogar in die Kundentoilette bei den Männern rein, denn es könnte ihm ja schlecht geworden sein. Ich gehe zurück auf die Straße, ob er dort zu sehen ist. Überall Fehlanzeige.

Meine Güte, zuletzt habe ich mit meiner zweijährigen Tochter in so einer Situation gesteckt. Nach weiteren Minuten vergeblicher Suche entschließe ich mich, ihn ausrufen zu lassen.

Seufzend begebe ich mich zur Infotheke. »Ich habe leider den Weihnachtsmann verloren.«

Die Dame schaut mich prüfend an. »Den Weihnachtmann? Frau Christkind, geht's Ihnen gut? Ich habe schon gehört, dass Ihr Mann sich von Ihnen getrennt hat. Das macht Ihnen wohl schwer zu schaffen.« Erst jetzt erkenne ich in der Verkäuferin im

Firmendress meine Nachbarin aus dem vierten Stock. Na wundervoll.

»Meine Trennung hat mit meinem Problem gerade gar nichts zu tun und geht Sie zudem nichts an. Wenn Sie also bitte den Herrn ausrufen würden, den ich suche …«

»Selbstverständlich«, sagt meine Nachbarin pikiert, als sei sie die Oberhofdame von Königin Sissi. »Wenn Sie mir dann seinen Namen verraten würden?«

Solange sich mein Patient nicht an seinen erinnern konnte, sollte ich ihm eigentlich Vor- und Zunamen verpassen, damit ich nicht immer in solche Verlegenheiten komme. Andererseits würde das seiner Identitätsfindung nicht gerade zuträglich sein.

»Datenschutz«, erkläre ich meiner Nachbarin kurz angebunden. »Wenn Sie ihn bitte als Weihnachtsmann ausrufen würden.«

»Auf Ihre Verantwortung.« Die Oberhofdame verzieht den Mund und greift sichtlich genervt zum Mikrofon.

»Der Weihnachtsmann möchte sich bitte bei der Information am Eingang einfinden. Der Weihnachtsmann, bitte.«

Sämtliche Kinder sind schneller da als mein Problem. Jetzt weiß ich, was meine Nachbarin meinte.

Ich rede mit Engelszungen auf die Kinder ein, dass es nicht die erwarteten Süßigkeiten geben wird, bis die bösen Stimmen der Eltern und schließlich auch mein Weihnachtsmann hinzukommen.

»Er hat doch was dabei«, jubeln die Kinder, und tatsächlich, mein Weihnachtsmann trägt einen offensichtlich schweren Karton in seinen Armen. Einen Karton voller Butter. So viel zum Thema ein Päckchen.

Die Gesichter der Kinder werden lang. »Was sollen wir denn damit?«

»Ich sagte doch, er hat nichts für euch«, wiederhole ich und will den Rauschebart am Ärmel mit mir ziehen, um den Einkaufwagen zu holen.

Doch ich komme nur einen Schritt weit, weil er stocksteif stehen bleibt. »Schauen Sie sich mal diese vielen enttäuschten Gesichter an. Ich kann doch jetzt nicht einfach gehen.«

»Ganz meine Meinung«, pflichtet ihm die Oberhofdame bei. Wer A sagt, muss auch B sagen.«

Oder sich so viele Schokoweihnachtsmänner auf den Kassenbon buchen lassen, bis alle Kinderaugen strahlen.

* * *

Kleinlaut folgt mir mein Problem nach Hause, wo wir die Einkäufe auf dem Küchentisch ablegen. Darunter eine angebissene Banane, Fische für eine ganze Kompanie, einen Karton Butter und eine Weihnachts-DVD, auf deren Cover er sein Ebenbild entdeckt hat – und er will unbedingt wissen, was man sich über ihn erzählt.

»Ganz schön teurer Einkauf«, platzt es aus mir heraus. »So war das nicht gedacht. Sie hatten mir gesagt, dass es ein ganz einfaches Gericht sei, für das man nicht viele Zutaten braucht, also will ich nicht mit einer Rechnung wie für ein Festtagsmenü nach Hause kommen.«

»Es tut mir leid«, sagt er mit gesenktem Kopf. »Ich wollte Ihnen wirklich keinen Ärger machen.«

»Es passiert nur leider immer wieder«, seufze ich.

»Wenn ich das nur irgendwie ändern könnte.« Verlegen holt er die Küchenwaage aus dem Schrank und sucht nach einer passenden Schüssel. Nachdem er die Bedienung der Küchengeräte wiedererlernt hat, fühlt er sich in der Küche wie zu Hause, und ich weiß, ich sollte ihn bei Tätigkeiten unterstützen, die ihm Selbstvertrauen geben, damit sein seelisches Gleichgewicht zurückkehrt – und mich dabei am besten solange in einem Betonsockel verankern.

»Wir sind ja auf einem guten Weg«, sage ich halb versöhnlich.

»Wissen Sie was«, entgegnet er, während er das Roggenmehl abmisst, »ich verspreche Ihnen, mich von nun an ganz ernsthaft auf Ihre Welt einzulassen, damit ich Sie nicht mehr in Bedrängnis bringe.«

»Das ist ein guter Vorsatz, das freut mich.« Und das sage ich nicht als Floskel, ich empfinde es wirklich so. Ich will damit gewiss nicht ausdrücken, dass ich mich an mein Problem gewöhnt hätte, aber er ist mir doch ein klein wenig ans Herz gewachsen, und ich wüsste zu gern, wie er so ist, wenn er psychisch wieder gesund ist.

»Ich bin froh, wenn ich Ihnen helfen kann.« Ein wenig versöhnt verstaue ich die Einkäufe und sehe ihm zu, wie er einen Topf auf den Herd stellt, um Butter darin zu zerlassen.

»Dafür bin ich Ihnen wiederum sehr dankbar«, bemerkt er und misst das Wasser für den Teig ab. »Und ich verspreche Ihnen auch, dass ich erst wieder über die Arbeitsanforderungen bei Ihrem Job als Christkind spreche, wenn Sie mental dafür bereit sind. Ich möchte Sie auf keinen Fall seelisch überfordern.«

Ich atme tief durch. Es wäre ja auch zu schön gewesen. Jetzt keine Diskussion anfangen, predige ich mir innerlich. Den Patienten therapeutisch dort abholen, wo er steht.

»Möchten Sie vielleicht mal mit der Küchenmaschine arbeiten?«, frage ich zur Ablenkung, und ich traue ihm durchaus zu, sich mit der Bedienung eines weiteren Geräts vertraut zu machen – unter meiner Anleitung. »Sie haben schon die richtige Schüssel dafür genommen. Das ist einfacher, dann klebt der Roggenteig nicht so an den Fingern.«

»Sehr gern!«, ruft er begeistert. »Aber soll ich nicht vorher noch …«

»Doch, heizen Sie schon mal den Ofen vor.«

Er zögert kurz, aber dann stellt er mit Kennerblick die richtige Temperatur ein, wie ich aus dem Augenwinkel beobachte, während ich die Küchenmaschine aufstelle und die Schüssel richtig positioniere.

»So, und nun drücken Sie hier auf diesen Knopf.«

»Sind Sie sicher?«, fragt er zweifelnd und hebt die Augenbrauen. Seine Hände hält er hinter dem Rücken verschränkt.

Er ist doch sonst nicht so erschrocken, wenn es um die Bedienung ihm fremder Technik geht.

»Nun kommen Sie schon, trauen Sie sich«, ermuntere ich ihn.

»Wenn Sie meinen …« Zaghaft drückt er auf den Knopf. »Aber muss ich nicht vorher noch die Butter und das Wasser zugeben?«

Hätte er das mal drei Sekunden früher fragen können? Sekunden, die darüber entschieden hätten, ob meine Küchenwelt in Ordnung geblieben wäre oder ob sie nun so weiß ist wie die Außenwelt.

»Es tut mir leid, es tut mir so leid«, jammert er.

Ich würde mir jetzt am liebsten auch die Hände vors Gesicht schlagen.

Stattdessen überlege ich tief durchatmend, woher ich wohl einen Betonsockel bekommen könnte. »Schon gut, dieses Mal bin ich ja an dem Malheur selbst schuld. Und na ja, es ist ja noch Mehl in der Schüssel«, gebe ich mich positiv, »solange unser Abendessen gesichert ist, ist alles gut.«

»Das Abendessen heute?«, fragt der Weihnachtsmann, als hätte ich Chinesisch gesprochen.

Oha, ist das tatsächlich so massiv bei ihm mit dem Verlust des Kurzzeitgedächtnisses? »Erinnern Sie sich nicht mehr? Sie wollten dieses – ich kann mir diesen Namen einfach nicht merken –, dieses Kukko-Brot machen, dafür waren wir doch gerade eben einkaufen.«

»Ähm, ja, für wie senil halten Sie mich eigentlich? Natürlich weiß ich das noch. Aber Sie haben offenkundig vergessen, worüber wir gestern gesprochen haben, als ich Ihnen von der Delikatesse vorgeschwärmt habe.«

»Sie erwähnten, dass der Fisch abwechselnd mit Speck auf die Teigplatte geschichtet, die dann zugeklappt und eine Stunde lang im Ofen gebacken wird.«

»Genau, und dann noch rund drei Stunden bei sehr niedriger Temperatur, erst dann ist das Fischbrot perfekt.«

»Davon weiß ich nichts.«

»Ich habe es aber gesagt.«

»Das wird doch dann Holzkohle.«

»Nein, es wird mit Pergamentpapier bedeckt, und die Kruste wird regelmäßig mit ausgelassenem Speck bestrichen. Ich weiß schon, was ich tue.«

So langsam wird mein Patient aufmüpfig. Allerdings will ich gar nicht abstreiten, dass ich gestern nicht mehr richtig zugehört habe, weil die Migräne da schon Anlauf nahm.

Einen Einwand habe ich aber trotzdem noch: »Bis das Essen dann endlich fertig ist, ist es ja Mitternacht.«

»Das habe ich wiederum nicht bedacht …«, gibt sich der Weihnachtsmann zerknirscht. »Im Dezember arbeite ich normalerweise zwanzig Stunden am Tag, da bin ich in einem anderen Rhythmus und brauche kaum Schlaf.«

Dafür würde ich jetzt am liebsten die Augen schließen und mich wieder in mein abgedunkeltes Schlafzimmer zurückziehen.

Fassen wir also zusammen: Ich habe mich aufgerafft, einen teuren Einkauf bezahlt, habe den Kühlschrank voller Fisch und Butter, die Küche voller Mehl, und jetzt suche ich die Nummer vom Pizzalieferdienst.

Eben der ganz normale Wahnsinn im Hause Christkind, wenn man mit einem Weihnachtsmann zusammenwohnt.

* * *

»Auf meiner Pizza sind Pilze drauf«, nörgelt Lukas, »du weißt genau, dass ich die Dinger nicht mag.«

»Menno, und ich mag keine Salami!«, setzt Lilly nach.

»Essen im Karton?« Der Weihnachtsmann runzelt die Stirn. »Schmeckt das denn?«

»Himmeldonnerwetter noch mal!«, entfährt es mir so laut, dass es am Tisch plötzlich ganz still ist. »Ich würde es ohne den Karton verzehren, der ist immer so zäh beim Kauen«, keife ich den Rauschebart an, »und ihr beiden Helden tauscht einfach die Plätze, dann stimmt auch die Bestellung.«

»Oh«, sagen alle drei im Chor, und dann ist es mucksmäuschenstill am Tisch – bis mein Handy piept.

Ich lese die Nachricht und verziehe das Gesicht.

»Kein Handy beim Essen«, äfft Lilly meine Regel nach, und ich fühle mich prompt ertappt. Es ist ein Reflex, der seit einem Monat bei mir stark ausgeprägt ist, sofort nach dem Handy zu greifen, wenn eine Nachricht eingeht.

Ich hänge nämlich diesem unrealistischen Irrglauben nach, es könnte Oliver sein, der sich für seinen Fehltritt entschuldigen will. Ich weiß ganz genau, dass so eine Nachricht von ihm nicht kommen wird, ich glaube nicht mal, dass ich ihm überhaupt verzeihen könnte … Und dennoch wünsche ich mir so sehr eine Nachricht, mit der er mir zeigt, dass er unsere gemeinsamen Jahre nicht gleichgültig in die Tonne getreten hat.

Will er mich wegwerfen wie eine alte Schachtel, nachdem er sich die Sahneschnitte geangelt hat? Dann hoffe ich, dass ihm von der Torte schlecht wird.

»Hat Papa geschrieben?«, fragt Lukas prompt, nachdem ich nicht reagiere.

»Nein, das war Bea«, antworte ich. »Ihr Mann ist krank, und sie fragt, ob ich die Karte haben möchte. Welche Karte denn, wofür?«, denke ich laut nach und schneide mir ein weiteres Stück von meiner Gemüsepizza ab, die wenigstens meinem Gewissen in Sachen gesunder Ernährung ein Alibi gibt.

»Tja, was ist denn morgen Abend?«, grinst Lilly.

Das ist die Art von Fangfrage, die ich hasse, und meine Tochter weiß das ganz genau.

Im Gegensatz zu ihr habe ich meinen Terminkalender nämlich leider oft nicht im Griff, und seit der Trennung von Oliver habe ich ohnehin jegliches Gefühl für Raum und Zeit verloren.

In vierzehn Tagen ist Heiligabend, verrät mir mein Handy, mehr aber auch nicht.

Sosehr ich der modernen Technik anhänge, meinen privaten Terminkalender führe ich immer noch ganz altmodisch auf Papier.

»Boah, Mama, du hast es echt vergessen? Ist ja mal wieder sooo typisch.«

Ich atmete tief durch. Damit kann ich besonders gut umgehen, wenn mich meine Tochter auf meine Unzulänglichkeiten hinweist. Aber, wo sie recht hat … Der Kalender und ich werden in diesem Leben keine Freunde mehr.

Es ist ja nicht so, dass ich mir die Daten nicht eintragen würde, aber entweder schaue ich dann nicht mehr rechtzeitig rein, oder ich trage sie falsch ein, deshalb habe ich schon im Studium eine meiner Prüfungen verpasst.

»So ist das eben, was Hänschen nicht lernt, lernt Hans nimmermehr«, seufze ich und trete damit die Flucht nach vorn an. Schließlich ist Ehrlichkeit das wichtigste Prinzip, dass ich meinen Kindern nicht nur predigen, sondern auch vorleben will.

Nun fühle ich mich wieder wie bei einem mündlichen Examen, die drei Prüfer schauen mich erwartungsvoll an, wobei einer von ihnen genauso wenig Ahnung hat wie ich.

»Hänschen ist schon mal gut …«, mimt Lukas den überlegenen Tippgeber. Er hat sich also auch gemerkt, was morgen sein soll. Das will etwas heißen.

Habe ich eine Schulaufführung vergessen, für die man Karten braucht? Den Geburtstag von Hans? Dabei kenne ich nicht mal ein Hänschen. Nur Hänsel und …

»Na, ist bei dir der Groschen gefallen?«, feixt meine Tochter.

»Morgen Abend ist Spielzeitpremiere von *Hänsel und Gretel*«, seufze ich. Die Karten dafür haben wir schon zum Beginn des Vorverkaufs vor drei Monaten erworben, weil sonst kein Drankommen mehr ist.

»Richtig«, ruft Lukas. »Der Kandidat hat hundert Punkte und eine Waschmaschine gewonnen!«

Geschirr könnte ich besser gebrauchen, denke ich, das habe ich nämlich noch nicht besorgt. Den anstehenden Besuch der Oper hat also sogar Lukas auf dem Zettel, und das, obwohl er nach mir kommt und wir schon mal gemeinsam rätseln, welcher Wochentag ist.

»Und?«, fragt Lilly.

»Was und?«, gebe ich zurück, um Zeit zu gewinnen.

»Gehen wir in die Oper?«

Normalerweise ist das jedes Jahr im Dezember gar keine Frage. Es ist eines der Jahreshighlights, seit Lilly mit sechs Jahren alt genug war, die Kinderoper anzusehen, die im Gärtnerplatztheater gespielt wird. Als Familie. Und Bea geht mit ihrer Familie auch immer hin, weil unsere gemeinsame Freundin Corinna dort als Opernsängerin arbeitet.

So kam es überhaupt erst zu dieser lieb gewordenen Tradition, weil sie uns vor Jahren zu einer ihrer Vorstellungen eingeladen hatte.

Man möchte nicht meinen, dass meine Kids immer noch auf so was stehen, aber wahrscheinlich ist es schon wieder cool, weil es so anders ist.

»Die Karten haben wir«, weiche ich aus. Oliver hat seine Pressekarte nämlich auch. Und da er schon immer gern das Angenehme mit dem Nützlichen verbunden hat, geht er normalerweise mit der Familie in die Oper und schreibt anschließend seinen Bericht.

Da die Veranstaltung in seinem geschäftlichen Terminkalender steht, wird er sie wohl kaum vergessen und es auch nicht versäumen, über die Premiere einen Bericht zu schreiben, wenn er nicht bei seinem Kultur-Ressortleiter zu Kreuze kriechen will. Allerdings hat er noch nicht gefragt, ob wir auch kommen.

»Na also, dann gehen wir!«, beschließt Lukas mit der gleichen Selbstverständlichkeit, mit der sein Vater wohl davon ausgeht, dass wir in einer Reihe sitzen werden.

Wie immer.

Es kommt Oliver wahrscheinlich gar nicht in den Sinn, dass ich seine Nähe gerade nur schwer ertrage. Meinen Kindern aber auch nicht. Und ihnen zuliebe sollte ich den Abend wohl nicht absagen.

Unterdessen ist auch der Weihnachtsmann hellhörig geworden. »In die Oper? Das ist ja toll!«

Mit einem Mal bin ich wie elektrisiert. Habe ich mit meiner Vermutung also doch nicht so unrecht, er könne Opernsänger oder so was sein. Vielleicht sogar ein ehemaliger Intendant. Jetzt ergibt auch die Sache mit den Wichteln Sinn. Schreiner, Techniker, Kostümbildner. Natürlich! Seine Familie, samt den Wichteln, ist sein Ensemble.

»Sie mögen auch Opern?«, fragt Lukas erfreut und zugleich erstaunt.

»Und wie! Ich habe ja wenig Zeit, aber das ist eine meiner Leidenschaften, die ich pflege. Ich verpasse keine Premiere an der Oper von Helsinki, wo ich zu einer Art Maskottchen geworden bin.«

Geistig befindet er sich, wie zu erwarten, in seiner sicheren Weihnachtswelt in Finnland, aber seine offenkundige Opernleidenschaft ist ein Fenster, über das ich zu ihm durchdringen könnte, um ihm wieder die Tür zurück in die Realität zu öffnen.

»Wie schön, dass Ihre Familie auch zu den Opernliebhabern gehört«, begeistert sich der Rauschebart.

»Na ja«, schränke ich ein, »so viel habe ich damit eigentlich nicht am Hut. Wir gehen einmal im Jahr, und darauf bin ich auch nur durch meine Freundin Corinna gekommen. Sie ist Opernsängerin, und in *Hänsel und Gretel* gibt sie in der Hosenrolle den Hänsel. Wobei sie wegen der Flugeinlage hoch über der Bühne auch gern das Taumännchen gegeben hätte, aber das ist ja nur eine kleine Rolle.«

»Taumännchen?«, fragt Lukas irritiert. »Das kommt doch in dem Märchen gar nicht vor?«

»Stimmt«, sage ich und bin ein wenig erleichtert, dass immerhin meine Vorlesestunden in Erinnerung bleiben, wenn auch sonst wenig in den Köpfen meiner Kinder hängen bleibt, was ich ihnen sage. »In der Oper tauchen auch noch Lebkuchenkinder, Engel und das Sandmännchen auf.«

»Und wisst ihr, weshalb das so ist?«, mischt sich der Rauschebart ein.

Na super, da kann ich einmal mit meinem Wissen auftrumpfen, das ich mir angelesen habe, und dann setzt er noch eins drauf.

»Weil es eine Oper ist, da macht man eben ein paar Sachen anders«, sagt Lilly, die immer auf alles eine Antwort hat, aber eine viel bessere wäre mir auch nicht eingefallen.

»Anders gemacht hat es Adelheid Wette schon 1893, denn es ist interessant, wie dieses Opernstück entstanden ist. Zunächst hat sie ihren Bruder Engelbert Humperdinck um die Komposition von vier Liedern für das Märchen *Hänsel und Gretel* geben, da sie es zum Geburtstag ihres Mannes als Familie aufführen wollten. Hermann Wette war so begeistert, dass Adelheid es zu einem Singspiel ausarbeitete, doch da ihr das Märchen zu grausam war, schrieb sie ihre eigene Fassung, in der noch die weiteren Figuren vorkommen. Außerdem jagt auch nicht die böse Schwiegermutter die Kinder fort, damit sie zwei Esser weniger am Tisch hat, vielmehr schickt die Mutter sie zum Beerenpflücken in den Wald, wo sich die Kinder dann verirren.«

»Sie kennen sich aber gut aus«, befindet Lilly, und auch ich habe ihm verblüfft zugehört. Unglaublich, dass er nicht in der Lage ist, im Supermarkt unfallfrei einzukaufen, und zugleich solches Wissen zutage fördert.

»Das ist ja eine interessante Entstehungsgeschichte der Oper, das wusste ich bisher noch nicht«, merke ich wahrheitsgemäß an und versuche ihm dadurch zugleich Selbstvertrauen zu vermitteln.

»Also, ich hätte keinen Bock drauf, mit meiner Schwester eine Oper zu komponieren.« Das war Lukas, immer ehrlich.

»Selber keinen Bock«, giftet Lilly zurück.

Der Weihnachtsmann lacht. »Humperdinck fand das auch nicht so lustig. Sein Vater hat ja auch noch mitgemischt und ein paar Verse geschrieben. Und während Adelheid die Zusammenarbeit ganz wundervoll fand, hat er es als notwendiges Familienübel bezeichnet. Denn um seine große Liebe heiraten zu dürfen, musste er Geld verdienen, und er setzte große Hoffnung in die Uraufführung im Dezember 1893, aber seine Erwartungen wurden mit dem weltweiten Erfolg mehr als übertroffen.«

»Ach, wie schön!«, rufe ich, schließlich bin ich trotz aller Widrigkeiten des Lebens eine hoffnungslose Romantikerin.

»Wir gehen also in die Oper und nehmen unseren Gast mit!« Lilly schafft immer gern Tatsachen.

Andererseits wäre das eine therapeutisch sehr sinnvolle Unternehmung für ihn. Womöglich kehrt dadurch die Erinnerung bei ihm zurück.

Und als versierter Operngänger muss ich mit ihm wohl ausnahmsweise mal keine Peinlichkeiten befürchten. Immerhin würde Bea mit dabei sein, und aller Wahrscheinlichkeit nach werden wir auch auf Oliver treffen.

Das ist tatsächlich sogar noch ein Argument mehr, in der Begleitung von Jeff Bridges dort aufzutauchen, denke ich entschlossen.

»Ich schreibe Bea, dass ich die Karte nehme«, erkläre ich, und mein Patient fällt mir vor Freude um den Hals. »Nicht so stürmisch!«, warne ich ihn spielerisch, denn sosehr er mich aufregt, so aufregend finde ich seine körperliche Nähe.

»Dann werden wir Ihnen morgen mal noch ein Sakko und ein Hemd besorgen – allerdings in einem anderen Laden. Eine schwarze Hose haben Sie ja schon …«

»Ich verkleide mich doch nicht zu diesem Anlass«, insistiert der Weihnachtsmann. »Ich ziehe nichts anderes an!«

Na bravo. Und wie wird der Einlassdienst auf seinen Aufzug reagieren? Habe ich soeben leichtfertig ein Problem in die Oper eingeladen?

* * *

Eines ist jedenfalls sicher: Meine schicke schwarze Hose, die ich zusammen mit dem Blazer und meiner hellblauen Lieblingsbluse in die Oper anziehen wollte, geht nicht mehr zu.

Na gut, dann eben das hellgraue Ensemble. Zing – okay, das war die Antwort des Knopfs auf die hervorragende Küche meines Patienten. Cool bleiben, denke ich, mein Bauch sieht nun mal nach den beiden Schwangerschaften aus, als wäre ich schon wieder im vierten Monat – wobei ich jetzt wohl im sechsten angelangt bin.

Aber bei Schokoweihnachtsmännern und diesen ganzen finnischen Spezialitäten kann ich mich einfach nicht im Zaum halten.

Schon als der Rauschebart heute Abend das riesige Fischbrot serviert und feierlich ein Loch oben in die Kruste geschnitten hat, stieg mir ein himmlischer Duft in die Nase.

Ich bin gar kein ausgesprochener Fischesser, aber dieses Brot schmeckte, als wäre es nicht von dieser Welt. Wenn das so weitergeht, habe ich demnächst noch drei Kilo zugenommen.

Aber es gibt ja noch die weinrote Hose mit dem passenden Blazer. Darin sehe ich zwar aus wie der Opernvorhang, aber die Hose ist immerhin weiter geschnitten und geht bequem zu.

Oder auch nicht. Was mache ich denn jetzt?

Langsam kriecht Verzweiflung in mir hoch. Ich gehöre nicht zu den Frauen, die vor dem vollen Kleiderschrank stehen und verzweifeln, weil sie nichts anzuziehen haben – ich habe tatsächlich nur diese drei schicken Outfits zur Auswahl, weil ich ansonsten mehr auf Jeans und T-Shirt stehe.

Wobei, da gibt es ja noch mein Festtagsdirndl aus dunkelgrünem, leicht schimmerndem Taftstoff. Das trägt wenigstens an der richtigen Stelle auf und kaschiert meine ungeliebten Rundungen.

Dann also zuerst mal nach dem speziellen Dirndl-BH kramen, der meine Brüste in Position hebt. Wow, mit meiner eher durchschnittlichen C-Körbchen-Größe bin ich ja eigentlich immer zufrieden gewesen, aber ich glaube, dieses Ergebnis kann sich echt sehen lassen.

Jetzt in die kurze Dirndlbluse schlüpfen, wobei ich mich da etwas reinschälen muss, dafür sitzt sie an den Schultern perfekt. Ich ziehe am mittigen Bändchen nach unten, um den Ausschnitt zu bestimmen.

Ups, das ist jetzt ein bisschen tief. Wobei sich mein Dekolleté sehen lassen kann.

Nun endlich das Kleid überziehen, puh, das ist ganz schön viel Stoff, aber es sitzt perfekt, denke ich, während ich die Schnürung vorne binde.

Wie gut, dass ich mich schon damals in offenbar weiser Voraussicht für ein Single-Dirndl entschieden habe, das ich allein anziehen kann.

Jetzt fehlt nur noch die farblich etwas heller abgesetzte Schürze. Sorgfältig lege ich das Band auf die Nahtstelle zwischen Leib- und Rockteil und binde die Schleife.

Perfekt.

Ich drehe mich vor dem Spiegel hin und her.

Nein, nicht perfekt. Gewohnheitsmäßig habe ich die Schleife auf der rechten Seite gebunden, was so viel heißt wie: Diese Frau ist vergeben.

Entschlossen löse ich die Schleife und binde sie an der linken Seite neu. Dabei spüre ich eine Veränderung in mir – vor allem keimt zum ersten Mal wieder mein lang vermisstes Selbstbewusstsein in mir auf, während ich mich im Spiegel betrachte.

Ein Mauerblümchen bin ich noch nie gewesen und für eine in die Zimmerecke geschobene Topfpflanze auch noch viel zu jung. Ich schlüpfe in die hübschen Absatzschuhe und gehe mit einem Lächeln aus dem Schlafzimmer.

Gleich im Flur treffe ich auf meine Kinder, die sich bereits umgezogen haben und gerade unaufgefordert die Schuhe anziehen. Ein Blick auf die Uhr verrät mir, dass es auch höchste Zeit ist.

»Wow, sehr cool, Mama!«, ruft Lilly begeistert.

»Nicht schlecht«, konstatiert Lukas, und das kommt aus seinem Teenagermund einem höchsten Lob gleich.

»Wo ist denn unser Gast?«, frage ich, nachdem ich ihn in Wohnzimmer und Küche nicht finde.

»Der ist schon seit einer halben Stunde im Bad«, sagt Lilly. »Ich will mir auch noch die Haare kämmen und auf die Toilette.«

Beunruhigt klopfe ich an die Tür. »Alles gut bei Ihnen?«, rufe ich. Wobei in dieser Frage ja schon der Fehler liegt.

»Ja natürlich. Entschuldigung, ich bin gleich so weit.«

Keine zwei Minuten später kommt er aus dem Bad. Die grau-weißen Haare zu einem schicken Zopf gebunden, den Bart in Form gebracht – und nach Olivers Parfum duftend, das ich immer so an ihm geliebt habe.

»Sie sehen sehr gut aus«, sage ich, verblüfft darüber, wie dieser Adonis von einem Mann noch mehr Ausstrahlung aus sich herausholen kann.

»Und Sie …« Er betrachtet mich fasziniert, und ihm scheinen die Worte zu fehlen. Wobei das nicht allein an meinem Ausschnitt liegen kann, denn er ist sehr darum bemüht, mir ins Gesicht zu schauen. »Sie sehen … hübsch, ach was, wunderschön, nein, absolut umwerfend aus!«

»Vielen Dank«, sage ich lächelnd und werde tatsächlich etwas verlegen. Ich weiß nicht, wann ich zuletzt so ein schönes Kompliment bekommen habe. Von Oliver schon mal gar nicht, weil er nicht der Typ ist, der mit so was um sich wirft. Damit konnte ich ja noch leben. Solange keine andere Frau im Spiel war.

Gerade als wir losgehen wollen, erreicht mich eine Nachricht von Bea. Ist sie etwa krank geworden? Nein, es ist ein weiterer Termin in meiner Liste, an den ich nicht erinnert werden wollte.

»Hallo, Mädels, denkt dran, wie jedes Jahr am Samstag vor dem dritten Advent ist unsere Weihnachtsfeier mit unseren Männern, dieses Mal ist es der 15. Dezember. Wie immer um 20 Uhr bei uns im Hofbräuhaus. Und natürlich mit Schrottwichteln. Das wird wieder so lustig. Dir, Corinna, heute toi, toi, toi für die Premiere, falls du die Nachricht noch liest. Wir machen uns jetzt auf den Weg in die Oper, und Sarah, ich freu mich drauf, gleich deinen neuen Freund richtig kennenzulernen.«

Drei, zwei, eins, Startschuss. Ich hab's von Bea ja nicht anders erwartet. Mein Handy hört nicht mehr auf zu piepen, die Nachrichten meiner Freundinnen überschlagen sich, sodass ich gleich einen Vogel kriege und deshalb die Benachrichtigungen stummschalte.

Kapitel 6

*I*rgendwo auf dem Gärtnerplatz, dieser großen Verkehrsinsel, die mit Bänken, verschneiten Grünflächen und einer hübschen Wegstruktur wie ein Miniaturpark gestaltet wurde, muss Bea warten, so hat sie es mir gerade bei ihrem Anruf erklärt, weil sie den Blick auf das schön beleuchtete Gebäude nicht versäumen will.

Und diese Aussicht ist tatsächlich eine perfekte Einstimmung auf den Abend. Da die Oper bereits um 18 Uhr beginnt, ist die frühe winterliche Dunkelheit in diesem Fall ein wunderschöner Vorteil.

Die spätklassizistische Fassade mit Schmuckelementen des Maximilianstils, die hohen Bogenfenster und die Giebelfigur des Staatstheaters wirken nicht protzig, das ist auch gar nicht im Sinne des Architekten gewesen, der dieses Volkstheater als Pendant zum Hoftheater errichtete. Dennoch ist es ein prachtvolles Haus, das sich in interessanter V-Form vor uns aufspannt.

Kaum sind wir am Treffpunkt angekommen, höre ich Bea meinen Namen rufen. Es hat schon auch seinen Vorteil, mit einem Weihnachtsmann unterwegs zu sein, da fällt man wenigstens immer auf.

Mein Patient ist auf der Fahrt ziemlich nervös gewesen, obwohl er die Strecke bis zum Marienplatz nun schon gut kennt und wir beim letzten Mal noch Weihnachtslieder mit den Fahrgästen gesungen haben.

Heute ist er erst gar nicht auf deren Kommentare eingestiegen und wollte am liebsten seine Ruhe haben. Ich glaube, ich habe ihn nervös gemacht, weil ich laut darüber nachgedacht habe, ob er in seinem Weihnachtsmannoutfit in die Oper gelassen wird.

Vielleicht fühlt er sich aber auch unwohl, weil sich Erinnerungen in ihm regen, die an die Oberfläche wollen. Darum bin ich nicht weniger unruhig mit ihm vom Marienplatz zum Gärtnerplatz südlich des Viktualienmarkts gegangen.

Vor meiner Freundin lasse ich mir davon natürlich nichts anmerken. Wir begrüßen uns im leichten Schneefall im Schein einer der Parklaternen. Meine Kids drängen darauf, gleich hineinzugehen, und auch mir ist daran gelegen, die Begrüßung möglichst kurz zu halten, damit Bea nicht so viele Fragen stellen kann. Besonders nicht, bevor ich unter vier Augen mit ihr ein klärendes Gespräch geführt habe.

»Wie schön, euch zu sehen!«, ruft sie. Ihre Stimme ist immer ein wenig zu laut, weil sie sich dem Lärmpegel im Hofbräuhaus angepasst hat.

Schon als Kind ist sie dort zwischen Bierbänken und Maßkrügen aufgewachsen, damals selbstverständlich, heute ein Grund, Zeter und Mordio zu schreien.

Auch sie hat ihre beiden Kinder dabei, das Mädchen ist im gleichen Jahr wie Lukas geboren und der Junge so alt wie Lilly. Den Weihnachtsmann begrüßen sie so selbstverständlich wie mich, wahrscheinlich, weil Bea sie darauf vorbereitet hat.

»Wie geht's deinem Mann?«, frage ich meine Freundin, um von mir abzulenken.

»Männergrippe«, seufzt Bea. »Er wird es überleben. Aber du siehst blendend aus … und Sie natürlich ebenfalls«, wendet sie sich an meinen Patienten. »Wie heißen Sie eigentlich? Wobei wir uns auch gern duzen können, ich bin Bea.«

Na super, jetzt wird's peinlich. Hätte ich doch lieber meine Idee verfolgen sollen, ihm einen Rufnamen zu geben, solange er sich nicht an seinen eigenen Namen erinnert.

Himmel, was antworte ich denn jetzt, wodurch er sich nicht kompromittiert fühlt und ich mich nicht in Verlegenheit bringe?

»Cornelius«, sagt er mit einer Selbstverständlichkeit, als sei das nie eine Frage gewesen.

Am liebsten hätte ich vor Freude laut aufgeschrien, aber ich will seinen Moment der Erinnerung nicht durch eine überbordende Reaktion wieder vertreiben und meine Freundin verstören.

Stattdessen führe ich einen innerlichen Tanz auf und lobe mich selbst für meinen Entschluss, ihn in die Oper mitzunehmen.

Endlich, endlich habe ich einen handfesten Ankerpunkt, um an sein richtiges Leben anzuknüpfen.

»Können wir jetzt endlich reingehen?«, klagt Lilly und bläst sich eine Schneeflocke von der Nasenspitze.

»Erst noch ein Foto von euch allen mit dem Gärtnerplatztheater im Hintergrund, wie jedes Jahr, drum stehen wir doch hier im Licht«, gibt Bea den Ton an, auch wie immer.

Aber ansonsten ist nichts wie jedes Jahr, denke ich.

»Ich mache das«, bietet sich Lukas freiwillig an, für den man schon zehn Pferde braucht, um ihn mal vor eine Kamera zu bekommen.

»Ich mache das gern, wenn Sie mir erklären, wie das geht«, mischt sich mein Problem ein, und Bea fällt tatsächlich die Kinnlade runter angesichts eines Menschen, der dieser Technik offenkundig nicht mächtig ist.

Um die Situation zu überspielen, rufe ich den nächstbesten Passanten heran, und er macht mit Beas Handy ein Foto von uns. Ohne Oliver, dafür mit Weihnachtsmann, der es sogar noch geschafft hat, Lukas ins Bild zu holen. Das kommt einem Weltwunder gleich.

»Schickst du mir das Foto«, bitte ich Bea, als wir auf den breiten Säuleneingang zugehen. Wir beiden voraus, die Kinder mit dem Weihnachtsmann hinterher.

»Aber klar doch«, sagt sie und tippt auf ihrem Handy herum.

»Nur bitte nicht in die Mädelsgruppe einstellen«, sage ich vorsorglich.

»Schon zu spät«, grinst Bea. »Dein neuer Freund ist so cool und sieht so hammermäßig aus, den brauchst du ihnen bestimmt nicht vorzuenthalten. Keine Angst, es schnappt ihn dir schon keine von uns weg.«

Wenn das das Problem wäre, denke ich, und entgegne nichts mehr, während wir die lange Treppe hinaufsteigen.

Ich komme mir vor wie auf dem roten Teppich, weil alle Blicke auf uns gerichtet sind, natürlich besonders auf den Weihnachtsmann, der immer weiter zurückbleibt.

Allerdings scheint nicht seine mangelnde Kondition die Ursache dafür zu sein, sondern die Angst, die ihm ins Gesicht geschrieben steht.

»Geht schon mal voraus«, sage ich zu den anderen und gebe meinen Kindern ihre Karten. Zum Glück kommen keine Nachfragen, sodass ich mich schnell um meinen Patienten kümmern kann.

Ihm stehen bereits die Schweißtropfen auf der Stirn. Hoffentlich hat ihn nicht schon eine Panikattacke voll im Griff, denn dann ist es noch zu früh, weitere Erinnerungen bei ihm zu provozieren, in diesem Fall müsste ich meinen Plan erst mal beiseitelegen.

Vielleicht sind ihm aber gerade in diesem Moment neben seinem Vornamen noch andere Dinge eingefallen, mit denen er jetzt nicht klarkommt.

»Wie geht's Ihnen«, frage ich ganz unverfänglich, um ihn nicht auf eine Panikattacke anzusprechen, in die er sich dann erst recht reinsteigert.

»Ich habe so große Angst davor, abgewiesen zu werden«, gibt er ohne Umschweife zu. Wahrscheinlich ist das sogar der Kernauslöser seiner psychischen Erkrankung und der Grund dafür, weshalb er alle glauben machen will, er sei der Weihnachtsmann. Den mögen nämlich alle.

Immerhin scheint er mir zu vertrauen, auch darin, dass ich ihm beistehe, denn er hat kein Wort davon gesagt, dass er umkehren möchte.

Also versuchen wir es. Für ihn, für seine Erinnerung und für meine Nerven.

»Nehmen Sie meine Hand«, biete ich ihm an. »Und ich rede mit dem Einlassdienst, wenn Sie möchten.«

»Ja bitte«, bringt er hervor, und kurz darauf gehen wir wie ein echtes Pärchen die restlichen Stufen hinauf.

Wider Erwarten gelangen wir erst einmal ohne Probleme ins Foyer, das vom Stimmengemurmel der vielen Opernbesucher erfüllt wird.

Der Einlassdienst am Ende des Raums kontrolliert die ersten Karten, unter Kronleuchtern stehen manche Gäste noch in Grüppchen zusammen, wieder andere steigen mit ihren Kindern die Stufen ins obere Foyer hinauf, um von dort noch ein wenig die Aussicht über den Gärtnerplatz und auf die abendlichen Lichter der verschneiten Stadt zu bewundern.

Nachdem wir die erste Schwelle nicht nur buchstäblich gemeinsam übertreten haben, wird der Griff um meine Hand etwas lockerer, aber er lässt sie nicht los.

Dennoch, ich empfinde es nicht als unangenehm, auch habe ich keine Gewissensbisse, weil ich das als Therapeutin nicht tun sollte, denn aus dieser klassischen Rolle bin ich ohnehin schon gefallen, als ich ihn als Gast bei mir aufgenommen habe.

Und seine Hand zu halten fühlt sich richtig an – richtig gut und vor allen Dingen anders. Wenn ich nur wüsste, was dieses Gefühl bei mir hervorruft.

»Muss ich etwa auch meinen Mantel ablegen?«, fragt mein Patient bang, nachdem er meinem Blick am Einlassdienst vorbei zur

163

Garderobe gefolgt ist. »Ich habe zwar eine Hose an, aber oben-rum nichts.«

So langsam habe ich zwar schon eine gewisse Neugier entwi-ckelt, wie der restliche Körper von Jeff Bridges aussieht, aber das ist nun definitiv nicht der richtige Ort dafür.

»Ich glaube, mit Mantel haben wir doch bessere Chancen.«

»Alles okay bei euch?«, fragt Bea, die auf uns zugekommen ist. »Hach, ihr zwei seht so gut zusammen aus, ich krieg mich gar nicht mehr ein. Hast du mal gelesen, was die Mädels geschrieben haben? Sogar Corinna hinter der Bühne hat gerade ganz begeis-tert geantwortet und uns ein Bild geschickt, wie sie als Hänsel aussieht. Mega, nicht mehr wiederzuerkennen. Ob sie wohl auf-geregt ist?«

»Gibt es hier eine Toilette?«, fragt mein Problem wie aufs Stichwort.

»Aber klar, ich zeig sie Ihnen«, bietet sich Lukas an, der die Frage mitbekommen und einen phänomenalen Orientierungs-sinn hat. Man könnte ihn wohl mit verbundenen Augen im Wald aussetzen, und er würde wieder rausfinden.

Genauso muss er nur einmal irgendwo gewesen sein, um sich an alles wieder zu erinnern.

»Ich geh mit«, ruft Lilly, die meine Rechts-links-Schwäche ge-erbt hat.

Nachdem die drei außer Sichtweite sind, nutze ich die Chance und sage zu meiner Freundin: »Bea, ich muss dir noch was erklä-ren … Ganz egal, was du dir zusammenreimst oder was er sagt: Er ist mein …«

Patient liegt mir auf der Zunge, aber in diesem Moment kommt Oliver direkt auf mich zu.

Keine zwei Schritte ist er mehr von mir entfernt. Wo kommt der denn plötzlich her? Hat er uns schon die ganze Zeit beobach-tet?

»Mein neuer Freund und wir gehören zusammen.«

Habe ich gerade laut klargestellt, was seit unserer Begegnung auf dem Christkindlmarkt zwischen Oliver und mir nur als Doppeldeutigkeit im Raum stand?

Ja, und zwar in voller Absicht, weil ich eine Reaktion von ihm provozieren will, und sei es nur ein eifersüchtiger Blick – irgendetwas, das mir zeigt, dass ich ihm nicht von einem Tag auf den anderen gleichgültig geworden bin und seine Liebe zu mir komplett erloschen ist.

Doch Olivers Gesicht wirkt maskenhaft, als er mir ziemlich steif Guten Abend sagt. Obwohl ich ihn nun schon so viele Jahre kenne, kann ich nichts, keine Gefühlsregung bei ihm ablesen, so als wäre er ein Fremder geworden.

Seine blauen Augen, mit denen er mich sonst immer spitzbübisch angestrahlt hat, wirken ausdruckslos. Fast seelenlos. Wo ist der Oliver hin, den ich mal geliebt habe? Und der mich mal geliebt hat?

Dunkle Ringe hat er unter den Augen, aber so ist das eben, wenn die Nächte mit seinem Püppchen kurz sind.

»Ich wollte dir nur mitteilen«, beginnt er, und es wundert mich schon fast, dass er mich nicht siezt, »dass ich meine Karte gerade mit einem älteren Herrn gegen seine Stehplatzkarte getauscht habe. So sind jetzt wohl beide Seiten glücklich.«

»Wie soll ich das jetzt verstehen?«, frage ich ihn stirnrunzelnd.

»Nun ich dachte mir, dass du keinen besonderen Wert darauf legst, dass ich wie immer neben dir sitze – und wie ich gesehen habe, bist du in Begleitung, also habe ich ja alles richtig gemacht.«

»Natürlich, du machst immer alles richtig«, keife ich ihn an, und die Ironie in meiner Stimme ist deutlich zu hören. Dabei hat Oliver genau das getan, was ich mir gewünscht habe, denn ich lege tatsächlich keinen gesteigerten Wert auf seine Nähe.

Weil jede Begegnung schmerzt und ich mich hilflos fühle, weil sich meine Liebe zu ihm trotz der beständigen Messerstiche in mein Herz nicht von dort vertreiben lässt.

»Was habe ich denn damit falsch gemacht?«, fragt er und zieht die Augenbrauen hoch, als sei das so schwer zu verstehen.

»Du hättest mich mal fragen können.«

»Ach, hättest du gewollt, dass ich neben dir sitze? Neben dir und deinem ... Freund?« Er spricht das Wort aus, als sei der Weihnachtsmann das Problem – womit er grundsätzlich nicht unrecht hat.

»Nein, natürlich nicht«, entgegne ich knapp.

»Dann verstehe ich wirklich nicht, was ich falsch gemacht habe.«

Respekt, Empathie, sich wahrgenommen fühlen – das wären so Stichworte, die ich ihm jetzt um die Ohren hauen könnte, wenn mich meine gute Kinderstube nicht daran hindern würde. Ganz abgesehen davon, dass er mich schon ein halbes Jahr lang betrogen hat, bevor ich ihn mit dieser Tatsache konfrontiert habe.

»Die Kinder sind schließlich auch noch da«, sage ich stattdessen.

»Mit denen habe ich doch schon am Wochenende geredet, und sie haben es sofort verstanden, warum ich meine Karte eintauschen will.«

Ich schlucke die Information wie bittere Galle. Nur mit mir spricht keiner, und dabei wollte ich schlichtweg gefragt werden. So einfach ist das, aber wenn ich jetzt weiter versuche, ihm das verständlich zu machen, heißt es wieder, Frauen seien kompliziert.

»Gut«, entgegne ich und setze ein Lächeln auf, von dem ich weiß, dass Oliver es als künstlich entlarvt, aber eine bessere Fassade gelingt mir im Moment nicht. »Dann wünsche ich noch einen schönen Abend.«

»Ebenso«, gibt er knapp zurück und bahnt sich ohne einen Blick zurück einen Weg durch die Menge, während ich ihm noch lange nachsehe.

»Puh«, sagt Bea nur, von der ich völlig vergessen habe, dass sie immer noch neben mir steht.

Nachdem die Kinder mit meinem Patienten zurück sind, ist es so weit, und wir müssen die nächste Hürde angehen.

»Guten Abend«, sage ich mit einem verbindlichen Lächeln zu dem Herrn vom Einlassdienst in Uniform. »Ich habe da ein Problem.«

Im doppelten Sinne, aber das sage ich nicht. Ich hatte mir vielmehr überlegt, dem Herrn zu erzählen, dass mein Gast, also Cornelius, bis gerade eben noch als Weihnachtsmann unterwegs war und keine Zeit mehr hatte, nach Hause zu fahren, um sich umzuziehen. Das würde doch plausibel klingen und hoffentlich genug auf die Tränendrüse des Einlassdiensts drücken.

»Haben Sie Ihre Karte verloren?«, fragt er zurück.

Verwundert schüttle ich den Kopf. »Nein, es geht um … um meine Begleitung.«

»Und wo ist das Problem?«, entgegnet der uniformierte Herr freundlich.

Sieht er das denn nicht? Es steht doch direkt vor ihm.

»Dass ich so vielleicht nicht hineindarf«, schaltet sich nun doch mein Patient ein.

»Aber natürlich, warum denn nicht? Zur Priscilla-Premiere dieses Jahr sind ja auch einige als Dragqueen gekommen. Sie sind doch sehr gut angezogen, so einen schönen Mantel habe ich überhaupt noch nie gesehen, mein Kompliment. Also, viel Vergnügen bei der Vorstellung. Eingang eins, bitte.«

* * *

Wir nehmen auf den rotsamtenen Stühlen im Parkett Platz, dritte Reihe, die Bühne zum Greifen nah. Meinem Patienten weicht das Strahlen gar nicht mehr aus dem Gesicht, als er sich im Sitzen in alle Richtungen verrenkt, um die ornamentale Bemalung der weißen Balustraden vor den roten Wänden bis hinauf in den dritten Rang zu bestaunen. Er dreht sich nach den Säulenfiguren um, und am riesigen Kronleuchter kann er sich gar nicht sattsehen.

Der Saal füllt sich und solange der große rote Vorhang noch geschlossen bleibt, ist der von allen Plätzen sichtbare Weihnachtsmann natürlich die Hauptattraktion.

Aber nicht nur deshalb fühle ich mich beobachtet. Und richtig, auf dem Stehplatz im seitlichen Rang hat sich Oliver eingefunden, und ich drehe den Kopf schnell wieder vor zur Bühne.

Er wird mich die ganze Zeit im Blick haben.

»Viel schöner als die Oper in Helsinki«, staunt mein Patient, »nicht so nüchtern. Hier drin fühlt man sich gleich so heimelig, richtig geborgen, obwohl alles so groß ist – geht's Ihnen auch so?«

Mit seinem Nachsatz lenkt er meine Aufmerksamkeit von Oliver wieder auf sich. Ich kann es einfach nicht lassen, ihn aus dem Augenwinkel zu beobachten, weil ich wissen will, ob mein Ex zu mir hersieht.

Zugleich ist nun der Moment gekommen, meinen Patienten durch die richtigen Fragen dazu zu bringen, in seinem Gedächtnis nach weiteren Puzzleteilen zu suchen.

Unter dem äußeren Vorwand, leise mit ihm sprechen zu wollen, beuge ich mich zu ihm rüber, allerdings ein wenig weiter, als notwendig gewesen wäre. Weiter, als es mit meinem aufreizenden Ausschnitt sein müsste.

Dafür scheint mein Patient im Moment jedoch gar kein Auge zu haben. Wenn ich bedenke, wie der Weihnachtsmann der Frau im Winterröckchen nachgeschaut hat, da muss ich mich fast fragen, ob ich nicht attraktiv bin.

Das passt jedenfalls zu meiner momentanen Rühr-mich-nicht-an-warum-beachtest-du-mich-nicht-Gemütsverfassung. Er für seinen Teil hat wahrscheinlich einfach nur seine Lektion gelernt, dass Frauen nicht angestarrt werden möchten.

»Ja, ist schon eine besondere Atmosphäre hier«, bestätige ich, um an seine Frage anzuknüpfen, »aber ich habe offen gestanden auch keinen Vergleich. Haben Sie mal in Helsinki an der Oper gearbeitet?«

Er starrt mich an, als ob ich ihn gefragt hätte, ob er schon mal mit einem Kamel durch die Arktiswüste geritten sei.

»Wie gesagt, ich besuche gern die Oper, aber glauben Sie wirklich, ich hätte nebenbei noch Zeit für einen Aushilfsjob?«

»Ich hätte mir eher vorstellen können, dass Sie Sänger oder sogar Intendant an der Oper sind«, versuche ich ihn aufs richtige Pferd zu heben.

»Guter Witz«, lacht er, »aber nette Idee. Wenn ich eines Tages mal einen Sohn habe, der meinen Job übernimmt, dann bewerbe ich mich an der Oper. Wer sitzt eigentlich dort, wo Sie immer wieder hinschielen?«

Ertappt schießt mir die Röte in die Wangen. »Oliver.«

»Und Sie würden ihn gern eifersüchtig machen …«

Nun bleibt mir die Sprache weg. Bin ich so durchschaubar für ihn? Aber warum sollte ich es auch leugnen. »Ein bisschen steht mir schon der Sinn danach. Weil er mich so sehr verletzt hat.«

»Dann küssen Sie mich.«

»Wie bitte?«, frage ich, obwohl ich ihn genau verstanden habe.

Er deutet mit einem verschmitzten Grinsen auf seine Lippen, so als müsse er mir die Sache mit den Bienchen und den Blümchen noch einmal erklären. »Hierhin.«

Für einen Moment beschleichen mich Skrupel. Aber warum eigentlich nicht auf dieses Spiel eingehen? Ich bin frei, kann tun und lassen, was ich will, und ich werde keine Gefühle verletzen – nur Oliver werde ich damit hoffentlich treffen.

Er soll wenigstens etwas von dem Schmerz spüren, der mich quält.

Meine Kinder sind abgelenkt, sie nutzen die letzten Minuten vor der Vorstellung, um mit Beas Kindern die neuesten Infos auszutauschen – per Handy. Das lässt sich unschwer an den Satzfetzen »Warte, ich schick mal, hast du das schon bei YouTube gesehen, schau mal bei Instagram« erkennen.

»Das sieht ja hammermäßig aus«, ruft Lilly, die links von mir sitzt und mir plötzlich ihr Handy über Bea hinweg zustreckt. »Hast du schon gesehen? Hat Papa gerade in die Familiengruppe geschickt. Sein Blick von da oben.«

»Schön«, sage ich, und meine Tochter hört zum Glück nicht die Ironie in meiner Stimme.

»Das nächste Mal will ich auch dort stehen«, fügt sie hinzu und wendet sich dann wieder den anderen zu.

Natürlich, denke ich. So ein Stehplatz ist ja auch wundervoll.

Aber Oliver schafft es einfach immer wieder, einen Nachteil als Vorteil zu verkaufen, und zwar so, dass die Kinder begeistert darauf einsteigen.

Und nein, er konnte das Foto nicht nur den Kindern schicken, er musste auch mir zeigen, wie toll die Sicht von dort oben war.

Vielen Dank auch, dass ich mir die teuren Karten hätte sparen können. Als Journalist kommt er ja günstig weg. Überhaupt glaubt er immer, aus allem gut rauszukommen – aber dieses Mal hat er sich geschnitten. Ich werde es ihm nicht so leicht machen, wie er sich das erhofft.

Wenigstens kann ich nun sicher sein, dass Oliver zu uns runterschaut.

Je näher ich dem Gesicht von Jeff Bridges komme, desto mehr verliere ich mich in seinen Augen.

Es ist unmöglich, sich von diesem Arktisblau nicht in den Bann ziehen zu lassen. Diese Farbe habe ich noch bei keinem anderen Menschen gesehen, und sein Blick bringt mich so durcheinander, dass ich meine Lider schließe.

Sein Bart kitzelt etwas, als sich unsere Lippen berühren, und ich muss schmunzeln, weil ich das von Oliver nicht kenne, der sich immer glatt rasiert hat. Warum vergleiche ich ihn überhaupt mit Oliver?

Unsere Lippen liegen noch immer aufeinander. Es sollte nur ein kurzer Kuss werden, und ich will mich wieder zurückziehen, aber es ist, als ob er mich festhalten würde.

Dabei berührt er mich nicht einmal mit seinen Händen. Sanft knabbert er an meiner Unterlippe, und mich durchläuft ein Schauer.

Er scheint das zu bemerken und entfernt sich mit seinem Mund ein paar Zentimeter von mir. Aber ich will nicht, dass er mich ansieht, nicht jetzt, denn dann könnte er Gefühle in meinem Gesicht ablesen, die dort gar nicht sichtbar sein sollen.

Weil ich bis vor ein paar Sekunden noch gar nicht wusste, dass da Schmetterlinge in mir sind, die nun wie aufgescheucht durch meinen Bauch flattern.

Oder versetzt mich der Plan, Oliver eifersüchtig zu machen, in Aufregung? Vielleicht ist es auch nur die Umgebung, vielleicht habe ich nun doch Angst vor der Reaktion meiner Kinder, wenn sie etwas mitbekommen. Vielleicht rede ich mir da gerade auch ganz viel ein. Dass da was ist? Dass da nichts ist? Kann ich überhaupt noch klar denken?

Ich muss auf jeden Fall wissen, was dieses Kribbeln in mir ausgelöst hat. Ist es tatsächlich sein Kuss gewesen? Ich komme ihm noch mal näher, nur ein leichtes Neigen meines Körpers, und schon sind seine Lippen wieder da, als hätte er nur auf diese kleine Geste gewartet.

Und nun ist er nicht mehr so zögerlich, und wenn ich eben noch darüber nachgedacht habe, was dieses Kribbeln ausgelöst hat, dann lässt dieses Feuerwerk in mir keine Fragen mehr offen.

Aber er weiß schon, dass das nur ein Spiel ist – oder muss ich mich da gerade selbst dran erinnern?

»Wie süß«, flüstert Bea neben mir. »Aber nicht die Vorstellung verpassen.«

Die Saallichter gehen aus, und der Vorhang hebt sich unter Applaus. Wow, was war das denn gerade für ein Kuss? Musste ich wirklich so alt werden, um das mal zu erleben?

Ich schaue auf die Bühne und wage nicht den Kopf zu dem Mann hinzudrehen, der mir gerade selbigen verdreht hat.

Diese Tatsache soll er nicht bemerken und sich schon gar nicht etwas drauf einbilden.

Das war ein Kuss. Nicht mehr. Aber auch nicht weniger.

Ich konzentriere mich auf das fantastische Bühnenbild, dann auf die Mutter am einfachen Küchentisch, und doch befinde ich mich in einer anderen Welt.

Weit weg von irgendeiner Realität, tief in mir drin, suche ich nach Antworten und finde doch nur Fragen.

Bis zur Pause bekomme ich nur am Rande mit, wie die Mutter Hänsel und Gretel als vermeintliche Faulpelze mit der Rute schlägt und dabei den Topf mit der Milch umschüttet, in dem es heute Reisbrei geben sollte, auf den sich die armen Kinder so gefreut hatten.

Der Auftritt meiner Freundin Corinna als Hänsel wäre fast an mir vorbeigegangen, wenn mich nicht Bea und der Weihnachtsmann von beiden Seiten mit begeistertem Flüstern darauf aufmerksam gemacht hätten.

Dabei hat sie so eine fantastische Stimme, dass man eigentlich gar nicht anders kann, als ihr zuzuhören, und bei ihrer Bühnenpräsenz bräuchte sie auch kein Kostüm, um die Besucher in ihren Bann zu ziehen.

* * *

Ich bin immer noch nicht ganz bei mir, als wir in der Pause ein Stockwerk hinauf in das Foyer gehen, wo bereits einige Leute ihre vorbereiteten Getränke in Empfang genommen haben und durch die hohen Rundbogenfenster auf den verschneiten Gärtnerplatz schauen.

Wir reihen uns in die Schlange vor dem Tresen ein, die Kinder mit Bea vor mir, die sich begeistert über das bisher Gesehene austauschen.

Cornelius neben mir.

Immerhin hat er nun endlich einen Namen. Wenn auch nur einen Vornamen. Und ich weiß, wie umwerfend er küssen kann.

Auf dieses Wissen hätte ich auch gut verzichten können – oder auch nicht. O Mann, ich bin es gewohnt, das Chaos im Kopf meiner Patienten zu beseitigen, aber bei mir selbst fühle ich mich heillos überfordert.

Ich bin mehr so der Typ, der Zeitmanagement lehrt und selbst zu spät kommt.

Um mich abzulenken, schaue ich mir ringsum die hohen Wände im Foyer an, die bis zur Decke kunstvoll bemalt sind. Ich drehe den Kopf allerdings nur so weit, dass ich Cornelius nicht ansehen muss, weil ich so durcheinander bin und nicht darüber sprechen will.

»Sarah, können wir mal bitte kurz miteinander reden?«

Das ist nicht mein Problem gewesen. Das ist Oliver, der plötzlich neben mir steht.

»Ja natürlich, was gibt's?«, gebe ich mich locker, obwohl ich mich so sehr erschreckt habe, dass mir das Herz bis zum Hals klopft. »Kannst du die Kinder nächstes Wochenende nicht nehmen?«

»Doch – darum geht's gar nicht.« Er schaut mich eindringlich an. »Können wir bitte kurz *allein* reden? Ohne deinen neuen Freund.«

Mit der Deutlichkeit, mit der er das sagt, beginne ich langsam zu verstehen, dass mein Plan offenbar zu funktionieren scheint.

Das ist ja mal eine Seltenheit, denke ich, die ich allein schon feiern müsste, aber es will nicht mal Freude in mir darüber aufkommen, dass Oliver nun eifersüchtig ist.

Im Grunde ist das alles ziemlich kindisch, was ich hier betreibe, aber doch auch irgendwie verständlich und zutiefst menschlich, verteidige ich mich selbst.

Dennoch, um glaubwürdig zu bleiben, muss ich mein Spiel erst mal weiter durchziehen. Er würde mich ja auslachen, wenn ich ihm jetzt reinen Wein einschenken würde.

Außerdem will er bestimmt nur mit mir reden, um herauszufinden, wie ernst diese neue Sache bei mir ist, seit wann ich ihn schon kenne und solche Fragen, vielleicht wittert er die Chance, sich am Ende eine weiße Weste anziehen zu können, indem er mir auch eine Affäre andichtet.

Unter Garantie hat Oliver noch gar nicht begriffen, wie sehr er mir wehgetan hat. Nicht dass er dumm wäre, vielmehr verschließt er die Augen davor, das ist mir schon klar – aber ich will, das er meinen Schmerz sieht.

Also muss ich weiter in meiner Rolle bleiben. Demonstrativ greife ich nach der Hand von Cornelius und deute in der Schlange vor mir auf Lilly und Lukas.

»Unterhalte dich doch mit deinen Kindern über deinen tollen Stehplatz. Ich wüsste nicht, was ich dir zu sagen habe.«

»Ach«, ruft Oliver, als sei ihm gerade etwas Wichtiges eingefallen, »du erinnerst mich daran, dass ich während der Pause noch ein Foto vom Rang für meinen Artikel machen wollte«, sagt er so leichthin, als hätten wir uns gerade im Vorbeigehen nur kurz gegrüßt.

Wütend schaue ich ihm nach. Warum ist eigentlich immer er derjenige, der geht? Warum bleibt er nicht und unterhält sich mit den Kindern. Ist das etwa zu viel verlangt?

Was erwartet er von mir? Dass ich mit ihm rede? Das will ich ja auch – aber nicht, sobald er schnipp macht, inmitten vieler Leute, und noch viel wichtiger: Ich habe ihm tatsächlich momentan nichts zu sagen – ich will erst hören, was er mir zu erzählen hat. Aber das war bestimmt nicht sein Plan.

»Sarah? Wo bist du denn mit deinen Gedanken?«, höre ich Beas Stimme und merke, dass der Kellner hinterm Tresen auf meine Bestellung wartet und ich immer noch die Hand des Weihnachtsmannes halte. Mir ist gar nicht aufgefallen, wie weit die Schlange unterdessen schon vorgerückt ist.

»Haben Sie Preiselbeersaft?«, fragt mein Problem, das ich als solches schon fast vergessen habe. Kann es wirklich wahr sein, dass er noch nichts angestellt hat, seit wir hier sind, dass er sich noch nicht mal einen Fauxpas geleistet hat, wenn man von dieser Kleinigkeit jetzt mal absieht!

»Wir hätten Gerstensaft anzubieten«, lacht der Kellner.

»Oh, sehr gern, einen solchen Saft probiere ich.«

»Und ich hätte gern ein Glas Sekt«, bitte ich, um den Tresenmann zu beschäftigen und von weiteren Scherzen abzuhalten, die mein Patient nicht versteht.

Und ganz abgesehen davon wäre mir jetzt mit einer Flasche Sekt wohl am meisten geholfen.

Nachdem wir alle unsere Getränke bekommen und sich die vier Pubertiere etwas abseits von uns ans Fenster gestellt haben – wahrscheinlich, weil der Empfang dort am besten ist –, prosten wir uns zu.

»Auf uns – auf euch!«, sagt Bea und nimmt einen großen Schluck von ihrem Weißbier. Ich könnte mein Glas in einem Zug leeren und muss mich beherrschen.

»Leckeres Getränk!«, ruft mein Patient begeistert und wischt sich ungeniert mit dem Mantelärmel über den Bart.

Es ist ihm nicht anzumerken, ob der Kuss in ihm etwas ausgelöst hat, und das fuchst mich. Oder er kann es gut verbergen.

»Allerdings!«, lacht Bea, die trotz ihrer zierlichen Figur jeden Mann unter den Tisch trinken kann. »Sollen wir nachher noch in den Schelling-Salon gehen?«

»Schelling?«, horcht der Weihnachtsmann auf, als hätte er den Namen eines alten Bekannten gehört. Oder er kennt diese Kultgaststätte in Schwabing, und wir sind auf einer heißen Spur.

Mich würde es nicht wundern, wenn er dort früher Stammgast gewesen wäre. Allen Lounge-Bars im Schwabinger Viertel zum Trotz hält sich der Schelling-Salon seit 1872 an seiner Ecke.

Ich denke über Beas Vorschlag nach. Mit meinem Festtagsdirndl würde ich zwischen den Billardtischen nicht fehl am Platze wirken, da im Schelling-Salon dennoch Wiener Caféhaus-Flair herrscht, mit gekacheltem Boden und Stuckdecke, schöner Beleuchtung und stilvollen Bildern an den Wänden.

Mit Oliver saß ich oft auf der Empore und habe Schafkopf gespielt, während an den Nebentischen Skat oder Schach angesagt war.

Eine Mischung so bunt wie das Leben, zwei Welten, die sich in diesem Salon so gelungen vereinen, dass dort die jungen Studenten neben den im wahrsten Sinne des Wortes älteren Semestern sitzen.

Das wäre überhaupt eine Idee, über das Spiel Zugang zu seiner Erinnerung zu erhalten, denke ich, da hätte ich auch schon früher draufkommen können.

»Kein schlechter Vorschlag, Bea«, stimme ich zu. Noch dazu liegt der Salon auf meinem Heimweg. Die drei Haltestellen bis zum Kurfürstenplatz könnten die Kinder dann allein weiterfahren und die dreihundert Meter zu Fuß gehen, denn schließlich ist ja morgen Schule.

»Ich habe Corinna gerade geschrieben, dass wir uns nachher im Schelling treffen«, gibt mir meine Freundin zur Antwort, die gern Tatsachen schafft. Andererseits mögen wir sie alle für ihre mitreißende Art.

»Meinst du nicht, sie ist nach der Vorstellung viel zu groggy?«

»Ach Quatsch, noch voller Adrenalin. Mach dir keine Hoffnungen, sie ist bestimmt nicht zu müde, um deinen Cornelius kennenzulernen«, grinst Bea.

Widerspruch ist zwecklos, mein leeres Sektglas nun ebenso, und ich stelle es beiseite.

»Gibt's bei Herrn Schelling auch diesen Gerstensaft?«, will mein Patient wissen.

»Natürlich!«, lache ich zwischen zusammengebissenen Zähnen und hätte ihm mal wieder am liebsten vors Schienbein getreten. »Allerdings gehört die Gaststätte seit ihren Anfängen vor über hundert Jahren der Familie Mehr, die aus der ehemaligen Friedhofsgaststätte dieses Kultlokal gemacht hat.«

»Und in der zweiten Generation den jüngsten Gastwirt Münchens gestellt hat«, fügt Bea hinzu, die sich in dieser Branche natürlich auskennt. »Über den Salon wacht Schellings Kopf in einem großen Medaillon über der Tür.«

»Man hat Schelling geköpft?« Das Entsetzen steht meinem Patienten ins Gesicht geschrieben. »Der alte Philosoph war ein guter Freund meines Großvaters. Die beiden haben viel über Naturphilosophie, die Menschwerdung als Entwicklung der Natur zum Geist und seine transzendental-philosophischen Ansätze diskutiert.«

Bea lacht. »Du hast wirklich einen fantastischen Humor, Cornelius.«

So kann man die Sache natürlich auch betrachten, seufze ich innerlich und raune ihm zu, dass Schelling eines natürlichen Todes gestorben sei, was ihn sichtlich erleichtert.

Ich staune jedoch über seine offensichtlichen Kenntnisse in der Philosophie, nachdem er die transzendental-philosophischen Ansätze ausgesprochen hat, ohne sich dabei die Zunge zu verknoten.

Gedanklich setze ich noch das Thema Philosophie auf die Liste der möglichen Anhaltspunkte.

Vielleicht erhält mein Patient auch durch das Schellingsurium einen Erinnerungsanreiz, wenn er sich dieses kleine private Museum nachher ansieht. Alles in allem gute Gründe, dorthin zu gehen.

Mein Patient scheint in Bea jedenfalls eine Gesprächspartnerin für philosophische Themen gefunden zu haben, und ich hätte den beiden gern interessiert zugehört, wenn mich nicht mein klingelndes Handy ablenken würde.

Versucht es Oliver jetzt etwa telefonisch bei mir? Ist ihm tatsächlich so viel daran gelegen, mit mir zu reden?

Aber wer soll es sonst sein? Alle, die meine private Nummer besitzen, schicken eine WhatsApp oder eine Mail. Direkte Anrufe kommen sonst nur noch von meinem Steuerberater oder der Bank. Und die lassen mich um diese Uhrzeit glücklicherweise in Ruhe.

Soll ich überhaupt drangehen, frage ich mich, während ich in meiner Tasche krame. Mit ihm reden ist ja eigentlich genau das, was ich will. Eigentlich.

Die Entscheidung wird mir abgenommen. Es ist meine Mutter.

Mit ihrem Anruf hätte ich so kurz vor Weihnachten rechnen müssen, habe es aber bislang erfolgreich verdrängt.

Bestimmt will sie mir ihren Besuch ankündigen, ich könnte jede Wette eingehen, dass sie bereits die Fahrkarten gekauft hat.

Nicht jetzt, denke ich. Ich stelle das Handy auf lautlos, und als ich es zurück in die Handtasche schiebe, kündigt der Gong das Ende der Pause an.

*　*　*

»Das ist jetzt nicht dein Ernst, Mama?«, ereifert sich Lilly in der voll besetzten Tram, die uns auf unseren Stehplätzen zur Haltestelle Schellingstraße bringt.

»Du kannst dich gerne noch lauter beschweren, dann gehst du ohne dein Handy nach Hause.« Sozusagen die Höchststrafe.

Soeben habe ich meinen Pubertieren eröffnet, dass es für sie kein Billard im Schelling gibt. Daraufhin hat Lukas nur geknurrt, dass er sowieso lieber Tischtennis dort im Keller spielen wollte, und somit meine Ansage ad absurdum geführt, während Lilly völlig ausrastet.

»Nie dürfen wir bei dir irgendwas!«

»Komm mir jetzt bitte nicht mit einer Grundsatzdiskussion«, versuche ich ruhig zu bleiben. Nichts wäre mir peinlicher, als mitten in der Straßenbahn und auch noch vor meiner Freundin und meinem Patienten die Kontrolle über die Situation zu verlieren.

»Doch, ich diskutiere jetzt mit dir. Ganz grundsätzlich. Weil wir bei dir nie irgendwas dürfen.«

Okay, Lilly hält das Feuerzeug schon ziemlich nah an meine Zündschnur. Wenn jetzt noch der Hinweis kommt, dass der Papa viel mehr erlaubt …

»Lilly, jetzt chill mal deine Basis. Mit solchen Totschlagargumenten brauchst du mir gar nicht zu kommen. Vor allem stimmt das überhaupt nicht.«

»O Mama, echt, du bist so peinlich, wenn du versuchst, cool zu sein. Das heißt, chill mal dein Level.«

»Und außerdem«, schaltet sich nun auch noch Lukas ein, »wenn wir bei Papa wären, dann dürften wir das.«

179

Bumm.

Die Bombe in mir ist so schnell geplatzt, dass ich selbst überrascht bin und nicht länger darüber nachdenke, was ich sage:
»Dann geht doch zu eurem Vater, wenn dort alles besser ist!«

Immerhin sind nun beide Kinder still. Dafür muss Bea noch
eins draufsetzen.

»Jetzt mach doch nicht so einen Film draus, Sarah, wenn die
Kids mal einen Abend unter der Woche länger auf sind. Max und
Maria nehme ich ja auch mit.«

Na super, so war das nicht besprochen. Beziehungsweise, wir
haben uns fahrlässigerweise gar nicht darüber abgestimmt, weil
ich automatisch davon ausgegangen bin, dass sie ihre Kinder auch
nach Hause schickt.

Meine Pubertiere sehen mich nicht erwartungsvoll, sondern
siegessicher bis triumphierend an.

Nun habe ich die Wahl, mein Gesicht zu verlieren und mich
mit ihnen in den Die-anderen-Kinder-dürfen-auch-und-Papa-
würde-es-auch-erlauben-Zug zu setzen oder auf meiner Schiene
weiterzufahren.

»Pinakotheken«, kündigt die freundliche Stimme an.

Jetzt habe ich noch genau eine Haltestelle Zeit, mich zu entscheiden.

Stur sitzen bleiben, die anderen allein ins Schelling gehen lassen und zu Hause allein sein wäre auch noch eine schöne Möglichkeit, nach der es mir jetzt zumute wäre, aber diese Variante
scheitert allein daran, dass ich einen Stehplatz in der Bahn habe
und ein Problem an meiner Seite, dessen Erinnerung ich
schnellstmöglich zurückholen will.

Die Schellingstraße wird angesagt, und ich habe mich immer
noch nicht entschieden, während sich meine Pubertiere wie
selbstverständlich dem Ausgang zuwenden.

»Wir müssen raus hier«, ruft Lilly mir frech zu, nachdem ich mich noch keinen Zentimeter gerührt habe. Aber jetzt kommt Bewegung in mich.

»Siehste, Mama, geht doch«, sagt Lukas. »Manchmal kannst du ja doch ganz vernünftig sein.«

»Ihr beiden«, fauche ich, »fahrt weiter bis nach Hause. Den Schlüssel habt ihr. Ihr schreibt eine Nachricht, wenn ihr da seid. Und wenn ich nachher komme, liegt ihr im Bett und schlaft. Haben wir uns verstanden?«

»Ja«, sagen die beiden wie aus einem Mund. Und ich habe die beiden selten so einig miteinander erlebt.

Vereinigt gegen mich.

Aber ich weiß, Pubertät ist die Zeit, in der die Eltern schwierig werden, oder in unserem Fall nur die Mutter. Damit muss ich wohl leben, wenn ich mir nicht auf der Nase rumtanzen und mich vor allen Dingen nicht gegen Oliver ausspielen lassen will.

*   *   *

Zu meiner Entscheidung sagt Bea kein Wort, als wir vor der blau beleuchteten Eckfront des Schelling-Salons stehen. Stattdessen unterhält sie sich weiter mit Cornelius, wie auch schon die meiste Zeit in der Bahn. Die beiden scheinen sich ja prächtig zu verstehen. Moment mal, habe ich das gerade mit einen Anflug von Eifersucht gedacht?

Ich brauche wirklich dringend noch ein Glas Sekt, vor allem auch, um von dem Streit mit meinen Kindern runterzukommen und mein schlechtes Gewissen zu beruhigen, das sich nun doch meldet, weil ich so streng zu ihnen war – und dennoch fühle ich mich weiterhin im Recht.

»Oh, der Weihnachtsmann, welch Ehre«, wird mein Patient mit einem Lachen von der Frau hinterm Tresen begrüßt, wo viele Schwarz-Weiß-Bilder an frühere Münchner Zeiten erinnern.

»Hier sind ja schon Berühmtheiten wie Kandinsky, Brecht und Rilke ein und aus gegangen, aber den Weihnachtsmann hatten wir noch nie zu Gast. Wos derf i Eana brenga?«

»Man sagte mir, dass Sie hier auch diesen leckeren Gerstensaft führen.«

Wir müssen dringend an der richtigen Ausdrucksweise im Alltag arbeiten, denke ich erschöpft. Wie es wohl bei den anderen ankommt, wenn ich eine Flasche Sekt bestelle – für mich allein?

Die Bedienung scheint sich an der Wortwahl meines Patienten nicht zu stören, die hat wahrscheinlich schon ganz andere Kandidaten erlebt, die nach ein paar Maß nicht mehr ganz Herr ihrer Sprache waren.

»Aber ja, schon seit 1872 gibt es bei uns Schneider Weisse, wir gehören zu den Gaststätten der ersten Stunde, die das Bier dieses neu gegründeten Brauhauses ausgeschenkt haben.«

»Das wusste ich auch noch nicht«, mischt sich Bea ein und bestellt zwei Weißbier. Ich ordere eine Flasche Sekt.

»Corinna kommt doch auch gleich noch«, sage ich auf Beas irritierten Blick hin.

»Seit wann verzichtet sie nach der Vorstellung auf ihr großes Bier? Mit Sekt kann man ihr doch da nicht kommen.«

»Ach, stimmt«, sage ich und lache auffallend laut. »Na, so was, das hatte ich ganz vergessen. Aber nun habe ich die Flasche schon bestellt …«

»Dort, wo Sie jetzt sitzen«, sagt die Tresenkraft mit dem weinroten Pulli und der dunkelblauen Schürze, als sie uns unsere Getränke hinstellt, »saß früher immer ein gewisser Herr Meyer und hat mit russischem Akzent sein Frühstück bestellt.«

Aha, denke ich nicht sonderlich beeindruckt und trinke ein paar Schluck Sekt. Mir wäre es lieber, wenn sich meine Kinder so langsam mal melden würden.

Fünfzehn Minuten sind genug Zeit bis nach Hause. Oder habe ich die Nachricht nur überhört? Ich greife nach meinem Handy, das ich extra vor mir abgelegt habe.

»Herr Meyer?« Mein Patient horcht erstaunt auf. »Sie meinen Wladimir Iljitsch Uljanow?«

»Genau.« Die Bedienung mit den halblangen blonden Haaren strahlt übers ganze Gesicht, weil der Rauschebart ganz offenkundig sofort weiß, von wem die Rede ist.

Ich trinke mein Glas leer und denke stirnrunzelnd nach. Mir kommt es zwar so vor, als hätte ich den Namen schon mal gehört, aber ich weiß im Moment nicht, wo ich ihn einsortieren soll. Mein Patient hingegen umso mehr, und soeben scheint ein Fenster zu seiner Erinnerung aufgegangen zu sein.

»Kennen Sie diesen Wladimir persönlich?«, frage ich meinen Patienten voller Hoffnung und fülle mein Glas nach.

»Hast du schon zu viel Sekt getrunken?«, fragt mich Bea belustigt, und selbst die Bedienung lacht.

»Was ist an meiner Frage so komisch?«, will ich wissen.

»Dein Freund«, japst Bea, »wird wohl kaum mit Lenin zusammen gefrühstückt haben.«

Peinlich, denke ich. Und das mir, die mal Geschichte studiert hat.

Mein Namensgedächtnis ist genau wie mein Terminkalender nur bruchstückhaft vorhanden, und ich hatte gerade echt nicht mehr auf dem Zettel, wie der richtige Name von Lenin lautet.

Dabei hat er sogar bei mir ums Eck in der Kaiserstraße 46 gewohnt, das weiß ich wohl, auch dass er im Jahr 1900 nach München kam, denn mein Zahlengedächtnis funktioniert einwandfrei.

Und das alles weiß ich, obwohl die Gedenktafel an dem Haus, in dem er nach seiner sibirischen Verbannung inkognito in München untergetaucht war und wo er an seinem Manifest »Was tun?« schrieb, vor einigen Jahren abgerissen und seither nicht wieder ersetzt wurde. Aber nun ist das Kind schon in den Brunnen gefallen.

»Dem jungen Herrn Meyer hat unser Bier auch geschmeckt«, fährt die Bedienung fort, während ich mit hochrotem Kopf auf mein Handy schaue.

Na bravo, seit der Oper habe ich vergessen, den Ton wieder auf laut zu stellen, und mit Schrecken entdecke ich acht entgangene Anrufe.

Schnell ist mein Puls auf 180, und dort bleibt er – allerdings aus Wut, nachdem ich die Liste aufgerufen habe.

Meine Mutter.

Nicht zu fassen. Sie glaubt wirklich, nur weil sie Zeit hat, muss ich verfügbar sein. So wie früher. Die Mutter ruft, das Kind muss alles liegen lassen und parat stehen. Oder ist am Ende doch etwas passiert?

Jetzt muss ich aber erst mal klären, warum sich meine Kinder nicht melden, denke ich und rufe zunächst Lukas an. Dann versuche ich es bei Lilly und wieder bei Lukas und noch mal bei Lilly.

Ich starre zu den hohen Fenstern mit den schwarz-gelben Vorhängen, als könnte ich dadurch erahnen, was auf dem Heimweg passiert sein könnte. Ich bin in Alarmbereitschaft und zugleich wie gelähmt. Den beiden wird doch nichts zugestoßen sein?

Vielleicht hat meine Mutter deshalb so oft in den vergangenen zwanzig Minuten angerufen – wobei ich mir kaum vorstellen kann, woher sie in Hamburg wissen soll, was hier in München los ist –, aber möglich ist alles.

»Ich muss mal kurz telefonieren«, sage ich knapp, leere vorsorglich mein frisch gefülltes Sektglas in einem Zug und ziehe meine Jacke über, um nach draußen zu gehen.

Erstens, weil ich bei dem Geräuschpegel zwischen Billardkugeln und Gesprächen kaum etwas verstehen würde, und zweitens bin ich ganz froh, nach meinem Lenin-Lapsus verschwinden zu können, bevor Bea ihn noch breittritt. Wobei, wenn ich ihr jetzt erkläre, dass Cornelius glaubt, einhundertsiebenundvierzig Jahre alt zu sein … Aber lassen wir das.

Auf dem Weg nach draußen schreibe ich beiden Kindern eine WhatsApp: »Was ist denn los, warum meldet ihr euch nicht?«

Danach wähle ich sofort meine Mutter an, und noch während ich aufs Display schaue, ob eine Verbindung zustande kommt, sehe ich die eingehende Mitteilung von Lilly. »Schlechtes Gewissen, oder was?« Und gleich hinterher von Lukas. »Nerv uns jetzt nicht, wir sind da. Viel Spaß noch.«

Die Nachrichten wirken wie Ohrfeigen. Eine rechts, eine links.

Ich werde so wütend über das unverschämte Verhalten meiner Pubertiere, dass ich sie am liebsten angerufen hätte, um ihnen mal ordentlich die Meinung zu sagen, wobei ich gar nicht wüsste, wen von beiden ich mir zuerst vorknöpfen sollte, und jetzt geht auch noch meine Mutter ans Telefon.

»Sarah-Kind, wo steckst du denn? Ich hab mir schon Sorgen gemacht. Ich wollte dir sagen, wann ich zu Besuch komme, und versuche dich schon die ganze Zeit zu erreichen.«

»Das habe ich gemerkt«, knurre ich, ohne ihr eine Antwort auf ihre Frage zu geben. Wenn sie nicht gerade was von mir will, ist es ihr doch auch egal, was ich mache. Und was ich mache, ist sowieso immer verkehrt.

»Was gibt's?«, frage ich in einem Ton, der deutlich macht, dass ich keine Lust habe, länger mit ihr zu sprechen.

»Ich wollte mich für den 23. Dezember anmelden. Ich komme um 14.41 Uhr mit dem ICE aus Hamburg an.«

Bedeutsames Schweigen in der Leitung. Eine unmissverständliche Aufforderung, sie am Bahnhof abzuholen, ganz gleich, ob das in meinen Terminkalender passt oder nicht. Schließlich gibt es für die Queen auch immer ein Empfangskommittee.

»In Ordnung«, sage ich, obwohl mir ein »Ich kann dich ja nicht dran hindern« auf der Zunge liegt. Wie gern hätte ich eine Mutter, mit der ich über die Trennung von Oliver reden könnte, die mich trösten und aufbauen und mir am Ende nicht noch Vorwürfe machen würde, dass ich meinen Mann vertrieben hätte.

Das würde ihr nämlich ähnlich sehen. Ausgerechnet ihr, die meinen Vater so unter der Knute hatte, dass er keinen Schritt ohne ihr Wissen gegangen ist. Andererseits hat er das auch mit sich machen lassen und sich nie dagegen aufgelehnt. Nur seinen letzten Weg, den hat er ganz leise angetreten, mitten im Schlaf, ohne ein Wort des Abschieds.

Am 18. Dezember jährt sich dieser Tag zum sechsten Mal, und seitdem meine Mutter ihn nicht mehr wie ein kleines Kind behandeln kann, versucht sie es wieder bei mir.

Ihr Besuch ist mir so angenehm wie der vom Staubsaugervertreter – wobei der sich wenigstens über meine Wollmäuse in den Ecken freut. Noch dazu ist meine Weihnachtsstimmung im Keller zu finden – irgendwo in der Kiste mit den Dekosachen, die ich längst mal hätte aufstellen sollen.

»Weihnachten«, sage ich zu meiner Mutter und spreche es aus wie ein Wort, das mir fremd geworden ist, »wird dieses Mal etwas anders sein. Vielleicht bin ich auch gar nicht da.«

»Kind, was redest du denn?«

Ich hole tief Luft. »Kann sein, dass ich in Finnland bin, vielleicht auch auf einer einsamen Insel, oder ich bin als Christkind mit dem Schlitten unterwegs. Alles möglich.« Und auf einmal erscheint mir letztere Möglichkeit sogar eine Alternative zu sein – alles besser, als meine Mutter im Haus zu haben.

Ich weiß ja auch noch gar nicht, wie ich sie unterbringen soll. Noch ist meine Couch belegt, und ich schlafe bestimmt nicht mit meiner Mutter in unserem Ehebett.

»Im Moment habe ich jedenfalls Besuch vom Weihnachtsmann.«

»Du und deine Scherze«, lacht meine Mutter säuerlich. »Also, dann sehen wir uns am Dreiundzwanzigsten.«

»Meinetwegen.« Ich spreche es zwar aus, doch in mir sträubt sich alles. Ganz gleich, wie Heiligabend für mich sein wird, ich will nicht, dass sie bei mir übernachtet. Das muss ich ihr jetzt irgendwie beibringen. »Mutter, hör zu, ich werde mich dieses Jahr nach einem Hotel für dich umsehen.«

»Keine Sorge, das habe ich schon übernommen. So explosiv, wie deine Laune vergangenes Weihnachten war, dachte ich mir, das ist besser so.«

Jetzt bin ich baff. Sie gibt mir die Schuld dafür, wie das letzte Weihnachtsfest verlaufen ist? Wer hat mich denn erst auf die Palme gebracht? Wer ist gemütlich den ganzen Tag durch München spaziert und hat Gänsekeule mit Knödeln liefern lassen, weil ich angeblich mit dem Weihnachtsmenü überfordert gewesen sei, und mir diese Überraschung aber erst serviert, nachdem ich das Vieh bereits im Ofen hatte? Und wer war am Ende beleidigt, dass das teuer gekaufte Essen liegen geblieben ist, weil meine Gans besser geschmeckt hat? Ich sage dazu nichts mehr außer: »Ja, ist wohl besser so.«

Nach einer kurzen Pause fragt meine Mutter: »Hast du deinen Vater mal besucht?« Allein an der Art, wie sie die Frage stellt, ist ihre unterschwellige Botschaft klar zu erkennen: Oder hast du es vergessen?

Doch wer den Weg in die Thalkirchner Straße zum Alten Südlichen Friedhof nicht findet, ist meine Mutter – schließlich seien die Tage in München immer viel zu kurz.

»Ich stelle ihm an seinem Todestag einen Weihnachtsstern aufs Grab, wie jedes Jahr«, entgegne ich. »Du musst mich nicht daran erinnern, nur damit du am Ende ein reines Gewissen hast.«

»Immer unterstellst du mir solche Sachen.«

»Weil ich dich kenne, Mutter.«

Plötzlich tippt mir jemand auf die Schulter. Ich zucke zusammen und wirble erschrocken herum. Der Anblick macht die Sache im ersten Moment nicht besser, und ich fasse mir ans Herz.

»Sekunde, bitte, Mutter«, sage ich zu ihr, weil sie irgendwas sagt, das mich aber sowieso nicht interessiert.

»Entschuldigung«, lacht Corinna, die immer noch aussieht wie Hänsel, nur ohne Kostüm. Wie viele andere Kollegen nimmt sie die Tonnen an Schminke erst zu Hause in Ruhe vom Gesicht. »Ich wollte dich nicht erschrecken, aber auch nicht grußlos an dir vorbeigehen.«

»Ich komme gleich nach«, sage ich halb zu Corinna, halb ins Telefon.

Corinna lächelt mir aufmunternd zu, macht drei Kreuze in die Luft und verschwindet dann im Schelling-Salon. Meine Freundinnen wissen, wie schlecht es um das Verhältnis zwischen mir und meiner Mutter bestellt ist, und wenn der Eindruck entsteht, dass ich kein gutes Haar an ihr lasse – dann ist der richtig.

»Hörst du mir gar nicht zu, Sarah-Kind?«, fragt sie und unterbricht dafür ihren Monolog.

»So ist es«, sage ich ohne Umschweife.

»Du bist ganz schön unverfroren, Sarah-Kind.«

Oh, wie ich dieses »Sarah-Kind« hasse, mit dem sie mich immer in die unterlegene Position zu drücken versucht, wie sie es bei meinem Vater geschafft hat.

Bei mir hatte sie nie eine Chance. Ich habe immer gegen sie rebelliert, und sie weiß auch genau, dass ich meinen Vater mehr geliebt habe als sie.

Das verzeiht sie mir bis heute nicht, und manchmal glaube ich, ihr übergriffiges Verhalten ist ihr verzweifelter Versuch, mich zu halten und meine Liebe sogar um jeden Preis zu erzwingen.

»Das könnte daran liegen, dass du so unverfroren bist und mich nicht mal fragst, ob ich Zeit habe, mit dir zu telefonieren, Mutter, geschweige denn, ob ich überhaupt will, dass du zu Weihnachten kommst.« Rumms. Jetzt ist es raus. Ich spüre, wie mir ein Stein vom Herzen fällt. Endlich habe ich mal wieder ausgesprochen, was mich belastet.

In den vergangenen Jahren bin ich immer auf ihrer Schiene mitgefahren. Ich dachte mir, es ist ja nur eine kurze Strecke, ein paar Tage zu Weihnachten, und schließlich hat sie ja auch ein Recht darauf, ihre Enkel zu sehen.

Dafür habe ich mich bis zur Schmerzgrenze verbogen, damit wir ein paar schöne Tage haben, die sie torpediert hat – und damit ist jetzt Schluss.

In den vergangenen Wochen habe ich so viel von meinem Rückgrat eingebüßt, dass ich für ihren nervenaufreibenden Besuch keine Kraft mehr habe.

Kann es tatsächlich sein, dass meine Mutter in der vergangenen Minute kein Wort gesagt hat?

»Bist du noch dran?«, frage ich.

»Mir fehlen die Worte. Was ist nur los mit dir, Sarah-Kind? Ich erkenne dich nicht wieder.«

»Das freut mich sehr«, sage ich und lege auf.

Puh, für heute reicht es definitiv an familiären Streitigkeiten, denke ich, überhaupt brauche ich das nicht in meinem Leben, aber ich kann mir auch nicht alles gefallen lassen.

Allerdings verzichte ich darauf, mich noch mal bei meinen Kindern zu melden. Die Funkstille wird uns guttun, beschließe ich, bis morgen früh haben sich die Gemüter wieder beruhigt.

Wenigstens herrscht im Schelling-Salon gute Stimmung. Mein Patient lässt sich gerade das nächste Bier bringen und prostet mir zu, erfreut, mich wiederzusehen. Er ist von zahlreichen Gästen umringt, die sich lachend und fasziniert seine Geschichten anhören.

Na, das kann ja noch ein heiterer Abend werden. Mit einem Weihnachtsmann und einem Hänsel war ich auch noch nicht unterwegs – und morgen früh soll ich wieder Patienten mit Liliputanern im Kleiderschrank behandeln. Da behaupte mal einer, mein Leben sei eintönig ohne Oliver.

»Da bist du ja wieder!«, empfängt mich Bea, während ich mich aus meiner Jacke schäle. »Dein Freund hat mir vorhin versprochen, dass er zu unserer Weihnachtsfeier ins Brauhaus kommt, das wird ein Spaß!«

»Ganz bestimmt!«, sage ich lächelnd und denke: Nur hoffentlich nicht auf meine Kosten.

Kapitel 7

*E*s ist Mitternacht, als Cornelius und ich das Lokal gemeinsam mit fünf Bier und einer Flasche Sekt verlassen. Intus, versteht sich.

Kichernd stehen wir Hand in Hand im Hausflur, bis ich endlich den Schlüssel ins Schloss bringe.

»Psst, leise …«, sage ich zu meinen Absatzschuhen, die ich mir polternd von den Füßen streife, und wieder verfallen wir ins Lachen. »Die Kinder schlafen.«

Und das tun sie zu meinem Erstaunen tatsächlich. Ich hatte sie in pubertärer Rebellion im Wohnzimmer vor dem Fernseher erwartet, doch ein kurzer Blick in die Zimmer zeigt mir, dass sogar dort die Lichter aus sind und kein Handydisplay mehr leuchtet.

Na also, denke ich zufrieden. Haben sie es eingesehen, dass der Abend mal ein Ende haben muss.

Cornelius scheint da anderer Meinung zu sein. Kaum dass auch er sich seiner Stiefel entledigt hat, zieht er mich in seine Arme und küsst mich.

Die Flasche Sekt in mir behauptet, ich könne gar nicht mehr nachdenken, sie habe mein Gehirn ausgeschaltet und ich solle einfach genießen.

Schon auf dem Heimweg hat Jeff Bridges mich immer wieder geküsst, und auch jetzt zieht es mir den Boden unter den Füßen weg.

Dennoch, der kleine Rest meines nüchternen Verstands lässt mich zögern, und ich löse mich von ihm, auch wenn es mir schwerfällt. Aber ich will nicht, dass etwas zwischen uns geschieht, das ich hinterher bereue.

Mein Weihnachtsmann scheint zu verstehen, nimmt meine Hand und lächelt mich im Halbdunkel des Flurs munter an.

»Ich kann jetzt noch nicht schlafen. Können Sie mir erklären, wie man diesen Film anschauen kann?«

Er zieht mich ins Wohnzimmer, wo ich die DVD neben den Fernseher hingelegt habe, die er im Einkaufsmarkt unbedingt haben wollte.

Nun gut, eigentlich keine schlechte Idee. Es gibt mir die Gelegenheit, mich an ihn zu kuscheln und den Abend ganz unverfänglich ausklingen zu lassen. Schlafen kann ich nämlich auch noch nicht.

Okay, es ist schon nach Mitternacht, zudem ist unverfänglich eher die falsche Vorstellung in diesem Zusammenhang, und grundsätzlich funktionieren meine Pläne eher selten, aber mit diesem Alibi kann ich den Teil meines Gewissens beruhigen, der noch nicht vergnügt im Sekt planscht und wo bereits beste Flirtlaune herrscht.

Mein Weihnachtsmann schaut mir gespannt zu, wie ich die DVD einlege und den Fernseher einschalte. Als ich ihm erklären will, wie die Fernbedienung funktioniert, nimmt er sie mir aus der Hand.

»Sie wissen, wie das geht?«, frage ich erstaunt.

»Ich lebe auf dem Korvatunturi, nicht hinterm Mond«, sagt er und lässt sich dabei auf die Couch fallen. »Da gibt es natürlich einen Fernseher, nur keinen, der so flach ist, und ich besitze auch kein Gerät, in das man diese silbernen Scheiben einlegen kann. Wozu auch? Ich komme nur sehr selten dazu, einen Film anzusehen.«

Und das genießen wir jetzt – wobei ich von der Handlung nicht besonders viel mitbekomme. Dafür umso mehr von seinen Zärtlichkeiten.

Ich habe meinen Kopf an seine Schulter gelehnt, das Dirndl gegen T-Shirt und Wohlfühlhose getauscht, meine Füße stecken in Kuschelsocken und sind zusätzlich in eine Decke eingehüllt, und ich fühle mich so entspannt wie schon lange nicht mehr.

Es ist, als ob er durch sein sanftes Streicheln über meine Haare einen Schalter in meinem Kopf umlegen kann. Jetzt wandern seine Finger über meine Schläfe und die Wange am Hals hinunter bis zu meinem Schlüsselbein.

Als er die kleine Grube dort berührt, durchrieselt mich ein wohliger Schauer, und ich gebe einen leisen Seufzer von mir.

Ob seine Hand gleich noch weiter wandert? Was tue ich dann? Wenn nur die Zweifel in mir endlich Ruhe geben würden. Vor allem geht mir Oliver nicht aus dem Kopf, und das ärgert mich besonders.

Obwohl ich äußerlich entspannt bleibe, merkt Cornelius sofort, dass ich nicht ganz bei der Sache bin, und lässt seine Hand ruhen.

In meinem Leben sind mir ja durchaus schon Männer mit Feingefühl begegnet, und Oliver ist zwar im Alltag mehr so der Typ Elefant im Porzellanladen, aber im Bett hat er schon immer das richtige Gespür für mich gehabt. Die Empathie von Cornelius ist jedoch irgendwie nicht von dieser Welt.

Nur warum muss ich ihn schon wieder mit Oliver vergleichen?

Oliver habe ich geliebt, mit all seinen Fehlern, und in diesen Jeff Bridges bin ich höchstens ein bisschen verknallt – hoffe ich zumindest. Alles andere würde nur zu Problemen führen, die ich nicht auch noch gebrauchen kann.

Er ist immer noch mein Patient, das darf ich einfach nicht vergessen. Wobei, so ganz offiziell ist er das nun auch wieder nicht. Strafbar mache ich mich damit also nicht. Und solange es ihm und mir dabei gut geht, kann daran nichts Schlimmes sein.

Cornelius hat sich unterdessen wohl für einen Moment mal wieder auf den Film konzentriert.

»So sollen die Werkstätten meiner Wichtel aussehen?«, fragt er erstaunt. »Ganz schön primitiv. So kämen wir ja nie zu Potte bei der massenhaften Produktion.«

Nachdem ich mit meinen Mädels bei unserem Kinoabend die Verfilmung von *Ready Player One* angesehen habe, frage ich mich in Anlehnung daran manchmal, ob mein Weihnachtsmann nicht auch ein Avatar sein könnte, der versehentlich in der realen Welt gelandet ist.

So wenig, wie ich zu der echten Person hinter seiner Maske durchdringen kann, scheint mir das gar nicht so abwegig zu sein, jedenfalls plausibler als die Story, dass er tatsächlich der Weihnachtsmann ist. Oder?

»Ich denke, das mit den Wichteln hat wohl mit unserer romantischen Vorstellung von Weihnachten zu tun.«

»Ganz ehrlich«, sagt Cornelius und richtet sich dabei ein wenig auf, »das, was ich bisher mitbekommen habe, hat nicht viel mit Romantik zu tun, sondern mit Konsum.«

Mein Blick ruht auf der Palette mit Schokoweihnachtsmännern in der Ecke zwischen Fenster und Fernseher.

»Nun ja«, beginne ich, obwohl ich nicht weiß, was ich entgegnen soll. Denn da gibt es ja tatsächlich nicht viel schönzureden.

Die arktisblauen Augen meines Rauschebarts sehen auf einmal sehr traurig aus. »Und ist es nicht so, dass die Menschen gar nicht an mich glauben?«

Ich horche auf. Cornelius beginnt sich selbst in seiner Rolle zu hinterfragen, das ist schon mal gut. Eigentlich wollte ich das Thema nicht anschneiden, aber es kann nicht schaden, ihn hin und wieder auf Fehler in seinem System aufmerksam zu machen, wenn er mich praktisch dazu auffordert.

»Es liegt wohl unter anderem daran, dass sich keiner vorstellen kann, wie Sie die vielen Geschenke alle ausliefern können.«

Im Grunde warte ich darauf, dass er wieder mit dem Christkind anfängt, doch das ist ausnahmsweise gar nicht sein Thema.

Hält er sich nur an unsere Verabredung, das nicht mehr zu erwähnen, oder kommt er tatsächlich von seinen Plänen ab?

»Wie ich so schnell sein kann? Wo waren diese Menschen denn im Physikunterricht? Lichtgeschwindigkeit. Ganz einfaches Prinzip.«

Ich lächle. »Wenn man sie als Mensch denn nutzen kann.«

»Mit einem Rentierschlitten schon … Ich möchte nur wissen, wo meiner abgeblieben ist.«

»Darum müssen wir uns wirklich dringend kümmern«, sage ich und meine es auch so.

Ich überlege, wie ich die Suche am besten in Angriff nehmen könnte. Vielleicht mal bei der Facebook-Gruppe München posten, ob jemand einen Schlitten mit Rentieren gesehen hat.

»Was sind eigentlich Ihre Vorstellungen von Romantik?«, fragt mich Cornelius unvermittelt und hält mich mit seinem Blick fest, sodass ich weder ihm noch der Frage ausweichen kann.

»Meine …« Überrascht muss ich erst mal nachdenken. »Na ja, so mit Kerzen eben, Mondschein, Kaminfeuer, ein Liebesbrief vielleicht, so was ist romantisch.«

»Es klingt ein wenig so, als würden Sie das nicht mögen.«

»Doch, schon, natürlich. Aber in den vergangenen Jahren kam die Romantik in meinem Leben eher ein wenig zu kurz, verstehen Sie? Ich weiß schon gar nicht mehr richtig, wie sich Romantik eigentlich anfühlt.«

»So vielleicht?«, fragt er, legt seine Finger wieder auf mein Schlüsselbein und fährt daran sanft entlang.

»Möglicherweise …«, sage ich leise und lächle.

Er schaltet den Fernseher aus, dann beugt er sich langsam zu mir und küsst mich wieder. Zuerst auf die Stirn, dann auf die Nasenspitze, und schließlich finden sich unsere Lippen.

»Oder so?«, haucht er.

»Das kann sein«, antworte ich atemlos.

»Oder besser so?« Er nimmt meine Hand und zieht mich sanft von der Couch hoch.

Irritiert folge ich ihm im Wohnzimmer bis vor den Kamin, wo er sich plötzlich vor mir verbeugt, mir einen Handkuss gibt und fragt: »Darf ich bitten?«

Er weiß nicht, wie man warmes Wasser aus der Leitung bekommt, er sagt, er hat keine Übung darin, wie man Frauen anspricht, aber er kann tanzen? Überrascht schmiege ich mich in Tanzhaltung an ihn. Weiß ich überhaupt noch, wie das geht? Das ist schon so lange her.

Mit seiner tiefen Stimme summt er eine Melodie, die ich zwar nicht kenne, und doch finde ich gleich im Takt die richtigen Schritte, weil er mich führt.

Er zieht mich noch näher an sich heran, legt meine Hand auf seiner Brust ab, und seine Finger erkunden meinen Rücken. Langsam wandert er die Wirbelsäule hinunter, und ich schließe die Augen, bewege mich in seinem Rhythmus, und es ist, also ob wir eins miteinander werden.

»So muss es sich anfühlen«, seufze ich, und mir kommen die Tränen, weil ich nach so langer Zeit zum ersten Mal wieder glücklich bin.

Zärtlich nimmt er mein Gesicht in beide Hände, hört dabei aber nicht auf, sich zu bewegen, und wischt mir die Tränen von den Wangen. Unsere Körper sind wie miteinander verschmolzen, nun gehen auch meine Hände auf Wanderschaft.

Seine Haut fühlt sich unglaublich weich an, und zugleich spüre ich seine kräftigen Brustmuskeln, als ich mich über den Ausschnitt in seinen Mantel vorwage.

Seine Hand gleitet in meine Hose zu meinem Po, und er presst mich fest an sich, sodass ich seine Erregung spüren kann.

Ich reibe mich an ihm und hätte mich ihm am liebsten vor dem Kamin hingegeben, aber ich bin trotz der Flasche Sekt noch vernünftig genug, mich mit ihm ins Schlafzimmer zurückzuziehen.

Und da soll er noch einmal behaupten, er wüsste nicht, wie man eine Frau verführt. Obwohl, ich glaube, er weiß es wirklich nicht. Er handelt nicht mit Berechnung, sondern nach seinem Gefühl.

Er hebt mein T-Shirt hoch, bewundert meine Brüste, knetet und liebkost sie ausgiebig, und irgendwann fällt mein BH zu Boden.

Wir bewegen uns langsam zum Bett hin, dort zieht er mir die Hose aus und macht sich dann genüsslich daran, meinen ganzen Körper mit Küssen zu bedecken, und mit jeder seiner Berührungen gibt er mir zu verstehen, dass er alle Zeit der Welt hat, mich zu verwöhnen, und ich mich fallen lassen soll.

Mit der Zunge umkreist er meinen Bauchnabel, und ich neige ihm intuitiv mein Becken entgegen, wieder und wieder, doch er will mein Verlangen noch mehr steigern und widmet sich wieder ausgiebig meinen Brüsten.

Meine Güte, woher kann dieser Kerl das? Wenn es bislang wirklich nur eine Frau in seinem Leben gab, dann war sie ihm entweder eine sehr gute Lehrerin, oder er ist ein Naturtalent.

Ungeduldig löse ich den Gürtel seines Mantels und streife seine Hose ab. Seine Männlichkeit habe ich ja schon unfreiwillig gesehen, aber das, was da nun im wahrsten Sinne des Wortes vor mir steht, übertrifft meine kühnsten Erwartungen.

Doch er entzieht sich meiner Berührung, denn er will mich weiter verwöhnen. Mit der Zunge kreist er über meinen Venushügel, nimmt dann meinen String zwischen die Zähne und befreit mich vom letzten Stück Stoff.

Merkwürdigerweise habe ich keine Scheu, vor ihm so dazuliegen, sein Blick sagt mir, dass er mich begehrt, genau so, wie ich bin.

Nun verwöhnt er mich an meiner empfindlichsten Stelle mit einer Hingabe, die mir den Atem raubt – bis die Explosion in mir nicht mehr aufzuhalten ist.

Danach schiebt er sich zwischen meine Beine, und als ich ihn in mir spüre, ist alles vergessen. Der Kummer der letzten Wochen, die Aufregungen der letzten Tage und die Frage, ob das alles richtig ist, was ich tue. Es fühlt sich richtig an, und mehr will ich jetzt nicht wissen. Einmal nicht nachdenken, nicht zweifeln, nur genießen.

Nach einer Weile liegen wir erschöpft nebeneinander, und Cornelius hat sich mir zugewandt.

»Frieren Sie?«, fragt er, als er über meinen Arm streichelt und dabei die Gänsehaut bemerkt, die nur das Ergebnis meiner wohligen Schauer ist.

Doch noch bevor ich antworten kann, deckt er mich sorgsam zu. »Möchten Sie, dass ich auf die Couch rübergehe?«

»Nein …«, sage ich leise und helfe ihm, sich das Kondom abzustreifen. Das hatte ich ihm bei aller Lust geschickt übergezogen – es sollen ja keine kleinen Wichtel entstehen. »Ich finde vor allen Dingen, dass wir uns duzen sollten.«

»Sehr gern«, antwortet er mir und lächelt mich an. Sein Blick verrät mir nicht, ob er verliebt ist, aber er ist in jedem Fall glücklich – so wie ich.

»Cornelius passt übrigens zu dir, ist ein seltener Name.«

»Ich bin ganz zufrieden damit.«

»Mir gefällt er wirklich«, bestätige ich mit Nachdruck.

»Das freut mich, etwas anderes ist mir auf die Schnelle nämlich nicht eingefallen.«

Ich stütze mich auf meinen Ellenbogen auf und schaue ihn mit gerunzelter Stirn an. »Wie meinst du das?«

»Erinnerst du dich, als wir mit Bea vor dem Gärtnerplatztheater standen und sie mich nach meinem Namen gefragt hat? Ich musste mir schnell etwas einfallen lassen, und dabei traf mein Blick auf das Straßenschild. Und da dachte ich …«

»Corneliusstraße!«, seufze ich und kann es nicht fassen. Da hatte ich geglaubt, wir wären endlich auf der richtigen Spur.

»Ist doch ein schöner Name – oder jetzt auf einmal nicht mehr? Du klingst nicht mehr so begeistert.«

»Schon gut«, sage ich ausweichend. »Ich habe gerade nur an morgen früh gedacht.« Und das stimmt auch. Da wird es mir nämlich so ergehen wie vor rund vierzehn Tagen. Nur mit dem Unterschied, dass dann nicht Sonntag ist und ich stattdessen arbeiten muss – und dass kein Weihnachtsmann vor meiner Tür steht, sondern in meinem Bett liegt.

* * *

Ich muss mich korrigieren, denke ich, als ich am nächsten Morgen vom Weckerklingeln aufwache.

Mein Kater ist auch wieder mit von der Partie. Den kann ich heute allerdings nicht pflegen, denn gleich startet das übliche Programm, und ich muss mich zusammenreißen, schließlich kann ich mich nicht schon wieder krankmelden.

Cornelius … nein, der Weihnachtsmann … falsch, mein Patient … nein, auch nicht, also jedenfalls dieses Bild von einem Mann schlummert noch selig vor sich hin, und ich beobachte ihn ein paar Minuten und denke an die vergangene Nacht.

In mir hat sich etwas verändert. Ich kann nicht beschreiben, was es ist, ich weiß nur, dass er der Grund dafür ist.

Als ich mich aus dem Bett schäle, wird Cornelius wach.

»Soll ich die Kinder wecken?«, bietet er mir an, selbst noch schlaftrunken.

»Das ist nett von dir, aber ich mache das schon. Ich würde dich übrigens gern weiter Cornelius nennen, wenn das für dich okay ist – ansonsten habe ich ein Problem.« Und das meine ich im doppelten Sinne.

»Meinetwegen«, nuschelt er und rekelt sich dabei. »Ach, hab ich gut geschlafen.«

Ich auch, denke ich. Schon lange nicht mehr so ruhig und entspannt. Zwar fühlt sich der Kater im Gesicht nicht optimal an, aber allemal besser als die schmerzhafte Keule, weil ich an Oliver gedacht habe.

Tatsächlich habe ich bis zu diesem Augenblick keinen Gedanken an ihn verschwendet, und für den Kater gibt's gleich eine Kopfschmerztablette zum Kaffee, dann hat sich die Sache auch erledigt.

Einen Haken hat die morgendliche Routine allerdings doch.

Meinen Kindern wird auffallen, dass der Weihnachtsmann nicht im Wohnzimmer ist, und sie werden nach ihm fragen. Dann kann ich ihnen wohl kaum sagen, dass er bei mir im Bett liegt.

Andererseits will ich sie keinesfalls anlügen, schließlich verlange ich auch von meinen Kindern immer Ehrlichkeit, das ist das höchste Gebot in unserer Familie.

Damit sie sich jedoch nicht überfahren fühlen, sollte ich in diesem Fall mit der Wahrheit besser in homöopathischen Dosen rausrücken.

Denn so locker, wie sie bei dem Gespräch in der Küche damit umgegangen sind, dass er mein Freund sein könnte, werden sie es dann wohl doch nicht aufnehmen.

»Vielleicht wäre es doch ganz gut, wenn du schon mal ins Bad gehen würdest, während ich die Kinder wecke«, sage ich zu Cornelius, der meinem Gedankengang sofort folgen kann und sich aus dem Bett schält.

»Lukas, aufstehen!«, rufe ich in das dunkle Zimmer, damit er wenigstens schon mal weiß, dass die Nacht vorbei ist, auch wenn er es nicht einsehen wird.

Dann gehe ich zu Lilly, wo ich leichteres Spiel haben werde. »Guten Morgen, mein Schatz!«, rufe ich betont heiter und mache das Licht an, was ich bei meinem Sohn nie wagen dürfte.

Huch, wo ist sie denn? Ihr Bett ist leer.

»Ist meine Tochter schon im Bad?«, rufe ich dem Weihnachtsmann zu, der gerade dorthin schlurft.

»Nein«, gibt er verwundert zurück. »Dort ist niemand.«

Ich seufze. Dann haben die beiden gestern doch noch lange irgendein Spiel gezockt, und Lilly ist bei ihrem Bruder auf dem kleinen Sofa eingeschlafen. Gegen Pubertiere ist einfach kein Kraut gewachsen.

»Lukas, wach auf! Ist Lilly bei dir?«, rufe ich, während ich sein Zimmer betrete.

Moment mal, er ist auch nicht da. Das gibt's doch gar nicht, wo sind meine Kinder?

Vielleicht schon in der Küche, wo sie sich mucksmäuschenstill verschanzt haben, um mir einen Schrecken einzujagen – so als kleine Rache für gestern Abend? Das würde zumindest zu ihnen passen.

Doch zurück im Flur sehe ich, dass ihre Schuhe fehlen. Habe ich mich vielleicht in der Uhrzeit vertan? Aber mein Handy kann doch nicht falsch gehen. Außerdem ist es draußen noch stockdunkel. Ein kurzer Blick auf die Wohnzimmeruhr sagt mir, dass ich richtig in der Zeit liege.

Sind meine Kinder etwa zu früh losgegangen? Das kann ich ja kaum glauben. Sie hätten mich doch bestimmt geweckt, außerdem ist mein Schlaf nicht so tief, dass ich die beiden nicht gehört hätte. Womöglich waren sie schon gestern Nacht nicht in ihren Zimmern, und ich habe es nicht bemerkt, weil ich nicht richtig nachgesehen habe.

Haben mich meine Kids etwa belogen und mir auf meine Nachricht hin gestern Abend nur weisgemacht, dass sie zu Hause sind? Sind sie stattdessen allein um die Häuser gezogen, und nun ist ihnen etwas zugestoßen?

Mich beschleicht ein ungutes Gefühl. Zuerst wähle ich Lukas und dann Lilly an. Keiner von beiden geht ans Handy.

Nun steigt Panik in mir auf.

Ich muss Oliver Bescheid geben, denke ich und hoffe, dass er wenigstens ans Telefon geht.

Um halb sieben ist er noch nicht wach, weil er immer erst später in der Redaktion anfängt, und es ist ein merkwürdiges Gefühl zu wissen, dass seine Neue neben ihm liegt, wenn ich ihn jetzt wach klingle.

Erstaunlicherweise geht er gleich dran. »Was gibt's?«

Das klingt gar nicht so verschlafen, wie ich erwartet habe. Aber ein »Guten Morgen« als freundliche Anrede oder selbst mein Name scheint ihm trotzdem zu lang zu sein.

Daran kann ich mich allerdings nicht aufhalten.

»Oliver, die Kinder sind weg«, platze ich heraus. »Vermutlich schon seit gestern Abend. Wir sind nach der Oper noch ausgegangen, und ich habe die Kinder allein nach Hause …«

»Und das fällt dir jetzt erst auf?«, unterbricht er mich.

Was soll ich ihm darauf antworten? Dass ich nicht genau nachgesehen habe, ob die Kinder wirklich in den Betten liegen, weil ich mit anderen Dingen beschäftigt war? Ich glaube, genau das will er mir unterschwellig vorwerfen.

»Meine Güte, unsere Kinder sind Teenies, da schaue ich nachts nicht mehr nach, ob sie auch gut zugedeckt sind. Außerdem haben mir die beiden noch eine WhatsApp geschickt, dass sie zu Hause sind. Ich kann doch nicht ahnen, dass sie mich angelogen haben.«

»Das haben sie auch nicht.«

»Woher willst du das wissen … Ähm, moment mal. Wie hast du das vorhin gemeint, ob mir das jetzt erst auffällt? Sind die Kinder etwa bei dir?«

»Ja.«

Die Schlichtheit, mit der er das sagt, lässt den Zorn in mir aufkeimen.

»Und warum hast du mir nicht Bescheid gesagt?«

»Weil die Kinder das gemacht haben.«

»Das ist gelogen!«, rufe ich.

»Umgekehrt. Du hast Lilly und Lukas belogen.«

Jetzt wird es mir zu bunt. Ich stemme meine freie Hand in die Hüfte, obwohl Oliver das gar nicht sehen kann. »Bitte was, ich glaube, ich bin im falschen Film. Was hab ich denn gemacht?«

»In der Küche liegt ein Zettel, den hast du offenkundig auch noch nicht gefunden.«

»Es ist mir ganz egal, was da draufsteht, ich will jetzt mit meinen Kindern sprechen.«

»Aber sie nicht mit dir.«

»Okay, dann sag ihnen, dass wir uns heute Nachmittag unterhalten, sobald sie von der Schule zurück sind.«

»Die Kinder wollen nicht zu dir zurück, und ich werde sie nicht zwingen.«

Huch, jetzt geht es aber ans Eingemachte. Natürlich, um mir eins auszuwischen. Das kommt Oliver doch gerade gelegen. Aber nicht auf dem Rücken der Kinder, indem er sie als Spielball und Druckmittel einsetzt.

»Lass jetzt den Mist, Oliver. Abgesehen davon habt ihr doch überhaupt keinen Platz, um die Kids aufzunehmen. Ich möchte jetzt Lilly und Lukas sprechen, die beiden sind um die Uhrzeit garantiert noch nicht zur Schule los.«

»Noch mal, Sarah, sie wollen nicht mit dir reden. Und wie kommst du darauf, dass hier kein Platz wäre? Kathy besitzt ein Haus mit einer Einliegerwohnung, und der Mieter ist gerade zum ersten Dezember ausgezogen. Dort können die Kinder jetzt wohnen. Zwei Zimmer, eigenes Bad, eigene Küche. Die beiden finden es perfekt.«

Das kann ich mir vorstellen, denke ich bitter. Mit der Küche können sie bestimmt nicht viel anfangen, mit unbegrenztem

WLAN und Netflix und nicht vorhandenen Regeln dafür umso mehr.

»Das letzte Wort ist noch nicht gesprochen«, entgegne ich.

»Für die Kids schon, Sarah. Sie sind sehr enttäuscht von dir. Lies den Brief. Ich habe sie nicht beeinflusst, es war allein ihre Entscheidung, mich gestern Abend anzurufen, und natürlich haben Kathy und ich sie gern aufgenommen.«

»Die beiden …«, frage ich stotternd, »wollen also wirklich nicht …«

»Nein.«

Nein. Dieses endgültige Wort bringt meine Welt ins Wanken. Tränen steigen in mir auf, nachdem ich wortlos aufgelegt habe.

Sie sammeln sich in meinen Augen, sodass ich Lillys schöne Schrift kaum mehr erkennen kann, als ich in die Küche gehe und das Blatt in die Hand nehme.

Hi Mum,
wir haben unsere Schulsachen und ein paar Klamotten mitgenommen und sind zu Dad und Kathy gezogen.
Du hättest uns sagen können, dass dieser schräge Typ dein neuer Freund ist. Wir haben dich ganz direkt danach gefragt. Dann hätten wir ihn wohl akzeptiert, so aber nicht. Und bevor du uns mit irgendwelchen Ausreden kommst, wir haben gesehen, wie du ihn in der Oper geküsst hast. Auch danach hast du mit ihm Händchen gehalten und gedacht, wir sehen es nicht. Deshalb wolltest du uns wohl nicht im Schelling dabeihaben. Fanden wir ganz schön mies.
Aber Schwamm drüber. Wir werden dir und deinem neuen Freund nicht im Weg rumstehen. Mit ihm hast du genug zu tun, bis du ihn wieder in der Spur hast.
Viel Spaß dabei, und mach dir keine Sorgen, bei Papa und Kathy geht's uns gut.
Lilly und Lukas

Fassungslos lese ich den Brief noch mal. Ich schwanke zwischen Wut und Traurigkeit. Das ist doch eine Überreaktion auf ein reines Missverständnis.

Missverständnis? Nein, so kann man das auch nicht nennen. Es ist schließlich alles nach Plan verlaufen, nur leider ist mein Plan scheiße gewesen. Aber wie soll ich das jetzt meinen Kindern erklären?

Erst jetzt sehe ich den Pfeil hinter Lukas' Namen und drehe das Blatt um. Dort steht noch eine Zeile, in seiner Handschrift.

PS: Bitte nicht traurig sein, okay, Mum? Ich hab dich immer noch lieb.

Nun fließen mir die Tränen haltlos über die Wangen.

»Bei allen Wichteln, was ist denn um Himmels willen passiert?«, höre ich den Weihnachtsmann hinter mir fragen.

Wortlos reiche ich ihm den Brief, und während er ihn liest, putze ich mir mehrfach die Nase und versuche, meinen Tränen Einhalt zu gebieten, was mir aber nicht gelingen will.

Ich habe mir doch geschworen, meinen Kindern mehr Zeit zu widmen, wir hätten alle zusammen noch einen netten Abend im Schelling haben können, und alles wäre ganz anders gekommen.

Mein Rauschebart schlägt die Augen nieder und lässt das Papier sinken. »Das ist meine Schuld«, sagt er leise.

»Nein«, entgegne ich energisch. »Es war ja meine blöde Idee, Oliver eifersüchtig zu machen. Nur: Wenn ich das meinen Kindern erkläre, bin ich erst recht unten durch.«

»Das stimmt.« Nachdenklich geht er in der Küche auf und ab, dann scheint er auf einmal eine Entscheidung getroffen zu haben und bleibt stehen. »Ich rede mit ihnen und sage ihnen, ich hätte nicht gewollt, dass sie so schnell erfahren, dass wir zusammen sind. Ich nehme die Schuld auf mich.«

Niedergeschlagen schüttle ich den Kopf. »Das ist sehr nett von dir, aber ich möchte mich nicht in noch mehr Lügengeschichten verstricken. Und ähm, wir sollten noch eine wichtige Sachen klären. Sind wir aus deiner Sicht jetzt zusammen?«

Wir stehen voreinander wie zwei Teenies, die in solchen Dingen keine Erfahrung haben. Ratlos hebt Cornelius die Schultern.

»Na ja, gestern Nacht waren wir jedenfalls allein. Da ging es nicht darum, Oliver unmittelbar eifersüchtig zu machen.«

An diesem Argument gibt es natürlich nichts zu rütteln. Wobei, wenn ich jetzt die Flasche Sekt und die fünf Bier ins Feld führen würde, sind wir nicht ganz allein gewesen, allerdings waren wir noch nüchtern genug, um zu wissen, was wir da tun.

Das zählt also auch nicht als Ausrede. Auf Facebook könnte ich meinen Status jetzt in »Es ist kompliziert« ändern, das würde die Sache wohl treffen, mir aber auch nicht weiterhelfen.

Wenn ich an die vergangene Nacht denke und Cornelius ansehe, schlägt mein Herz schneller. Doch Oliver hat dort auch immer noch seinen Platz. Und ich weiß, dass ich ihn nicht so schnell aus meinem Herzen verbannen kann.

Genauso werden mich in der Wohnung immer Dinge an ihn erinnern, selbst wenn er seine letzten persönlichen Sachen abgeholt hat.

Innerlich fühle ich mich längst noch nicht bereit für eine neue Beziehung, und ich hätte Bea von Anfang an darüber aufklären sollen, dass der Weihnachtsmann mein Patient ist und nicht mein neuer Freund – ganz gleich, was sie dann von mir gedacht hätte.

Und ich hätte Cornelius nicht küssen sollen. Es ist ja nur ein Spiel gewesen, und dennoch hat er mir den Kopf dabei verdreht.

Und wenn es ihm nun genauso ergeht? Es wäre fatal, wenn er sich in mich verliebt hätte und ich ihn in seinen Gefühlen verletzen müsste. Schließlich weiß ich, wie sehr er unter dem Verlust seiner großen Liebe gelitten hat.

Meine Güte, über das alles hätte ich auch etwas früher nachdenken können, aber die Vernunft und das Herz sind noch nie gute Freunde gewesen.

Leise ergreift Cornelius in mein langes Schweigen hinein wieder das Wort.

»Vielleicht sollten wir das zwischen uns langsam angehen lassen und nichts überstürzen. Ich weiß ehrlich gesagt nicht, ob ich bereit wäre, mich neu zu binden, auch wenn du mir sehr gefällst, aber ich habe zu viel Angst vor Enttäuschung. Und du musst ja auch erst mal wieder zu dir finden.«

Ich bin so erleichtert, dass ich ihn umarme. »Ich bin so froh, dass du mich verstehst.«

»Natürlich tue ich das. Denn so ein Leben mit mir auf dem Korvatunturi will schließlich gut überdacht sein.«

Ich seufze. Er ist eben doch mein Patient. Und in den habe ich mich ein kleines bisschen verliebt, glaube ich.

* * *

In den vergangenen drei Tagen hat Cornelius alles dafür getan, um mich vom Gedanken an meine Kinder abzulenken. Doch das gelingt ihm natürlich nicht. Sobald ich freihabe, gibt es keine Sekunde am Tag, in der ich nicht darüber nachdenke, ob sie zu mir zurückkehren werden, und nachts liege ich wach und führe stumme Gespräche mit Lilly und Lukas.

Wenigstens herrscht keine komplette Funkstille mehr. Lukas hat gestern zum ersten Mal auf meine Nachfrage reagiert, wie es ihm geht, und mir ein Selfie vom Eishockeytraining geschickt, und von Lilly kam ein neues musical.ly-Video – gedreht offenkundig in der neuen WG mit ihrem Bruder. Natürlich versuchte ich mir ein Bild von den Räumlichkeiten zu machen, in denen sich meine Kinder aufhalten.

So unordentlich, wie ich erwartet hatte, sah es gar nicht aus, nur auf dem Tisch hinter Lilly standen die Colaflaschen und Chipstüten herum.

Zähneknirschend verkniff ich mir eine Bemerkung dazu und schrieb ihr stattdessen, wie begeistert ich von dem Video wäre, und setzte noch ein Herz dazu.

Antwort bekam ich keine. Stattdessen heute ein neues Video. Ohne Kommentar von ihr.

Diese Form der Kommunikation muss ich momentan wohl akzeptieren, wenn ich überhaupt was von meinen Kindern hören will. Zwischen Oliver und mir herrscht seit dem letzten Telefonat Funkstille.

Für heute hat sich Cornelius in den Kopf gesetzt, die Wohnung ein bisschen weihnachtlich zu dekorieren, bevor wir am Abend zur Weihnachtsfeier ins Hofbräuhaus gehen.

Mir hätten die Schokoweihnachtsmänner ja vollauf genügt, aber er hat so lange auf mich eingeredet, bis ich ihm versprochen habe, nach meinem Dienst heute die entsprechenden Kartons im Keller zu suchen.

Er ist der Meinung, meine Kinder müssten es schön haben, wenn sie wieder zurückkommen. Da kann ich ihm nicht wiedersprechen.

Es gibt nichts Schöneres als Weihnachten bei der Familie, aber da es dieses Jahr keine Familie mehr gibt, hat bislang auch die heimelige Atmosphäre gefehlt. Nicht mal einen Adventskranz habe ich auf den Tisch gestellt, weil ich nicht sehen wollte, wie schnell Heiligabend näher rückt.

Aber Cornelius hat recht, es wird Zeit, alles hübsch zu machen. Andererseits glaube ich nicht daran, dass meine Kinder so schnell wieder zurückkommen werden.

Und bevor ich dann an Heiligabend allein dasitze, könnte ich natürlich auch als Christkind … Meine Güte, die letzten Wochen haben mich echt überfordert, nun übernehme ich schon das Gedankengut meines Patienten.

Ich ahne schon, dass die Bemühungen von Cornelius, mich in Weihnachtsstimmung zu versetzen, nicht ganz uneigennützig sind.

Das Thema Christkind hat er zwar kein einziges Mal mehr angeschnitten, aber natürlich entgeht mir nicht, dass er von Tag zu Tag nervöser wird. Seiner Arbeit geht er dennoch regelmäßig nach, und die dritte Palette ist nun auch schon fast verteilt – in meinen Magen und unter die Leute.

Sein Fleiß ist beachtlich, von Wind und Wetter lässt er sich nicht beeindrucken, und besonders bemerkenswert ist, dass er in den vergangenen Tagen nichts angestellt hat. Nicht mal unabsichtlich.

So langsam scheint er sich in der Welt tatsächlich wieder sicherer zu fühlen, und ich fange an, mich über diesen Erfolg zu freuen.

Eigentlich müsste er auch gleich von seiner Arbeit zurück sein, und wie aufs Stichwort höre ich es vor meiner Tür laut rumpeln. Anschließend ein Fluch von Cornelius.

Ich fürchte, ich habe mich zu früh gefreut. Was ist denn nun wieder los? Hoffentlich ist er nicht die Treppe runtergefallen. Nein, jetzt rumpelt es schon wieder, direkt vor der Tür.

Ich eile hin und öffne ihm.

Ich glaub, ich steh im Wald, denke ich, und mir fällt die Kinnlade runter. Besser gesagt stehe ich vor einer riesigen Tanne, die selbst im Netz noch die Türbreite ausfüllt und sich angesichts ihrer Höhe auch gut in einem Kaufhaus machen würde.

»Ganz schön sperrig, dieses Ding«, schnauft mein Patient und schleift den Baum hinter sich her ins Wohnzimmer. »Aber ein wunderschönes Exemplar, du wirst es gleich sehen«, fügt er hinzu.

»Moment mal, was soll ich denn damit in der Wohnung?«, rufe ich ihm hinterher.

Am Ende des Flurs hält er inne und schaut mich an, als sei ich jetzt die Patientin. »Aufstellen?«, fragt er, so als müsse er an meinem Verstand zweifeln.

»Aber doch nicht jetzt schon. Das machen wir in unserer Familie immer erst an Heiligabend. Seitdem die Kinder auf der Welt sind, haben wir den Baum immer erst …« Ich unterbreche mich. »Dort neben dem Kamin würde er, glaube ich, ganz schön aussehen.«

»Wundervoll«, befindet Cornelius, nachdem ich den Christbaumständer aus dem Keller geholt habe und die Tanne nun in ganzer Pracht an ihrem Platz steht.

Dafür musste zwar der Sessel weichen und auch das Sofa einen Meter gerückt, aber immerhin nicht die Decke durchbrochen werden – hätte ja auch nicht so schön ausgesehen, wenn die Spitze beim Nachbarn aus dem Boden kommt.

Dabei fällt mir auf, dass das Aufstellen ohne den üblichen Streit vonstattengegangen ist. Der Baum stand auf Anhieb gerade und an der richtigen Stelle. Beste Voraussetzungen eigentlich, dass aus uns ein Paar werden kann – definitiv aber sind wir ein gutes Team.

»Wo hast du diese riesige Tanne überhaupt her?«, frage ich, während wir den Schmuck auspacken.

»Von Vladi«, bemerkt er, so als ob das keiner weiteren Erklärung bedürfe.

Mich würde allerdings schon näher interessieren, wie er zu diesem Gewächs gekommen ist, vor dem ja selbst die Tanne auf dem Marienplatz aussieht wie zweite Wahl.

»Und wer ist Vladi?«

»Der Verkäufer natürlich. Seit einer Woche stehe ich neben seinem Platz mit den Tannenbäumen, weil ich da so heimatliche Gefühle bekomme, und habe meine Schokoweihnachtsmänner verteilt. Die Leute kamen wie immer in Scharen zu mir und haben sich natürlich auch seine Bäume angesehen. Heute meinte er freudestrahlend, er hätte in den vergangenen Tagen das Geschäft seines Lebens gemacht, und hat mir diesen Baum geschenkt.«

»Das ist ja toll!« Ich bin ehrlich beeindruckt.

Gedankenverloren stöbert er in der Kiste mit dem Christbaumschmuck und zieht prompt meine Lieblingskugel heraus. »Ja, aber weißt du was, so langsam macht mir der Job keinen Spaß mehr.«

Ein gutes Zeichen, denke ich. Er scheint sich mittlerweile in seinem Tun so sicher zu fühlen, dass er unterfordert ist.

»Brauchst du eine neue Herausforderung?«, frage ich hoffnungsvoll.

Er steigt auf die Küchenleiter und hängt die durchsichtige Kugel, in deren Innerem sich eine weiß glitzernden Dorflandschaft befindet, an einem sorgfältig ausgewählten Zweig auf und prüft kritisch den richtigen Sitz. »Nein, das ist es gar nicht. Die Leute sind so komisch geworden.«

»Wie meinst du das?« Ich krame in der Kiste und finde einen kleinen Weihnachtsmann als Solarfigur, der die Hüften wackeln und den Po kreisen lässt, kaum dass er ans Tageslicht gelangt ist. Keine Ahung, wo ich die überhaupt herhabe.

»Schau mal, der ist doch lustig.«

Cornelius beäugt erst sein zappelndes Ebenbild aus Plastik, gegen das jeder Wackeldackel wie eine ausgestopfte Trophäe wirkt, dann richtet er seinen Blick auf mich und verzieht dabei den Mund. »Nicht ganz mein Geschmack.«

»Meiner auch nicht. Darum dachte ich gerade daran, dass ich ihn gut beim Schrottwichteln mit auf den Haufen werfen könnte.«

»Wichtel werden hierzulande auf den Schrott geworfen?«, hakt er nach und vergisst, für die nächste Christbaumkugel einen Platz zu suchen.

»Nein, das ist ein alter Brauch. Ein geselliges Ereignis in der dunklen Jahreszeit. Dabei zu sein, will sich keiner entgehen lassen.«

Cornelius' Gesichtsfarbe macht auf einmal seinem Bart Konkurrenz. »Sie meinen ... Bei allen heiligen Wichteln ... Wie damals bei den Hexen ... Es gibt Scheiterhaufen, wo man Wichtel verbrennt?«

Beinahe hätte ich laut losgelacht. Wie gut, dass wir diese Sache noch vor der Weihnachtsfeier mit den Mädels klären können. »Keine Sorge, das ist nur ein witziges Spiel, bei dem man unliebsame Geschenke untereinander austauscht.«

»Und das soll witzig sein?«

»Warte es ab. Aber warum findest du, dass die Leute komisch geworden sind?«

»Na ja, ich kann das gar nicht so richtig erklären. Es ist die Stimmung. Die Menschen erscheinen mir immer unfreundlicher zu werden, gereizter, hektischer. Ein Foto mit mir muss sein, aber sobald ich mich mit ihnen unterhalten will, rennen sie weiter. Sie wollen gar nicht mehr wissen, was ich zu erzählen habe. Das war vor zwei Wochen noch anders.«

»Schon mal was von Vorweihnachtsstress gehört?«, frage ich.

»Allerdings. Normalerweise stehe ich um diese Zeit kurz vor dem Burnout, aber die Menschen sollten doch die Vorweihnachtszeit genießen können – warum haben sie denn Stress?«

Ich hebe die Augenbrauen, weil die Sache ja wohl auf der Hand liegt. »Weil sie jede Menge Geschenke besorgen müssen?«

Klirrend zerschellt eine rote Kugel auf dem Parkettboden, die der Weihnachtsmann gerade eben noch in der Hand gehabt hat. Regungslos starrt er mich von der Leiter herunter an. »Das heißt, die Menschen glauben gar nicht daran, dass ich die Geschenke bringe?«

»Ähm ... doch, doch«, sage ich schnell, weil ich merke, wie sehr ihn meine Antwort erschüttert hat. »Aber du bringst ja nur den Kindern die Geschenke.«

Stumm macht sich Cornelius daran, die Scherben einzusammeln.

»Warte«, rufe ich, »ich hole die Kehrschaufel.«

Als ich aus der Küche zurückkomme, sitzt er vor den Scherben, und sein Blick ist traurig in die Ferne gerichtet.

»Ich mache das«, biete ich ihm an, doch er nimmt mir den Besen aus der Hand.

»Schon gut«, sagt er tonlos und fegt die Scherben auf. »Es tut mir leid, dass ich die Kugel kaputt gemacht habe.«

»Nicht der Rede wert. Meine Lieblingskugel hast du ja schon als Erstes aufgehängt.«

»Das freut mich«, sagt er, und es klingt, als hätte ich einen Zahnarzttermin für ihn vereinbart.

»Wollen wir reden?«, frage ich.

»Nein«, entgegnet er knapp. »Ich möchte jetzt den Baum weiter schmücken. Das tut meiner Seele gut. Du kannst dich ja solange um den Rest der Wohnung kümmern.«

Ich widerspreche ihm nicht. Noch vor ein paar Tagen waren wir uns so nah, und nun komme ich nicht einmal mit Worten an ihn heran.

»Der Baum wird wunderschön«, sage ich nach einer Weile und werde nun auch ein wenig wehmütig. Wenn meine Kinder den jetzt sehen könnten.

Rote und weiße Kugeln, die schon in den vergangenen zehn Jahren aufgehängt wurden, aber noch nie hat eine geschmückte Tanne solch einen Zauber ausgestrahlt.

»So hast du auch länger was davon, wenn du an Weihnachten nicht da … Entschuldigung.« Er lässt die Hand sinken, mit der er gerade den Strohengel an der Spitze anbringen wollte.

»Es wird sich alles fügen, daran glaube ich fest«, sage ich, um ihm ein wenig den Druck zu nehmen. Doch ich habe das Gefühl, ihn kann gar nichts trösten, seit ich ihn mit meinem unbedachten Satz offenbar schwer desillusioniert habe.

Bisher war mein Patient ja eigentlich immer guter Laune, aber nun wirkt er so niedergeschlagen, dass ich befürchte, er könnte zusätzlich zu seinen Ängsten eine Depression entwickeln.

Traurig betrachtet er den Engel in seiner Hand. »Ehrlich gesagt, daran glaube ich bald nicht mehr. Die Zeit läuft mir davon, und ich merke doch, dass du immer noch nicht bereit bist, das neue Christkind zu werden. Und solange meine Rentiere nicht mit dem Schlitten auftauchen, kann ich nicht mal nach Hause.«

Er will zurück zu seiner Familie und weiß nicht, wie. Der Rentierschlitten ist dafür nur eine Methapher und sicherlich nicht zur Lösung seines Problems notwendig, sondern vielmehr die Adresse seines Zuhauses, das vermutlich in München oder im nahen Umland liegt und bequem mit öffentlichen Verkehrsmitteln zu erreichen ist.

»Nach Hause – das ist deine eigentliche Sehnsucht, oder?«, frage ich.

Cornelius steckt den Engel auf die Baumspitze und steigt von der Leiter. »Dir scheint es wirklich noch nicht klar zu sein, Sarah. Ich habe ein riesiges Problem, wenn ich meiner Famile sagen muss, dass ich das Christkind versehentlich umgebracht habe, und noch schlimmer wird es, wenn ich kein neues Christkind mitbringe. Aber wenn ich nicht rechtzeitig zurückkehre, wird es dieses Jahr überhaupt kein Weihnachtsfest geben.«

»Es ist nicht gut, wenn du dich jetzt so sehr da hineinsteigerst. Wir werden eine Lösung finden.«

»Damit versuchst du mich schon die ganze Zeit zu trösten. Dabei nimmst du mich gar nicht ernst.« Er macht eine kurze Pause. »Du glaubst auch nicht, dass es mich gibt. Du hältst mich für einen deiner Patienten.«

Ich überlege, was ich ihm darauf am besten antworten soll.

»Schon gut«, sagt er, »ich habe dich schon verstanden.«

»Ich möchte dir helfen«, sage ich nachdrücklich, denn es ist die Wahrheit.

Er zuckt nur mit den Schultern und macht sich daran, den unteren Teil des Baums zu schmücken.

Dabei kehrt er mir den Rücken zu und macht damit deutlich, dass er nicht weiter mit mir reden will.

Und ich kann ihn in seiner Verzweiflung so gut verstehen. Für mich ist der Gedanke an ein Weihnachten ohne meine Familie, ohne meine Kinder, unerträglich.

Während ich die Wohnung dekoriere, denke ich die ganze Zeit an Lilly und Lukas, und mich beschäftigt, wie ich dem vermeintlichen Weihnachtsmann helfen kann, sein Fest zu retten.

Die schnellste Hilfe für ihn wäre, seine Adresse ausfindig zu machen, und vielleicht könnte die Suche nach dem Schlitten doch der richtige Weg sein. Mein Anruf bei der Rentiervermittlung hat ja zu keinem Ergebnis geführt, aber dieser prächtige Schlitten muss ja auch irgendwo gebaut und von ihm gekauft worden sein.

Und wenn er sich daran nicht erinnern kann, müsste ich Oliver bitten, einen Artikel in den Münchner Merkur zu setzen.

»Also, ehrlich gesagt«, meint Cornelius unvermittelt, »finde ich deine Weihnachtsdekoration etwas befremdlich.«

Fassungslos drehe ich mich zu ihm um. Da zerbreche ich mir den Kopf über ihn, und er hat nichts Besseres zu tun, als an meiner Deko rumzumeckern?

»Was hast du bitte schön daran auszusetzen?«, frage ich mit leicht genervtem Unterton.

»Ähm, na ja, ich finde Osterhasen jetzt nicht so passend.«

Wo er recht hat, hat er recht. Ich habe den falschen Karton aus dem Keller geholt und das in meiner gedanklichen Abwesenheit beim Aufstellen der Sachen gar nicht bemerkt. Nun bevölkern Osterhasen meine Fensterbank, bemalte Eier liegen anstelle von

Christbaumkugeln in einer beleuchteten Schale und anstelle des Adventskranzes steht der Osterkranz auf dem Tisch.

Na ja, auch nicht schlimm, packe ich eben noch vier Kerzen drauf, und den Rest lasse ich auch so.

»Hauptsache, der Baum brennt«, sage ich, »und Ostern kommt sowieso wieder schneller als gedacht.«

Bis dahin schaffe ich es nämlich nie, die Weihnachtsdeko wegzuräumen, also können jetzt auch mal die Ostersachen schon stehen.

»Aber sag mal, Cornelius, welche Firma hat eigentlich deinen Schlitten gebaut? Vielleicht habe ich doch eine Idee, wie ich dir helfen kann.«

»Firma? Den habe ich selbst hergestellt. Vom Entwurf bis zur Lackierung.«

Wenn ich mir meinen neuen Badezuber vor Augen führe, hätte ich mir das eigentlich denken können. Diesen Ansatz kann ich also vergessen.

Aber so einen Schlitten baut man ja nicht, ohne dass es nicht wenigstens jemand aus seiner Familie oder der Nachbarschaft mitbekommt. Und wenn die das Gefährt anhand der Beschreibung wiedererkennen, hätte ich gewonnen.

Das ist einen Versuch und damit einen Anruf bei Oliver wert, auch wenn es mich Überwindung kostet.

»Was gibt's?«

Wird das jetzt echt zu seiner Art, so ans Telefon zu gehen? Eigentlich hatte ich mir vorgenommen, ganz freundlich und sachlich mit ihm zu reden, aber nun kann ich mir eine spitze Bemerkung doch nicht verkneifen.

»Erinnerst du dich eigentlich auch noch an meinen Vornamen?«

»Rufst du an, um mich das zu fragen?«

»Nein, aber du könntest ruhig ein bisschen freundlicher zu mir sein.«

»Ich bin bei der Arbeit, wie du dir denken kannst, und hab nicht viel Zeit. Also, was gibt's, Sarah?«

»Könntest du für morgen noch einen Artikel in der Zeitung unterbringen?«

»Die Konferenz war schon heute Morgen. Da muss ich den Chef fragen, und es kommt drauf an, wie viele Zeilen. Und worum geht's überhaupt?«

»Ich … Wir suchen, also es geht um den Schlitten … Also ich meine, nicht so einen Schlitten, mit dem man rodelt, sondern einer, mit dem man … also so einen richtigen Weihnachtsschlitten, weißt du.«

»Ich glaube, ich kann dir ungefähr folgen …«, sagt Oliver langsam. »Es geht also um den Weihnachtsschlitten von deinem neuen Freund, nehme ich an. Das scheint ja ein echter Freak zu sein. Und dieses Teil sucht ihr? Wie kann man so was verlieren?«

»Der Schlitten stand zuletzt vor der St.-Ursula-Kirche und wurde von dort entwendet.«

»Ähm, dann wäre es vielleicht sinnvoller, dein Freund würde bei der Polizei vorstellig werden und Anzeige gegen Unbekannt stellen. Macht man bei einem Diebstahl im Regelfall so.«

Sein belehrender Ton ärgert mich. »Das hier ist aber nicht der Regelfall. Ich weiß schon, warum ich einen anderen Weg gehen will.« Falls nämlich eine Anzeige gegen ihn wegen Erregung öffentlichen Ärgernisses oder gefährlichen Eingriffs in den Straßenverkehr vorliegt, dann kommen wir mit unserem Anliegen nicht mehr weit – vermutlich noch genau bis in die Psychiatrie.

»Aha. Gibt's ein gutes Foto von dem Schlitten, so als Aufmacher für den Artikel?«

Cornelius, der bei dem Gespräch zuhört, schüttelt den Kopf.

»Es gibt leider gar kein Foto.«

»Das ist schlecht, hat er sein Smartphone etwa auch noch verloren?«

»Cornelius besitzt keines.«

»Aaaah ja.« Ich höre an Olivers Stimme, wie er ihn gedanklich irgendwo zwischen Mars und Mond ansiedelt. »Na gut, also, was soll ich schreiben? Das muss doch auffallen, wenn jemand mit so einem Teil durch München fährt. Wundert mich überhaupt, dass sich nicht schon hundert Leute bei uns gemeldet haben. Und weshalb war er überhaupt bei der Ursula-Kirche? Gab es da eine Veranstaltung?«

»Nein, er ist da gelan… Er hat sich da nur zufällig aufgehalten.« Ich überlege fieberhaft, ob der Schlitten wirklich keine Räder oder so was an den Kufen hatte, aber ich kann mich nicht daran erinnern.

»Aha. Und wo kam er her?«

»Aus Nordost«, flüstert Cornelius mir zu.

»Die Leopold- und dann die Kaiserstraße entlang?«, frage ich leise nach und halte dabei meine Hand vor das Mikrofon. So weit müsste er mit den Straßennamen im nahen Umfeld mittlerweile vertraut sein, um mir das sagen zu können.

Mein Patient schüttelt den Kopf. »Himmelsrichtung. Oder glaubst du, nur weil ich einen Crash mit dem Christkind hatte, spiele ich Kamikaze in einer belebten Einkaufsstraße?«

»Also, was ist nun, ich hab nicht ewig Zeit«, drängt Oliver.

»Es ist ein fliegender Schlitten«, sage ich und kann dabei das Lachen am anderen Ende der Leitung schon hören.

»Willst du mich verarschen, Sarah? Bestimmt von Rudolph, dem Rentier, gezogen, oder was?«

»Genau.« Andere Infos habe ich leider nicht für ihn.

»Sarah, was soll das? Das ist jetzt nicht dein Ernst?«

»Doch.«

»Du hörst dich nicht so an, als ob du zu viel getrunken hättest. Umso mehr erschreckt mich das. Du solltest mal über deinen geistigen Zustand nachdenken.«

Gut, das klingt tatsächlich alles ziemlich irre. Abgesehen davon weiß ich selbst nicht mehr, was ich glauben soll, aber das gibt Oliver noch lange nicht das Recht, so eine Bemerkung fallen zu lassen.

»Spar dir solche Kommentare, Oliver.«

»Ganz, wie du willst. Es geht mich auch nichts an, dass du ganz offenkundig eine Liebesbeziehung mit einem deiner Patienten angefangen hast. Mit den beruflichen Konsequenzen wirst du leben müssen.«

»Er ist nicht mein Patient«, rufe ich. »Ich habe ihn nie in meiner Praxis behandelt.« Das ist die Wahrheit. Alles andere kann ich schlecht leugnen.

»Wie auch immer, ich halte mich da gern raus, was den neuen Mann in deinem Leben betrifft, nicht aber, was die Kinder anbelangt. Und solange dieser Typ bei dir lebt, werden Lilly und Lukas nicht in deine Wohnung zurückziehen.«

Oha, nun fährt er tatsächlich die ersten Geschütze auf. Ich kann es nicht fassen. Früher habe ich immer gedacht, falls Oliver und ich uns jemals trennen sollten, wird das niemals in einem Rosenkrieg enden.

Aber mein Ex-Mann hat soeben die Waffen gezückt. Wie paradox. Eigentlich müsste ich zur rachsüchtigen Ex-Frau mutieren und ihm die Kinder wegnehmen wollen.

Stattdessen stellt er die Weichen gerade in eine Richtung, die ich niemals von ihm erwartet hätte. Aber vielleicht steckt ja auch seine neue Freundin dahinter.

Nicht weil sie die Kinder um sich haben will, die sind schließlich bequem in die Einliegerwohnung abgeschoben worden, was ihnen auch noch als Vorteil verkauft wird. Nein, vielmehr glaubt sie wohl, wenn sie Oliver das Kriegsbeil gegen mich in die Hand drückt, kann er nicht zu mir zurückkehren.

»Hat deine neue Freundin dir den Floh ins Ohr gesetzt, die Kinder nicht wieder zu mir zu lassen?«

»Lass Kathy aus dem Spiel, genauso wie ich deinen neuen Freund rauslassen soll. Nein, das habe ich ganz allein beschlossen.«

Ich atme tief durch und ringe nach Worten. Normalerweise bin ich nicht auf den Mund gefallen, aber ich erkenne diesen Menschen am anderen Ende der Leitung nicht wieder, und das macht mich so sprachlos.

Aber nur im ersten Moment. »Das entscheidest nicht du allein, Oliver. Wenn du vorhast, mir die Kinder wegzunehmen, dann vergiss es. Ich werde um die beiden kämpfen. Schließlich habe ich auch noch das Sorgerecht.«

»Noch.«

»Oliver!«, rufe ich entsetzt. »Willst du mir tatsächlich drohen?«

»Ich habe es nur festgestellt. Und jetzt entschuldige, bitte, ich hab etwas anderes zu tun, als fliegende Schlitten zu suchen.«

Aufgelegt.

»Du zitterst ja«, bemerkt Cornelius, den ich an meiner Seite völlig vergessen habe.

Und ich bemerke erst jetzt, wie sehr mich das Gespräch mitgenommen hat. Auch meine Knie sind so weich, dass ich mich auf die Couch setzen muss.

Dort nimmt mich Cornelius in den Arm. »Ich bin das Problem, nicht wahr?«

Wenn es mir gerade nach Humor wäre, dann würde ich lachen und die Frage im Reflex bejahen.

Natürlich ist er das Problem, aber es wäre falsch, ihn dafür verantwortlich zu machen, dass Oliver sich so hochschaukelt.

Wenn meine Kinder Cornelius – oder wie immer sein richtiger Name ist – tatsächlich nicht akzeptieren, dann ist das etwas anderes. Aber wir reden doch gar nicht davon, dass er für immer bei uns bleiben soll.

Ich lehne den Kopf an seine Schulter und frage mich, wie er mir in seiner Situation trotzdem Kraft geben kann – denn das gelingt ihm.

»Es ist nicht deine Schuld«, tröste ich ihn. »Ich wollte Oliver eifersüchtig machen, und er zahlt es mir nun auf eine Weise heim, mit der ich nicht gerechnet habe.«

»Ich denke, er will damit von seinem eigenen Fehltritt ablenken.«

»Das würde zumindest besser zu Oliver passen. Fehler konnte er noch nie gut zugeben.« Nachdenklich betrachte ich den Tannenbaum, Szenen der vergangenen Weihnachtsfeste laufen vor meinem geistigen Auge ab. Lustige, traurige, ärgerliche und besinnliche Momente, die noch mal in mir aufleben. Kunterbuntes Familienweihnachten eben.

Cornelius nimmt meine Hand. »Ich werde alles in meiner Macht Stehende dafür tun, dass du Weihnachten nicht ohne deine Kinder verbringen musst«, sagt er, so als hätte er meine Gedanken gelesen.

»Ich denke, du willst aus mir ein neues Christkind machen?«

Er lächelt. »Das eine schließt das andere ja nicht aus. An Heiligabend bist du wieder zurück. Bis dahin muss alle Arbeit getan sein.«

* * *

»Ich hab's ja nicht so mit der Kirche«, bemerke ich, »aber ich würde gern noch vor der Weihnachtsfeier in die Frauenkirche gehen.« Nicht nur, dass ich mit dieser Kirche Heimat verbinde, hier sind auch meine Kinder getauft worden. »Ich möchte eine Kerze für meinen Vater anzünden, und vielleicht können ein paar Worte an den lieben Gott nicht schaden, damit er weiß, was ich mir wünsche.«

»Das ist eine gute Idee«, pflichtet mir Cornelius bei. »Ich weiß gar nicht, wann ich zuletzt in einer Kirche war, aber es gibt ja schon etwas, wofür ich Abbitte zu leisten habe.«

Warum bin ich nicht schon früher auf den Gedanken gekommen, ihn zur Beichte zu schicken? Das ist eine gute Idee und vielleicht sogar des Rätsels Lösung.

Der spätgotische Backsteinbau liegt unweit des Marienplatzes hinter Gebäuden versteckt, nur die beiden charakteristischen Haubentürme sind als Wahrzeichen der Stadt weithin sichtbar. Hoffnungsvoll ziehe ich die schwere Tür auf, und wir treten durch das Portal.

Verflucht, ich meine: Verflixt! Beichtzeit ist immer nur samstags von 16 bis 17 Uhr. Dafür sind wir fünf Minuten zu spät dran.

Aber vielleicht haben wir Glück, und der Beichtstuhl ist noch besetzt.

»Warum hast du es denn auf einmal so eilig?«, fragt der Rauschebart, als ich ihn ohne Ankündigung mit mir ziehe.

Wir kommen allerdings nur ein paar Schritte weit, dann bleibt er auf einmal stocksteif stehen.

»Der Teufel«, keucht er erschrocken. »Hier ist der Teufel anwesend. Nun bekomme ich meine Strafe. Ich wusste es!«

So plötzlich, wie er sich von mir losreißt und den Rückwärtsgang einlegt, kann ich gar nicht reagieren.

Dennoch kriege ich ihn am Ausgang zu fassen, weil er die Tür nicht schnell genug aufbekommt.

»Warte doch, Cornelius, keine Angst, hier ist nicht der Teufel unterwegs.«

»Und was ist das dann für ein Zeichen?« Er deutet auf den Boden der Eingangshalle, seine Hand zittert. Dort ist in einem goldgelben Pflasterstein ein steingrauer Fußabdruck zu sehen. »Da ist doch ein langer Fersensporn dran, eindeutig der Teufel!«

»Damit hast du vollkommen recht, aber …« Ich verkneife mir

ein Lächeln und nehme ihn bei der Hand. »Stell mal deinen Fuß auf den Abdruck, dann wirst du schon sehen, was es damit für eine Bewandtnis hat.«

»Sarah! Ich kann doch nicht in die Fußstapfen des Teufels treten!«

»Vertrau mir. Nur so wirst du es herausfinden.«

Vorsichtig setzt Cornelius seinen Schuh in den Abdruck.

»Und jetzt schau dich mal in der Kirche um. Hat sie Seitenfenster?«

»Nein«, verwundert er sich. »Aber so dunkel ist es doch hier drin gar nicht, wie kann das sein?«

»Es liegt an deinem Standort. Man sagt, als die Frauenkirche vor rund 500 Jahren erbaut wurde, hätte der Baumeister mit dem Teufel einen Pakt geschlossen, weil er sich mit dem dreischiffigen Bau der einhundert Meter langen Kirche überfordert sah. Für seine Hilfe forderte der Teufel die Seele des ersten Besuchers, und als der Tag gekommen war und Gläubige zum ersten Gottesdienst in die Kirche strömten, fragte der Teufel ärgerlich, wo sein versprochener Lohn bleiben würde. Doch der Baumeister blieb ruhig, führte den Teufel an diese Stelle, um ihm zu demonstrieren, dass seine Hilfe nichts wert gewesen sei. Schließlich würden in der Kirche die Fenster fehlen. Vor Wut schäumend, trat der Teufel so fest auf den Boden, dass dort bis heute sein Abdruck zu sehen ist.«

»Und diese Geschichte wird geglaubt?«, verwundert sich Cornelius.

»Warum nicht? Es ist eben eine alte Sage. Es gibt auch noch andere Varianten davon.«

»Also ich finde, was ich über mich erzähle, klingt plausibler – trotzdem glaubt keiner an den Weihnachtsmann.«

»So kannst du das jetzt auch nicht sagen«, wiegle ich ein wenig ab.

»Ach, wie schön, der Weihnachtsmann in der Kirche«, bemerkt eine ältere Dame, die neben uns stehen geblieben ist. Die gute Frau kommt mir wie gerufen, denke ich, und lächle sie an. »Nur dem Christkindl fehlt noch das Kleidchen, gell«, bemerkt sie augenzwinkernd und geht weiter zum Weihwasserbecken.

Wenn ich jetzt ausdrücken würde, wonach mir zumute ist, müsste ich wohl eine ganze Schüssel davon über mir ausschütten und mich auch noch zur Beichte anmelden.

Die lange Reihe der hohen, weiß gestrichenen Säulen gibt mir das Gefühl, selbst ganz klein zu sein.

Im Beichtstuhl ist tatsächlich noch ein Priester anwesend, und ich kann mein Glück kaum fassen. Irgendwie habe ich das Gefühl, dass er uns helfen kann.

Mein Patient scheint davon nicht überzeugt zu sein, oder besser gesagt: Er scheint überhaupt keine Ahnung zu haben, was er tun soll.

»Warum soll ich mich denn in einen Schrank setzen?«

»Hör mal, Cornelius, du gehst da jetzt rein. Da sitzt ein Mann hinter einem vergitterten Fensterchen, durch das du sprechen kannst.«

»Ach, ein Liliputaner?«

»Ein Priester. Er ist zu absoluter Verschwiegenheit verpflichtet und kann dir deine Sünden verzeihen. Du musst dir nur alles von der Seele reden, was dich belastet.«

Zweifelnd schaut der Weihnachtsmann zwischen mir und dem Beichtstuhl hin und her. Ich befürchte schon, dass er sich weigern will, doch dann atmet er tief durch, fasst sich ein Herz und öffnet die Tür.

Ich setze mich nervös in die Kirchenbank, schaue entlang der hohen, mächtigen weißen Pfeiler nach vorn zum Altar, komme mir dabei ganz klein vor und hoffe, dass meine Gebete vielleicht doch erhört werden.

Und je länger Cornelius da drin ist, desto mehr schöpfe ich Hoffnung. Was gäbe ich darum, jetzt eine Kirchenmaus zu sein. Ein bisschen kratzt es ja schon an meiner Ehre, dass er sich mir nicht geöffnet hat, aber Hauptsache, ihm kann geholfen werden.

Das dauert wirklich lange, er scheint sich tatsächlich alles von der Seele zu reden.

Endlich tritt er wieder aus dem Beichtstuhl, und ich springe auf. Ich versuche an seiner Miene abzulesen, was sich da drin abgespielt hat, doch er wirkt weder erleichtert noch übermäßig bedrückt.

»Ich habe ihm alles erzählt«, sagt er, als ich ihn erwartungsvoll ansehe, »wirklich alles. Ich habe ihm mein ganzes Herz ausgeschüttet.«

»Das ist ja wundervoll«, rufe ich, sodass es durch den Kirchenraum hallt. Erschrocken senke ich die Stimme. »Und wie geht's dir jetzt damit?«

Er zuckt mit den Schultern. »Ich weiß es nicht. Der Mann hat mir zwar zugehört, aber dann hat er gemeint, er könne mir nicht helfen.«

Das ist ja ein starkes Stück, denke ich. Hat man etwa einen Messdiener in den Beichtstuhl gesetzt? »Hat er dir nicht deine Sünden vergeben?«

»Doch, aber er meinte, ich sei ein Fall für den Psychologen. Da bin ich ja dann bei dir ganz richtig.«

Kapitel 8

$\mathcal{N}$ur ich bin wohl im falschen Film, denke ich, als wir durch die enge verschneite Albertgasse in Richtung des berühmtesten Brauhauses der Welt gehen, das vor fast 500 Jahren gegründet wurde und seit gut 400 Jahren – nomen est omen – am Platzl unter der Hausnummer 1 steht.

Wir kommen an einem historischen Gebäude mit hübscher gelber Fassade vorbei, dessen Schaufenster hell erleuchtet sind. Cornelius bleibt fasziniert vor den Delikatessen stehen, die dort ausgestellt sind. »Das sieht aber köstlich aus, was diese Wichtel hier fertigen.«

»Du könntest mir einen großen Gefallen tun, indem du arbeitende Menschen nicht als Wichtel bezeichnest – das kann durchaus als Schimpfwort aufgefasst werden.«

»Wie bitte?« Cornelius macht einen Schritt rückwärts, so entsetzt ist er. »Meine Wichtel haben einen so schlechten Ruf, und das, obwohl sie sich das Jahr über tagein, tagaus für die Menschen, Entschuldigung, den Arsch aufreißen und Geschenke fertigen?«

So echauffiert habe ich ihn auch noch nicht erlebt. Das scheint tatsächlich an einen Punkt zu rühren, der ihn empfindlich trifft.

»Ich weiß nicht, wie ich dir das richtig erklären soll …«

»Gib dir keine Mühe. Ich verstehe so langsam.« Er schaut an der Fassade hinauf in den Himmel. »Vielleicht sollte ich meinen Job mal überdenken. Scheint ja nicht mehr ganz zeitgemäß zu sein, und mit der Dankbarkeit ist es wohl auch nicht so weit her. Offenkundig werde ich nicht mehr gebraucht.«

Oha, das war ein ganz gefährlicher Gedanke. Eine Depression mit suizidalen Gedanken brauchen wir in seinem Zustand nicht noch obendrauf.

»Doch, doch, schau dich doch um. Man denkt an jeder Ecke an dich, überall sind Figuren von dir aufgestellt – man verehrt dich.«

»Na ja«, sagt Cornelius, und im Schein der Straßenlampe erkenne ich, wie sich seine Wangen ein wenig rot färben. »Das ist mir natürlich schon aufgefallen.« Er wirkt ein bisschen versöhnt, wenn auch nicht ganz überzeugt. »Aber ich mag es nicht, wenn die Menschen so rumlaufen wie ich.«

Ich erinnere mich gut daran, wie er sich mit seiner vermeintlichen Konkurrenz auf dem Weihnachtsmarkt angelegt hat, und nicke. »Das ist ja nicht böse gemeint.« Aber aus seiner Sicht natürlich verständlich, weil er sich in seiner Krankheit für den einzigen und vor allen Dingen für den wahren Weihnachtsmann hält.

»Mhm«, macht er und deutet über den Eingang des Hauses, wo wir stehen geblieben waren, auf eine steinerne Büste.

»Aber das sind doch zwei Wichtel.«

»Nein, das sind zwei Putten, die dem steinernen Kaufmann zur Seite stehen, der an die lange Tradition des Dallmayr-Hauses erinnert.«

»1912 ist in den Stein gemeißelt, das sind ja gerade mal hundert Jahre. Vielleicht sollte ich doch über eine Statue für mich nachdenken.«

Keinen Größenwahn, bitte, denke ich. »Das muss das Jahr sein, in dem das Denkmal dort angebracht wurde. Denn das Geschäft geht auf das Jahr 1700 zurück, das weiß ich noch von meinen Stadtführungen. Alois Dallmayr hat es als Kolonialwarenhandlung übernommen und verkaufte es um 1900 an die Familie Randlkofer, weil er keinen Nachfolger hatte. Mit im Preis inbegriffen war auch der begehrte Titel des Hoflieferanten. Schau, dieses steinerne Relief da an der Wand zeugt noch davon.«

»Das waren noch Zeiten«, seufzt Cornelius. »Da war die Welt noch in Ordnung.«

»Das stimmt so auch nicht. Denk mal an die beiden Weltkriege. Und Therese Randlkofer musste nach dem frühen Tod ihres Mannes die Geschäfte übernehmen, als Frauen noch nichts zu sagen hatten.«

»Therese Randlkofer?«, fragt der Rauschebart, so als hätte er den Namen einer alten Bekannten gehört. »Mit der hat sich das Christkind mal richtig in der Wolle gehabt. Die Dame war ganz schön geschäftstüchtig. Sie hat Hoflieferantentitel gesammelt wie andere Frauen Schuhe, und sie meinte, das Christkind würde ihr die Geschäfte verderben. Ich hab das nicht so ernst genommen, aber die ganze Misere fing wohl schon damals damit an, dass die Menschen uns ersetzbar gemacht haben.«

Ich atme tief durch. Vielleicht sollte ich meinen Beruf besser auch an den Nagel hängen und stattdessen lieber wieder Japaner und Chinesen durch die Stadt führen. Das wäre allemal nervenschonender, und man muss sich nur zwei Stunden lang mit ihnen beschäftigen.

»Lass uns mal zum Brauhaus weitergehen, sonst kommen wir am Ende doch noch zu spät …«

Prompt erreicht mich in diesem Augenblick eine Nachricht. Bestimmt fragt Bea, wo wir bleiben.

Ich schaue auf mein Handy und entdecke zu meiner Überraschung, dass Oliver sich gemeldet hat.

»Im Wald ist ein Weihnachtsschlitten gefunden worden«, schreibt er.

»Das ist ja fantastisch!«, rufe ich. »Cornelius! Warte! Dein Schlitten!«

Er bleibt mitten im Weg stehen und reißt ruckartig den Kopf herum. »Wo?« Aufgeregt dreht er sich um die eigene Achse, so als sei der soeben vom Himmel gefallen.

»Wo genau, frage ich Oliver gerade«, entgegne ich, während ich auf mein Handy tippe. Die Antwort kommt umgehend.

»Im Perlacher Forst. Leider ist der Schlitten nur noch Kleinholz.«

Ich traue mich gar nicht, die Nachricht vorzulesen, doch Cornelius steht längst hinter mir und schaut auf mein Handy.

»Ich schick dir mal die Fotos, die der Spaziergänger gemacht hat. Sein Hund hat die Kutsche abseits des Wegs am Fuße einer Böschung aufgestöbert«, schreibt Oliver, und kurz darauf sehe ich das Desaster.

Außer einer gebrochenen Kufe und einer halben Sitzbank hat dieser Haufen aus gold-weiß lackiertem Holz nichts mehr mit einem Schlitten gemeinsam.

Cornelius starrt auf die Bilder, in seinen Augen sammeln sich Tränen. »Jetzt gibt es keine Hoffnung mehr«, sagt er tonlos.

»Es tut mir so leid«, sage ich und meine das auch so. Ich bin wütend auf den Dieb, der mit diesem kostbaren Schlitten offenkundig durch den Wald gerast ist und ihn an einem Baum zu Kaminholz zerlegt hat.

Aber das Gute an der Sache ist, dass wir die Suche nach dem Schlitten nun abhaken können und Cornelius sich darüber Gedanken machen muss, wie er auf andere Weise – auf normalem Wege – nach Hause kommt.

Schlimm wäre nur, wenn sich jemand bei dieser Aktion verletzt hätte, unter Umständen sogar schwer, und sich Cornelius dafür auch noch die Schuld geben würde.

»Gibt es Verletzte?«, schreibe ich.

»Nein. Bislang überhaupt keine Spur von einem Täter. Die Polizei sucht noch zwischen den vielen Hufabdrücken nach verwertbaren Hinweisen.«

Ich wende mich an Cornelius. »Wir müssen deine Rentiere suchen.«

Der Rauschebart schüttelt den Kopf, der dabei tiefer und tiefer sinkt.

»Aber warum denn nicht? Ich kenne den Wald, der beginnt gleich hinter dem Tierpark Hellabrunn. Das ist zwar schon ein großes Gebiet, das zieht sich bis hinter die Bavaria Filmstudios, aber wir sollten es wenigstens versuchen, deine Tiere zu finden.«

»Wenn, dann müssen wir Pferde suchen.«

»Bitte was?« Fängt er wohl gleich auch noch an, von Einhörnern zu reden?

Er schüttelt noch immer den Kopf. »Mein Schlitten ist rotgold, wenn du dich erinnerst …«

»Ach du Sch…«, entfährt es mir. Ich starre meinen vermeintlichen Patienten an. Das würde ja bedeuten, er hat tatsächlich das Christkind … Und dann ist er der echte Weihnachtsmann. Nein, das glaube ich jetzt nicht. Das kann gar nicht sein.

Erst mal logisch denken. Er will sein Umfeld und vor allem mich unbedingt von seiner Welt überzeugen, damit er sich nicht mit der Realität auseinandersetzen muss, die ihm aus irgendwelchen Gründen zu grausam ist.

Also tut er auch alles dafür, zum Beispiel diesen Kutschunfall inszenieren. Hab ich nicht gerade selbst die Filmstudios erwähnt? Für die ist es doch kein Problem, so eine Szene zu bauen. Entweder verfügt mein Patient doch über das notwendige Kleingeld für so einen Auftrag, oder er hat Beziehungen dorthin.

Es könnte aber auch sein … Plötzlich fällt bei mir der Groschen. Jetzt passt alles zusammen. Er gehört zur Geschäftsführung der Bavaria Filmstadt, darum ist dieser ganze Aufwand für ihn kein Problem gewesen.

Auch die Wichtel passen ins Bild. Techniker, Bühnenbildner, die Büromitarbeiter, ein Film, der auf den Punkt fertig sein muss, viel Druck, unglaublich viele Menschen, und das alles ist ihm über den Kopf gewachsen.

Aber warum ist dann die Polizei mit im Spiel? Oder sind das nur Schauspieler? Bin ich etwa die ganze Zeit Teil eines Films und weiß es nur nicht? Wobei ich mir eher wie bei der versteckten Kamera vorkomme.

Mein Patient spielt seine Rolle jedenfalls sehr gut, das muss ich ihm lassen, wenn auch wahrscheinlich ungewollt. Es könnte auch sein, dass er im wahren Leben Schauspieler ist, das läge bei seinem Aussehen nicht fern.

Während ich herumrätsle, steht Cornelius mit gesenktem Kopf im Schein der Straßenlaterne vor dem Schaufenster. Er wirkt so abwesend, so weit weg, als stünde nur noch die Hülle seines Körpers vor mir.

Ich sollte nicht unterschätzen, wie sehr ihn diese Nachricht getroffen hat, auch wenn das meiner Ansicht nach alles nicht real ist. In seiner Welt hat er gerade Bilder gesehen, die ihm seine grausame Schuld unausweichlich vor Augen geführt haben.

»Möchtest du lieber nach Hause gehen?«, frage ich ihn.

»Was soll ich da?« Er schaut mich an, und jetzt ist sein Blick ganz klar. »Ich wusste es ja schon die ganze Zeit, ich muss seit bald zwei Wochen mit dem Gedanken leben, dass ich das Christkind umgebracht habe. Gerade eben habe ich nur die Gewissheit bekommen.«

Damit ist noch lange kein Beweis für diese Christkindstory erbracht. Einen Haufen Holz gibt es in jedem Baumarkt zu kaufen. Auch sollte er sich jetzt nicht so in diese Endgültigkeit hineinsteigern.

»Vielleicht gibt es ja noch Hoffnung«, versuche ich ihn ein wenig aufzubauen.

»Hast du dir die Bilder nicht richtig angeschaut? Da lag Schnee auf den weißen Brettern. Das Christkind ist vor zwei Wochen abgestürzt, selbst wenn es nur schwer verletzt wurde, kann es diese Zeit nicht überlebt haben. Aber es stimmt schon, wir sollten versuchen, die Leiche zu finden, damit es wenigstens ein würdiges Begräbnis erhält. Oder vielleicht können wir wenigstens die Pferde einfangen. Das bin ich den Tieren und nicht zuletzt dem Christkind schuldig. Nur heute ist es schon zu dunkel.«

»Wir beginnen gleich morgen Vormittag mit der Suche.« Ich bin dazu bereit, weil mich nicht zuletzt die Hoffnung antreibt, dass bei ihm durch die Konfrontation vor Ort die richtigen Erinnerungen wiederkehren.

Besonders würde mich interessieren, wie er reagiert, wenn wir in die Nähe der Filmstudios kommen.

»Ich könnte morgen auch mal bei der Bavaria Film anrufen, ob sie vielleicht die Tiere gesehen haben«, sage ich forsch und beobachte ihn dabei ganz genau. »Oder vielleicht weiß sonst jemand etwas mehr über den Unfall.«

Cornelius macht eine vage Geste und hebt die Augenbrauen. »Einen Versuch ist es wert. Können wir jetzt bitte reingehen. Ich brauche dringend ein Gerstenkorn.«

»Du meinst Gerstensaft, also Bier«, sage ich, während ich die Flügeltür aufziehe und uns ein Lärmpegel entgegenschlägt, gegen den ein Kindergeburtstag eine Versammlung von Schweigemönchen ist.

Angesichts des kunstvoll bemalten Kreuzgewölbes und der dicken Säulen im Raum fühle ich mich tatsächlich jedes Mal wie in einem Kloster, nur mit dem Unterschied, dass anstelle des Altars ein Podest gebaut wurde, wo eine Blaskapelle aufspielt und die Frömmigkeit angesichts der weltlichen Genüsse höchstens noch als goldene Zierde um den Hals hängt.

»Mir egal, Hauptsache, Gerste«, sagt Cornelius, und ich habe Mühe, ihn zu verstehen, während wir auf der Suche nach Bea die Tischreihen entlanggehen und dabei auf Japaner mit Gamsbarthüten treffen, die sich ein Brathendl mit Kartoffelsalat schmecken lassen.

Bis vor wenigen Minuten habe ich noch nicht mal Appetit verspürt, jetzt knurrt mir der Magen.

»Da seid ihr ja!«, ruft es plötzlich von der Seite.

Bea steht an dem Tisch in der Nähe des legendären Bierkrugtresors, wo sich bereits meine weiteren Freundinnen mit ihren Männern versammelt haben.

Corinna winkt uns gleich freudig zu. Fünf weitere Augenpaare betrachten uns mit unverholener Neugier. Sabine und Rose stellen sich mit ihren Partnern Frank und Jan vor. Corinnas Mann Tim grüßt ebenfalls, der sich mit Oliver immer ganz gut verstanden hat, auch wenn die beiden sonst keinen Kontakt hatten. Und ich weiß genau, was er denkt: Na, das ging aber schnell.

An den Blicken meiner Freundinnen lese ich ab, dass sie Cornelius ziemlich attraktiv finden.

Cornelius hingegen ist offenkundig nicht ganz bei der Sache, selbst Corinna gibt er nur verhalten die Hand, obwohl er sich an dem Abend im Schelling noch ganz angeregt mit ihr unterhalten hat.

Das mag mit seiner Niedergeschlagenheit zusammenhängen, noch dazu überfordern ihn vielleicht die vielen Eindrücke. Möglicherweise erkennt er Corinna ohne Bühnenschminke auch gar nicht wieder.

Es könnte aber auch daran liegen, dass das Brauhaus soeben um eine Attraktion reicher geworden ist. Sämtliche Handykameras sind auf uns gerichtet. Ein Weihnachtsmann im Brauhaus, dieses Ereignis wird sich definitiv in den nächsten Sekunden bis nach Fernost herumsprechen.

Cornelius mag dieses Rampenlicht ja gewohnt sein, aber mein Ding ist es nicht. Außerdem finde ich diese Aufmerksamkeit vor meinen Freundinnen ziemlich peinlich.

»Ich hole mal eben meinen Maßkrug aus dem Tresor«, beschließe ich, um mich hinter einem von drei mannshohen

Aufbauten wie hinter einer Wand zu verschanzen, wo hinter Gittern in nummerierten Fächern die Bierkrüge der Stammgäste lagern.

Natürlich bin ich weit davon entfernt, mich als Stammgast bezeichnen zu können, aber Bea hat dafür gesorgt, dass wir Mädels je eines der begehrten 616 Fächer zugewiesen bekamen, während rund 3500 registrierte Stammgäste auf einen Platz warten.

Selbst Cornelius ist die große Bühne gerade nicht mehr angenehm, und er folgt mir, als wollte er sich auch verstecken. Vielleicht war es doch keine gute Idee, gerade diese Form der Ablenkung nach dem Schock zu wählen, weil zu viele neue Eindrücke auf ihn einstürmen.

»Alles so weit okay mit dir?«, frage ich und muss mich zu ihm rüberbeugen, damit er mich zwischen Trompeten, Geschirrgeklapper und Stimmengewirr überhaupt versteht, während er interessiert die verschiedenen Bierkrüge begutachtet.

»Ablenkung tut gut, ja. Im Moment kann ich sowieso nichts tun.« Cornelius deutet auf das Schild mit der Nummer 124. »Stammgast seit 1949«, liest er vor.

»Ganz schön lange«, füge ich hinzu.

»Er kommt nur leider seit 2012 nicht mehr«, höre ich Bea hinter uns sagen. »Normalerweise werden die Fächer nach dem Tod eines Stammgasts ja neu vergeben, aber in diesem Fall haben wir eine Ausnahme gemacht und ihm so ein kleines Denkmal geschaffen. Für mich ist er wie ein zweiter Vater gewesen, und er hat mir oft zugehört, als meine Eltern während meiner Pubertät anfingen, schwierig zu werden.«

Prompt muss ich an meine Kinder denken. Wenn sie erahnen könnten, wie sehr ich sie vermisse.

Wenigstens muss Oliver durch den Fund des Schlittens verstanden haben, dass ich noch im Vollbesitz meiner geistigen Kräfte bin. Noch.

Morgen werde ich ihn anschreiben und um ein Treffen bitten, denke ich, während ich meinen Schlüssel aus der Handtasche fische und meinen Bierkrug aus dem Fach hole.

Die erste Weihnachtsfeier, bei der Olivers Krug in seinem Fach bleiben würde. Daran werde ich mich wohl gewöhnen müssen, aber ich hoffe inständig, dass er einem Treffen zustimmt, bei dem wir in Ruhe und unter vier Augen sprechen können, ansonsten erkenne ich Oliver überhaupt nicht mehr wieder.

Ich bringe meinen Krug zum Spülen an die Theke, wie es das übliche Prozedere ist, und Cornelius folgt mir. Von seiner Unbefangenheit, die er im Schelling an den Tag gelegt hat, ist nichts mehr vorhanden.

»Habt ihr eure Geschenke schon in die Mitte gelegt?«, fragt Bea, als wir auf dem Weg zurück zum Tisch sind.

Ich greife in meine Handtasche, um den in Zeitung eingepackten Wackelweihnachtsmann herauszuholen.

Erst in diesem Moment fällt mir auf, dass ich mit Cornelius gar nicht mehr weiter über diesen Brauch gesprochen habe, doch zu meiner Überraschung legt er ebenfalls ein flaches Päckchen auf den Tisch, genau wie meines in Zeitung eingepackt.

Offenkundig hat er mich beobachtet und sich dem Brauch angeschlossen – schon mal ein gutes Zeichen seiner Bereitschaft, sich wieder in unsere Welt zu integrieren.

Kaum sitzen wir am Tisch, bringt die Bedienung im hübschen Dirndl die Speisekarten und kurz darauf das Bier.

Bea entschuldigt sich, dass sie noch mal kurz ins Büro müsse, dann würde sie sich auch zu uns setzen. Als wir damals mit den Mädelsabenden angefangen haben, war daran noch nicht zu denken. Beas Tochter war kaum geboren, da lief sie schon wieder zwischen Büro, Küche und Schwemme hin und her.

Mittlerweile hat sie ganz gut gelernt, sich auch mal entbehrlich zu machen, sodass die Mädelsabende jenseits ihrer Arbeitsstelle mit Prosecco stattfinden können. Die Weihnachtsfeiern aber halten wir traditionell im Hofbräuhaus ab – da bestehen schon allein die Männer drauf.

Meine Freundin Rose hat tausend Fragen an Cornelius auf den Lippen, das sehe ich ihr an, und sie ist genau wie Bea auch sonst nicht auf den Mund gefallen, aber im Angesicht von Cornelius verwandelt sie sich gerade in ein schüchernes kleines Mädchen.

Sie murmelt etwas von Samstagsdienst und einem harten Tag, weil sie als Tierärztin gerade noch einmal in den Zoo gerufen wurde, wo auch ihr Mann arbeitet. Der hat allerdings den leichteren Job, weil er beim Tierpark Hellabrunn in der Verwaltung sitzt.

Sabines Mann ist Banker, ihm scheint der Anzug auf den Leib gewachsen zu sein, und ich glaube, er ist ganz froh, heute mal in der Runde nicht so aufzufallen, in der normalerweise nur Jeansträger sitzen.

»Wo habt ihr euch eigentlich kennengelernt?«, prescht Sabine in ihrer direkten Art vor. Berührungsängste kennt sie nicht. Sie jobbt in einer Bar, macht ihren Kindern und Frank morgens noch das Frühstück und legt sich dann ins Bett.

Beim Wort Nachtleben müsste im Duden eigentlich Sabine als Synonym stehen, und sie ist mit Frank der lebende Beweis dafür, dass Gegensätze sich anziehen.

»Ich stand eines Morgens vor ihrer Tür«, sagt Cornelius und vertieft sich dann wieder in die Speisekarte.

»Das ist ja lustig«, lacht Sabine.

Nun ja, denke ich, darüber kann man geteilter Meinung sein.

»Ach, dann bist du Postbote«, schlussfolgert Rose, die sich offenbar etwas akklimatisiert hat und nun auch gern mit meinem Rauschebart warm werden will. »Super Outfit dafür!«

»Ja, ich bringe die Geschenke – hoffentlich auch dieses Jahr pünktlich.«

»Deinen Stress möchte ich nicht haben, Respekt«, sagt Corinna.

Cornelius' Mundwinkel zucken unter einem kurzen Lächeln.

»Habt ihr eure Geschenke schon alle zusammen?«, fragt Jan, der als Steuerberater seine Auswahl sicherlich wieder nach steuerlicher Absetzbarkeit getroffen hat.

Darüber hat er uns vergangenes Jahr nach der vierten Maß noch einen ernsthaften Vortrag gehalten, den wir mit unserem Promillegehalt allerdings nur noch mit Lachtränen würdigen konnten. Vor allem, als Oliver nachfragte, ob man auch seine Ehefrau steuerlich als außergewöhnliche Belastung angeben könne.

Damals habe ich mitgelacht, weil ich wusste, dass es ein Spaß ist. Bald nicht mehr. Dann kann Oliver nämlich den Unterhalt für mich als Ex-Frau dort eintragen lassen.

Keiner, und ich am allerwenigsten, hätte vermutet, dass Oliver und ich uns trennen würden. Wir galten immer als das Traumpaar. Aber so ist das eben mit den Etiketten. Die können veralten, kleben aber auch nach Jahren immer noch fest, sodass man sich mit dieser Auszeichnung zu sicher fühlt.

»Also, ich hab schon alle Geschenke«, sagt Tim, der Mann von Corinna, mit unüberhörbarem Stolz. In unserer Gruppe ist er als kreativer Kopf einer Werbefirma bislang dafür bekannt, am 24. Dezember noch in wohlüberlegter Spontaneität durch die Stadt zu rennen, weil Weihnachten immer so plötzlich kommt.

»Wie kann das denn angehen?«, horcht Cornelius auf, und die Gruppe lacht, weil sein Kommentar so gut passt, nur ich erahne den Grund für sein Erstaunen.

»Woas derf i Eana bitt schee zom Essa bringa, die Herrschaften?«, fragt die Bedienung im blauen Dirndl.

Sabine bestellt sich den Spanferkelbraten mit Kartoffelknödeln, ihr Mann nimmt den Brotzeitteiler mit Obazda und Presssack, Rose wählt den großen Salatteller ohne Speck und Jan die Kässpätzle. Corinna entscheidet sich für eine Surhaxe mit Sauerkraut und ihr Mann für ein Bierbratl mit Bayerisch Kraut. Ich ordere im Hinblick auf meine Figur die Kartoffelsuppe und einen kleinen Salat – damit die Dampfnudel mit Vanillesoße zum Nachtisch noch reinpasst.

»Und Ihnen, Herr Weihnachtsmann?«, fragt die Bedienung.

»Kennen wir uns?«, fragt Cornelius verwundert.

»Ned dass i wüsst, warum?«, gibt sie ebenso irritiert zurück.

»Weil Sie mich beim Namen genannt haben.«

Die Bedienung lacht. »Stimmt. Also, woas derf i Eana brenga, bitt schee?«

»Haben Sie keinen Fisch?«, fragt Cornelius und schaut währenddessen noch einmal in die Karte, so als könne er ihn doch irgendwo übersehen haben.

Frank, der gerade aus seiner Maß getrunken hat, verschluckt sich so vor Lachen, dass ihm Sabine auf den Rücken klopfen muss.

»Nein, leider nicht«, lacht die Bedienung, »aber dafür viele leckere Schmankerl.«

»Dann nehme ich die.«

»Sie müssen sich schon entscheiden«, sagt die Bedienung mit einer leicht aufkommenden Unruhe.

»Die Schmankerl, die haben Sie mir doch soeben empfohlen.«

Ich beuge mich zu Cornelius rüber. »Das bedeutet allgemein Köstlichkeiten. Sie können sich was davon aussuchen.«

Die Situation ist so angenehm wie mit einem Kleinkind, das einfach nur Pommes haben will. Die gibt es nämlich auch nicht auf der Karte.

»Ein Schweinewammerl vielleicht, rcsch gebraten, mit Blaukraut dazu und Semmelknödel?«, schlägt die Bedienung vor.

Unschlüssig hebt Cornelius die Schultern. »Ich hab noch nie Schwein gegessen.«

Erstaunen in der Runde. Bis mein Patient weiterspricht. »Nur Schneehase – und Rentier, wenn es sein muss.«

Wieder lachen alle.

»Oder nehmen Sie die Wollwürstl, auch sehr lecker«, versucht es die Bedienung weiter.

»Aus Wolle? Ist das nicht sehr fusselig beim Kauen?«, fragt Cornelius in vollem Ernst.

Rose hält sich kichernd die Hand vor den Mund, und Sabine kriegt sich gar nicht mehr ein, sodass sie sich abwenden muss.

Die Bedienung lächelt, aber ich glaube, so langsam ist sie auch ein bisschen genervt von den vermeintlichen Scherzen meines Patienten, schließlich warten noch mehr Gäste. »Die Würste sind eine Spezialität aus Kalb- und Schweinefleisch, sie werden in Milch eingelegt und dann gebraten. Man nennt sie auch Nackerte oder Geschwollene.«

»Meinen Sie etwa diese gegrillten Penisse? Werden die hier auch serviert, das ist ja widerwärtig!«

Nun ist es auch bei dem Rest der Gruppe mit der Contenance vorbei.

»Nimm doch ein Wiener Schnitzel mit Kartoffelsalat«, dränge ich meinen Patienten schon fast, bevor das hier noch weitere Ausmaße annimmt. Dieses Gericht muss er kennen.

»Kartoffelsalat?«, fragt Cornelius zurück. Ihm steht die Überforderung ins Gesicht geschrieben. »Was jetzt? Kartoffeln oder Salat? Außerdem sind wir doch hier in München und nicht in Wien. Und was ist überhaupt ein Schnitzel?«

Am liebsten hätte ich in die Tischkante gebissen. Ein Zahnabdruck wäre wenigstens mal was Neues in dem bestimmt einhundert Jahre alten Mobiliar, in dem sich schon so manche Schnitzkünstler verewigt haben.

»Kommen Sie denn gar nicht aus Deutschland?«, fragt die Bedienung nun schon wieder etwas freundlicher, da sie solchen

Kummer ja gewohnt ist und mehrmals am Tag die Karte übersetzen muss.

»Natürlich nicht«, lacht Tim. »Er wohnt doch am Nordpol.«

»Auf dem Korvatunturi«, korrigiert Cornelius und setzt auf Tims fragenden Blick hinzu: »Finnland.«

»Da legst di nieder«, staunt die Bedienung. »Dafür kennan S' abr gut Deutsch redn.«

»Jedenfalls besser als Sie«, haut Cornelius raus und fügt nahtlos an: »Ich nehme dann das Schnitzel.«

Meine Mädels halten sich die Bäuche vor Lachen, während die Bedienung ein Gesicht zieht, als hätte sie in eine Zitrone gebissen.

Puh, denke ich, während ich in die Runde schaue. Das hätten wir auch schneller haben können. Ein Teil meiner Freunde wischt sich die Lachtränen aus den Augen, während die anderen mich mit offenem Mund anschauen.

Ich weiß, was sie denken, aber mittlerweile stehe ich da drüber. Seitdem der Rauschebart plötzlich vor meiner Tür stand, weiß ich, dass es schlimmere Katastrophen gibt.

*　*　*

Nach dem Essen – das ohne weitere Zwischenfälle verläuft, wenn man mal davon absieht, dass Cornelius den Kartoffelsalat zurückgehen lassen wollte, weil er meinte, dass er aussähe wie schon einmal gegessen – ist die Musikkapelle beim Schuhplattler angelangt und wir alle beim zweiten Bier.

Nun hat sich auch Cornelius langsam in der Gruppe eingefunden, und er wirkt recht gelöst. Also rücke ich von dem gedanklichen Plan ab, eine Unpässlichkeit vorzutäuschen und mit ihm nach Hause zu fahren.

Nach der dritten Maß ist es so weit, und wir beginnen mit dem Schrottwichteln – für mich wird es auch höchste Zeit, denn nach der vierten Maß müsste ich mein Geschenk unterm Tisch auspacken.

Ich bin sehr gespannt, was ich bekommen werde, vor allen Dingen würde ich zu gern wissen, was Cornelius eingepackt hat.

Bei dieser Gelegenheit wird mir wieder einmal bewusst, dass er momentan nichts außer den Dingen besitzt, die er am Leib trägt – wenn man mal von Socken, Unterhosen und einer zweiten Hose absieht, die ich für ihn gekauft habe. Allein. In einem Kaufhaus.

Wie wohl sein tatsächliches Lebensumfeld aussieht, frage ich mich, während Bea den Würfelbecher holt und noch einmal die Regeln erklärt.

Lebt er in einem großen Haus, wie wichtig sind ihm materielle Dinge normalerweise, mit welchen Möbeln umgibt er sich?

Mich wundert immer mehr, dass niemand nach ihm sucht.

Er könnte natürlich auch alleinstehend sein, wenig Familienanschluss besitzen und sich in seiner Firma ein Sabbatical genommen haben oder viel eher für längere Zeit krankgeschrieben sein.

Bea zieht das erste Geschenk aus dem Stapel. Es ist ebenfalls flach und etwa so groß wie ein Teller.

Geschirr könnte ich brauchen, denke ich, egal, wie hässlich es ist. Dann weine ich wenigstens nicht, wenn es im Trockner landet oder was Cornelius sonst so einfällt. Seine Anwesenheit, also die von meinem Patienten und dem Trockner, hat mich bisher daran gehindert, einen Geschirrsatz nachzukaufen.

Wer nun reihum als Erstes eine Sechs würfelt, bekommt das Geschenk und muss es behalten, es sei denn, man hat es selbst in die Mitte gelegt.

Als Erster schafft es Jan, und er packt einen Haarreif mit Rentiergeweih aus, den er natürlich sofort aufsetzen muss. Großes Gelächter in der Runde, auch Cornelius verzieht den Mund, aber wohl mehr aus einem Gruppenzwang heraus, denn es trifft offensichtlich nicht sein Humorzentrum.

Corinna darf sich über meinen Wackelweihnachtsmann freuen, und Bea packt einen Rauschebart aus, der in Bermudashorts vor einem Schlagzeug sitzt, und sobald man ihn anschaltet, fängt er an zu trommeln wie das Duracell-Häschen.

»Der ist cool«, quietscht Bea verzückt. »Den stelle ich meinen Musikern als neues Bandmitglied vor die Nase.«

Sabine darf das nächste Geschenk auspacken.

Ein braun gebrannter Weihnachtsmann in einem Baströckchen und mit Hawaiiblumenkette um den Hals. Alle lachen.

»Passt auf«, grinst Tim verschmitzt und macht den Schalter an. »Das Beste kommt erst noch.«

Süßer die Glocken nie klingen, intoniert eine blecherne Stimme, und der Weihnachtsmann lässt dazu die Hüften kreisen.

Mein Weihnachtsmann ist der Einzige, der das nicht komisch findet. Er verzieht nicht mal mehr den Mund. Mit versteinerter Miene starrt er auf die bisher ausgepackten Geschenke. Wenn ich geahnt hätte, dass er auf diesen Wichtelspaß so reagiert.

Ich würde ihn gern aufmuntern, aber nun habe ich eine Sechs gewürfelt, und vor mir liegt das Päckchen von Cornelius.

Ich bin sehr gespannt. So aufgeregt war ich schon lange nicht mehr. Das Geschenk ist jedenfalls weit davon entfernt, ein Teller zu sein. Ich fühle nur ein flaches Band, kreisrund … Das könnte …«

»Mach es auf!«, ruft Corinna voller Ungeduld.

Cornelius hingegen sitzt so unbeteiligt da, als würde es gar nicht um sein Geschenk gehen. Oder er distanziert sich davon, weil es ihm unangenehm ist.

Ich packe ein Halsband aus Leder aus, mit goldenen Rentieren drauf und einer vergoldeten Schnalle. »Das ist aber schön!«, staune ich. Das stammt garantiert von einem der Rentiere.

»He, Sarah, ich wusste gar nicht, dass du auf SM stehst«, feixt Frank.

»Was ist denn SM?«, fragt Cornelius, der nun doch wissen will, was man über sein Geschenk denkt.

»Du weißt nicht, was Sadomaso ist?«, hakt Frank nach, weil er es nicht fassen kann.

»Doch, natürlich weiß er das!«, nehme ich ihn in Schutz. Doch Cornelius begreift meine Absicht nicht, so wie gerade alles hier etwas aus dem Ruder läuft.

»Nein, ich habe keine Ahnung, was dieses Sadomaso ist«, bekräftigt er.

Meine Freunde sind unschlüssig, ob sie das nun wieder für einen Scherz halten sollen oder mich dafür bemitleiden sollen, wie es bei uns im Bett zugeht, wenn er noch nicht mal weiß, was das ist.

Wenn die eine Ahnung hätten, denke ich, und so langsam fühle auch ich mich nicht mehr wohl in meiner Haut.

»Das ist wirklich ein schönes Halsband«, bekräftige ich »und ich werde es dazu verwenden, um an der Garderobe meine Schals platzsparend aufzuhängen, das ist sehr praktisch, und es kommt dabei schön zur Geltung.«

Cornelius ringt sich ein Lächeln ab. »Das ist nett von dir, Sarah. Aber ich glaube, ich habe das Spiel nicht ganz verstanden. Ich dachte, man verschenkt etwas, das keinen großen Wert mehr hat und womit der andere nicht viel anfangen kann, was aber trotzdem noch schön ist und das vor allen Dingen niemanden beleidigt.« Letzteres sagt er mit Nachdruck und senkt dabei den Blick.

»Das nimmst du doch nicht wirklich ernst?«, fragt Bea entsetzt. »Ich dachte, du hast einen tollen Humor. Bei dir darf man doch auch nicht immer alles ernst nehmen, was du sagst.«

Cornelius nuschelt etwas in seinen Bart, und ich glaube, es ist jetzt an der Zeit, dass ich plötzlich Kopfschmerzen bekomme und gehen muss.

»Zeig mal das Halsband«, fordert mich Jan auf, und ich gebe es ihm, während ich darüber nachdenke, wie ich meine Unpässlichkeit geschickt einfädle. Ich möchte meine Freunde auch nicht vor den Kopf stoßen, sie haben es ja nicht böse gemeint.

»Das sieht so aus wie das von den Rentieren, die wir bei uns im Zoo haben, oder erinnere ich mich jetzt falsch, Schatz?«

»Seit wann tragen denn Zootiere Halsbänder?«, fragt Corinna, doch ich halte bereits die Luft an und warte Roses Antwort ab, bevor ich anfange zu jubeln.

»Die haben die Tiere jetzt natürlich nicht mehr an«, sagt Rose. »Aber so sind sie vor zwei Wochen zu uns gebracht worden, weil vom Besitzer jede Spur fehlt. Das ist vielleicht eine verrückte Geschichte. Wir haben sie in ein Quarantänegehege gestellt, und während wir Futter geholt haben, sind sie ausgebüxt. Keine Ahnung, wie ihnen das gelungen ist. Sie sind aber nicht weggelaufen, sondern haben sich neben den Schlitten gestellt, der gerade angeliefert wurde. Die Halsbänder mussten wir ihnen unter Betäubung abnehmen, aber seitdem sind sie friedlich. Sie dürfen nur nicht in Sichtweite der sechs Pferde stehen, die uns auch zugelaufen sind, dann drehen sie durch. Ich hab schon zu Jan gesagt, ich komme mir dieses Jahr vor wie im Irrenhaus.«

»Aber der Weihnachtsschlitten, den müsst ihr euch anschauen«, begeistert sich Jan. »Nachdem sich der Besitzer bis heute nicht bei der Polizei gemeldet hat, stellen wir ihn morgen beim Rentiergehege auf und bringen das groß in die Zeitung. Das wird die Leute in der mauen Winterzeit in Scharen zu uns locken.«

Ich will jubeln und Cornelius rütteln, weil er mit eingefallenen Schultern dasitzt, so als ginge ihn das alles nichts an. Was ist denn jetzt mit ihm los? Das ist doch der Moment, auf den er seit zwei Wochen wartet.

»Nur ein Tier macht uns ziemlich Sorgen«, sagt Rose nachdenklich, »deshalb musste ich vorhin noch mal hin. Es hat einen chronischen Schnupfen und tatsächlich so eine rote Nase wie Rudolph, und es frisst nicht richtig, so als ob es Kummer hätte.«

Nun kann ich fast nicht mehr an mich halten. Warum reagiert Cornelius denn gar nicht? Er müsste doch jetzt vor Freude durchs Hofbräuhaus tanzen.

»Hast du nicht gehört?«, frage ich ihn aufgeregt. »Deine Kutsche und die Rentiere sind gefunden worden.«

»Meine?«, fragt er, als wollte ich ihm eine Herde Mammuts andrehen. »Damit habe ich nichts zu tun.«

»Was?« Ich bin fassungslos. Jetzt würde ich ihn wirklich gern packen und schütteln. In den vergangenen Wochen hat er doch von nichts anderem geredet? Was ist denn nur in ihn gefahren? »Die Kutsche und die Tiere gehören doch dir.«

»Ach Sarah, nun ärgere du Cornelius nicht auch noch, er hat doch für seinen Geschmack heute schon genug abbekommen. Kommt, lasst uns weiterspielen! Du bist dran, Cornelius.«

»Aber das Halsband«, insistiere ich, »es gehört doch deinen Rentieren.« Kann er sich nicht mal mehr an das erinnern, was er sich in seiner Parallelexistenz aufgebaut hat?

Oder ist das etwa ein Schritt in die richtige Richtung, die Abkehr von der Welt, die ihm Sicherheit geboten hat. Braucht er sie nicht mehr?

»Ich habe das Halsband auf der Straße gefunden«, sagt mein Patient ungerührt und nimmt nach einer zweiten Aufforderung von Bea den Würfelbecher in die Hand. »Es wurde bestimmt weggeworfen, weil ein Loch ausgerissen ist. Vielleicht sieht es auch nur so ähnlich aus wie das von den Rentieren im Zoo und gehörte mal einem Hund, der es verloren hat.«

»Cornelius, du hast eine Sechs gewürfelt«, macht ihn Bea aufmerksam.

Vor ihm steht das größte von allen Geschenken. Fast eine Armlänge hoch und genauso lang.

»Das ist von mir«, sagt Corinna lächelnd.

Cornelius packt ein Rentier aus, mit dunklem Fell wie ein Teddybär und roter Nase.

»Das ist doch süß, oder?«, fragt Corinna, die nun auch etwas in Zweifel gerät, ob ihr Geschenk so gut ankommt. »Der Gag ist, wenn man es da unten am Bauch anschaltet, dann kann die Nase leuchten und blinken.«

»Ich möchte jetzt nach Hause«, sagt Cornelius und steht ruckartig auf. Er kehrt dem Tisch ohne ein weiteres Wort den Rücken und lässt das Rentier stehen.

»Warte!«, rufe ich.

Wie sich die Dinge doch wenden können, denke ich, während ich ihm nachrenne. Jetzt laufe ich schon meinem Problem hinterher.

* * *

Der Sonntagvormittag beginnt für mich noch im Bett, und ich schreibe als Erstes eine Nachricht an Oliver, in der ich ihn um ein Treffen bitte.

Ich habe die halbe Nacht darüber gegrübelt, wie es nun weitergehen soll – so jedenfalls nicht.

Ich kann gar nicht beschreiben, wie sehr ich meine Kinder vermisse, und wenn ich ehrlich mit mir bin, dann fehlt mir natürlich auch Oliver. Aber sobald dieses Gefühl in mir aufkommt, versuche ich es aus Selbstschutz gleich wieder im Keim zu ersticken. Die Betonung liegt auf: Ich versuche es.

Auch bei meinem Patienten bin ich keinen Schritt weiter.

Er wollte gestern Abend partout nicht mehr mit mir reden. Wenn er der echte Weihnachtsmann wäre, würde ich ja sagen, er hat nach allem, was er in den vergangenen Wochen erlebt hat, zunehmend resigniert, und der gestrige Abend hat ihn dazu gebracht, komplett aufzugeben.

Was aber tatsächlich mit ihm los ist, ist nicht aus ihm herauszukriegen.

Ein Anruf bei der Bavaria Film ergibt, dass man zwar von den Schlittenüberresten im Wald wisse, aber die Kulissenbauer nichts damit zu tun hätten, und man verstehe auch nicht, was meine Frage solle, ob die Geschäftsleitung derzeit vollständig besetzt sei. Man könne mir dies jedoch bestätigen. Und falls ich weitere Fragen hätte, solle ich mich bitte morgen direkt an diese wenden.

Weitere Fragen habe ich definitiv, denke ich, als ich auflege, aber da kann mir die Geschäftsleitung auch nicht weiterhelfen.

Cornelius hat auf dem Sofa übernachtet, denn wir wollten es beide so. Er mochte für sich allein sein, und ich brauchte auch Zeit zum Nachdenken – über mich und über ihn.

Ich gehe jetzt gleich zu ihm und versuche noch einmal, mit ihm zu reden, beschließe ich und stehe auf.

Nur: Wenn wir nicht bald einen Zugang zueinander finden, dann sind seine Tage hier bei mir gezählt. Leider. Aber auch ihm zuliebe. Dann muss er doch in die Psychiatrie und ich einsehen, dass ich meine Grenzen habe – beruflich und privat.

Ich finde den Rauschebart im Fernsehsessel vor, die Beine auf den Hocker gelegt und die Mütze tief in die Stirn gezogen, aber er schläft nicht, sondern sieht fern.

Allerdings reagiert er nicht wie sonst auf mich, wenn ich ins Zimmer komme, aber vielleicht hat er mich auch nicht gehört.

»Guten Morgen, Cornelius.«

»Ich heiße nicht Cornelius«, entgegnet er abweisend und schaut sich weiter die heile Welt der Waltons an.

Das geht ja schon mal gut los, denke ich. »Und was machst du da?«, frage ich in Anbetracht des Cocktailglases, das er lässig mit dem Arm über der Lehne in der Hand hält.

»Ich schaue fern.«

Ich verziehe den Mund. Wenn er so weitermacht, dann kann er gleich seinen Koffer packen. Wobei, er hat ja gar keinen.

»Das sehe ich. Ich meine, was trinkst du?«

»Keine Ahnung. Alles, was ich an Alkohol in der Küche gefunden habe.«

Na dann, Prost Mahlzeit. Am liebsten hätte ich ihm das Glas aus der Hand genommen, aber er ist ein erwachsener Mensch, und selbst wenn er nicht im Vollbesitz seiner geistigen Kräfte ist: Es hat gereicht, dass ich ihm gestern hinterhergelaufen bin. Reisende soll man nicht aufhalten – solange sie einem nicht auf den Flokati kotzen.

Und wo wir schon bei Gerüchen sind. »Warum riecht es hier überhaupt so stark nach Tanne?«

»Findest du den Duft im Feuer nicht angenehm?«

Erst jetzt sehe ich, was da im Kaminfeuer lodert. Die unteren Äste unseres Weihnachtsbaums sind Geschichte.

Ich stemme die Hände in meine nicht mehr vorhandene Taille. »Ich fasse es nicht. Unsere wunderschöne Tanne!«

»Was ist so schlimm daran?«, fragt er mit absoluter Unschuldsmiene. »Du hast doch selbst gesagt: Hauptsache, der Baum brennt.«

Ich weiß nicht, ob ich heulen oder lachen soll. Wobei, am liebsten würde ich jetzt schreien.

»So hab ich das doch nicht gemeint! Wir wollten einen schönen Baum an Heiligabend haben.«

»Weihnachten fällt dieses Jahr aus«, gibt er lapidar zurück, ohne auch nur den Kopf nach mir zu drehen.

»Jetzt ist es aber mal gut!«, rufe ich. »Das kannst *du* nicht beschließen. Und wenn ich endlich deinen richtigen Namen wüsste, müsste ich dich auch nicht mehr Cornelius nennen.«

Jetzt dreht sich der Rauschebart zu mir her. »O doch, das kann ich beschließen. Ich habe verzweifelt versucht, ein neues Christkind zu finden, habe bis gestern gehofft, dass du dich dafür entscheiden würdest und sich alles noch zum Guten wendet. Stattdessen habe ich gestern endgültig begriffen, was die Menschen von mir halten: Nichts. Nur als lächerliche Figur tauge ich noch was.« Er räuspert sich, und seine Stimme klingt trotzdem noch rau. »Aber damit liegen sie ja gar nicht falsch. Eine lächerliche Figur. Mehr bin ich nicht mehr. «

»Aber warum hast du nicht zugegeben, dass die Kutsche dir gehört? Du wolltest sie doch die ganze Zeit wiederhaben, weil das zumindest einen Teil deiner Probleme gelöst hätte.«

Jetzt schaltet der Rauschebart den Fernseher aus. Es ist auf einmal beklemmend still, nur das Knistern des Feuers erfüllt den Raum. »Weil ich ihn nicht mehr brauche«, sagt er und betont dabei jedes Wort. »Hast du's noch nicht verstanden, Sarah? Ich bin raus aus der Nummer. Ich werfe den Sack hin.«

Wenn es nicht so ernst wäre, würde ich lachen. Denn er glaubt ja wohl nicht, dass er sich jetzt bei mir ins gemachte Nest setzen und jeden Tag mit einem Cocktail im Fernsehsessel chillen kann. Und ganz abgesehen davon gibt es ja noch andere ungeklärte Fragen.

»Und was ist mit deinen Rentieren?«

»Sie sollen ihre alten Tage genießen. Im Zoo sind sie doch bestens versorgt. Ohne ihre Halsbänder wirkt der Zauber nicht mehr. Sie denken, dass sie ganz normale Rentiere sind. Nur Rudolph scheint sich zu erinnern, wenn er so traurig ist und deshalb kaum fressen will. Ich gehe morgen zu ihm in den Zoo und erkläre ihm, dass alles in Ordnung ist und er keine Kutsche mehr ziehen muss. Aber zuerst brauche ich normale Klamotten. In diesem Aufzug möchte ich nicht mehr rumlaufen. Kannst du mir bitte Geld dafür leihen? Ich gebe es dir auch zurück, sobald ich Arbeit habe. Ich werde sicher schnell welche finden.«

»Du wirst Papiere brauchen. Ohne die geht in Deutschland gar nichts. Und solange du dich nicht erinnern kannst, wer du bist …«

»Fängst du schon wieder damit an, Sarah? Ich werde auf meiner Arbeitsstelle und meinem zukünftigen Vermieter erklären, dass ich der Weihnachtsmann ...« Er unterbricht sich selbst.
»Okay, jetzt erkenne ich das Problem.«

Er schweigt.

Und ich schaue ins Kaminfeuer. Was ist, wenn es tatsächlich stimmt? Wenn er der echte Weihnachtsmann ist und ich ihm als neues Christkind helfen könnte? Das klingt total verrückt, und darum habe ich mich bislang auch geweigert, so zu denken. Aber vielleicht war das mein Fehler.

Es gibt so viel auf der Erde, was wir nicht für möglich halten. Und unseren Kindern vermitteln wir ja sogar den Glauben an den Weihnachtsmann. Im Grunde ist die Sache ziemlich paradox.

Wenn ich an Gott glaube, dann leugne ich doch auch nicht zugleich seine Existenz. Und wenn all das, was Cornelius mir erzählt hat, der Wahrheit entspricht, dann wäre es ganz sicher das Abenteuer meines Lebens.

Ab Mittwoch habe ich sowieso Urlaub, das hatte ich mit meinen Kollegen so abgesprochen, um angesichts der Trennung wenigstens ein paar Tage vor Heiligabend den Kopf etwas freizubekommen und mich mit den Kindern in Ruhe auf das Weihnachtsfest vorzubereiten.

Jetzt nutze ich die Zeit eben anders – mit einem Ausflug in den Zoo. Das wird mir auch guttun.

Mitten in meine Gedanken hinein bekomme ich eine Nachricht auf mein Handy.

Oliver hat sich tatsächlich schon zurückgemeldet und ist zu einer Aussprache bereit.

»Morgen habe ich keine Zeit, aber wir können uns am Dienstag treffen, da hab ich nachmittags frei, weil die Handwerker kommen.«

Ausgerechnet an dem Tag. »Am 18. Dezember?«, schreibe ich zurück, vielleicht merkt er ja dann, dass es der Todestag seines Schwiegervaters, nun gut, bald Ex-Schwiegervaters ist.

Ich möchte so ein wichtiges Gespräche nicht ausgerechnet auf einen Tag legen, an dem ich vermutlich nicht so gut drauf sein werde.

»Genau, der Achtzehnte ist das«, schreibt Oliver zurück, ohne zu merken, worauf ich hinauswill. »Gern um 15 Uhr, dann ist der Handwerker wahrscheinlich schon wieder weg. Gegen 16 Uhr muss ich noch mal in die Redaktion.«

Dann soll es so sein, denke ich. Noch länger will ich ein Treffen auch nicht rausschieben. Immerhin ist er bereit, mit mir zu reden.

Nun gut, gleich mit vorsorglicher Begrenzung auf eine Stunde, wie er mir durch die Blume mitteilt. Aber das sollte reichen, um erst mal die wichtigsten Dinge zu klären. Mehr Zeit würde auch nur die Gefahr bergen, dass wir emotional werden und in Streit geraten.

»Okay. Wo treffen wir uns?«, schreibe ich zurück.

»Ich hab doch gesagt, die Handwerker kommen. Bei Kathy. Luisenstraße 22.«

Er glaubt doch nicht wirklich, dass ich die Wohnung seiner neuen Flamme betrete? Mit aufkommender Wut will ich ihm genau das zurückschreiben, aber dann halte ich inne.

Mich würde es ja schon interessieren, wie die Kinder leben, und vor allen Dingen wäre das eine Chance, sie zu sehen.

Um diese Uhrzeit kommen sie dienstags immer nach Hause. Vielleicht liegt ein Treffen mit den Kindern sogar in Olivers Absicht?

»In Ordnung«, schreibe ich zurück, auch wenn sich mein Bauch dabei verkrampft.

Danach wende ich mich zurück an Cornelius, der unterdessen wieder den Fernseher eingeschaltet hat.

»Reicht das noch«, frage ich ihn, »wenn wir uns in zwei Tagen auf den Weg machen? Abends, so gegen 18 Uhr?«

»Wohin?«, fragt er stirnrunzelnd zurück und hebt sein Glas an die Lippen.

»Na, zu dir, auf den Korvatunturi.«

Er ist so überrascht, dass er sich an seinem Cocktail verschluckt. »Das … Ich … Also du … Wirklich?«, stottert er und hustet.

»Ja«, gebe ich mich entschlossen. Ich habe die ganze Zeit über versucht, ihn auf meine Straßenseite zu ziehen, nun lasse ich mich auf seinen Weg ein, und wir werden sehen, wohin er uns führt.

Höchstwahrscheinlich nur bis zum Rentiergehege im Tierpark Hellabrunn, aber da gibt es schlimmere Dinge. Und wenn es ihm hilft, dass ich mich einmal komplett auf seine Welt einlasse …

»Und an Heiligabend bin ich ganz bestimmt zurück?«, frage ich sicherheitshalber nach.

»Ganz bestimmt.«

Worauf auch immer ich mich da gerade eingelassen habe, so gelöst habe ich den Rauschebart schon lange nicht mehr erlebt.

Er springt auf, umarmt mich, wirbelt mich herum – und dann küsst er mich lange, taumelnd vor Glück.

Kapitel 9

Nicht schlecht, denke ich, als ich zwei Tage später zur ver-
einbarten Zeit vor dem Haus in der Luisenstraße 22 in
der Maxvorstadt stehe.

Oder besser gesagt: vor der Villa. Sie liegt einen Steinwurf von
der Glyptothek entfernt, schräg gegenüber vom Lenbachhaus, in
dem sich die städtische Galerie befindet, und nur einige Meter
weiter befindet sich der Königsplatz, in dessen Verlängerung sich
die Brienner Straße, die erste Prachtstraße Münchens, erstreckt.

Mir war ja schon klar, dass mich diese Adresse nicht gerade zu
einer Wellblechhütte führen wird, aber so ein Anwesen mitten in
München mit einem großen Garten, altem Baumbestand und einer Neorenaissancevilla aus dem 19. Jahrhundert hätte ich nicht
erwartet.

Zwar erinnern die Gebäude in der unmittelbaren Umgebung
eher an zeitgenössischen Plattenbau, besonders das gelbe Gebäude gegenüber, das die Geologische Staatssammlung beherbergt,
ist der pure Kontrast, doch umso mehr habe ich das Gefühl, eine
andere Welt vor mir zu haben.

Die grauweiße Villa liegt halb verdeckt von den hohen Bäumen hinter einer alten Mauer, auf der sich der Schnee gesammelt
hat, und ich stehe zögernd vor dem Toreingang, auf dem zwei
gusseiserne Laternen mit Schneehauben die schmiedeeisernen,
rankenartig geschwungenen Ziffern 22 einrahmen.

Ich lese die Namen auf den vier breiten Schildern der modernen
Klingelanlage, die wie ein Fremdkörper in dem historischen Mau-

erwerk wirkt, und stelle mit einem gewissen Gefühl der Erleichterung fest, dass Olivers Name dort noch nicht angebracht ist.

Zu mehr als einem »c/o« in seinem Briefkopf hat er es in den fast sieben Wochen bei seiner Neuen also noch nicht gebracht, denke ich bitter. So richtig scheint er also doch noch nicht bei ihr angekommen zu sein.

Bleibt die Frage, ob es an ihr liegt oder ob er sich nicht ganz auf sie einlassen will.

Katharina Heyse-Uhe lese ich, und somit ist klar, wo ich klingeln muss. Ein Doppelname, aha.

Seine Neue ist also auch verheiratet gewesen oder ist es immer noch, wer weiß.

Beim Namen Heyse kommt mir natürlich sofort, wie wohl jedem Münchner, die gleichnamige große Unterführung am Hauptbahnhof in den Sinn, aber dann wird mir schlagartig klar, vor welchem Haus ich stehe.

Damals wollte ich es gern in meine Stadtführung mit aufnehmen, aber man sagte mir, dass es thematisch nicht passen würde, und außerdem sei Paul Heyse heute nicht mehr bekannt genug.

Sicherlich, der Schriftsteller verstarb bereits zu Anfang des Ersten Weltkriegs, doch er hinterließ immerhin neben zahlreichen Dramen und Gedichten 180 Novellen und acht Romane und war der erste deutsche Autor, der für sein belletristisches Werk mit dem Literaturnobelpreis ausgezeichnet wurde.

Und durch dieses Tor gingen so bekannte Schriftsteller wie Marie von Ebner-Eschenbach, zudem war er mit Theodor Fontane, Franz Grillparzer und Friedrich Hebbel befreundet.

Kathy Heyse-Uhe – jetzt verstehe ich auch, wie Olivers neue Freundin zu so einem Haus in der Maxvorstadt kommt.

Ob sie wohl den Namen ihres Gatten im Doppelnamen vorangestellt hat, oder gehört Paul Heyse zu ihrer direkten Verwandtschaft?

Gleich wie, dieses Haus macht Eindruck und ist sicherlich kein schlechter Ort für meine Kinder.

Es fühlt sich so unwirklich an, an einem Haus zu klingeln, das mir von innen fremd ist und von dem ich doch weiß, dass da drin meine Liebsten wohnen.

Mir wird ein wenig flau im Magen. Wie wird Oliver sich mir gegenüber verhalten? Ist Kathy vielleicht doch überraschend zu Hause? Sind Lilly und Lukas schon da?

In den vergangenen Tagen haben sie mir mehrere Fotos und Videos geschickt von dem, was sie so machen. Allerdings antworten sie nie auf meine Fragen oder Grüße, keinen einzigen Buchstaben haben sie seither an mich geschrieben, nur Dateien geschickt.

Anscheinend haben sie beschlossen, weiterhin nicht mit mir zu reden, und dennoch haben sie den Wunsch, mit mir in Kontakt zu bleiben.

Immerhin gewähren sie mir Einblick in ihren Alltag, den ich seit einer Woche verpasse, und durch die zunehmende Häufigkeit ihrer Nachrichten habe ich den Eindruck, dass sie mir wieder etwas näher rücken.

Heute Vormittag war ich zum Todestag meines Vaters an seinem Grab auf dem Alten Südfriedhof und habe dort wie jedes Jahr einen Weihnachtsstern abgestellt, weil er die so gern mochte. Doch dieses Mal habe ich so lange an seinem Grab gestanden, bis ich meine Füße vor Kälte nicht mehr gespürt habe. Ich musste ihm alles erzählen, was mich bedrückte, und ich wäre nicht so lange geblieben, wenn ich nicht das Gefühl gehabt hätte, dass er mich hören kann.

Ein Windstoß fährt durch die Bäume und lässt etwas Schnee auf mich herunterrieseln.

Warum macht mir eigentlich niemand auf, denke ich. Oliver wird mich doch nicht etwa versetzt haben? Das hätte mir gerade noch gefehlt, wo ich doch mit meinem Rauschebart um 16 Uhr am Zoo sein wollte, um eine halbe Stunde vor Schließung unter dem Vorwand, mein Handy beim Tropenaquarium liegen gelassen zu haben, mit ihm hineinzugelangen.

Mein Kleidchen habe ich in meiner Handtasche verstaut, ich hab ja nicht vor, mir den Tod zu holen. Ich werde mich erst umziehen, wenn wir tatsächlich losfliegen – also gar nicht.

Die Halsbänder habe ich unterdessen von meiner Freundin Rose besorgt, mit der Begründung, daraus ein Aufbewahrungssystem für alle meine Schals basteln zu wollen, und sie hat mir die hübschen Lederbänder anstandslos ausgehändigt, weil die bei den Pflegern hinter den Kulissen sowieso nur rumliegen würden.

Über die Weihnachtsfeier hat sie kein Wort verloren, und ich auch nicht.

Mein Patient hat die Halsbänder in Empfang genommen, sie glücklich befühlt und an seine Brust gedrückt. Bis auf sein Reisefieber geht es ihm blendend, und er sagt nichts anderes mehr als: »Weihnachten kann kommen, hurra, Weihnachten kann kommen.«

Nun gut, wenn man davon absieht, dass er mich drölfzig Mal am Tag gefragt hat, ob es mir gut geht, und mich, aus Angst, ich könne krank werden, mit frischen Früchten versorgt hat.

So gesund habe ich schon lange nicht mehr gegessen, aber das kann meiner Figur schließlich nicht schaden.

Ich klingle noch einmal, jetzt mit etwas mehr Nachdruck.

Meinen Patienten habe ich einstweilen in die Glyptothek geschickt, die praktisch ums Eck liegt.

Ich dachte mir, in Münchens ältestem Museum, das sich als weltweit einziges allein der antiken Skulptur widmet, kann er nicht viel anstellen. So ein Tollpatsch ist er nun auch wieder nicht, dass er so eine griechische oder römische Marmorstatue vom Sockel stoßen würde. Hoffe ich.

Bei seiner Nervosität wäre er aber zu Hause nicht mehr zu halten gewesen. Am liebsten wollte er gar nicht mehr von meiner Seite weichen, weil er Angst hatte, ich könne mir die Sache mit dem Christkind im letzten Moment noch einmal anders überlegen.

Dabei bin ich gestern sogar extra noch nach Feierabend auf die Suche nach einem weißen Kleidchen gegangen, in dem ich nicht wie eine Presswurst aussehe.

Zuerst bin ich zwei Stunden lang die Kaufingerstraße rauf- und runtergerannt, dann habe ich weiter in den edlen Boutiquen in der Theatinerstraße gesucht, wo ich sonst nie shoppen gehe, und habe mir kurz vor Ladenschluss ein sündhaft teures Leinenkleid aufschwatzen lassen – Marke Kartoffelsack. Wenigstens kann ich mir bei dem Schnitt sicher sein, das nächsten Sommer auch noch tragen zu können.

Als der Türsummer ertönt, bin ich so in Gedanken versunken, dass ich den Moment verpasse, um das Tor aufzudrücken.

Mist, ich muss noch mal klingeln, aber durch den leichten Ärger über mich selbst habe ich wenigstens den Rest meiner Zaghaftigkeit verloren.

Beim nächsten Summton trete ich durch das Tor. Im Vorhof stehe ich direkt vor einem weißen Porsche Cayenne mit dem Kennzeichen M-KH 89.

Nicht schlecht, denke ich. Aber diese Dekadenz mitten in München, wo alle zwei Minuten eine Tram fährt, war ja auch nicht anders zu erwarten.

Aber wenn das Auto tatsächlich Kathy gehört und sie zu Hause ist, dann mache ich auf dem Absatz kehrt.

Es muss ja wohl möglich sein, dass ich mich allein mit Oliver unterhalten kann. Angesichts der Zahl auf dem Nummernschild fange ich an zu rechnen. Als das Mädel geboren wurde, bin ich schon aufs Gymnasium gegangen.

Oliver erwartet mich am Hauseingang, in Jeans und schwarzem Pullover, die Hände vor der Brust verschlungen. Ihm ist offenkundig kalt.

Unschlüssig stehen wir voreinander, weil wir nicht wissen, wie wir uns begrüßen sollen. Seine Augenringe sind immer noch genauso dunkel wie an dem Abend im Gärtnerplatztheater, dafür wirkt sein Gesicht heute offener, und seine blauen Augen schauen mich freundlich an.

Olivers Arm zuckt wie unter einem Reflex, mir die Hand zu reichen, aber dann lässt er es sein.

»Komm doch rein«, sagt er stattdessen.

Ich folge ihm zögernd durch den Hausflur, der mit Fischgrätparkett ausgelegt ist, in die Wohnung rechts im Erdgeschoss, wo mich eine Garderobe aus Mahagoniholz empfängt und ein Eckschrank, auf dem die Büste eines griechischen Jünglings steht.

»Der Handwerker ist schon wieder los. Möchtest du einen Kaffee, ich habe welchen aufgesetzt«, fragt Oliver und bleibt dort stehen, wo es offenbar in die Küche geht.

Oliver weiß, dass ich nichts auf diese Kapselmaschinen gebe und ich schlichten, frisch gebrühten Filterkaffee liebe.

»Oder soll ich dir einen Espresso machen?«

Wie schön, dass er noch nicht vergessen hat, was ich mag, denke ich bittersüß lächelnd. Andererseits wäre das nach nur sieben Wochen auch ein starkes Stück.

Doch so weit, wie wir uns voneinander entfernt haben, erscheint es mir eine Besonderheit zu sein, dass er meine Vorlieben noch kennt.

»Ist Kathy auch da?«, stelle ich die Frage, die mir schon die ganze Zeit auf der Zunge brennt.

»Nein, ich hab dir doch gesagt, dass sie arbeiten muss.«

»Dann gern einen Kaffee. Für Espresso ist es schon ein bisschen zu spät. Ich dachte nur, ob ihr der Porsche Cayenne vor der

Tür gehört.« Zu spät ist es bei mir eigentlich nie für einen Espresso, aber ich bin viel zu aufgeregt, um den jetzt vertragen zu können.

»Ja, das ist ihr Auto. Aber meistens fährt sie dann doch mit der Straßenbahn.«

Ich dachte, dabei wird ihr immer schlecht, hätte ich beinahe erwidert, aber dann verkneife ich mir die Bemerkung, um keine schlechte Stimmung in das Gespräch zu bringen.

Aber einen Kommentar muss ich dann doch loswerden. »Sie scheint ja aus gutem Elternhause zu stammen«, sage ich in Anspielung darauf, dass sie sich diesen Luxus wohl kaum von ihrem Zeitungsgehalt erkauft hat.

»Das stimmt«, sagt Oliver knapp und schenkt uns Kaffee in zwei weiße Tassen ein, von denen ich wetten könnte, dass sie aus dem schwedischen Möbelhaus stammen.

Genauso ein Stilbruch, wie ich mir Kathy nicht in dieser Villa vorstellen kann. Und noch weniger, wie sich Oliver hier drin wohlfühlen kann, dem ansonsten schon vierlagiges Klopapier zu viel Luxus ist. Das Geld kann es also nicht sein, was ihn reizt.

Wir setzen uns in dem eigens vorhandenen Esszimmer an einen Tisch, den man wohl eher als Tafel bezeichnen müsste, und ich warte förmlich darauf, dass gleich noch der Diener um die Ecke kommt.

War es das, was Kathy bezweckte? Sich mit ihrem Geld und ihrem Körper einen Mann zu erkaufen, damit sie über ihn verfügen konnte? Aber da hatte sie bei Oliver ganz schlechte Karten, wenn ich ihn noch richtig einschätzen kann. Ich verstehe einfach nicht, was die beiden zusammengebracht hat.

»Den Job bei der Zeitung macht Kathy nur«, sagt Oliver, nachdem er eine Weile lang in seiner Tasse gerührt hat, »weil sie gern schreibt und dadurch gute Kontakte knüpfen kann. Finanziell hat sie das nicht nötig. Wie auch, bei so einem schlecht bezahlten

Beruf.« Wieder macht Oliver mit dem Löffel kreisende Bewegungen. »Das Haus ist seit den 1870er-Jahren in Familenbesitz. Kathys Vorfahre, ich glaube, ihr UrUrUrgroßvater war es, hat es gekauft. Sein Name war Paul Heyse und …«

»Ich weiß, wer er war«, entgegne ich knapp und unterbreche damit seine Ausführungen. Am liebsten hätte ich auch noch seine nervöse Hand ergriffen, mit der er immer noch den Kaffee umrührt. Wenn er so weitermacht, hat er bald Butterflocken drin.

»Ich bin nicht gekommen, damit wir über Kathy reden.«

»Entschuldige«, sagt Oliver und senkt den Blick. »Ich weiß gerade nur nicht so richtig, was ich sonst sagen soll. Wie läuft's bei dir und Cornelius?«

Das war nun auch nicht das Thema, über das ich reden wollte. »Ganz gut«, entgegne ich mit etwas zu hoher Stimme.

»Das ist schön.«

Wir wollten beide heiter klingen, aber so ganz ist uns das nicht gelungen.

»Lilly und Lukas müssten in einer Stunde aus der Schule kommen«, bemerkt Oliver und hört endlich auf zu rühren.

In einer Stunde? Na wundervoll, das war genau die Uhrzeit, zu der er mir angekündigt hatte, noch mal in die Redaktion zu müssen.

»Sag mal, willst du mir die Kinder eigentlich vorenthalten?«, greife ich ihn an.

Oliver machte eine abwehrende Handbewegung. »Nein, entschuldige. Das musste ich mir von den beiden heute Morgen auch schon anhören, als ich ihnen sagte, dass du heute kommst. Sie hätten dich gern gesehen. Aber da wir reden wollten, habe ich einfach nicht länger nachgedacht, dass die Kinder heute erst um 16 Uhr kommen.«

»Das ist so typisch für dich«, knalle ich ihm hin, weil ich nicht anders kann.

Oliver verzieht das Gesicht, als Zeichen, dass ich ihn getroffen habe, aber er setzt nicht zur Gegenwehr an. Stattdessen sagt er mit leiser Stimme: »Die Kinder vermissen dich. Von Tag zu Tag mehr.«

Seine Antwort lässt mich schlucken. »Wärest du wirklich in der Lage, mir die Kinder wegzunehmen?«

Er schüttelt den Kopf. »Denkst du das tatsächlich von mir? Das müsste ich nur tun, wenn du geistig nicht mehr gesund wärest. Aber im Moment scheinst du mir ganz normal zu sein. Wobei ich schon gern wüsste, was mit deinem Typen los ist, der als Weihnachtsmann durch die Gegend rennt und dich zum Christkind erklären will. Das haben mir die Kinder erzählt.«

»Das stimmt«, entgegne ich ohne Umschweife. Jedoch überlege ich, wie viel ich Oliver sagen kann, ohne Nachteile für die Kinder befürchten zu müssen. Früher konnte ich ihm alles anvertrauen, über alles mit ihm reden, und er hat mich immer verstanden.

»Kann ich offen mit dir reden, ohne dass es gegen mich verwendet wird?«, frage ich.

»Wir sollten uns die Wahrheit sagen, damit habe ich auch viel zu lange gewartet«, entgegnet er, und sein Blick ist warm.

In mir kribbelt es. Dieses Gefühl hatte ich bei ihm schon lange nicht mehr. Obwohl wir uns nur ansehen, spüre ich, wie sich ein neues, zartes Band zwischen uns knüpft.

Das scheint zumindest so haltbar zu sein, um eine Verständigung möglich zu machen.

Ich hole tief Luft. »Cornelius ist nicht mein Freund, sondern mein Patient. Wobei, nicht auf dem Papier«, füge ich schnell hinzu.

Überrascht zieht Oliver die Augenbrauen zusammen. »Das sah in der Oper aber ganz anders aus. Ich dachte, wir wollten ehrlich zueinander sein.«

»Das bin ich auch. Ich habe ihn geküsst, um dich eifersüchtig zu machen. Vorher war da nichts zwischen uns. Er stand eines morgens vor meiner Tür und erklärte mir, dass ich das neue Christkind sei. Seitdem versuche ich ihm zu helfen – und mich samt meiner Wohnungseinrichtung zu retten.«

»Von den Kindern habe ich da schon ein paar Storys gehört«, sagt Oliver, und er kann sich ein Lächeln nicht verkneifen.

»Ich wollte einfach nicht einsehen, dass er in der Psychiatrie besser aufgehoben ist.« Nachdenklich nehme ich einen Schluck aus meiner Tasse. Er schmeckt wie zu Hause, so kann nur Oliver Kaffee kochen. »Ich mache gerade einen letzten Versuch, mich auf seine Welt einzulassen, um dadurch Zugang zu ihm zu bekommen. Wenn mir das wieder nicht gelingt, und davon gehe ich aus, dann muss ich für seine Einweisung sorgen.«

Oliver sieht mich forschend an. »Warum hast du das nicht schon früher gemacht?«

»Ich war überzeugt davon, ihm helfen zu können. Ich dachte, es würde mir gelingen, seine Erinnerung zurückzuholen. Nur manchmal denkt man falsch, aber ich habe immer weiter gehofft, um mir mein Versagen nicht eingestehen zu müssen. Ziemlich schwaches Bild, ich weiß.« Ich schaue nicht auf, weil dieses Eingeständnis schlimm genug für mich ist, und ich will nicht an Olivers Gesicht ablesen können, was er jetzt von mir hält.

»So kenne ich dich gar nicht«, höre ich Oliver sagen. »Du warst in deinem Beruf in den vergangenen Jahren immer sehr verantwortungsvoll und hast deine Patienten in die Hände deiner Klinikkollegen gegeben, wenn du mit deinen psychotherapeutischen Methoden an deine Grenzen gekommen bist.«

Jetzt hebe ich den Blick wieder. »Lieb von dir, dass du so von mir denkst. Aber so ganz stimmt das auch nicht. Ich habe derzeit einen Patienten, der sich mir auch nicht öffnen konnte, und ich habe es immer weiter versucht. Er will aber auch nicht weg von mir, da ist irgendetwas, das uns aneinander bindet. Doch erst durch Cornelius weiß ich, was die Ursache für seine Erkrankung ist.«

»Und warum hast du Cornelius bei dir zu Hause aufgenommen?«

»Da bin ich durch die Kinder reingerutscht, die meinten, ich könne ihn doch nicht auf der Straße lassen, als sich herausstellte, dass er nicht mehr weiß, wo sein Zuhause ist, und wenn ich ehrlich bin, hat er mich auch von unserer Trennung abgelenkt, die ich nur schlecht verkrafte. Darf ich dich etwas fragen, Oliver?«

Er nickt. »Immer. Wir hätten schon viel früher miteinander reden sollen. Ich habe schon im Gärtnerplatztheater den ersten Schritt auf dich zugemacht, aber du hast mich zurückgewiesen.«

»Na ja, ich fand das Foto in der Familiengruppe vom Rang auf uns hinunter nicht so angebracht.«

»Du hast es in den falschen Hals bekommen. Ich wollte dir damit nicht zeigen, wie schön die Aussicht ist, sondern wie gern ich bei euch wäre.«

»Aha. Das hätte aber auch nichts daran geändert, dass ich nicht mit dir reden wollte.«

»Das habe ich gemerkt. Zuerst war ich deshalb auch sauer, aber dann habe ich verstanden, wie du es gemeint hast. Du mochtest nicht mit mir reden, weil du erst hören wolltest, was ich dir zu sagen habe. Also, womit soll ich anfangen?«

»Warum bist du zu Kathy gegangen?«, frage ich geradeheraus. Dabei halte ich mich an meiner Tasse fest und bereue schon ein wenig meinen Mut, weil ich gar nicht weiß, ob ich mit der Antwort umgehen kann.

»Weil ich einen Fehler gemacht habe«, antwortet er mir genauso direkt. »Ich war dumm und habe mich angesichts des Alltags zwischen uns mit Kathy eingelassen, obwohl sie gar nicht mein Typ ist. Aber ich war plötzlich voller Adrenalin, ich glaube, das mein eintöniges Leben wieder einen Sinn hat, dabei hatte ich mit dir und den Kindern schon alles. Und als mir klar wurde, dass ich in einer Rutsche saß, die mit einer Trennung enden würde, habe ich es nicht mehr geschafft, anzuhalten und auszusteigen. Es ist meine Schuld.«

Ich lasse seine Worte auf mich wirken. Sie erreichen mein Herz, weil sie ehrlich sind, und doch bin ich nicht in der Lage, ihm zu verzeihen, weil der Schmerz zu tief sitzt. Aber ich wünschte, ich könnte es.

»Glaubst du, es gibt für uns beide noch eine Chance?«, fragt er leise genau das, worüber ich nachdenke, und ich kann ihm keine Antwort geben.

»Verstehst du dich nicht mehr mit Kathy?«, frage ich stattdessen.

»Ich habe sie nie geliebt«, gibt er zurück und sieht mir dabei fest in die Augen.

»Hm«, mache ich und merke, wie Tränen in mir aufsteigen. Der Kummer, den ich die ganzen Wochen verdrängt habe, ballt sich zu einem Kloß in meinem Hals zusammen.

»Bist du jetzt mit Cornelius zusammen?«, fragt mich Oliver. »Du hast auch nach der Oper mit ihm Händchen gehalten, wie mir die Kinder erzählt haben.«

»Es ist alles nicht so einfach. Aber ich bin nicht in ihn verliebt, wenn du das wissen willst. Wobei ich schon zugeben muss, dass er mein Typ ist und er mir mit seinem Charme den Kopf verdreht hat. Und ich ... Wir ... Also ... wir hatten auch eine Nacht zusammen.«

Oliver zuckt zurück, als hätte ich ihn mit einem Messer getroffen. Aber wir wollten schließlich ehrlich zueinander sein. Und wenn ich an die Wunden denke, die ich mir in den vergangenen Wochen geleckt habe, dann kann ich nur abwarten, wie er mit der Wahrheit umgeht, die jetzt ihn verletzt hat.

Und er sagt etwas, mit dem ich gar nicht gerechnet habe.

»Ich vermisse dich mit jedem Tag mehr.«

Nun gibt es für meine Tränen kein Halten mehr, und er nimmt meine Hand.

In diesem Moment höre ich einen Schlüssel im Schloss und wie die Tür auffliegt. Ich erschrecke furchtbar, weil ich glaube, dass eine Kathy-Furie hereinstürmt, aber dann höre ich die Stimmen von Lilly und Lukas.

»Ist Mama noch da?«, rufen sie schon im Flur, und im nächsten Moment habe ich zwei Teenager von rechts und links halb auf mir sitzen, die mich überschwänglich umarmen.

Ich bin völlig von den Socken, weil mich der schnelle Wandel der beiden völlig überrascht. Eben wollten sie noch nicht mal mit mir reden, und jetzt liegen sie in meinen Armen. Ist das typisch Pubertier, oder was ist da los?

Aber das ist im Grunde auch nicht wichtig, Hauptsache, das Eis ist gebrochen. Zwischen uns braucht es in diesem Moment keine Aussprache. Wir spüren, dass die Welt wieder in Ordnung ist, wenn wir zusammen sind – ganz gleich, welche Probleme es um uns herum gibt.

»Was macht ihr denn schon hier?«, fragt Oliver, als sich der erste Freudentaumel ein wenig gelegt hat.

»Warum schon?« Lilly hebt erstaunt die Augenbrauen und bindet sich ihre Haare zu einem neuen Zopf. »Es ist doch vier Uhr.«

»Ist die Zeit tatsächlich so schnell verflogen?«, staunt Oliver. »Dann muss ich jetzt wohl los in die Redaktion«, fügt er bedauernd hinzu. Aber wir können uns ja vielleicht morgen mal alle vier …«

»Warte mal«, unterbricht ihn Lukas. »Wir müssen euch beiden unbedingt was zeigen, was ich gerade geschickt bekommen habe.« Lukas tippt auf seinem Handy herum und legt es dann vor uns auf den Tisch.

»Das Video geht seit 'ner Stunde gerade voll viral. Schon über 100 000 Klicks in der kurzen Zeit.«

»Schau mal genau hin, Mama. Dann weißt du, warum wir so aufgeregt sind.«

Was soll am Schloss Nymphenburg so besonders sein, denke ich angesichts der ersten Bilder. Sicher, auch mir gefällt das Schloss aus dem 17. Jahrhundert, das anlässlich der Geburt des Thronfolgers Max Emanuel von Kurfürst Ferdinand Maria von Bayern in Auftrag gegeben wurde. Es hat sich nach französischem Vorbild zu einer repräsentativen Sommerresidenz entwickelt und ist mit den Parkanlagen ein Gesamtkunstwerk von europäischem Rang.

Ich bin dort auch schon mit den Kindern mehrfach drin gewesen, wobei die Schönheitengalerie, für die Ludwig I. sechsunddreißig Frauen aus allen gesellschaftlichen Schichten porträtieren ließ, nicht so mein Geschmack ist.

Natürlich ist auch im Winter der Anblick des schneeglitzernden Gebäudes, das sich im breiten Wasserlauf spiegelt, schon sehr reizvoll und bestimmt eine Aufnahme wert, schließlich gehört es zu München wie das Hofbräuhaus. Mir erschließt sich allerdings nicht, weshalb dieses Video so unfassbar viele Klicks erhält.

»Passt auf, jetzt kommt's gleich …«, sagt Lilly, und Lukas ergänzt: »Das Video geht voll ab, wird auch unter dem Hashtag kannstedirnichtausdenken überall geteilt.«

Und im nächsten Augenblick erkenne ich den Grund dafür. Von links kommt plötzlich eine Frau ins Bild, das weiße Kleid an Ärmeln und Saum zerrissen, von oben bis unten beschmutzt, die Flügel krumm und schief, die lockigen blonden Haare zerzaust, als hätten sie seit Wochen keinen Kamm mehr gesehen. Sie läuft barfuß durch den Schnee, scheint jedoch nicht zu frieren und flucht wie ein Kesselflicker.

»Das kannste dir ja nicht ausdenken!«, rufe ich.

»Eben«, gibt Lukas zurück, und Lilly ergänzt: »Der Weihnachtsmann hat die ganze Zeit über die Wahrheit gesagt.«

»Das glaub ich jetzt nicht«, sage ich, und doch spricht Lilly aus, was ich denke. Fassungslos schaue ich weiter das Video an.

»Hast du vielleicht diesen Feigling gesehen?«, spricht das Christkind jetzt die filmende Person an. »Roter Mantel, weißer Bart. Wenn ich diesen Blindvogel erwische … Der hat mich vom Himmel geholt, mich, das Christkind! Dieser Vollidiot braucht doch dringend eine Brille. Der sieht ja nur noch so weit, wie sein Bart lang ist. Wenn ich nicht zwei Schutzengel gehabt hätte, wär's das mit dem Crash für mich gewesen, Meine Flügel sind trotzdem Schrott. Das wird er mir büßen. Und? Hast du ihn gesehen? Auch nicht? Dieser Feigling hat sich verpisst. Hat wohl Schiss wegen seiner Schlittenfluglizenz, dieser Mistkerl. Zu Recht, wenn er mir nicht bald unter die Augen tritt. Glaubt dieser elende Rowdy echt, ich würde ihn nicht finden? Dann hat er sich geschnitten. Wenn der mir in die Finger kommt, dann kann er die Glocken läuten hören. Und zwar seine! Da gibt's nix zu lachen, das ist nicht lustig. Der Weihnachtsmann hätte mich fast umgebracht, und das Fest ist immer noch in Gefahr. Hören Sie auf zu lachen! Sagen Sie mal, filmen Sie mich etwa?«

An dieser Stelle bricht das Video ab.

Oliver kommt aus dem Kopfschütteln nicht mehr raus. »Wie viele Irre sind dieses Jahr eigentlich noch unterwegs? Ich dachte, es reicht schon, wenn sich einer für den Weihnachtsmann hält. Oder das ist echt 'ne coole Inszenierung von irgendwelchen Filmhochschulstudenten. Super Idee!«

»Und das ist seit einer Stunde online?«, frage ich wie elektrisiert.

»Yepp«, sagt Lukas in aller Gemütsruhe, während ich aufspringe.

»Ich muss zum Schloss!«, rufe ich, »vielleicht irrt das Christkind da noch irgendwo herum. Ansonsten muss ich es suchen. Aber mit der Bahn dauert das von hier aus über eine halbe Stunde. Ich brauche das Auto von Kathy! Schnell, bitte!« Damit sehe ich Oliver an, der vollkommen überrumpelt ebenfalls vom Tisch aufsteht.

»Das ist ein Porsche Cayenne«, sagt er, als könne ich nicht richtig sehen – oder will er mir damit was anderes sagen?

»Ich habe einen Führerschein und kann Auto fahren!«, rufe ich. »Und ich habe jetzt keine Zeit zu verlieren«, setze ich noch einmal nachdrücklich hinzu. »Vertrau mir, bitte, Oliver. Und wenn du nicht mehr weißt, was du glauben sollst, dann denk einfach, dass ich jetzt einer armen verwirrten Frau helfe, die halb nackt bei der Kälte durch die Gegend rennt, und ich sie in die Psychiatrie bringen werde. Ich brauche jedenfalls das Auto.«

»Ist das nicht eher ein Fall für die Polizei – oder keine Ahnung, wer da zuständig ist?«

»Oliver, bitte!«

Seufzend geht er in den Flur, nimmt dort den Autoschlüssel vom Haken und drückt ihn mir in die Hand.

»Bring das Auto bitte danach heil in die Redaktion. Kathy muss davon nichts wissen.«

»Dürfen wir mit, Mama?«, fragt Lukas und zieht sich dabei bereits die Schuhe an.

»Mama, dürfen wir, ja?«, setzt Lilly nach.

Ich fühle mich ungut an die Situation in der Straßenbahn erinnert und gerate unter Druck. Wenn ich ihnen jetzt wieder verbiete mitzukommen …

»Ihr zwei bleibt bitte hier«, springt Oliver für mich in die Bresche, und ich schenke ihm einen dankbaren Blick.

»Boah Mann«, mault Lilly, »wir wollen aber mit.«

»Da könnte ich voll das coole Video machen und auch online stellen. Mein Account würde abgehen, das wär so geil.«

»Nein«, entscheidet Oliver noch mal mit Nachdruck.

»Ey, ihr seid beide voll fies«, ruft Lilly.

»So sind Eltern«, schmunzelt Oliver. »Fies sein ist unser Job, weil wir gelernt haben, was Vernunft ist. Wobei …« Sein Blick geht zu dem Schlüssel in meiner Hand. »So sicher bin ich mir da bei uns beiden manchmal auch nicht. Trotzdem, mein Wort gilt, genauso wie das von eurer Mutter. Ihr könnt euch ja später mal an euren Kindern rächen.«

»Tausend Dank, Oliver«, sage ich außer Atem, obwohl ich noch gar nicht weitergekommen bin als bis zur Tür. Ich werfe meinen Kindern einen Luftkuss zu und damit auch Oliver, weil er direkt neben ihnen steht.

Als ich fast schon zur Tür raus bin, ruft Oliver meinen Namen. Ich drehe mich um und befürchte schon, dass er sich die Sache mit dem Auto anders überlegt hat.

»Ich habe nie aufgehört, dich zu lieben. Ich möchte nur, dass du das weißt.«

*　　*　　*

Ist es die Weihnachtszeit, die mich versöhnlich stimmt, oder könnte ich Oliver tatsächlich verzeihen? Ich habe nie aufgehört, dich zu lieben … Wie die Sonnenstrahlen, die nun auch vom winterblauen Münchner Himmel scheinen, wärmen mich seine Worte von innen und hinterlassen kribbelnde Spuren auf meiner Haut.

So sehr habe ich mir in den vergangenen Wochen diesen Satz von Oliver gewünscht. Schließlich habe auch ich nie aufgehört, ihn zu lieben, aber nun kommen doch Zweifel in mir hoch, ob ich zu einer Versöhnung bereit bin und ob wir es schaffen, unsere Beziehung wieder auf stabile Füße zu stellen, indem wir auch an den Punkten arbeiten, aufgrund derer wir uns überhaupt erst auseinandergelebt haben.

Aber ich habe leider keine Zeit, länger darüber nachzudenken, auch ob ich Oliver je wieder vertrauen könnte, denn erst mal muss ich wieder Vertrauen zu meinen Fahrkünsten fassen.

Ob ich mich da Oliver gegenüber doch zu weit aus dem Fenster gelehnt habe?

Einen Führerschein besitzen und Fahrpraxis haben, das sind ja doch zwei Paar Stiefel. Genauer gesagt bin ich seit meinem achtzehnten Lebensjahr nicht mehr Auto gefahren. Wozu auch in München? Gut, mal hier und da für längere Strecken das Carsharing genutzt, deshalb ist mir die moderne Technik halbwegs vertraut, aber der Porsche Cayenne und die Münchner Straßenverhältnisse flößen mir nun doch Respekt ein.

Augen zu und durch, denke ich. Wobei, das ist irgendwie auch keine gute Idee. Aufs Gas drücken muss ich trotzdem, wenn ich das Christkind finden und zuvor noch den Weihnachtsmann einsammeln will.

Seinen roten Mantel sehe ich schon von Weitem am Eingang zwischen den Säulen der Glyptothek leuchten. Wundervoll, es gibt doch auch Dinge, die einfach mal funktionieren. Genauso komme ich wider Erwarten mit dem Auto ganz gut klar.

Am Königsplatz halte ich am linken Fahrbahnrand, was mir angesichts des großzügigen Kreisverkehrs zum Glück möglich ist, lasse das Fenster runter und rufe quer über den parkähnlich angelegten Vorplatz nach Cornelius.

Der reagiert nicht. Mist, ich bin wohl doch zu weit weg, und er rechnet ja auch nicht damit, dass ich mit dem Auto ankomme.

Ich lasse den Motor laufen, steige halb aus und rufe noch mal. Er hört mich immer noch nicht. Also schnell zu ihm hin.

Der Rauschebart fällt aus allen Wolken, als ich ihm die Neuigkeit zurufe – und ich falle vor lauter Aufregung die Stufen zur Glyptothek rauf.

Immerhin rauf und nicht runter.

Das macht die Schmerzen in meinem Fuß aber nicht besser. Holla, die Waldfee, tut das weh. Hoffentlich hab ich mir nichts gebrochen.

»Alles in Ordnung?«, fragt Cornelius besorgt und hilft mir auf.

Scharf ziehe ich die Luft zwischen den Zähnen durch, als ich aufzutreten versuche, und ringe mir ein Lächeln ab. »Geht so halbwegs«, sage ich.

»Von Gehen kann wohl eher nicht die Rede sein«, bemerkt Cornelius, als ich auf ihn gestützt über den Königsplatz humple.

Wir müssen ein Bild für die Götter abgeben, den Handykameras der Fußgänger nach zu urteilen, die auf uns gerichtet sind, bis wir das Auto erreicht haben.

Gebrochen habe ich mir wohl nichts, aber es scheint eine heftige Verstauchung zu sein.

»Ist das dein Gefährt?«, fragt der Rauschebart erstaunt.

»Cooler Schlitten, oder?«, gebe ich zurück und grinse dabei schief. »Leider nur geliehen, aber so kommen wir schneller zum Schloss Nymphenburg. Wobei … Was für ein verfluchter Mist, mit dem Fuß kann ich kein Pedal mehr treten.«

»In Ordnung, ich fahre«, beschließt Cornelius mit einer Selbstverständlichkeit, die mich erstaunt. An dieses Können erinnert er sich offenkundig. Er setzt sich auf den Fahrersitz, und ich humple zur Beifahrerseite.

Was für ein Glück, dass wir das Auto haben. Eine Verfolgungsjagd zu Fuß fällt schon mal genauso flach, wie ich eben auf der Nase gelandet bin.

Am besten wäre es jetzt, wenn uns das Christkind direkt vors Auto laufen würde. Im übertragenen Sinne natürlich. Wir wollen ja nicht, dass sich die Geschichte wiederholt. Wobei mir da eine wichtige Frage in den Sinn kommt.

»Kannst du Auto fahren?«, frage ich.

»Hast du nicht eben gesagt, das sei ein Schlitten?«, entgegnet er, und in diesem Augenblick gibt er auch schon Gas und rast durch den Kreisverkehr. Auf der Gegenspur.

»Nach rechts!«, rufe ich und klammere mich an Haltegriff fest. Ich komme mir vor wie ein Beifahrer bei der Ralley Paris-Dakar, nur mit dem Unterschied, dass wir eine Nobelkarosse unterm Hintern haben und mein Fahrer ein Weihnachtsmann ist und nicht weiß, was er tut.

»Zu weit rechts! Das ist der Gehweg!«, schreie ich, wobei dieser breite Schotterweg nur durch einen flachen Steinabsatz von der Fahrbahn getrennt ist, das muss man ihm zugutehalten, aber die entgegenkommenden Fußgänger sollten ihm definitiv zu denken geben.

»Nach rechts«, kreische ich, und prompt touchiert er die Straßenlaterne. »Nach links!«

Cornelius reißt das Steuer herum und gelangt wieder auf die Fahrbahn.

Das war knapp. Mir klopft das Herz bis zum Hals. Ich will aussteigen. Sofort und auf der Stelle. Andererseits, dann müsste ich mir das Ausmaß des Schadens am rechten Kotflügel vor Augen führen – im Moment kann ich mir noch einbilden, dass vielleicht nur ein Kratzer im Lack ist.

»Sofort anhalten«, fordere ich schwach.

»Das kommt gar nicht infrage, so nah, wie ich am Christkind dran bin. Bloß weil du nicht weißt, wohin ich fahren soll? Erst schreist du rechts, dann links …«

»Ich meinte das andere ›rechts‹«, stöhne ich und sinke tiefer in meinen Sitz.

»Die Ampel war rot!«, rufe ich, als wir beim Stiglmaierplatz über die große Kreuzung rasen.

»Gar nicht wahr«, keift mein Patient zurück. »Ich weiß mittlerweile, was eine Ampel ist und wie ich mich dort verhalten muss. Die war grün!«

»Für die Fußgänger«, entgegne ich resigniert. »Nicht für Autofahrer.«

»Meine Güte, dieses komplizierte System soll einer durchschauen. Grüne Ampeln sind rot, und wenn du rechts schreist, muss ich links fahren.«

»Du musst weiter rechts fahren, weiter rechts!«, rufe ich prompt und zunehmend panisch.

»Was jetzt, rechts oder links?«

»Rechts!«, schreie ich, dass es ihm in den Ohren nachhallen muss. »Sonst gerätst du gleich in den Gegenverkehr.«

Fast ist es zu spät. Der entgegenkommende Lieferwagen hupt und weicht gerade noch aus.

»Der spinnt ja wohl!«, beschwert sich der Rauschebart und setzt ein böses Gesicht auf, »hast du gesehen, dass der auf sein Handy geschaut hat und nicht auf die Fahrbahn?«

»Du bist aber auch nicht in deiner Spur gewesen.«

»Lass solche Hinweise, das weckt schlechte Erinnerungen bei mir.«

Bei seinem Fahrstil würde es mich nicht mehr wundern, wenn er das vermeintliche Christkind wirklich bei einem Verkehrsunfall erwischt hat. Aber wie kommt dann dieser Schlitten in den Wald, und weshalb irrt es mit diesem zerissenen Kleid durch die Gegend?

Diese Fragen helfen mir allerdings im Moment beim Überleben nicht weiter.

Immerhin haben wir unterdessen die Nymphenburger Straße errreicht, die schnurgeradeaus führt. Die Häuser und Bäume fliegen nur so an uns vorbei.

»Geh mal vom Gas runter, du bist viel zu schnell.«

»Wo ist denn hier überhaupt die Bremse?«, fragt der Rauschebart so gelassen, als hätte er noch einen halben Kilometer Bremsweg. In Wahrheit sind es nur noch fünfzig Meter, und die reichen uns nicht.

Mit immer noch gut 20 Sachen rauschen wir in das Heck des VWs, der in zweiter Reihe parkt und jetzt kein Kombi mehr ist.

»Alles in Ordnung?«, fragt mich Cornelius erschrocken.

»Mit mir glaube ich schon …«, sage ich und befühle meinen Nacken. »Mit dem Auto vom Vordermann eher nicht, und wir sind auch ein Stückchen kürzer.«

»So ein Vollidiot, was parkt der denn da mitten auf der Fahrbahn?«

»Das wäre nicht schlimm gewesen, wenn du mich rechtzeitig nach der Bremse gefragt hättest.«

»Okay, andere Frage. Hat das Ding einen Rückwärtsgang?«

»Ja, hier«, erkläre ich ihm, und dann wird mir erst klar, was er vorhat.

»Das ist Fahrerflucht!«, rufe ich entsetzt. »Das kann dich deinen Führerschein kosten.«

»Wenn's weiter nix ist. Ich hab ja gar keinen«, gibt mein Patient ungerührt von sich.

»Du meinst, weil er schon bei der Polizei liegt?«, schnaube ich, während ich auf die Fahrbahn starre, um ihn rechtzeitig vor dem nächsten Hindernis zu warnen.

»Nein, weil man als Weihnachtsmann nur eine Schlittenfluglizenz braucht, Himmel noch mal! Und jetzt hör auf mit deinen Fragen, ich muss mich auf den Verkehr konzentrieren. Bei allen Wichteln, hier ist ja was los.«

Wir haben die Kreuzung an der Südlichen Auffahrtsallee erreicht und biegen nach rechts, ich meine, nach links ab, und dann fahren wir entlang des Wasserkanals, der als Abzweig der Würm auf das Schloss zuführt, über die südliche Auffahrtstraße, an der sich eine lange Reihe mit Parkplätzen befindet.

Im Winter hat man immerhin den Luxus, bis fast direkt vor das Schloss fahren zu können. Wir parken am Ende der südlichen Auffahrt, oder sagen wir besser: Die mitten in der Straße eingelassenen Pfeiler erfüllen ihre Aufgabe und hindern Cornelius an der Durchfahrt.

Mir scheint, dieser Porsche Cayenne war in seinem früheren Leben ein VW Käfer und ist als unkaputtbarer Herbie durch die Gegend gerast.

Meine Nerven hingegen sind am Ende, und meine Beine zittern so, dass ich gar nicht weiß, ob ich aussteigen kann, obwohl ich mir die vergangenen sechzehn Minuten, die mir wie eine Ewigkeit erschienen, nichts sehnlicher gewünscht habe.

Ein Wunder, dass ich die Fahrt überhaupt überlebt habe, und es würde mich jetzt nicht wundern, wenn anstelle des Christkinds ein Engel auftaucht und mir erklärt, dass ich im Himmel gelandet bin.

Dann müsste ich mir jedenfalls nicht überlegen, wie ich Oliver nachher beibringe, dass es sich bei diesem zerknautschten Blechhaufen um das Auto von Kathy handelt.

Da wir aber leider in der Realität sind, ist das mein teuerster Ausflug nach Nymphenburg, den ich je unternommen habe.

Und nicht nur von Engeln, sondern auch von einem Christkind fehlt auf den ersten Blick jede Spur.

Anmutig liegt das Schloss mit seinen lang gezogenen Seitenflügeln vor uns, die Wege sind zu Ornamenten angeordnet und liegen verlassen zwischen den schneebedeckten Rasenflächen.

Sollen wir jetzt etwa den ganzen Park absuchen, der sich unendlich weit hinter dem Schloss erstreckt, weil sich die verwirrte Frau vielleicht bei der Amalienburg, der Badenburg, der chinesisch anmutenden Pagodenburg oder am Ende bei der Magdalenenklause herumtreibt, die einst im Sinne romantischer Gartenarchitektur als Ruine erbaut wurde?

Oder ist sie vom Schloss weg und zum oberen Ende des Nymphenburger Kanals gegangen, wo das kuppelförmige Brunnenhaus steht mit dem heiligen Hubertus auf dem Kupferdach, der das Schloss in direkter Linie immer im Blick hat.

Kaum zu glauben, dass der Hubertusbrunnen angesichts dieser Lage nicht zum Nymphenburger Ensemble gehört, sondern erst nach dem Zweiten Weltkrieg dort aufgebaut wurde, nachdem er von seinem angestammten Platz am Bayerischen Nationalmuseum verlegt worden war, wo er die Baupläne der Nazis gestört hatte und deshalb abtransportiert wurde.

»Sei mal leise!«, fährt mich Cornelius mitten in meine Gedanken hinein an.

»Ich hab doch gar nichts gesagt.«

»Aber eine andere Stimme hier in diesem Schlitten.«

Auweia, ist es jetzt bei ihm etwa so weit? »Was hörst du denn?«

»Da hat ein Mann gesprochen und was vom Christkind gesagt. Irgendwas mit ›Gleich kommen die Neuigkeiten zu unserer Suchmeldung‹. Jetzt kommt wieder Musik.«

»Ach, du meinst das Radio«, sage ich und mache es lauter.

»Das war Ella Henderson mit *Ghost*, und hier ist Ihr Martin Kraus von Antenne Bayern mit den brandaktuellen News vom Christkind. Wer das Video noch nicht gesehen hat, findet es unter dem Hashtag kannstedirnichtausdenken. Unser Hörer Michael Wiegand rief uns soeben an und meldet, er habe die verwirrte Frau vor wenigen Minuten in der Nähe der Residenz zwischen Odeonsplatz und Hofgarten gesehen. Und hier noch einmal die Personenbeschreibung zu unserer Suchmeldung. Die etwa vierzig Jahre alte Frau hat blonde Locken, läuft barfuß und trägt nur ein weißes Leinenkleid. Sie bedarf dringend ärztlicher Hilfe. Also, liebe Münchner, helft alle mit und meldet euch im Studio, wenn ihr das Christkind, also die Gesuchte, seht, oder gebt direkt bei der Polizei Bescheid. Und hier geht's jetzt weiter mit Nickelback und *Song on fire*.«

Nicht zu fassen. Die Residenz ist nur rund einen Kilometer von der Luisenstraße entfernt. Wäre die Meldung früher gekommen, wären wir schon längst da. Ohne Schäden in jeglicher Hinsicht.

»Wir nehmen die Tram bis zum Odeonsplatz«, beschließe ich. »Ich fahre keinen Meter mehr mit diesem Auto.«

»Das musst du auch nicht«, sagt der Weihnachtsmann und legt den Rückwärtsgang ein. »Ich sitze schließlich am Steuer.«

Pfeilschnell rast Cornelius den gesamten Weg zurück, den wir gekommen sind.

Wie schnell genau, wird Kathy der Bescheid von der Bußgeldstelle verraten. Und mal sehen, wie die bei der Behörde reagieren, wenn Kathy in den Anhörungsbogen als Fahrer des Wagens *Der Weihnachtsmann* einträgt. Meine Freundin wird sie in diesem Leben jedenfalls nicht mehr werden. So oder so. Insofern spielt das auch keine Rolle.

Wichtig ist nur, dass wir jetzt heil am Odeonsplatz angekommen sind. Also, wenn man mein Nervenkostüm außer Acht lässt und nur die wenigen Stellen am Porsche betrachtet, die diesem Kriterium entsprechen.

Wir parken direkt vor der Feldherrnhalle, weil wir dort sofort einen Platz bekommen haben. Das könnte wiederum daran liegen, dass es dort gar keine Parkplätze gibt, wie uns auch die Taxifahrer, an denen wir eben vorbeigerauscht sind, mit einem Hupkonzert kundtun. Mit ihren cremefarbenen Autos stehen sie wie aufgefädelt brav vor dem Eingang zum Hofgarten bei der Residenz, die nur einen Steinwurf entfernt ist.

»Na, hab ich das nicht gut gemacht?«, fragt Cornelius selbstzufrieden, als wir aussteigen, und ich nehme mir kommentarlos vor, das nächste Mal mit dem Hinweis »Da vorne ist unser Ziel« etwas vorsichtiger zu sein.

»Wir drehen hier einen Film!«, rufe ich einem erbosten Taxifahrer zu, der unterdessen ausgestiegen ist, und humple am Arm des Weihnachtmanns über die Straße.

Dort angekommen, muss ich mich vor Schmerzen keuchend erst mal an einer der vier goldenen Löwenschnauzen festhalten, die auf Sockeln vor der Residenz angebracht sind.

»Glück gehabt«, murmle ich und fühle mich dabei an den Studenten erinnert, der vor rund einhundertfünfzig Jahren einen Schmähbrief an die Mätresse König Ludwigs I. geschrieben und öffentlich an der Residenz aufgehängt hatte. Der König ging davon aus, dass einer allein sich das nicht trauen würde, und fragte den gefassten Studenten nach seinen Komplizen. Und der antwortete ihm, dass es vier Beteiligte gäbe. Außer ihm seien es noch die Feder, die Tinte und das Papier gewesen. Der König soll gelacht und ihm die Strafe erlassen haben. Der Student taumelte wohl erleichtert zurück auf die Straße, hielt sich an der Löwenschnauze fest und sagte: »Was hab ich für ein Glück gehabt.«

Nach heutiger Überlieferung müsste ich aber schon allen vier Löwen die Schnauze reiben, denn sie stehen für Klugheit, Gerechtigkeit, Stärke und Mäßigkeit. Es heißt, nur wenn man alles gleichsam nutzt, findet man das Glück – das soll mir mal einer vormachen, wenn jeder Schritt wehtut.

»Da sind goldene Spuren auf den Pflastersteinen«, ruft der Rauschebart aufgeregt, der unterdessen einen Blick in die Viscardigasse hineingeworfen hat. »Das könnte ein Zeichen sein!«

»Das ist ein Zeichen«, sage ich müde, »allerdings ist das eine Bronzespur, und die wurde schon vor rund zwanzig Jahren hier angebracht. Sie erinnert an jene Menschen, die sich dem Hitlergruß verweigert haben.«

»Wie soll ich das verstehen?«, fragt der Rauschebart.

»Vor der Feldherrnhalle, die zur Propagandastätte der Nationalsozialisten geworden war, stand Tag und Nacht eine Ehrenwache. Wer hier vorbeiwollte, musste den Hitlergruß ausführen, und um das zu vermeiden, haben viele Münchner den Schleichweg durch die heutige Drückebergergasse gewählt – wobei man dafür auch einen schöneren Zweitnamen hätte auswählen können. Mit der Frau, die wir suchen, hat das aber nichts zu tun.«

»Das hättest du mir auch mal eher sagen können. Wir sind doch hier nicht zur Stadtführung.«

»Aber auch nicht auf der Flucht«, meckere ich zurück. »Ich kann nicht so viel am Stück laufen, ich brauche eine Pause.«

»Haben Sie das Christkind gesehen?«, ruft der Rauschebart dem Taxifahrer zu, der uns immer noch außerhalb seines Wagens beobachtet. Nicht die schlechteste Idee. Das kommt uns in jedem Fall günstiger, als mit dem Porsche weiterzufahren.

»Ist Ihnen die Schauspielerin abgehauen, oder sind wir jetzt Filmstatisten?«, ruft der Taxifahrer zurück.

Keins von beidem, denke ich, nur ich bin im falschen Film.

»Die Frau wird doch im Radio gesucht«, setzt der Mann hinzu, »wollte gerade über Funk Bescheid geben … Sie ist da lang«, sagt er und weist ihm gegenüber durch das repräsentative Tor in der gelben Mauer, die den Hofgarten begrenzt.

Na wundervoll, also zu Fuß weiter. Nun heißt es für mich Zähne zusammenbeißen und weiterhumpeln.

Wir sind gerade erst auf Höhe der Wandmalereien in den Hofgartenarkaden angekommen, als mein Handy klingelt.

Mein Diensthandy. Mein Notfalltelefon für meine Patienten.

Das darf doch jetzt nicht wahr sein. Ab morgen hätte ich Urlaub, und nun muss mich einer meiner Patienten nicht nur in den letzten Stunden meines Diensts dringend sprechen, sondern ausgerechnet jetzt?

Ich bleibe stehen und nehme das Gespräch entgehen. Die Stimme erkenne ich sofort. Es ist mein Liliputaner-Patient Rudolph Reitmayr.

»Frau Christkind, bitte entschuldigen Sie … Ich … Es tut mir leid … Ich wollte Sie nicht stören … Ich weiß mir gerade nur nicht mehr anders zu helfen …«

»Um was geht es denn?«, frage ich freundlich.

»Ich war gerade im Englischen Garten spazieren, Sie hatten mir das ja empfohlen, und es ist so schönes Sonnenwetter heute, aber dann hatte ich eine ganz schlimme Panikattacke. Ich glaube, ich muss wieder in die Psychiatrie.«

»Wo sind Sie denn jetzt?«, versuche ich ihn erst mal zu orten, ehe ich mich weiter mit seinem Problem befasse und dann vielleicht die Verbindung abbricht.

»Am Parkausgang. Ich halte mich an einer Brückenmauer fest. Meine Beine zittern so, ich kann kaum mehr stehen.«

Als ob der Englische Garten nur einen Ausgang besitzen würde, denke ich, aber zu einer präziseren Aussage muss ich mich wohl erst noch vorarbeiten.

»Versuchen Sie, ruhig zu bleiben, atmen Sie tief durch und vertrauen Sie darauf, dass es gleich wieder vorbei sein wird.«

»Ich sehe sie aber immer noch … Meine Halluzination verschwindet nicht.«

Auch das noch. Da muss ich nun handeln, Christkind hin oder her. Doch mein Patient, der vor mir steht, drängt mich zum Weitergehen.

»Sind in ihrer Umgebung Menschen, die Sie ansprechen könnten?«

»Ja, ziemlich viele sogar, aber ich weiß nicht, wem ich davon vertrauen kann. Sie gehören alle zu dieser Gruppe.«

»Zu welcher Gruppe? Möchten Sie mir beschreiben, was Sie sehen?«

»Ich glaube, ich habe meine Mutter gesehen.«

»Aber sie ist doch verstorben, als Sie fünf Jahre alt waren.«

»Deshalb glaube ich ja an eine Halluzination. Allerdings sieht sie noch genauso aus wie damals, mit ihren langen blonden Locken, und sie geht gerade ihrem Hobby nach, nach dem sie früher fast süchtig war.«

»Was macht sie denn?«

»Sie surft in der Eisbachwelle.«

Nun ja, das an sich ist ja nicht ungewöhnlich. Seit rund vierzig Jahren schwingen sich die Surfer zu jeder Jahreszeit in diese stehende Welle am südlichen Ende des Englischen Gartens.

»Es gibt viele Frauen mit blonden Locken. Ich sehe Ihrer Mutter ja auch etwas ähnlich. Sie fühlen sich gerade nur sehr stark an sie erinnert. Das ist ganz normal.«

»Das stimmt«, pflichtet er mir bei, und ich bin ein wenig erleichtert, dass er meinen Gedankengängen folgt, bis sein Nachsatz kommt. »Nur: Es ist alles so verrückt, weil sie bei der Kälte lediglich ein schmutziges und zerfetztes weißes Kleid anhat. Aber sie scheint nicht zu frieren und den Spaß ihres Lebens zu haben.«

»Geben Sie mir zehn Minuten, dann bin ich da.«

* * *

Ich wusste gar nicht, dass ich so schnell auf einem Bein hüpfen kann. Quer durch den Hofgarten hinter der Residenz, vorbei am Haus der Kunst bis zur kleinen Brücke an der Prinzregentenstraße, wo mich mein Liliputaner-Patient erwartet.

Nun klammern wir uns beide an der Brückenmauer fest. Ich außer Atem und er voller Angst.

»Schauen Sie nur!«

Wir stehen wie auf einer Tribüne. Im Sommer sind die Zuschauerplätze auf diesen wenigen Metern heiß begehrt, direkt unter uns ist die Eisbachwelle, und an den betonierten Einstiegsstellen auf beiden Seiten warten die Surfer unter verschneiten Bäumen in stummer Absprache auf ihren Part, weil sich immer nur einer in der Welle aufhalten darf.

Unter den Wartenden entdecke ich die Frau, die mein einer Patient für das Christkind und der andere für seine Mutter hält.

Über einen seitlichen Weg gelangt man von der Brücke hinunter zur Einstiegsstelle, und ich hätte von meinem Rauschebart erwartet, dass er sofort hinunter zum Christkind rennt, doch er steht wie angewurzelt da und gibt keinen Ton von sich.

Das sind Momente, von denen im Psychologiestudium keiner spricht. Ich stehe flankiert von zwei Patienten auf einer Brücke, unter uns ein reißender Bach, und beide Männer sind unberechenbar.

In die Welle steigt nun ein Surfer im Neoprenanzug ein. Er wirft sein Brett in den Fluss, springt fast gleichzeitig gekonnt drauf, doch dann kann er sich nur ein paar Sekunden in der Welle halten, bevor er das Gleichgewicht verliert, von dem reißenden Weißwasser nach unten gedrückt wird und mit der Strömung erst dort wieder auftaucht, wo der Bach ruhiger fließt und er mit seinem Brett, das er über eine Schnur an seinem Fuß befestigt hat, wieder an Land klettern und zurück zur Einstiegsstelle gehen kann.

Der nächste kann sich schon länger auf der stehenden Welle halten, seit rund vierzig Jahren wird hier gesurft, mittlerweile sogar legal, und Legenden aus aller Welt kamen schon hierher.

Zu meinen Studienzeiten hat mich dieser Sport ebenfalls sehr gereizt, auch jetzt prickelt es wieder beim Zuschauen, aber ich bin über die Anfängerwelle ein Stück weiter bachabwärts nie hinausgekommen. Leider.

Wie hält es diese Frau im nassen, dünnen Kleidchen und barfuß nur aus? Knöcheltief steht sie an der Einstiegsstelle im Eiswasser und scheint als Nächste dran zu sein. Wie kann es sein, dass sie nicht friert?

Uns bemerkt sie nicht, sie ist auf die Welle konzentriert, und wenn ich das Surfen richtig gelernt hätte, würde ich jetzt auch alles stehen und liegen lassen, um mir diesen Adrenalinkick abzuholen – im Ganzkörperneoprenanzug.

Die Eisbachwelle ist wirklich nur Könnern zu empfehlen, und selbst unter ihnen kommt es immer wieder zu Unfällen, denn die Betonbegrenzungen auf beiden Seiten und vor allem die gefährliche Unterströmung mit den Steinstufen unterhalb des Weißwassers sorgen für Platzwunden, Knochenbrüche und ausgekugelte Schultern.

Das zählt allerdings noch zu den harmlosen Verletzungen, denn jährlich kommt mindestens ein Surfer in der Eisbachwelle zu Tode.

Der junge Mann, der sich immer noch in der Welle befindet, scheint schon ein bisschen mehr draufzuhaben, doch nun hat er kräftemäßig auch genug und lässt sich kontrolliert in die Strömung fallen und bis zum Ausstieg treiben.

Jetzt ist die Frau dran, und es friert mich allein beim Zusehen. Ihre nassen lockigen Haare hängen ihr über die Schultern, sie breitet die nackten Arme aus, und nicht mal die nassen Federberge auf ihrem Rücken scheinen sie in ihrem Gleichgewicht zu stören.

Wie ein Kreisel legt sie eine mehrfache Drehung mit dem Board hin, erst rechts-, dann linksherum. Wahnsinn. Ich habe hier schon viele Surfer beobachtet, aber so spielerisch hat noch niemand mit der Welle getanzt, und prompt erhält sie Applaus für diese perfekte Three-sixty, die nur wenige Surfer auf die Eisbachwelle zaubern können.

Angesichts dieser Begeisterung reißt es auch meinen Rauschebart aus seiner Erstarrung. »Ho! Ho! Ho! Christkind! Du bist es wirklich! Du lebst! Hurra!« Seine durchdringende Stimme lässt alle am Ufer zusammenzucken, und das vermeintliche Christkind erschreckt derart, dass es den Kopf zu uns hochreißt, dadurch das Gleichgewicht verliert und nur einen Augenblick später vom tosenden Wasser überspült und nach unten gedrückt wird.

»Christkind!« Mit diesem entsetzten Schrei läuft der Weihnachtsmann los, den Weg hinunter, mein zweiter Patient hinterher und ich humpelnd am Schluss.

Wie furchtbar, wenn die Frau nicht wieder auftaucht, brauche ich einen Notfallseelsorger – für mich gleich mit.

Hinter dem Weißwasser treibt ihr Brett plötzlich wieder an der Oberfläche, ein kurzer Hoffnungsschimmer, doch von ihr fehlt jede Spur.

Wir sind an der Ausstiegsstelle angekommen, starren auf den Eisbach, und jedem von uns dreien sickert die Konsequenz des Geschehenen auf unterschiedliche Weise schmerzhaft ins Bewusstsein.

Nun erreicht uns auch der Surfer, der ihr das Brett geliehen hat. »Gehört ihr zu der Frau? Es tut mir so leid. Ich hab ja gemerkt, dass sie ein bisschen verrückt ist, sie meinte, als Christkind hält man das auch ohne Neopren aus und ein Bad könne ihr sowieso nicht schaden. Ich wollte ihr das Board nicht geben, aber dann habe ich das lodernde Feuer in ihren Augen gesehen, die Leidenschaft, die nur in einem echten Surfer brennt. Aber sie hat es nicht … Da ist sie!«, unterbricht er sich selbst.

Die Frau ist direkt vor uns aufgetaucht. Lebend – und sichtlich wütend.

So schnell, wie das Christkind am Ufer ist und dem Weihnachtsmann rechts und links eine schallende Ohrfeige verpasst, kann der gar nicht schauen.

»Aua«, sagt er verdutzt und reibt sich mit beiden Händen die bärtigen Wangen. »Die eine hab ich wohl verdient, aber warum gleich zwei?«

»Hast du einen Knall, mich so zu erschrecken? Das Brett hat mich knapp unterm Auge getroffen, und ich bin mit dem Rücken voll gegen die Steinstufe gedonnert, meine Flügel sind endgültig Schrott, und ich hätte mir alle Rippen brechen können. Willst du mich noch mal umbringen? Wo hast du überhaupt die ganze Zeit gesteckt, du Feigling?«

Der Rauschebart wendet sich Hilfe suchend an mich, wodurch sie mich überhaupt erst bemerkt. Die Frau schaut mich von oben bis unten an, und zuletzt bleibt ihr Blick an meinen Haaren hängen.

»Ach, ich verstehe«, bemerkt sie in spitzem Ton, »du hast mich schon abgeschrieben und dir ein neues Christkind gesucht.«

Ich hebe die Hände und mache einen Schritt rückwärts. »Das ist ein großer Irrtum. Ich bin nicht das neue Christkind.«

»Aber du wolltest es doch gerade eben noch werden«, sagt Cornelius, der ziemlich neben der Spur zu sein scheint.

»Nein, nein, das ist nur ein Missverständnis«, wehre ich erneut ab. »Wie geht es Ihnen, ist alles in Ordnung? Soll ich einen Krankenwagen rufen?«

Sie testet ihre Gliedmaßen. »Ist noch alles dran, glaube ich.«

»Aber Sie müssen doch völlig unterkühlt sein.«

»Unterkühlt?«, fragt sie, als hätte ich das bei vierzig Grad im Schatten behauptet, und hält mir zum Beweis ihren Arm hin. Tatsächlich, ihre Haut ist warm. Unfassbar. Andererseits gibt es ja diese Eisschwimmer, die Wettbewerbe über lange Distanzen ohne Neopren in Wassertemperaturen austragen, bei denen ich nicht mal meinen kleinen Zeh reinhalten würde. Sie könnte durchaus zu dieser Gruppe gehören, und das hier ist gerade Teil ihres Trainings. Es gibt für alles eine plausible Erklärung.

»Ich glühe vor Zorn«, bekräftigt die Frau, »und zwar wegen diesem Rauschebart hier. Ich bin zwei Wochen lang mit meinen gebrochenen Flügeln durch den Wald geirrt, bis ich endlich den Weg in die Stadt gefunden habe. Hast du überhaupt eine Minute lang nach mir gesucht?«, wendet sie sich jetzt an den Rauschebart.

»Ich war davon überzeugt, dass du tot bist«, gibt er betroffen zu.

»Logisch, so wie du mich gerammt hast. Mein Schlitten ist Kleinholz, und das Weihnachtsfest ist immer noch in Gefahr – weil du nicht auf die Fahrbahn achten kannst.«

»Hör mal«, sagt der Weihnachtmann, der nun so langsam seine Fassung wiedererlangt und zugleich wieder verliert. »Du kannst mir nicht allein die Schuld geben!«

»Ach, wem denn noch? Deinen Rentieren etwa? Für die Steuerung bist immer noch du zuständig.«

»Glaub mir, ich hab mir in den vergangenen Wochen genug Vorwürfe gemacht, aber im Gegensatz zu dir starre ich während des Flugs nicht immerzu auf dieses Gerät. Als Weihnachtsmann geht es gegen meine Ehre, nach Navi zu fliegen.«

»Das war ja auch kein Navi, sondern mein Handy«, rutscht es dem Christkind raus. »Ups.«

»Aha«, sagt der Weihnachtsmann und verschränkt die Arme. »Jetzt kommt so langsam die Wahrheit ans Tageslicht. Du hast auf dein Handy geschaut und bist dadurch in *meine* Flugbahn geraten?«

»Möglicherweise«, gibt die Frau zu und senkt den blonden Lockenkopf. »Aber du hast deine Spur auch nicht genau gehalten, gib's zu«, bemerkt sie trotzig.

Der Weihnachtsmann denkt nach und reibt sich den Bart. Nach einer Weile sagt er: »Müssen wir wirklich streiten? Wollen wir uns vielleicht wieder versöhnen? Ich glaube, wir haben beide einen Fehler gemacht.«

»Schon möglich«, knurrt das Christkind. »Kann übrigens sein, dass ich dir gerade ein Veilchen verpasst habe, das sieht da links am Auge ziemlich rot und geschwollen aus.«

Kritisch befühlt er die Stelle und betrachtet dann seinerseits das Gesicht des Christkinds. »Ich denke, wir werden beide mit einem blauen Auge aus der Sache rauskommen, und zur Versöhnung biete ich dir an, dir einen nagelneuen Schlitten zu bauen. Was hältst du davon? Das schaffe ich in drei, vier Tagen, und dann bleibt uns immer noch Zeit, die Geschenke zu verteilen – ohne dieses Handy-Ding und unter strengster Beachtung der Luftraumgrenzen.«

»Klingt nach einem guten Vorschlag«, sagt das Christkind, das ziemlich verhalten wirkt oder sich die Freude darüber noch nicht so richtig anmerken lassen will.

»Möchtest du mich dafür vielleicht wenigstens umarmen – so zur Versöhnung? Wäre doch ein guter Anfang«, fordert der Rauschebart ein kleines Zeichen ein.

Kaum ausgesprochen, fällt ihm das Christkind erleichtert um den Hals. »Ich dachte, das willst du nicht, weil ich so nass bin.«

»War auch eine doofe Idee«, lacht der Rauschebart aus tiefer Kehle und wischt sich über das Gesicht und den Mantel, »aber so ist das eben, wenn man vor lauter Freude nicht mehr klar denken kann.«

»Ich entschuldige mich sogar bei dir und bin auch froh, dass du den Crash heil überstanden hast – hätte ins Auge gehen können.«

»Mutter?«, höre ich in diesem Augenblick die zaghafte Stimme meines Patienten Rudolph hinter mir. »Bist du's wirklich? Du bist es, oder? Erkennst du mich vielleicht? Ich bin es, Rudolph, dein Sohn.«

Allein schon dadurch, dass sich die beiden altersmäßig kaum voneinander unterscheiden, ist die Situation ziemlich bizarr. Aber das stört meinen Patienten in seiner Wahnvorstellung nicht, er sieht tatsächlich seine Mutter vor sich, in dem Alter, in dem sie verstorben ist.

Ich will gerade einschreiten, da sagt die Frau: »Ich kenne dich. Deine Mutter ist kurz vor Heiligabend bei einem Verkehrsunfall verstorben, nicht wahr?«

Nun verschlägt es auch mir die Sprache.

»Du … Sie … Woher weißt du das?«, stottert Rudolph Reitmayr.

»Ich weiß ziemlich viel über dich, weil ich das Christkind bin, und ich habe jedes Weihnachten gesehen, wie traurig du warst, das hat mir bald das Herz gebrochen, und ich habe versucht, dir das Fest immer besonders schön zu machen.«

»Du warst das?«, stutzt er, ohne die Sache weiter zu hinterfragen. »Das ist dir gelungen, aber meine Mutter vermisse ich bis heute. Ich kann einfach nicht akzeptieren, dass sie so früh sterben musste.«

»Deine Mutter wird nicht wiederkommen«, sagt die Frau sanft. »Sie ist tot, das *musst* du akzeptieren.«

»Aber sie sieht so aus wie du. Ich hätte meine Mutter so gern noch einmal in meinem Leben wiedergesehen. Nur ein einziges Mal. Das war immer mein einziger großer Wunsch. Einmal mit ihr reden, um ihr alles zu sagen und ihr Fragen stellen zu können, damit ich weiß, wer sie wirklich war. Ich hab sie einfach viel zu früh verloren.«

»Es ist immer zu früh. Und du weißt, wer sie ist. Sie ist ein Teil von dir.«

»Aber du bist nicht meine Mutter, sondern das Christkind?«, hakt mein Patient sicherheitshalber nach, wobei die Frage an sich ja einen Haken hat.

»Glaubst du denn an das Christkind?«, fragt sie prompt zurück.

»Ich … ich weiß nicht. Also … früher schon, heute nicht mehr so unbedingt. Das ist doch nur eine Geschichte.«

»Auch Geschichten können wahr sein. Was du glauben willst, ist allein deine Entscheidung. Hauptsache, du bist damit glücklich.« Sie lächelt ihn an, und ich meine, ein hauchfeines Augenzwinkern erkennen zu können. Aber ich kann mich auch getäuscht haben.

»Ich glaube, ich kann jetzt glücklich werden«, sagt Rudolph.

»Wann wollen wir denn abreisen?«, fragt nun der Weihnachtsmann, der sich zwar für Rudolph freut, aber für weitere Sentimentalitäten offenkundig keine Zeit hat.

»Heute um Mitternacht?«, schlägt das Christkind vor. »Bis dahin muss ich noch mein Kleid trocknen und die Haare föhnen.«

Ich muss schmunzeln. Ganz so hart im Nehmen scheint das Christkind dann doch nicht zu sein.

»Das kannst du gern bei mir machen«, bietet Rudolph Reitmayr an, »sonst holst du dir ja noch den Tod. Ich wohne gleich hier ums Eck im Lehel.«

»Ich weiß«, sagt das Christkind lächelnd.

»Woher weißt du das?«, stutzt er.

»Es ist ja wohl logisch, dass ich mir sonst den Tod holen werde, oder was dachtest du?«, gibt das Christkind augenzwinkernd zurück.

Kapitel 10

*N*un ist es bald Mitternacht, die Abreise steht bevor und damit ein Abschied, der mir schwerer fällt, als ich geglaubt habe. Erst wollte ich ihn so schnell wie möglich wieder loswerden, und nun geht mir alles viel zu rasch.

Ich werde meinen Weihnachtsmann, meinen Jeff Bridges, meinen Rauschebart, meinen Patienten, meinen Cornelius und nicht zuletzt mein Problem sehr vermissen.

Er hat mein Leben auf den Kopf gestellt, er hat mir den Kopf verdreht, ihn am Ende aber auch wieder geradegerückt. Tatsächlich hätte er zu keinem besseren Zeitpunkt vor meiner Tür stehen können. Okay, nicht gerade sonntagmorgens um sechs Uhr, dabei bleibe ich, aber nur durch ihn habe ich erkannt, was mir wirklich wichtig ist. Glücklich sein – und das vielleicht auch eines Tages wieder mit meiner Familie.

Das hoffe ich, und das wünsche ich mir …

Ich sitze neben unserem zerrupften Tannenbaum im Wohnzimmer, habe meinen lädierten Fuß auf den Couchtisch gelagert und freue mich über die Nachricht, die ich soeben von Oliver erhalte.

Erstens, weil er den Tobsuchtsanfall von Kathy offenkundig überlebt hat – wahrscheinlich, weil sie den Wagen noch gar nicht zu Gesicht bekommen hat.

Ich übrigens auch nicht mehr, denn die Polizei hatte ihn bereits abschleppen lassen, als wir vom Eisbach wieder zurückkamen.

Und zweitens würden die Kinder gern morgen wieder nach Hause kommen, so schreibt er, und sie wünschen sich, dass wir

Weihnachten zusammen verbringen, so wie immer. Ob ich mir das auch vorstellen könne?

»Das wird sicher ein schönes Fest zu viert«, schreibe ich zurück und glaube, dass Oliver die Botschaft richtig versteht.

Ich bin bereit, mit ihm den ersten Schritt der Versöhnung zu gehen, aber ich brauche noch Zeit, um ihm zu verzeihen. Auch weiß ich nicht, ob es mir gelingen wird, aber ich wünsche es mir – weil ich ihn liebe.

Der Rauschebart hat gerade noch ein ausgiebiges Bad in seinem selbst gebauten Zuber genommen, der nun auch dank der Handwerker einen Ablauf besitzt, und macht sich reisefertig.

Die Halsbänder der Rentiere habe ich ihm bereits ausgehändigt, und er hat mit dem Christkind eine Stelle verabredet, wo sie im Zoo per Räuberleiter über die Mauer gelangen und dann gemeinsam davonfliegen wollen.

Was auch immer die beiden wirklich vorhaben und wie der nächtliche Ausflug in den Zoo ausgehen wird, ich habe das Gefühl, dass er nun mit dem Christkind zusammen seinen Weg finden wird.

Wohin auch immer. Vielleicht auch nur bis in die nächste Psychiatrie, aber das denke ich nur deshalb so zynisch, weil ich nicht davon ausgehe.

So langsam dämmert mir, dass mein vermeintlicher Patient deshalb nie in mein diagnostisches Korsett gepasst hat, weil ich nicht bereit war, das Unmögliche zu denken, damit es möglich wird.

Auch er macht sich den Abschied nicht leicht. Vorhin hat er uns noch eine große Portion Milchreis gekocht, die wir recht schweigsam gegessen haben, weil keiner die richtigen Worte gefunden hat.

Anschließend saßen wir noch lange am Tisch, ich habe mein Bein auf einen Stuhl hochgelegt, und er hat meine Hand gehalten.

Nicht nur, weil mich mittlerweile sehr starke Schmerzen plagen und ich Bea Bescheid gesagt habe, damit sie noch kommt und mich ins Krankenhaus fährt. Nein, wir haben beide gespürt, dass etwas zwischen uns zu Ende geht, das nie richtig begonnen hat und dennoch tiefe Spuren in uns hinterlassen wird.

Ich hoffe nur, dass er mich nicht zu sehr in sein Herz geschlossen hat und ihm der Abschied deshalb so schwerfällt. Sein Blick sprach jedenfalls Bände.

Erst als es schon höchste Zeit wurde, ist er ins Bad gegangen, und nun sollte er bald mal rauskommen, sonst verpasst er noch den Abflug – oder das nächtliche Treffen im Zoo, wie auch immer.

Einerseits würde ich ja zu gern Mäuschen spielen, andererseits kommt Bea gleich. Immerhin passt es mit ihrem Arbeitsende zusammen und mit meinem Wunsch, noch die letzten Stunden mit dem Mann zu verbringen, den ich wider Erwarten in mein Herz geschlossen habe.

»Wo hast du denn eine Nagelschere?«, höre ich ihn rufen, nachdem der Föhn ausgegangen ist.

»Erste Schublade, in dem schwarzen Ledermäppchen«, gebe ich zurück.

»Was?«, ruft er.

Seufzend stehe ich auf, humple in den Flur und wiederhole vor der Badtür noch einmal, wo er fündig wird. Will er jetzt etwa noch Pediküre betreiben oder nur seinen Bart in Form bringen?

Doch zu meiner Überraschung steht er plötzlich vor mir. »Bin fertig und gleich startklar.« Sein Enthusiasmus weicht jedoch schnell wieder einer gewissen Traurigkeit. »Es fällt mir nur so schwer, jetzt zu gehen.«

»Du weißt, dass ich nie wirklich mitkommen wollte …?«, antworte ich halb fragend.

»Das weiß ich. Du wirst mir trotzdem fehlen, du bedeutest mir nämlich sehr viel.«

»Du mir auch«, entgegne ich leise. »Aber ich muss dir noch etwas sagen. Ich habe mich zwar ein kleines bisschen in dich verliebt, aber mehr … «

»Das weiß ich«, unterbricht er mich sanft. »Mach dir um mein Herz keine Gedanken. Du bist eine wundervolle Frau, und wenn du nicht gebunden wärst, hätte ich dich ganz bestimmt gefragt, ob du mit mir am Korvatunturi leben willst.«

»Ich war doch aber in der ganzen Zeit nicht gebunden, jedenfalls nicht an einen Mann«, widerspreche ich.

»Erinnerst du dich noch, als ich dich im Gärtnerplatztheater fragte, ob du deinen Mann eifersüchtig machen willst?«

»Natürlich, ich habe diesen Kuss nicht vergessen – und alles, was danach kam.«

»Ich auch nicht. Aber ich wusste von da an, dass dein Herz an deinem Mann hängt und es nur eine Frage der Zeit ist, bis ihr wieder zusammenfindet. Eine Zeit, die ich mit dir zugegebenermaßen genossen habe. Aber sie war ja allein dadurch begrenzt, dass ich wieder zurückmuss. Ohne dich. Danke, dass du mir geholfen hast, mich mit dem Christkind zu versöhnen.«

Ich zucke mit den Schultern. »Da habe ich nicht viel dazu beigetragen, außer einem Auto, das nun Schrott ist, weil ich eine Rechts-links-Schwäche habe.«

»Und ich habe gelernt, dass Schlitten nicht gleich Schlitten ist«, sagt der Weihnachtsmann und lächelt dabei schief. Dann nimmt er meine Hand. »Überhaupt hast du mir so vieles darüber beigebracht, wie deine Welt funktioniert. Gleich an der ersten Ampel hast du mir das Leben gerettet, erinnerst du dich? Und ich weiß, du hast mich verflucht, weil ich dir das Leben schwer gemacht habe.«

»Sagen wir mal so, mein Nervenkostüm hat etwas gelitten, und mein Geschirr unter anderem auch.«

»Ach ja, so eine Waschmaschine werde ich mir auf dem Korvatunturi auf jeden Fall auch zulegen. Sehr praktisch für die vielen schmutzigen Teller.«

»Du meinst Spülmaschine«, entgegne ich lachend. »Aber ich habe auch etwas von dir gelernt. Du hast mir gezeigt, wo in dieser Welt mein Platz ist.«

»Glaubst du mir jetzt eigentlich, dass ich der Weihnachtsmann bin?«, fragt er leise.

Ich zucke mit den Schultern und lächle. »Möglicherweise. Ich werde dich in jedem Fall vermissen, wo auch immer du in Zukunft sein wirst.«

»Ich werde dich auch vermissen. Aber ich mag keine Abschiede«, sagt er traurig. »Lass es uns also kurz machen, schmerzlos wird nicht möglich sein. Ich möchte dir noch etwas geben …«

Er nimmt die Schere und setzt sie auf Brusthöhe am Stoff seines wunderschönen Mantels an.

»Was machst du denn da?«, frage ich entsetzt.

Wortlos schneidet er sich ein kreisrundes Stück Samt aus dem Mantel, dort, wo das Herz ist, und gibt mir den roten Flicken. »Damit du weißt, dass an dieser Stelle für immer ein Loch sein wird – ich kann nämlich nicht nähen.«

»Aber …«, beginne ich und weiß dabei gar nicht, was ich sagen soll.

»Auf Wiedersehen«, sagt er mit dünner Stimme, als er die Tür öffnet. »Vielleicht sehen wir uns eines Tages mal wieder, wenn du nach mir Ausschau hältst.«

»Auf Wiedersehen«, sage ich leise und bleibe mit Tränen in den Augen zurück.

Als die Tür ins Schloss fällt, schließe ich meine Hand fest um das Stück Stoff.

* * *

Als es am nächsten Morgen in aller Herrgottsfrühe klingelt, bin ich gerade erst eingeschlafen. Die Nacht im Krankenhaus war lang, mein Bänderriss wird nun von einer hübschen Orthese gehalten, und an Schlaf war zunächst nicht zu denken.

Vor Schmerzen und Traurigkeit über den Abschied, die sich mit Vorfreude auf das Wiedersehen mit meinen Kindern am Nachmittag gemischt haben.

Und jetzt bin ich hellwach. Steht der Weihnachtsmann etwa wieder vor meiner Tür? Ich weiß nicht, ob ich lachen oder heulen soll, als ich mich mit meinen Krücken durch den Flur bewege. Oder sind es meine Kinder, die schon vor der Schule zu mir kommen – aber das wäre doch ein Umweg.

Ich nehme beide Krücken in eine Hand, öffne die Tür, und da steht – niemand.

Ich schaue extra das Treppenhaus hinunter und betätige den Türöffner, falls es die Klingel an der Haupttür unten war, so genau habe ich den Ton im Halbschlaf nicht gehört.

Doch es bleibt dabei. Keiner, der zu mir will.

Fast schon ein wenig enttäuscht schließe ich die Tür und frage mich auf dem Weg zurück ins Schlafzimmer, was ich wohl für einen Ton gehört habe.

Ich ertappe mich sogar dabei, wie ich einen Blick ins Wohnzimmer werfe, so wie es mir in den vergangenen Wochen zur Gewohnheit geworden ist.

Ach, mein Handy war das, denke ich, als ich eine Nachricht meiner Freundin Rose vorfinde, die vor fünf Minuten eingegangen ist.

»Ruf mich mal bitte dringend zurück, sobald du wach bist.«

Wenn mich die Tierärztin aus dem Zoo um diese Uhrzeit anruft, dann kann es nur mit dem Weihnachtsmann und dem Christkind zusammenhängen. Während ich den Rufton höre, gehen mir sämtliche Szenarien durch den Kopf, die von verunfallten Christkindern beim Überklettern der Mauer bis hin zu betrunkenen Weihnachtsmännern im Rentiergehege reichen.

»Erzähl, was ist los«, sage ich zur Begrüßung.

»Gut, dass du schon erreichbar bist, Sarah. Die Rentiere sind vergangene Nacht aus dem Zoo verschwunden. Mitsamt dem Schlitten«, erklärt sie ohne weitere Umschweife. »Wir alle hier haben keine Ahnung, wie das vonstattengegangen sein soll. Wir dachten, du hast vielleicht eine Idee oder dein Cornelius weiß was.«

Nicht zu fassen, sie haben's tatsächlich geschafft, denke ich schmunzelnd und werde wieder ernst, bevor ich sage: »Nein, Cornelius ist leider seit vergangener Nacht weg. Er wird auch nicht wiederkommen.«

»Oh, das ist aber schade. Tut mir leid für dich, aber na ja, er hatte ja schon ganz ordentliche psychische Probleme, ehrlich gesagt. Mit einem Typen, der sich für den Weihnachtsmann hält, wärst du doch auf die Dauer nicht glücklich geworden. Mach dir nicht so viel draus.«

»Da hast du wohl recht. Er kam einfach aus einer anderen Welt«, sage ich, und sie kann es verstehen, wie sie möchte. »Ich weiß nur, ihm haben der Schlitten und die Rentiere gehört«, füge ich hinzu, »er hat das lediglich an dem Abend geleugnet. Aber ich habe keine Idee, die irgendwie plausibel klingen könnte, wie er damit mitten in der Nacht aus dem Zoo gekommen ist.« Und das ist die Wahrheit.

»Na ja, wahrscheinlich ist er geflogen«, sagt Rose und lacht.

»Wahrscheinlich«, entgegne ich. »Es tut mir leid, dass ich dir keine bessere Antwort geben kann. Frohe Weihnachten.«

»Frohe Weihnachten!«

* * *

Da ich Urlaub habe, verbringe ich den Rest des Tages damit, auf der Couch liegend die PECH-Regel zu beachten – Pause, Eis, Compression, Hochlagern –, und lasse die Ereignisse der vergangenen Wochen Revue passieren.

Der Weihnachtsmann vor meiner Haustür, das Feuer in der Badewanne, die Nordmann-Tunte auf dem Weihnachtsmarkt, palettenweise Schokoweihnachtsmänner in meinem Wohnzimmer und in meinem Bauch, der Kuss und die darauffolgende Nacht, seine Kochkünste, die rasante Fahrt durch München – so viele Szenen kommen mir noch einmal in den Sinn, dass ich gar nicht merke, wie die Zeit vergeht.

Das fällt mir erst auf, als mein Handy zur Mittagszeit klingelt. Rose noch mal? Oder Oliver wegen der Kinder?

Weit gefehlt. Es ist meine Mutter.

Die hat mir jetzt gerade noch gefehlt, denke ich, aber ich habe mir abgewöhnt, das laut zu sagen, seitdem meine damals fünfjährige Lilly ihr mal die Tür aufgemacht und das wiederholt hat, was ich kurz zuvor aufseufzend von mir gegeben habe: »Hallo, Oma, schön, dass du da bist. Mama hat gesagt, du fehlst ihr gerade noch zu ihrem Glück.«

Widerstrebend gehe ich ans Telefon. Ich schaffe es einfach nicht, mal einen Anruf von ihr absichtlich zu ignorieren, wenn es gerade nicht passt. Ich könnte mein schlechtes Gewissen dafür in den Hintern treten.

»Sarah-Kind, du wirst es nicht glauben, aber mir hat jemand einen Gutschein geschenkt für einen Wellnessurlaub – jetzt über Weihnachten. Inklusive Flug. Da geht ja ein Traum in Erfüllung.«

Für mich ebenfalls, denke ich, aber laut sage ich. »Also, da wäre ich ein bisschen vorsichtig, Mutter. Das ist doch bestimmt eine Falle, mit der irgendwelche Bauernfänger jetzt um die Feiertage herum die alten Leute ausnehmen wollen. Bestimmt ist da ein

Haken dran. Wahrscheinlich besteht die Wellness darin, dass du eine Massagematte kaufen musst, und die Fahrt geht nur bis zum nächsten Autobahnhotel mit großem Veranstaltungssaal.«

»Willst du mir etwa sagen, ich gehöre zu den alten Leuten? Außerdem bin ich nicht naiv, und die Reise geht nach Finnland. Ich habe gerade in dem Ferienhaus dort in Kuopio angerufen, und man hat mir bestätigt, dass auf meinen Namen eine Buchung besteht und alle Kosten beglichen sind. Nur von der Fluggesellschaft habe ich noch nichts gehört. Rudolph-Airlines – kennst du die?«

Nun spannt sich ein breites Lächeln in meinem Gesicht auf. »Doch, die sagt mir was.«

»In dem Schreiben steht noch, dass ich von zu Hause abgeholt werde. Offensichtlich mit Shuttleservice zum Flughafen. Nur die Uhrzeit ist seltsam. Mitten in der Nacht, um 03.30 Uhr geht es los. Aber vielleicht geht der Flieger ja schon so frühmorgens?«

»Das ist durchaus möglich«, schmunzle ich. »Und es steht kein Name auf der Karte?«

»Nein. Sie ist nur unterschrieben mit ›Dein Weihnachtsmann‹.«

»Na also, da hast du es doch.«

»Was?«, fragt meine Mutter begriffsstutzig.

»Dann weißt du doch, wer dir das geschenkt hat – oder glaubst du etwa nicht an den Weihnachtsmann?«

»Ach Kind, jetzt verstehe ich, das kommt von dir! Du hattest doch von Finnland gesprochen. Aber das ist doch ein viel zu großes Geschenk.«

»Von mir ist das nicht.« Ehrlich gesagt wäre ich nie auf die Idee gekommen, ihr so eine Reise zu spendieren. Wenn es Tickets auf den Mond zu kaufen gäbe, sähe die Sache schon anders aus. »Aber weißt du, Mutter, ich glaube schon an den Weihnachtsmann.«

»Hm, also ich nicht. Das ist doch Kinderkram. Wir wissen doch alle, dass es ihn nicht gibt. Aber wenn du mir zurätst, dann werde ich die Reise morgen antreten. So ein Geschenk kann man ja nicht ablehnen. Wir werden schon sehen, wer mich morgen abholt.«

»Ja, das werden wir dann sehen.« Lächelnd lege ich auf. Der Weihnachtsmann hat das passende Geschenk für uns alle gefunden. Meine Mutter ist glücklich und wird es gut verschmerzen können, ihre Enkel dieses Jahr nicht zu sehen, und wir können als Familie in Ruhe wieder zusammenfinden.

*   *   *

Jetzt kann Weihnachten kommen, denke ich, seit die Kinder am Nachmittag hereingestürmt sind und ich ihnen alles erzählt habe, was sie verpasst haben – und was es mit Cornelius auf sich hatte.

Ihren skeptischen Gesichtern nach zu urteilen, haben sie mir nicht alles abgenommen, aber ich glaube, sie sind einfach froh, dass dieser Mann, wer auch immer er war, doch nicht mein Freund ist, sondern ihr Vater wieder bei uns einziehen wird – mit seinem Koffer, denn so ganz war er schließlich nie weg.

Mehr hat meine Kinder am Ende gar nicht interessiert. Sie haben es nur bedauert, kein Video von Cornelius gedreht zu haben, falls sich eines Tages irgendwie herausstellen sollte, dass die Geschichte doch stimmt.

Merkwürdigerweise habe ich auch keine Fotos mehr auf dem Handy, auf denen er zu sehen ist, und das Video bei YouTube vom Christkind ist ebenfalls gelöscht. Wobei, so merkwürdig ist das gar nicht – eigentlich dürfte mich das nicht mal wundern.

Und eine rotsamtene Erinnerung ist mir schließlich geblieben, die ich für den Rest meines Lebens hüten werde, genauso wie meinen Glauben an den Weihnachtsmann – ganz gleich, was andere über mich denken.

Oliver und ich haben die Tage bis zum heutigen Heiligabend genutzt, um uns auszusprechen, und wir sind uns einig, dass wir wieder zusammenfinden wollen.

Ob es uns gelingen wird, weiß ich nicht. Im Moment fühlt sich alles richtig und gut an.

Hauptsache, unser Leben ist schön – von einfach war nie die Rede.

Dieses Jahr gibt es bei uns keine Geschenke. Vielleicht, weil der Weihnachtsmann und das Christkind schon genug Stress haben. Vielleicht, weil keiner von uns Zeit hatte, irgendwas zu besorgen, weil wir zu sehr mit uns als Familie beschäftigt waren. Vielleicht, weil ich mich heute wieder mit Oliver versöhnt habe und das unser größtes Geschenk ist.

Nun ist der Heiligabend gekommen, der Zeitpunkt, den ich seit Wochen gefürchtet habe, und ich bin so glücklich wie schon lange nicht mehr.

Im Wohnzimmer brennen die Kerzen auf dem Osterkranz, der größte Tannenbaum aller Zeiten trägt sein prächtiges Nadelkleid mit Würde als Mini, im Ofen bräunt eine kunterbunte Familienpizza, weil wir uns auf kein Weihnachtsmenü einigen konnten, und der Tisch ist mit geklebten Tassen und Tellern gedeckt – es ist einfach alles perfekt.

Auch für meinen ehemaligen Patienten Rudolph, der seit der Begegnung mit der Frau am Eisbach wie ausgewechselt ist. Er habe nun endlich den Tod seiner Mutter akzeptieren können, so hat er mir gestern am Telefon berichtet, weil sie in seinen Augen noch lebt.

Auf eine Weise, die die meisten Menschen für abwegig halten, kann er nun für sich, im Stillen und ohne schlechtes Gewissen, daran glauben, und er fühlt sich zum ersten Mal in seinem Leben wieder mit der Welt versöhnt und glücklich.

Er hat beschlossen, mit dem Geld aus dem Pflichtteil, den er von seinem Vater geerbt hat, die Stiftung »Rudolph hilft dem

Christkind« zu gründen und Kindern in Not ein schönes Weihnachtsfest zu ermöglichen.

Dazu habe ich ihm gratuliert und ihm meine Unterstützung zugesichert. Das ist ja wohl Ehrensache.

Nun ist es an der Zeit, die Weihnachtspost zu öffnen.

Ein Brief kam heute morgen erst an und liegt darum ganz oben auf dem Stapel. Ein schönes grünes Kuvert mit den goldenen Umrissen einen Tannenbaums darauf.

Nur mit dem Namen des Absenders kann ich nichts anfangen: Mika Virtanen. Keine weitere Adressangabe.

Nicht ungewöhnlich, dass mir ehemalige Patienten auch nach Jahren plötzlich mal eine Karte schicken, um sich bei mir zu bedanken, und dann auch keine Antwort erwarten. Aber an diesen Herrn kann ich mich beim besten Willen nicht erinnern.

»Die kommt ja aus Finnland«, rufe ich erstaunt, als ich mir den Poststempel näher anschaue. Vor zwei Tagen dort abgeschickt.

Auf der Karte ist eine verschneite Waldlandschaft mit einer beleuchteten Holzhütte zu sehen. Darin eingefaltet ist eine Briefseite, die mit einer sauberen Handschrift eng beschrieben ist.

Liebe Frau Christkind,
meine Kollegin, Ihre Nachbarin, gab mir Ihre Adresse. Ich bin der Mann, der Ihnen den Fisch verkauft hat, und ich möchte mich bei Ihnen und dem Weihnachtsmann bedanken.
Ohne die Begegnung mit Ihnen wäre ich nicht in meine Heimat zurückgefahren und hätte mich niemals mit meiner Schwester versöhnt. Endlich durfte ich auch meinen kleinen Neffen kennenlernen. Ich bin so glücklich!
Meine Schwester hat immer gehofft, dass ich eines Tages zurückkehre, sie hat sich während der ganzen Zeit um mein Haus

*gekümmert, sodass ich sofort wieder einziehen konnte – und wissen
Sie was? Ich möchte hier gar nicht mehr weg.*

Hier ist mein Zuhause, hier ist meine Heimat.

*Deshalb schreibe ich Ihnen diesen Brief, da wir uns so schnell nicht
wiedersehen werden. Eine Spedition wird mir demnächst ein paar
meiner Habseligkeiten aus München liefern. Das Wichtigste habe
ich ohnehin hier. Meine Familie.*

*Und stellen Sie sich vor, gestern habe ich im Café meiner Schwester
eine Frau kennengelernt, die gerade aus Deutschland zu Gast ist.
Ich weiß noch nicht viel über sie, nur dass sie aus Hamburg kommt
und seit sechs Jahren verwitwet ist.*

*Aber ich muss sagen, es war Liebe auf den ersten Blick zwischen
uns. Ist das nicht ein unglaublicher Zufall, wie das Leben manchmal spielt? Oder ist das Schicksal? Ich weiß es nicht.*

*Diese Frau hat sich jedenfalls nicht nur in mich, sondern auch
sofort in mein schönes Hafenstädtchen verliebt, und sie will hier
gar nicht mehr weg. Sie sagt, schon als sie Finnland von oben
gesehen hat, sei sie wie verzaubert gewesen. Sie fängt immer
wieder an, von diesem Flug zu schwärmen. Es sei einzigartig
schön gewesen, so unbeschreiblich, das könne ich gar nicht glauben.
Ihr Traum ist es, eine kleine Rentierzucht aufzubauen und
zugleich Gnadenhof für ältere Tiere zu sein. Sie hat wohl auch
einen Bekannten in Finnland, der ihr zum Start ihrer Zucht zwei
Tiere schenken würde. Hinter meinem Haus besitze ich ja jede
Menge Land, es kann also losgehen.*

Ist das nicht alles wunderbar?

*Ihnen und Ihrer Familie wünsche ich jedenfalls ein frohes Fest, und
grüßen Sie mir den Weihnachtsmann.*

Ihr Mika Virtanen aus Kuopio

*PS: Ich hoffe, die Ahvenkukko hat geschmeckt. Kommen Sie uns
doch mal in Finnland besuchen, ich würde mich freuen. Ich werde
im Café meiner Schwester aushelfen und jeden Morgen ganz früh*

zum Angeln auf den See rausfahren und die Fische auf dem Markt
verkaufen. Ich hoffe, wir sehen uns eines Tages mal wieder, dann
kann ich mich persönlich bei Ihnen bedanken, dass mein Leben so
eine schöne Wendung genommen hat.

Ich klappe die Karte zu und lächle. Das könnte schneller der Fall sein, als er sich überhaupt vorstellen kann. Ich freue mich für meine Mutter, dass sie offenbar ihr Glück gefunden hat, und bestimmt will sie bald ihre Enkel sehen.

Und ich habe noch einen guten Grund, nach Finnland zu fahren: Nun kann ich endlich mal den Spieß umdrehen und meine Mutter heimsuchen.

»Unter dem Tannenbaum liegt ja ein Geschenk«, höre ich Lilly sagen.

»Wie kommt das denn da hin?«, entgegne ich erstaunt.

»Wir hatten doch vereinbart, wir schenken uns nichts«, bemerkt Oliver stirnrunzelnd.

»Für wen ist das denn?«, fragt Lukas, der zur Feier des Tages die Finger vom Tablet lässt und stattdessen ein Buch liest. Es geschehen doch noch Zeichen und Wunder.

»›Für das Christkind auf Erden‹, steht da drauf«, sagt Lilly, »Mama, das ist bestimmt für dich.«

Überrascht öffne ich das Papier und halte ein rotsamtenes Buch mit vergoldetem Schnitt in Händen.

»Wie schön«, ruft Lilly, »was ist das denn?«

Neugierig schlage ich es auf. »Ein Rezeptbuch!« Tatsächlich. Der Weihnachtsmann hatte mir alle seine geheimen Rezepte überlassen. Von Ahvenkukko bis Zimt-Blaubeere.

»Das ist bestimmt von Cornelius. Zeig mal her«, sagt Lukas und nimmt es in die Hand. »Hä, da steht doch gar nichts drin. Das sind nur leere Seiten.«

»Stimmt«, sagt Lilly achselzuckend.

»Wahrscheinlich ist das zum Reinschreiben gedacht«, sagt Oliver. »Oder so eine Art Tagebuch. Steht ja nicht drauf, dass es für Rezepte gedacht ist.« Meine Familie kann die schöne, verschnörkelte Handschrift tatsächlich nicht sehen, und ich erahne, weshalb.

Ich klappe das Buch zu und streiche über den roten Samt. »Es ist jedenfalls ein sehr schönes Geschenk. Das Wertvollste aber sitzt hier mit mir unterm Tannenbaum.«

»Genau«, sagt Oliver. »Hauptsache, der Baum brennt und wir feiern zusammen Weihnachten.«

»Darüber freue ich mich auch«, sage ich und wünsche mir im Stillen, dass alles wieder gut wird zwischen uns und noch schöner als früher. Vielleicht geht mein Wunsch ja in Erfüllung.

»Sarah … Ich bin froh, dass du deinem Seitensprung, woher auch immer er gekommen ist, eine gute Reise zum Nordpol gewünscht hast.«

»Und ich bin froh, dass du deine Flamme in die Wüste geschickt hast«, entgegne ich lächelnd.

Zwar hat Kathy jetzt keinen Mann mehr, dafür bekommt sie ein nagelneues Auto. Nur ich erwarte einen satten Bescheid von der Bußgeldstelle mit ein paar Treuepunkten als Geschenk und habe voraussichtlich für die kommenden zwei Jahre keinen Führerschein mehr. Aber ich kann nun mal schlecht behaupten, der Weihnachtsmann sei gefahren.

Ich hab's ja versucht, aber keiner wollte mir glauben.

Den Federn, die Flügel verleihen …

Ich danke:

Natalja Schmidt, die das Manuskript bei hochsommerlichen Temperaturen begeistert gelesen hat. Sie als Lektorin zu haben ist wie Weihnachten und Ostern zusammen. Ich freue mich sehr auf das nächste Buchprojekt, dem sie im Droemer Knaur Verlag eine wundervolle Heimat gegeben hat.

Catherine Beck für die gründliche Durchsicht des Manuskripts, sodass mein verwirrter Weihnachtsmann sich nicht im Buchstabendschungel verirrt hat. Zum Glück mussten wir bei der Hitze nicht zu lange über den Korrekturen brüten.

Roman Hocke und dem Team der AVA international. Seit Jahren findet mein Agent für jede meiner Romanideen immer das passende Zuhause. Wie gut, dass ich am Telefon nicht sehen kann, ob er bei meinem Lieblingssatz »Ich habe da mal wieder eine Idee« die Hände über dem Kopf zusammenschlägt.

Dr. Marco Fiorini-Hamilton. Ganz egal, wo er als Mediziner gerade auf der Welt unterwegs ist, prompt antwortet er mit einem »Warte, ich hirne mal mit« auf meine Fragen. Einzig unbeantwortet bleibt, wann er eigentlich mal schläft.

Corinna, deren zweite Heimat das Gärtnerplatztheater ist. Sie hat mir diese zauberhafte Welt eröffnet und mir »ihr München« nahegebracht.

Thommy & Sarah, die als Testleser auch den kleinsten Fehler finden und als beste Freunde sowieso das größte Geschenk sind.

Katja für ihr Vertrauen und Lukas und Lilli für das Ausleihen ihrer Namen. Ich hoffe, sie haben Spaß mit Sarah Christkind und dem Weihnachtsmann.

Meiner Mutter, deren Lieblingsfarbe Rot ist. Insbesondere, wenn sie mein Manuskript korrigiert. Sie ist und bleibt trotzdem und gerade deshalb die beste Mutter auf der Welt.

Knud, meinem persönlichen Weihnachtsmann, mit dem jeder Tag ein Fest ist. Schließlich klingelt er auch nicht sonntagmorgens um sechs an der Tür.

Meinen Lesern, die sogar bis zur Danksagung das Buch immer noch nicht aus der Hand legen konnten. Es sei denn, Sie lesen das Ende zuerst – dann heiße ich Sie an dieser Stelle herzlich willkommen.

Korvapuusti

(Finnische Zimtschnecken/Ohrfeigen)

Für ca. 15 Stück
- 500 g Mehl
- 250 ml Milch
- 1/2 Würfel frische Hefe
- 1 Ei
- 100 g weiche Butter
- 1 TL Salz
- 1 TL Kardamom (Ganz wichtig, nur damit sind sie »original«!)

Für die Füllung:
- 80 g Butter
- 80 g Zucker
- 1 EL Zimt gemahlen

Zum Bestreichen:
- 1 Ei
- 2 EL Milch
- Hagelzucker

Für den Hefeteig sollten die Zutaten Zimmertemperatur haben. Das Mehl in eine Schüssel sieben und eine Mulde hineindrücken. Die Hefe in der Milch auflösen und die Mischung in die Mulde füllen. Das Ei, Salz und Kardamom auf das Mehl geben und alles mit dem Knethaken vermengen. Dann die weiche Butter dazugeben, alles zu einem glatten, nicht zu klebrigen Teig verarbeiten (ggf. noch Mehl hinzufügen) und den Hefeteig anschließend mit einem Tuch bedeckt in der Schüssel an einem warmen Ort rund eine Stunde gehen lassen.

Den Backofen auf 220 Grad vorheizen. Nun den Teig zu einem großen Rechteck ausrollen. Für die Füllung die Butter in einem Topf schmelzen, auf den Teig streichen und die Zimt-Zucker-Mischung dick auftragen, nur am Rand ca. einen Zentimeter aussparen.

Den Teig von der langen Seite her aufrollen und mit einem scharfen Messer im Zickzack in trapezförmige Stücke schneiden. Die schmale Seite sollte immer noch rund drei Zentimeter breit sein. Die Teigstücke hochkant auf ein mit Backpapier ausgelegtes Blech setzen, sodass die schmale Seite nach oben zeigt. Nun mit einem Kochlöffel oder mit den Fingern die schmale Seite tief nach unten eindrücken, damit die Ohren entstehen.

Die Korvapuusti nun mit der Milch-Eigelb-Mischung bestreichen und mit dem Hagelzucker bestreuen. Bei 220 Grad 10 bis 15 Minuten backen, bis sie goldbraun sind.

Warm serviert ein köstlicher Genuss.

Mustikkapiirakka

(Finnische Blaubeer-Tarte)

Für den Boden:
- 100 g Butter
- 80 g Zucker
- 1 Ei
- 150 g Roggenmehl
- oder 100 g Weizenmehl und 50 g Roggenmehl
- 1 TL Backpulver

Für die Füllung:
- 150 g Crème fraîche
- 100 g Sauerrahm
- 1 Ei
- 5 EL Zucker
- 1 Pk Vanillezucker
- 250 g Blaubeeren

Zunächst den Backofen auf 200 Grad vorheizen. Traditionell wird der Blaubeerkuchen mit Roggenmehl gebacken. Wem der Geschmack zu intensiv ist, wählt die Mischung mit Weizenmehl. Die gekühlten Zutaten vorab auf Zimmertemperatur bringen. Butter und Zucker mit dem Rührgerät schaumig schlagen, das Ei hinzugeben. Anschließend das Mehl mit dem Backpulver vermischen und die Masse zu einem Teig rühren, der nicht mehr klebrig sein sollte, andernfalls noch etwas Mehl hinzufügen.

Eine Springform mit 24 cm Durchmesser leicht einfetten. Den Teig mit den Fingern zu einem Boden eindrücken und einen niedrigen Rand formen.

Bis auf die Blaubeeren alle Zutaten für die Füllung miteinander verrühren und in die Springform einfüllen. Nun die Blaubeeren vorsichtig darauf verteilen.

Bei 200 Grad 25 Minuten backen. Mit einem Zahnstocher prüfen, ob der Kuchen gar ist, bevor er aus dem Ofen genommen wird.

Karjalanpiirakka

(Karelische Piroggen)

Für den Teig:
- 200 ml Wasser
- 1 TL Salz
- 200 g Roggenmehl
- 100 g Weizenmehl

Für die Füllung:
- 300 ml Wasser
- 250 g Milchreis
- 1,2 l Milch
- 2 TL Salz
- 2 EL Butter
- 1 Ei

Zum Bestreichen:
- 100 g Butter
- 200 ml Milch

Eibutter:
- 3 hart gekochte Eier
- 50 g gesalzene Butter

Zunächst wird der Milchreis zubereitet. Dazu wird der Reis in das kochende Wasser gegeben, bis das Wasser fast vollständig vom Reis aufgesaugt wurde, dann die Milch zugeben und alles auf niedriger Stufe unter häufigem Rühren gut 45 Minuten köcheln lassen. Am Ende der Garzeit das Salz und die Butter hinzufügen und den Topf vom Herd nehmen. Sobald der Milchreis etwas abgekühlt ist, das Ei unterziehen.

Den Backofen auf 220 Grad vorheizen. Die Zutaten für den Teig miteinander verkneten, bis er nicht mehr an den Händen kleben bleibt. Andernfalls noch etwas Mehl hinzufügen. Sollte der Teig zu trocken sein, noch etwas Wasser hinzugeben. Den Teig an einem warmen Ort rund eine halbe Stunde ruhen lassen.

Nun aus dem Teig eine Rolle formen und sie mit einem scharfen Messer in rund 20 gleich große Stücke teilen. Die Teigstücke zu dünnen handgroßen Fladen ausrollen und mit etwas Mehl bestäuben. In die Mitte jeder Teigscheibe einen Esslöffel Milchreis geben und die Ränder wie ein Schiff falten und formen.

Die karelischen Piroggen bei 220 Grad für 10 bis 15 Minuten backen, bis der Teigrand goldbraun ist und der Milchreis etwas Farbe angenommen hat.

In der Zwischenzeit die Milch aufkochen und die Butter darin schmelzen. Die gebackenen Piroggen sofort nach dem Backen in die gebutterte Milch eintauchen und zum Abkühlen auf Butterbrotpapier legen. Zusätzlich mit einem Geschirrtuch abdecken.

Für die Eibutter drei Eier hart kochen und mit der gesalzenen Butter vermischen. Die noch warmen Piroggen damit bestreichen und sogleich verzehren. Auch mit Lachsscheiben ein Genuss.

Kalakukko

(Finnisches Fischbrot)

Für den Teig:
- ▲ 700 g Roggenmehl
- ▲ 300 g Weizenmehl
- ▲ 500 ml Wasser
- ▲ 50 g Butter
- ▲ 1 EL Salz

Für die Füllung:
- ▲ 1 kg Fischfilet (Barsch, Dorsch, kleine Felchen)
- ▲ 300 g durchwachsener Speck in Scheiben oder gewürfelt
- ▲ Zitronensaft
- ▲ 1 Eigelb
- ▲ Stück einer Speckschwarte

Den Backofen auf 250 Grad vorheizen. Die entschuppten Fischfilets mit Zitronensaft beträufeln und rund 15 Minuten ziehen lassen.

Aus Mehl, Wasser, Salz und Butter einen Teig herstellen, der geschmeidig und nicht mehr klebrig ist. Auf einer mit Mehl bestreuten Platte zu einem Oval von gut 1 Zentimeter Dicke ausrollen, zum Rand hin etwas dünner. Die Ränder glatt schneiden und die Teigreste mit einem feuchten Küchentuch bedeckt beiseitelegen.

Die entschuppten Fischfilets abtupfen und mit einer ersten Schicht in der bemehlten Teigmitte beginnen. Die Filets mit der Hautseite nach unten legen und kräftig salzen. Rundum sollten ca. 10 Zentimeter frei bleiben. Den Speck auf die Filets legen und dann die nächste Schicht mit gesalzenem Fisch. Nach drei bis vier Schichten den Kukko mit feuchten Fingern zu einem brotartigen Gebilde verschließen, darauf achten, dass keine Risse im Teig entstehen. Aus dem beiseitegestellten Teig eine dünne Kappe ausrollen, diese auf den Kukko aufsetzen und die Ränder mit Wasser glatt streichen.

Im Backofen bei 250 Grad eine Stunde garen, dann die Teigkruste mit Speck einreiben und mit Pergamentpapier abdecken. Bei 150 Grad 3 Stunden weiterbacken. Zwischendurch die Kruste kontrollieren und gegebenenfalls noch einmal mit Speck einreiben, damit die Oberfläche nicht zu dunkel und trocken wird.

Das Brot aus dem Ofen nehmen, eine Rundung in den Deckel schneiden und noch heiß servieren.

Finnischer Bratapfel

🌲 6 Äpfel (Boskop)
🌲 150 g feine Haferflocken
🌲 100 g brauner Zucker
🌲 100 g gesalzene Butter
🌲 2 TL Zimt

Den Backofen auf 180 Grad vorheizen. Im Gegensatz zum deutschen Bratapfel werden die Äpfel in Finnland geschnitten in eine Auflaufform gegeben.

Die Äpfel schälen, entkernen, in Achtelstücke schneiden und in eine Auflaufform geben.

In einem Topf die Butter schmelzen, den Zucker hineingeben und kurz aufkochen lassen. Dann die Haferflocken-Zimt-Mischung einrühren und die Masse über die Äpfel geben.

Im Backofen bei 180 Grad 40 Minuten backen, nach 15 Minuten mit Alufolie abdecken.

Die süße Köstlichkeit mit Vanillesoße oder Eis servieren.

Zimt-Blaubeermarmelade

(Nach Art des Weihnachtsmanns / der Autorin)

Für 4 bis 6 Gläser:
- 🌲 1 kg Blaubeeren
- 🌲 1 kg Gelierzucker
- 🌲 1 Messerspitze Nelken gemahlen
- 🌲 abgeriebene Schale einer Zitrone
- 🌲 abgeriebene Schale einer Orange
- 🌲 2 TL Zimt gemahlen oder 2 Zimtstangen
- 🌲 evtl. 50 ml Rotwein
- 🌲 evtl. pro Glas 1 EL hochprozentigen Rum

Die Blaubeeren gewaschen und verlesen in einen Topf geben. Wer keine Fruchtstückchen in der Marmelade möchte, püriert das Obst, andernfalls kochen, bis die Beeren aufplatzen. Gelierzucker nach Packungsanleitung hinzufügen. Die Gewürze nach Geschmack hinzufügen. Nelken können auch weggelassen werden. Rund fünf Minuten bei starker Hitze unter Rühren kochen. Den Topf vom Herd nehmen, ggf. den Rotwein hinzufügen. Die Marmelade in saubere Gläser füllen und diese für einige Minuten auf den Kopf stellen.

Für ein noch geschmacksintensiveres Ergebnis die Masse über Nacht im Topf ziehen lassen. An nächsten Tag noch einmal kurz aufkochen, Zimtstangen entnehmen und die Marmelade abfüllen.

Alternativ kann man nach dem Einfüllen je nach Größe der Gläser 1 Tccl. bis 1 Essl. hochprozentigen Rum auf die heiße Marmelade geben und mit einem langen Streichholz anzünden. Dann sofort den Deckel aufschrauben. Wenn keine Kinder mitessen, ein geschmackvolles Vakuum mit Pfiff.